大众传媒视域中的女性文学

王艳芳　著

中国戏剧出版社

图书在版编目（CIP）数据

大众传媒视域中的女性文学 / 王艳芳著. — 北京：
中国戏剧出版社，2016.12
ISBN 978-7-104-04455-0

Ⅰ.①大… Ⅱ.①王… Ⅲ.①大众传播—传播媒介—关系—中国文学—现代文学—妇女文学—文学研究②大众传播—传播媒介—关系—中国文学—当代文学—妇女文学—文学研究 Ⅳ.①I206.6

中国版本图书馆CIP数据核字（2016）第298656号

大众传媒视域中的女性文学

责任编辑：肖　楠
项目统筹：赵成伟
责任印制：冯志强
责任校对：张　颖

出版发行：中国戏剧出版社
出 版 人：樊国宾
社　　址：北京市西城区天宁寺前街2号国家音乐产业基地L座
邮　　编：100055
网　　址：www.theatrebook.cn
电　　话：010-63381560（发行部）　010-63385980（总编室）
传　　真：010-63383910（发行部）

读者服务：010-63387810
邮购地址：北京市西城区天宁寺前街2号国家音乐产业基地L座

印　　刷：北京鑫瑞兴印刷有限公司
开　　本：787mm×1092mm　1/16
印　　张：20.5
字　　数：323千字
版　　次：2016年12月　北京第1版第1次印刷
书　　号：ISBN 978-7-104-04455-0
定　　价：80.00元

目　录

第三辑　女性文学的比较与整合

第四辑　传媒视域中的女性文学

第一辑

现代女性文学管窥

论吕碧城诗歌中的“怨”和“悟”

吕碧城一向被誉为“近三百年来最后一位女词人”，近年来学界对其词作研究颇多。然除此之外，吕碧城一生还创作有近百首诗歌，内容极为丰富。作为一位生活于晚清至民初这一“过渡时代”的传奇女性，吕碧城思想超前，特立独行，但其一生却执着于旧体诗词创作，充分显示出“过渡时代”闺阁才女的生存矛盾和文化悖论。就其诗歌内容而言，主要涉及闺怨、平权、参佛等三个方面：闺怨诗多作于早期，主要表现吕碧城客居外家时的闺怨愁思，伤感中透露出“不因清苦减芬芳”的个人气节；平权诗主要表现吕碧城男女平权的思想，表现了“深闺有愿作新民”的女性独立愿望；参佛诗主要表现吕碧城晚年主张和平护生的思想，传递了“我到人间只此回”的生命了悟。这些诗歌作品不仅表现出吕碧城各个时期的心理状况及其变化，而且可以从中观照其人生和思想观念的转圜及其成因。其诗歌作品从女性生存之“怨”的抒发，到谋求男女平等、寻求女性独立意识的表达，再到参透万物事象、达成人生之“悟”的书写的流变过程，既有着内在与外在的原因促使、偶然与必然的机缘造就，也是诗人对自我生命走向的自觉取舍，是其对自我主体形象的主动性建构。

一

吕碧城的诗歌作品首先是其个人生存状况和情感历程的写照，从某种意义上说，是多舛的个人际遇和家庭变故造就了吕碧城的诗歌创作，是剧变的时代成就了吕碧城的文学才华。吕碧城（1883—1943），安徽旌德人，生于山西太原，原名贤锡，字遁天，号明因，后改为圣因，晚年号宝莲，法号曼智。吕碧城出生于一个有着浓厚文化氛围的官宦人家。父亲吕凤岐，为同治庚午举人，光绪丁丑进士。历任国史馆协修、玉蝶馆纂修、山西学政。他一生从政从学，藏书甚丰。母亲严士瑜，为严琴堂次女、吕凤岐继室，生四女：吕惠如、吕美荪、吕碧城、吕坤秀，吕碧城排行老三。吕碧城自小聪慧过人，颇得父亲喜爱，受到良好教育，又有母亲严氏亲为课读，学有所成。这一切自然为她以后的文学创作奠定了良好的家学和文学基础。

但天有不测风云，1895 年吕碧城 13 岁时，父亲吕凤岐因病过世。可以说，这是改变吕碧城命运并深深影响其此后人生道路的一次重大变故。父亲去世后不久，族人争相霸占家产，甚至将吕碧城母女幽禁。年幼的吕碧城不堪欺凌，奋起反击，四处写信告援，内中包括时任高官的父亲的生前旧好，最终使得母亲脱险。但这件事情却使吕碧城九岁时即定亲的“夫家”起了戒心，以家庭变故为由趁机提出退婚。彼时虽则女性订婚身不由己，但被退婚却被视作奇耻大辱，高才奇情如吕碧城概莫能外，甚至退婚事件对她造成终生难以平复的心灵创伤。第二年，吕碧城母亲严氏因生活无着，放弃六安城南新宅，带着吕碧城姐妹投奔来安娘家。当时吕碧城的舅父严朗轩在塘沽任盐课司大使，吕碧城奉母之命前往投靠，得到较好的教育。1904 年，吕碧城欲前往天津探访女学，遭到舅舅骂阻，激愤之下离家出走。幸因才学被《大公报》总经理兼总编辑英敛之赏识，得以任编辑之职，自此吕碧城开始走上自食其力的独立道路。在《大公报》任职期间，吕碧城终于得以将自己的观点和呼喊告之世人，将深埋于内心的声音吐露给世人，从而引起世人的关注与反思。

1904 年 5 月 11 日，《大公报》刊登吕碧城《舟过渤海偶成》七绝一首。诗词刊发后，中外名流投诗词鸣钦佩者纷纷不绝，诸如署名罗刹庵主、铁华馆主、寿椿庐主、摩兜坚室、姜庵词人等，皆有诗词投赠[①]。《大公报》带给吕碧城名誉、地位、朋友，甚至一时之间，“绛帷独拥人争羡，到处咸推吕碧城”。1904 年 5 月 20 日至 21 日，《大公报》连载吕碧城的《论提倡女学之宗旨》，引发热议。当时吕碧城希望办一所女子学校，于是在《大公报》上发表此文，希望借

① 李保民：《吕碧城词笺注》，上海古籍出版社 2001 年版，第 570 页。

助言论进行宣扬。吕碧城的这一愿望很快得到官绅梁士诒、傅增湘、方药雨、英敛之、徐星叔等人的积极赞同，并为之筹款兴办[①]。于是，兴办女学的愿望得以顺利达成，吕碧城向实现男女平权的理想迈出了坚实的一步。

1912 年，北洋女学停办，吕碧城被袁世凯聘为总统府机要秘书。后来因为不满帝制，吕碧城毅然辞职，南下上海进修英文，并游历了庐山、西湖等名胜。其间，吕碧城与西商角逐交易，数年间获利颇丰。1918 年赴美留学，1922 年归国，1926 年再度赴美。之后吕碧城较长时间旅居欧美各国，精研佛典，宣扬戒杀护生思想。在此期间，吕碧城瞩目美景，结交名流，写下大量诗词作品，这个时期的诗歌中已经渐渐显示出其皈依佛教的倾向，并于 1930 年前后开始真正信佛。1933 年冬，吕碧城由瑞士回国，后寓居香港山光道 27 号，偶赴国外。1943 年 1 月 24 日，吕碧城在香港东莲觉苑病逝。留下“护首探花亦可哀，平生功绩忍重埋。匆匆论法谈经后，我到人间只此回”的辞世吟唱。

吕碧城的诗歌不仅写尽其人生遭际和时代剧变，而且具有独特的艺术风格。在那个尽人仿效“英雄”的时代，她拒绝模仿男性口吻，主张女性本色创作，强调真性情写作。而女性文人天生的所谓“女子气”，恰恰具有很强的创造力，呈现出强烈的女性独立意识。这种独立意识是 20 世纪初期处于动荡和变革社会中的女性寻求解放、谋求独立的愿望的体现，同时也是世界范围内的女性主义运动在经历了一百多年的发展、直至 21 世纪初期的今天，再次强调的性别差异性的直接体现——在这个意义上，不能不说吕碧城女性解放眼界之高远和思想之超前。

二

吕碧城的闺怨诗多为慨叹世态炎凉之作，伤感中透露出“剩有幽兰霜雪里，不因清苦减芬芳”的气节。从幼年时优裕家庭中备受娇宠的女儿，到少年时寄人篱下的外戚，再到青年时愤然离家出走的时代女性，这其中所经历的世

---

① 刘纳编著:《吕碧城评传·作品选》，中国文史出版社 1998 年版，第 57 页。

态炎凉及吕碧城的心理变化从她的诗作中可以看出。例如《感怀二首》[1]，此诗为吕碧城少女时寄居天津塘沽舅舅家时感旧伤怀之作。其一，“荆枝椿树两凋伤，回首家园总断肠。剩有幽兰霜雪里，不因清苦减芬芳”。“荆枝”喻指兄弟骨肉，“椿树”代指父亲，“两凋伤”指吕碧城幼年时，两位同父异母的哥哥先后去世，父亲因不堪丧子之痛亦因病去世。“幽兰”指诗人自己。全诗字里行间散发出丝丝凄凉之意，同时，读者也可以感受到作者傲霜独立的倔强和坚毅。其二，“燕子飘零桂栋摧，乌门衣巷剧堪哀。登临诗望乡关道，一片斜阳惨不开”。“燕子飘零”指父亲去世后，寄身来安外祖父家。“桂栋摧”指父亲去世后，族人争夺财产，刚落成的新宅被恶族夺取。“乌衣门巷”暗指吕碧城家道中落。前两句回忆并感叹身世变迁和世情险恶，后两句流露出寄人篱下的落寞之情，怀念故乡，怀念幼时开明、宽松、优裕的家庭环境，怀念幼时无忧无虑的生活。今昔对比，如今却只能遥望家乡，且是“一片斜阳惨不开”，读来令人动容。

又如《老马》：“盐车独困感难禁，齿长空怜岁月侵。石径行来蹄响暗，沙滩眠罢水痕深。自知谁市千金骨，终觉难消万里心。回忆一鞭红雨外，骄嘶直入杏花阴。”前两句写良驹被贱役所困而无可奈何，只能眼睁睁看着岁月的流逝，喻指贤才被荒废，不被重用。“自知谁市千金骨，终觉难消万里心”，指明明知道没有人会来赏识我，但我自己仍怀有志存万里之心。全诗虽然咏叹老马，感叹良驹被现实所困而不能实现志在千里的雄心壮志。但诗人不仅仅感叹于此，相反，描写老马在困境中仍然保持一颗乐观向上、积极进取之心。全诗托老马言已志，表达了诗人虽暂处困境，却不消沉认命，而是敢于和命运抗争，保有一颗坚毅进取之心。

再如《天风》：“天风鸾鹤怨高寒，玉宇幽居亦大难。红粉成灰犹有迹，琼浆回味只余酸。早知弱水为天堑，终见灵衣拂月坛。悔过蟠桃花下路，无端瑶瑟动哀顽。”吕碧城早年多有毁纲裂常之论，于是频遭顽固守旧人士抨击，甚至女界的同伴好友也反目成仇。严复在给外甥女何纫兰的信中曾将个中原因说得极为透彻：“此缘其得名太盛，占人面子之故。往往起先议论，听者大以为然，

① 李保民：《一抹春痕梦里收：吕碧城诗词注评》，上海古籍出版社 2004 年版，第 19 页。

后来反目，则云碧城常作如此不经之论，以诟病之，其处世之苦若此。”面对这般世态炎凉、讥言讽语，吕碧城虽然坚信自己为之奋斗的理想终将在历史的舞台上留下痕迹，却无法掩饰也不愿掩饰内心的孤独与情感上的凄凉。故此，吕碧城在诗歌创作中并不回避自己柔弱的一面，早年客居外家的尴尬境地，走出家门向封建礼教挑战时遭遇的抨击和责骂，甚至是友人的反目成仇，这些都可以在吕碧城的诗歌中看到。但吕碧城的独特之处在于，她将自己的幽怨与愤懑正常地发泄出来后，却不止步于自怨自艾，而是坚定地保有高远超拔、理智坚韧的心态，这不仅难能可贵，还需要极大的内心力量的支撑。

三

吕碧城的平权诗表现了“流俗待看除旧弊，深闺有愿作新民”的独立愿望。走出深闺，寻求独立，争取男女平权，吕碧城可算是近代中国女性中较早接受西方自由民主、平等独立思想影响者之一，她的许多作品中渗透出呼吁反抗、争取独立的精神。如《书怀》：“眼看沧海竟成尘，寂锁荒陬百感频。流俗待看除旧弊，深闺有愿作新民。江湖以外留余兴，脂粉丛中惜此身。谁起平权倡独立，普天尺蠖待同伸。”“眼看沧海竟成尘，寂锁荒陬百感频。”一句采用沧海桑田的典故，表达世事瞬息万变；“流俗待看除旧弊，深闺有愿作新民。”一句表现作者期待破除旧弊，即使是深闺中的女儿身，也期待能够有所作为；“谁起平权倡独立，普天尺蠖待同伸。”指作者极其渴望男女平等，希望全天下被黑暗社会现实压制的人都能“作新民”。在旧时代行将灭亡之前，在充满腥风血雨的黑暗长夜里，吕碧城一往无前、无所畏惧地争取平权和独立；而且诗人业已意识到她的理想远非个人力量所能及，必须唤起全天下的民众，期冀大家共同反抗专制和压迫。

再如《写怀三首》：“大千苦恼叹红颜，幽锁终身等白鹇。安得手提三尺剑，亲为同类斩重关。”“任人嘲笑是清狂，痛惜群生忧患长。无量沙河无量劫，阿谁捷足上慈航。”“苦海起离渐有期，亚东风气已潜移。待看廿纪争存日，便是娥眉独立时。”三首抒怀诗表达了吕碧城对女性受压制状况的不满与抗争。白居易有诗云：“人生莫作妇人身，百年苦乐由他人。”吕碧城对此更是有亲身体会：幼年时遭遇父亲去世的家庭变故而饱尝族人的欺凌，青年时欲探寻女学而遭遇舅舅骂阻，这些困顿没有使她却步，反而激起她更为强烈的反抗，从而毅然出走，但这些经历却使吕碧城更加深切地意识到女性在社会中遭遇的重重压抑和不公。这三首绝句，语调铿锵，气势磅礴，表现了吕碧城立志求平权的决心。

1904 年 5 月 25 日，《大公报》载吕碧城《和梅花馆主见赠原韵》二首。其一，“风雨关山杜宇哀，神州四首尽尘埃。惊闻白祸心先碎，生作红颜志未灰。忧国漫抛儿女泪，济时端赖栋梁才。愿君手挽银河水，好把兵戈涤一回”。其二，“新诗如戛玉丁东，颁到鸿篇足启蒙。帷幄运筹劳硕划，水天摛藻见清聪。光风霁月情何旷，流水高山曲未终。霖雨苍生期早起，会看造世有英雄”。从诗中可以看出，吕碧城时刻心系国族安危，虽然世俗对女性有诸多偏见，但吕碧城依然十分热爱国家，立志挽救国族于危亡之际。“霖雨苍生期早起，会看造世有英雄。”吕碧城渴望满腹经纶的友人能够挑起安邦定国、驱逐外敌的重任，同时对友人的聪明才智也给予很高的评价[①]。不得不承认，《大公报》给予吕碧城一个展示自我才华和思想的平台。在《大公报》任职期间，吕碧城不仅能够向世人吐露自己的思想，更是实现了兴办女学、教育更多女子自强自立的愿望。男女平权，则是这时期吕碧城诗歌所要表达的重要思想。

1912 年，中华民国宣告成立，漫漫数千年的封建帝制终于被推翻，平民大众欢欣鼓舞，吕碧城亦赋诗抒发内心的喜悦。《民国建元喜赋一律和寒云由青岛见寄原韵》：“莫问他乡与故乡，逢春佳兴总悠扬。金瓯永奠开天府，沧海横飞破大荒。雨足万花争蓓蕾，烟消一鹗自回翔。新诗满载东溟去，指点云帆尚在望。”诗中可以看出，吕碧城这位走在时代前列的杰出女性所彰显出的不同寻常的精神风貌。然而，吕碧城的雄心和抱负在当时黑暗的官场、尤其是 1915 年袁世凯称帝之心日渐显露之后根本无法实现，于是心灰意冷的她毅然辞职离京，携母去上海经商，仅两三年之间就积聚起可观的财富，并开始学习英语，为日后去国离乡、周游欧美等国家奠定基础。同时，吕碧城的平权思想也在她游历

① 李保民：《吕碧城词笺注》，上海古籍出版社 2001 年版，第 19 页。

了西方各国后渐渐发生了变化。

四

吕碧城的参佛诗多为呼吁和平护生之作，表现了吕碧城晚年倾心佛典、保护动物，寻求和平的愿望。1930 年春天，吕碧城正式皈依佛门，悉心从事佛典英译，佛家的戒杀护生、宣扬和平与她的追求正好契合。此外，佛教思想还为吕碧城提供了一种精神感召和理论支持，更为吕碧城提供了个人精神上得以栖息的家园。如《两渡太平洋皆逢中秋》："不许微云滓太空，万流澎湃拥蟾宫。人天精契分明证，碧海青天又一逢。"吕碧城两次横渡太平洋皆逢中秋佳节，感慨自然颇多。这首诗中已经隐约流露出吕碧城与佛教的情缘。近代中国社会是万法解体与重组的时代，逢此"五千年未有之大变局"，整个社会人心动荡不安。吕碧城作为心系国族命运安危的近代文人，自然会思考人的生存问题。大到救国民于水火，小至个人安身立命，近代社会都需要一种精神感召和理论支持。当然，在此情形之下，学佛也成为一种时代潮流。

对吕碧城来说，佛教更为其提供了精神上得以栖息的家园。吕碧城幼年丧父、家遭变故、寄人篱下等一系列令其刻骨铭心的特殊经历更加拉近了她与佛教的距离。佛门的空苦论与吕碧城的特殊经历相互照应并安抚了她那颗脆弱的女儿心。此外，佛教戒杀、呼吁和平的理念和吕碧城戒杀护生的理想正相契合："人天精契分明证，碧海青天又一逢。"在吕碧城心中，上天和人之间仿佛有一种机缘感应息息相通，让她又一次在浩瀚的太平洋上喜逢中秋，带给她无限美好的遐想。《由京师寄和廉南湖》(其一)，"笛声吹破古今愁，人散残阳下庾楼。强笑每因杯在手，俊游恰见月当头。谈空色相禅初证，思入风云笔自遒。沧海成尘等闲事，看花载酒且勾留。"这首诗是诗人与名士廉泉唱和之作，诗中追忆诗人与廉泉交游时的情景。虽然诗人想到即将远行，不能再与朋友欢聚一堂，但是并无伤感之意。相反，诗人心胸豁达，从禅学中参悟色相皆空的道理，心情变得轻松欢快，自然"看花载酒且勾留"。

再如《小犬杏儿》："依依常傍画裙旁，灯影衣香忆小窗。愁绝江南旧词客，一犁花雨葬仙宠。”诗人得知赠与友人的爱犬因病死去，悲不自禁。回忆起小犬杏儿与自己形影不离的日子，伤感可想而知。从此诗可窥见诗人对动物的慈悲心，便不难理解诗人晚年多方奔走、宣扬戒杀护生的行为。吕碧城一生未婚，到了晚年，其孤独凄凉自不必说。但是，吕碧城并未如李清照后期一般作凄凄惨惨戚戚之语，而是主动找到佛学作为自己精神上的依托，并将晚年大部分的精力致力于宣扬戒杀护生思想的倡导。1929 年 5 月，吕碧城应国际保护动物会邀请，由瑞士日内瓦赴维也纳，参加万国保护动物大会，成为会议方唯一邀请出席大会的中国人①。潜心参佛与宣扬护生使吕碧城晚年的生活变得充实而富有意义，更体现了吕碧城一贯不屈服于种种世俗观念并勇敢寻求女性独立的坚韧意志。

在清末民初的社会动荡中，虽然有少数走在时代前列的女子，她们极力宣扬女性独立，并身体力行，敢于挑战封建礼教纲常，但是，绝大多数女性还是处于重重奴役和压制之中。仅以晚清妇女论的名著《女界钟》中的论述而言，其所列举的女子应当恢复的基本权利，便包括入学、交友、营业、掌握财产、出入自由、婚姻自由等六项，足见与男子相比，女性在教育、社交、就业、财产以及人身与婚姻的自由度等方面，权利极度匮乏②。清末民初，王纲解纽，百变丛生，社会处于新与旧的激烈交锋和争斗之中。此时，为谋求国家与个体的安定，男性开始尝试启蒙女性，希望女性也能参与到拯救国家和民族的行动中来，共同谋取社会的安定和谐。正因为得到男性启蒙者的支持和赞助，女学才能够兴办，女性的声音也才得以让世人知晓。于是，一些女权运动的先行者极力模仿男性口吻，其实，这种行为本身就是女性对自我主体以及性别身份的规避。

作为一个特例，在中国近代奋起抗争的时代女杰中，吕碧城一方面热血沸腾，以昂扬的斗志、坚强刚毅的内心去承受进而抵抗外部世界；另一方面，她毫不掩饰作为女子的“弱”的一面。例如，在其诗作《白秋海棠》（其二）中坦承：“泪到多时原易淡，情难勒处尚闻香。生生死死原皆幻，那有心情更艳

① 李保民：《吕碧城词笺注》，上海古籍出版社 2001 年版，第 584 页。

② 夏晓虹：《晚清女性与近代中国》，北京大学出版社 2004 年版，第 4 页。

妆。”诗人述说秋海棠泪多易淡，生死皆幻，这又何尝不是作者内心世界的写照？诗人将女性个性和情感上脆弱的一面借秋海棠如实道来。综观吕碧城的一生，从“剩有幽兰霜雪里，不因清苦减芬芳”，到“流俗待看除旧弊，深闺有愿作新民”，再到“沧海成尘等闲事，看花载酒且勾留”，无论是宣扬女权、兴办女学，还是研译经典、宣扬戒杀护生，她始终怀有一颗忧国之心和为天下女性同胞争取平权谋求解放的志气。吕碧城在《谋创中国保护动物会缘起》中写道：“吾生有涯，世变无极，唯以继续之生命，争此最后之文明。庄严净土，未必不现于人间。虽目睹无期，而精神不死，一息尚存，此志罔替。吾言息壤，天日鉴之。”①这段铿锵有力的文字鲜明地表达了她一生的信仰。

人们在追怀吕碧城超凡脱俗的一生时，往往对其最后的遁入空门充满遗憾，甚至认为其一生孜孜以求之男女平权大业之未成，原因就在于其晚年转向佛学。吕碧城风华绝代，才冠群英，一连串的桂冠都和她的名字连在一起：“近代女词人第一人”、“中国第一位女编辑”、“北洋女子师范学校第一位女校长”、“近代教育史上女子执掌校政第一人”、“中国近代第一位系统提出女性教育思想者”、“第一位系统进行佛经翻译的中国女性”、“第一位在世界动物大会上进行废屠演讲的中国女性”等等。事实上，后人不必苛求于那个时代女性的完美，吕碧城恰恰以她一生不断的兴趣和志业的转换验证了她对生命本真的追求。正如她在《写怀三首》中所咏：“大千苦恼叹红颜”，她其实早已经意识到女性和时代的局限，却明知不可为而为之，以笔为刃，“亲为同类斩重关”，她切实利用她在《大公报》的有利位置，向社会发出了男女平权的吁告。但几乎就在同时，她也清醒地意识到女性解放的困境与艰难，所遭受的排挤和讥讽，故而发出“无量沙河无量劫，阿谁捷足上慈航”的期待。世间一切苦厄她早已尝尽并勘破，只期望早日放下，早日解脱和皈依。对于这一天的到来，她期待已久，也修行已久，而她之前所做的一切恰恰是为了这个万千女性翘首以待的目的：“苦海超离渐有期，亚东风气已潜移。待看廿纪争存日，便是娥眉独立时。”时至今日，当世界范围的女性大部已经实现自我的独立之时，人们又怎么能不缅怀吕碧城这个20世纪初年的女性先驱呢？缅怀她惊人的胆识和超人的智慧？吕

① 吕碧城:《欧美之光》，上海国光印书局1931年版，第120页。

碧城的诗歌再现了她思想的轨迹，也见证了她人生的历程。吕碧城的超拔之处在于，她所做的一切取舍并不仅仅缘于时代的沉浮，亦不为周边人事的牵系变动，当然更不是个人的任性而为，这是在她充分了悟世态和人生真谛的基础上所作的主动决断。终其一生，她以强劲的姿态选择个人命运，直至最后的生命归宿。正是通过这样独特的形式，她完成了对个体尊严与自由的诠释和实践，也藉此完成了对自我主体的主动性建构。

萧红作品中的生存场景隐喻及其意义

与整个现代文学的作家比较，萧红是如此的特异；与现代文学的众多女性作家比较，萧红还是一个异数。这特异到底在什么地方？她的生命流程、她的心路历程、她的价值决断、她的审美方式、她的创作个性、她的文体特征都是一个异数，虽然文学史家也曾给她冠以“左翼作家”、“东北流亡作家”的称号，但显然她的作品独立于这些团体或流派所代表的艺术范式之外。许多研究者也曾从不同的角度切入，探及其思想的某一层面，越来越多地为读者呈现一个立体存在的萧红。本文提出“生存场景”的概念，企图从一个全新的视角考察萧红的作品，发现某些未被言说的真实，从而在此基础上探究场景隐喻在作家创作中的普遍意义。

一

“场景”一词在《现代汉语大词典》中解释为：指戏剧、电影等艺术作品中的场面。在《文艺理论词典》中解释为：也叫场面。是人物与人物之间在一定的时间、地点相互发生关系而构成的生活画面。这样的解释当然不能令人满意。它甚至不如关于“典型环境”的介绍更为清晰：在文学艺术作品中典型人物所生活的，形成其性格并促使其行动的特定环境。典型环境包括社会环境和自然环境两种。社会环境指一定社会发展时期的社会生活，阶级斗争及其发展趋势，民族关系以及人与人之间的关系；自然环境指人物活动的地域、气候、景物等。典型环境便是典型人物生活、活动的一切外在条件的总和。似乎也没有必要为此再造一个新的词语，本文更愿意赋予这里所使用的“场景”一词以较为完备和准确的解释，它指呈现在作品中提供人物生存活动时空的特定景观，包括地域、气候、景致等自然因素，也包括文化、道德、伦理等社会内涵。地域性是最明显的特点，但这地域必须是在气候、文化等因素笼罩或浸染下的地域。

在这样的界定基础上，萧红的作品就其整体而言就是一个场景的故事，她写作主题的转换实际上是从一个场景到另一个场景的转移，最终仍然是那片可亲又可憎的故土。从萧红作品的题名就可以毫不费劲地看出场景设置在其作品中的自觉与普遍，《生死场》中在自然暴君的双腿下，蠕动着的男人与女人们生与死的场景，土地与麦田、河沿与高粱地；《呼兰河传》中凝结着愚昧与忧伤、飘零着寂寞与失落的生存场景，跳大神、唱秧歌、放河灯、野台子戏、娘娘庙大会；《小城三月》里飘着飞絮、有着短命的春天的小城；《后花园》里有着童稚的无邪与成人的冷酷的成长天地；还有《商市街》《北中国》《马房之夜》等，这里面既有着明显的地域性，也有着鲜明的季节性。还有一些作品则有着与季节明显相关的场景意识，如《春意挂上了树梢》《飞雪》《他的上唇挂霜了》《又是冬天》《又是春天》等。就在几乎所有的上述作品中，都包含着社会文化场景的内涵，如《呼兰河传》中的戏台、庙宇、大泥坑、扎彩铺、跳大神、放河灯、东大桥等都是隐喻着多重意味的传统文化生活场景。

同时，为了对这些场景进行具体分析时的方便，本文又可以将其作品中的场景分为模糊场景和细节场景，模糊场景是指较宏观的包含以上诸因素的叙述所展开的整体场景，细节场景则是指一个一个的故事或者说叙述逐渐展开的具体的个别场景，正是这一个又一个的个别生存场景组成了那个模糊的整体场景，从而隐喻着人类生存和女性生存的深层意蕴，在这个意义上才有可能认知萧红创作的独特意义。

二

“严寒”即使不是萧红作品中出现频率最高的词汇，也是给阅读者留下最深刻和恐怖印象的生存体验。她的家乡在中国的最东最北部，一年之中有四个月飘着白雪——那并不是浪漫的事。当她在哈尔滨流浪时，不得不用夏季穿的透孔的鞋子去接触着雪地，“那夜寒风逼着我非常严厉，眼泪差不多和哭着一般流下，用手套抹着，揩着，在门扇上起着小小的粘结”，“甚至于我想到了狗睡觉的地方，那一定有茅草。坐在茅草上面可以使我的脚温暖”。[①] 多年之后，当她已不再流浪，严寒所留给她的记忆仍是如此的触目惊心，“雪，带给我不安，带给我恐怖，带给我终夜各种不舒服的梦……一大群小猪沉下雪坑去……麻雀冻死在电线上，麻雀虽然死了，仍挂在电线上。行人在旷野白色的大树里，一排一排地僵直着，还有一些把四肢冻丢了。”[②] 众所周知，梦与潜意识有着密切的关系，弗洛伊德认为梦的材料常常是那些在精神上具有重大意义、给做梦者留下深刻印象的事件，而在所有材料和来源中，最为作者所强调的是做梦者的童年创伤经验。对于萧红而言，流浪时的创伤性经历已深深烙进她的记忆之中，作此精神分析应该是完全合理的，但它的意义绝不止于此。

漫长的严寒中不是没有期盼，这期盼是热切而痛苦的，而作为生存场景的春天是这样来临的：

> 在我的家乡那里，春天是快的。五天不出屋，树发芽了，再过五天不看树，树长叶了，再过五天，这树就好象绿得使人不认识它了。使人想，这棵树，就是前天的那棵树吗？自己回答自己：当然是的。春天就象跑的那么快。好象人能够看见似的。春天从老远的地方跑来了，跑到这个地方，只向人的耳朵吹一句小小的声音：“我来了呵。”而后很快地就跑过去了。[③]

春天的命运就是这样短。中国尤其是北国的女性对于这“春”不知怀着多少意义，“日子一寸一寸的都有意思”，当大街小巷飘飞着杨花的时候，对于春

① 《萧红全集》（下），哈尔滨出版社 1991 年版，第 933 页。
② 同上书，第 1000 页。
③ 《萧红文集》（1），安徽文艺出版社 1997 年版，第 492—493 页。

天的期待也达到了巅峰，“春来了，人人像久久等待着一个大暴动，今天夜里就要举行，人人带着犯罪的心情，想参加到解放的尝试……春吹到每个人的心坎，带着呼唤，带着蛊惑……”[①] 经过这一夜的疯狂，短命的春天就过去了。

“河沿”是萧红作品《生死场》中得到表现的另一个重要场景，那是一个“多事之地”，“不是好人去的地方”，河沿上唱着一支小曲，“昨晨落着毛毛雨，……小姑娘，披蓑衣……小姑娘，……去打鱼”，咏唱者是一个带有挑逗性的男人，而在河沿的生存场景中被诱惑的是女人，这就是她们屈辱与疯狂的短暂的所谓“春天”。“九月里落着毛毛雨的早晨，我披着蓑衣坐在河沿，没有想到，我也不愿那样，我知道给男人做老婆是坏事，可是你叔叔，他从河沿把我拉到马房里，在马房里，我什么都完啦！”[②] 这里呈现的是上一辈女性的生存命运，到了金枝又怎么样呢？她听着鞭子响、口哨响，去河沿约会她的心上人了。然而，“五分钟过后，姑娘仍和小鸡一般，被野兽压在那里。男人着了疯了”！当他们受着惊扰了：“发育完全的青年的汉子，带着姑娘，像猎犬带着捕捉物似的，又走下高粱地去。”[③]

当女性的爱情在“河沿”上遭到毁灭性的杀戮时，在另一生存场景“戏台”下则进行着温文尔雅的将女性作为商品的洽谈与交换。《呼兰河传》中搭起的“野台子戏”的戏台不只是唱戏用，它的多功能性简直令人惊叹。东北有童谣：

> 拉大锯，扯大锯，姥爷门口唱大戏。接姑娘，请女婿，小外孙也要去。

华北地区也流传着类似的一则童谣：

> 小槐树，槐树槐，槐树底下搭戏台，别人的闺女都来了，俺的闺女咋不来？

---

① 《萧红全集》(1)，安徽文艺出版社 1997 年版，第 470 页。

② 同上书，第 237 页。

③ 同上书，第 236 页。

前者有传统的热闹，后者则充溢着民族的悲凉。无论它的情绪如何，“戏台”同“女儿们”的命运有剥拆不开的关系。所谓的看戏极具虚拟性，因为既没有现代的音响设备，人又众多杂乱，“听是什么也听不见的，看也很难看到什么，无论看不看，戏台子底下不能不来”。首先是大批的“相亲”活动在戏台下进行，“也有只通知男子而不通知女家的，这叫做‘偷看’，这样的看法，成与不成，没有关系，比较地自由，反正那家的姑娘也不知道”。其次是“指腹为婚”的仪式在此时举行，也有喝酒作乐的随便的把自己的女儿许给了人家。“假若女家穷了，那还好办，若实在不娶，她也没有办法。若是男家穷了，男家就一定要娶，若一定不让娶，这姑娘的名誉就很坏，她就把谁家‘妨’穷了，又不嫁了。”[①]最后不得不嫁过去，反遭百般侮辱，丈夫因此也不喜欢她了，公公婆婆也虐待她，于是往往演出悲剧来，跳井的跳井，上吊的上吊。

在《呼兰河传》所构织的地理生存场景中，除了河沿、戏台外，还有庙宇，“娘娘庙”与“老爷庙”的景观绝然不同，娘娘们都塑得温顺，老爷则凶猛，“让你一见生畏，不但磕头，而且要心服。磕了亦不后悔”。于是温顺就成为老实好欺侮，是被打的结果甚或是招打的理由。这些庙宇千年如一日的存在，证明这种传统的根深蒂固。而肮脏可怖之至的“大泥坑”淹死过小猪，闷死过狗，闷死过猫，鸡和鸭也常常死在里面。说拆墙的有，说种树的有，若说用土把泥坑来填平的，却一个也没有。还有那卧在城市、村镇与荒野之边缘的“东大桥”，东大桥下发生的一些神秘或恐怖的事情，出没的一些孤魂冤鬼，在夜间叫喊或啼哭。《呼兰河传》中的小团圆媳妇被婆婆给活活打死了，她的灵魂就变成了一只大白兔，隔三差五地就到东大桥下去哭。在中国的文学精神中，但凡化鬼化蝶都是冤情不得伸的延宕——以此来表示对那不幸者的同情，抚慰那还活在不幸中的可怜的人们。

---

① 《萧红文集》(2)，安徽文艺出版社 1997 年版，第 54—58 页。

三

在文本尤其是女性的文本中，表面的故事之下掩藏着无声的故事。文学批评的目的在于使潜藏于表面叙述中的另一区域浮出，在空白之处寻找意义，在沉默之处倾听女性真实的声音。正如肖瓦尔特所说："我们必须通过探索女性文本的缝隙，寻找历史、人类学、心理和我们自身中被压抑的信息，从而确定未曾被言说的女性特质。"① 在对沉默者的声音的谛听与领悟中，文学批评："不仅要命名、界定从未被命名、甚至从未被看见的事物，而且也使今天和未来的妇女来看、来表达、来界定她们自己的真实。"②

萧红一生的不断流亡南方不能不说与这潜意识里惘惘的严寒的威胁有关，她之躲避这恐怖的为严寒所主宰的生存场景是否有着女性生存意义上更深层的原因呢？逃出了无爱的父亲的家庭，又逃出了无平等的丈夫的家，她的一生无论在生命流程还是在心路历程上都走着一条流亡之途，严寒在显在的意义上当然是自然场景，但在隐在的意义上，谁又能否认这与来自男权社会的重重威压没有一些关系呢？最终她逃出了革命与解放的大时代，以个人思考的诚实与勇气写作于香港。中国的女性独自一身生活在没有平等和关爱且充满着严寒的人生荒原之上，仿佛是在无任何遮蔽的风雨中漂泊，且漂泊得太久。中国男权社会提供给女性的生存之路太狭窄了，以至于中国的女性解放是那样让人哭笑不得，许多女性在走向自我的解放时，在能够拥有一间与某男人共享的房间时就不再去营建属于女性自我的房间。我们看到太多的女性在自由和解放的呼喊之后走入那和觉醒之前并无二致的人生囚笼，一样的忍耐，一样的争权，一样的迫害，从张爱玲的《五四遗事》和苏童的《妻妾成群》中都可以看到同样的带有强烈反讽意味的主题表达。但萧红是一个异数，这在于她是清醒的时代的大勇者，她是那样决绝地逃出所有的强加的束缚和奴役。

因此，春天的短暂是这样契合那些在漫长的严寒中等待和挣扎的中国女性的命运，她们的青春、爱情的梦、幸福的幻想甚至苦涩的人生，都如这春天

① 陈晓兰：《女性主义批评与文学诠释》，敦煌文艺出版社 1999 年版，第 25 页。

② 同上书，第 31 页。

的居留一样短暂。考察中国的女性解放，在萧红所生活的时代，曾经有过那样“疯狂恣肆”的一夜吗？答案是没有。被春天唤醒的娜拉们不是堕落就是回来，那既没有堕落也没有回来的就正在挨饿，发出“草褥子可以吃吗？”的呼告。而更多的人正在沉睡，春天就已经走远，那留在生存场景上的仍是弥天的严寒——中国女性依然漂泊无依，辗转在无家可归的荒原。《小城三月》里的翠姨也应该是感受到女性春天的时代气氛的，但她的死却是那样的无辜和无声，连一声呻吟和告白也没有。结果还让周围的人甚至她用生命爱过的人纳闷，这是怎样矜持和隐忍的向死而生？！

如果我们把“漫长的严寒”和“短命的春天”所隐喻的生存场景作为底色，那么女性宿命的挣扎则是跳跃在这灰暗底色上的明黄与暗紫。之所以使用这种突兀和奇异的词汇，仍是因为女性生存的创伤性经历与现状，它具体表现在细节场景“河沿”上发生的故事。从文化学、民俗学和传统文学的各种知识中，人们大略可以领会“河沿”所代表的情爱文化内涵，它与传奇和秘闻连在一起。“高粱地”与“河沿”在此同义，它们在乡野情爱故事的模式中揭示的是女性在两性中的屈辱地位，她一般是被擒获、被强制、被奴役和被暴虐的。本能、粗野、贪婪的男人是河沿或高粱地里的主宰者和胜利者，女性的存在只是一块“热的肉”与“白的死尸”，是没有面目和声音的。电影《红高粱》对所谓的原始生命力的称颂只代表着传统文化中男性的立场，它所极力淡化和掩盖的粗野与暴虐正是它所极力向西人谄媚的所在。传统文学中文人士大夫咏唱数千年的“关关雎鸠，在河之洲”的温婉而虚假的情意早已风化成为河沿上无数暴虐的掠夺。

与此同时，女性的悲剧命运也正在与戏台上咿咿呀呀、打打杀杀的或滑稽或悲凉的演出并肩行进。在中国的戏剧中，很少真正的悲剧，这里当然有极其复杂的历史、文化、哲学的原因，但不能不说与中国人缺乏深沉的悲剧观念有更加密切的关系；或者说在中国人的实际生活中，上演的就是最沉重的悲剧，故其在升华为艺术时，取的倒是一种旁观的出离态度，因此即使是最不幸的故事，当搬演出来给人看的时候，有的至多也不过是悲凉而不是悲剧式的震撼，真正悲剧式的震撼已经和永远只发生在实际的生存中。“戏台”在这里有很特殊而暧昧的作用，它既是一种界限，分开了生活与艺术；同时又是一种同谋，它是女性不幸命运的旁观或者说制造者，它作为一个场景设置，参与了“出卖”活动；“戏台”还是一种隐喻，艺术所体现的悲与喜就其深广性与普遍性而言，远逊于生活的严峻与沉重，真正的悲剧不是在戏台上而是在戏台下。

“大泥坑”和“东大桥”的隐喻作用就上升到更为深层和普遍的意义。人们经年累月胆战心惊地从泥坑旁走过，忍受着泥坑所制造的灾难，谁又能说不也是在享受着泥坑所带来的无聊的快意呢？那是闲人与看客式的无耻的快意，若要将这泥坑填上，那平淡无奇的生活中的不可或缺的喜剧和笑料又从何而来呢？“东大桥”可以说是文学传统中人道主义的体现，因为它毕竟是冤魂可以暂时栖居的地方，但为什么不可以说这是一种麻醉甚至是一种骗局呢？它让那些活在不幸中的人们忍耐着，煎熬着，在等待死去后方可化鬼、化蝶、成仙的虚幻中认同这沉重的生活，究其实它又是极不人道的。而“东大桥”也只是且只能坐落在城镇与村落的边缘地带，冤鬼们顶多只能在此叫上一两声，设若胆敢有闯到人的家里或人群中去叫喊和捣乱的，人则会连那一点同情也迅速丢弃，群起而攻之，直到杀戮尽净为止。这些诠释已不仅仅适合于女性，它揭示的是中国人国民性的丑陋与悲哀。

四

迄今为止，萧红创作的文体特征已基本为文学史家所认同，这里自然包括她的抒情性、散文体、童年视角等，更应该包括一直以来并不被研究者注意的带有强烈的印象和情绪色彩的生存场景观照。但就是这样的并不完备的认同经历了多少读者和研究者的争执和淘洗！无论当时还是现在，萧红都不是所谓的女权主义作家，她是中国大地和中国文明中生长起来的女儿。但她独特的写作样式及其表述的深沉内涵，浓重的由传统文学所递传下来的以男性为主宰的文学传统却并不能容忍这样真实而尖利的女性的声音。

文学前辈鲁迅、胡风、茅盾在扶持和推出萧红作品《生死场》和《呼兰河传》时都有热情洋溢的褒扬，但仔细品味那些褒扬之辞，领会到的却是更多的美中不足，如众所周知的“这自然还不过是略图，叙事和写景，胜于人物的描写”，[①] 实际上仍是在说人物描写的欠缺与深刻展示的不足。胡风曾详细分析了《生死场》的短处与弱点。“第一，对于题材的组织力不够，全篇显得是一些散漫的素描，……第二，在人物的描写里面，综合的想象的加工非常不够。……第三，语法句法太特别了，有的是由于作者所要表现的新鲜的意境，有的是由于被采用的方言，但多数却只是因为对于修辞的锤炼不够。”[②] 这里当然有很多实事求是的批评，但萧红之成为萧红，不就在于所有这些特异之处吗？如果不是这些，人们将难以想象文学史上的淘洗能够越来越认同萧红。茅盾称《呼兰河传》有“比‘像’一部小说更为诱人的东西：它是一篇叙事诗，一幅多彩的风土画，一串凄婉的歌谣”[③]，但也指责了她不能投身到农工劳苦大众中去而产生的苦闷和寂寞在全书情调与思想上投射的暗影。当今天人们经过了对 20 世纪文学的反思与重构之后，才意识到萧红的勇气和意义正在于此。萧红很少有关于文学的宏论，但她确实说过这样的话：“作家不是属于某个阶级的，作家是属于人类的。现在或是过去，作家们写作的出发点总是对着人类的愚昧！”[④] 不能不深深佩服萧红的勇敢和见识。更不用说萧军、端木蕻良对萧红创作的鄙视与压抑了，萧军曾当着朋友们的面讥笑萧红的作品，甚至一向赞赏萧红作品的端木也对其长篇回忆散文《回忆鲁迅先生》的写法不以为然。

以上种种究竟说明了什么？这才是本文最终追究的问题。萧红的场景隐喻出于怎样有意无意的动机？她作品中处处流露的悲凉和孤寂情调除了个人的创伤性经历与敏感性情绪等原因之外，还有着怎样复杂而厚重的历史文化影响？“女艺术家感到孤寂。她对男性前辈的隔膜伴随着对姐妹先驱和后来者的企盼。她急切地渴求女观众，又畏惧着带有敌意的男性读者。她受制于文化，不敢自我表现，摄于男性权威，对于女性创作的不正当性心怀忧惧。凡此种种‘低人一等’的表现，都标志着女作家在为寻求艺术上的自我界定而奋斗，也使女作家自我塑造的努力有别于男性同行的努力”[⑤]，所有这些都说明建立于男性文学

① 鲁迅：《生死场·序言》，《萧红文集》（1），安徽文艺出版社 1997 年版，第 221 页。
② 胡风：《生死场·读后记》，《萧红文集》（1），安徽文艺出版社 1997 年版，第 326—327 页。
③ 茅盾：《呼兰河传·序》，《萧红文集》（2），安徽文艺出版社 1997 年版，第 10 页。
④《萧红自传》，江苏文艺出版社 1996 年版，第 245—246 页。
⑤ 张岩冰：《女权主义文论》，山东教育出版社 1998 年版，第 79 页。

和经验之上的文学标准，适用于分析男性文学作品的方法、范畴、术语，可能对女性文学的认知构成遮蔽。作为个人和女性的萧红，正是以隐喻的方式发出她自己的真正声音来，揭示女性生存中的被遮蔽的真实，以此构成对男权话语中心地位颠覆的努力。

并且这些都还不够，萧红作品表现有足够的生活的美好——《呼兰河传》中的“火烧云”与“后花园”的场景是最能感染人的，也是给人留下最难以磨灭印象的，实际最能代表她记忆中的快乐。她所采取的场景描写的自觉并不是出于仇视，她所使用的回忆的体式与视角证明她曾经有过的美好，建立在过滤基础上的回忆实际也是一种遗忘，对成长中现实苦难的回避，对记忆中美好生活的执着与重建，恰恰是这些表明了她内心深处的欠缺与渴求。海德格尔说：“所有按灵魂的意义活着的东西，都贯穿着灵魂之本质的基本特征，贯穿着痛苦。凡有生者，皆痛苦。”[①] 作为以灵魂来写作的萧红，她已经在灵魂的意义上以个体生存的呈现和女性生存的隐喻揭示了一段女性被尘埋的历史，她所持有的自我人格和她在文学观念上的独立不倚必会启示更多的人挣脱奴役走向自由。

---

① ［德］海德格尔著，孙周兴译：《在通向语言的途中》，商务印书馆 1997 年版，第 50 页。

钱钟书《围城》与杨绛《洗澡》的互文性考辨

1947年，钱钟书的长篇小说《围城》由上海晨光出版公司初版，直到1980年人民文学出版社出版了本书的新版，这本书才有了1949年以后三十多年里的第一次重印。为此，钱钟书特意写了《重印前记》，表达了对这本书能够重新排印所感到的意外和忻幸。其实，他对《围城》并不满意，曾经抽空创作第二部长篇小说《百合心》。据说这本书："也脱胎于法文成语（Le coeur d' artichaut），中心人物是一个女角。大约已写成了两万字。"[①] 但可惜的是，1949年夏天，钱钟书全家从上海迁居北京，手忙脚乱中将草稿遗失。自此以后兴致大扫，没有再写小说。这对于热爱《围城》和钱钟书的读者来说，不能不说是一大遗憾。

但奇妙的是，就在《围城》重印后不久的1985年，杨绛写下长篇纪实散文《记钱钟书与〈围城〉》，并于1986年在湖南人民出版社出版，文章对《围城》的创作过程、书中人物来源以及钱钟书的个人行状进行了客观纪实，发表后引发诸多关注。而杨绛的小说创作兴味却从此不可遏抑，几乎就在同时，她开始了长篇小说《洗澡》的写作，并最终于1988年分别在香港、北京、台湾三地公开出版。

1990年代，《围城》迎来了影音剧改编的热潮。黄蜀芹导演的10集电视连续剧《围城》热播之外，还有根据《围城》改编的32集广播连续剧，更有鲁兆

① 钱钟书：《围城·重印前记》，人民文学出版社1991年版，第1页。（下文中《围城》引语皆出于此版本，不一一注出）

明1992年出版的《围城之后》[①]，小说延续了《围城》的悲剧色彩，由于风格力求模仿钱钟书，一段时间曾出现大量冠以钱著的盗版，以致一些读者误以为钱钟书晚年续写《围城》。1993年3月，《围城之后》的续作《围城大结局》[②]出版。很多读者借电视剧和广播剧的播出了解了钱钟书和《围城》，也使得《围城》续作频现，尽管以上出版社和作者因此获讼于钱钟书，两部续作却被好事者列为"钱学"研究书目，此为后话。

一

由于钱钟书的《围城》和杨绛的《洗澡》描绘了中国现当代知识分子共有的生存困境和人生焦虑，历来对这两部小说的比较和整合研究并不少见，但对于其中人物之间的关联性分析和研究却鲜有涉及。事实上，因为钱钟书和杨绛之间的特殊关系，将《洗澡》看作《围城》的续集并无不可——尽管读者已经绝无可能看到钱钟书所写的类似于"记杨绛与《洗澡》"这样的纪实性文字。但令读者称奇的是，2010年，年届百岁高龄的杨绛又为《洗澡》写下了续集《洗澡之后》，包括杨绛的《记钱钟书与〈围城〉》在内，《围城》《洗澡》《洗澡之后》这四部作品构成了一个互相勾连、紧密啮合、环环相扣的连环套，它们彼此之间的互相解释关系构成了一个自足的文本系统，其文本之间的深度介入和内部勾连已经不能简单地用比较研究和影响研究来阐释。

在众多关于钱钟书、杨绛小说研究的文章中，有两篇名不见经传的论文值得注意：一是朱瑞芬的《钱钟书杨绛眷属语象论》[③]，文章认为"钱杨夫妇以宝剑喻则为雄雌双锋、以蝃蝀喻则为虹霓双彩。在文学创作中其语言相随相伴，互见互用，以不凡的语言造诣和文学情性交感灵通，形成神韵卓绝、意味幽远的眷属语言，开创出钱杨伉俪独特的'语言天地'"，并认为"这是一个值得研

① 鲁兆明:《围城之后》，春风文艺出版社1992年版。
② 魏人:《围城大结局》，农村读物出版社1993年版。
③ 发表于《苏州铁道师院学报》1996年第3期。

究的课题，对此‘钱学’研究者鲜有论及”。“眷属语象”是一个颇为新颖的提法，其着眼处在于两位作家文学语言的相随相伴和互见互用，这是比较早地注意到钱氏夫妇创作中的互文问题、并从语言学的角度进行的研究。另一篇论文是黄志军的《论钱钟书杨绛小说的婚恋模式与互文性》[①]，文章认为“钱钟书、杨绛的人生关联使他们的小说呈现出婚恋模式上的互文特征，俩人的小说创作皆有其‘诗可以怨’的为文动机，杨绛小说对钱氏小说中相关婚恋困境的思想内涵作出了呼应与反证，杨绛小说创作的情感历程是一个从愤懑的扭曲到分裂的和谐的过程。”这篇文章充分注意到钱杨小说婚恋关系描写的互文性特征。这两篇发表时间相隔十余年的论文都注意到了钱钟书和杨绛小说创作的互文性问题，尽管前者谈的主要是语言问题，后者论及的主要是杨绛早期的中短篇小说。但可惜的是，尽管有不少文章论证钱钟书小说自身的互文性，但关于钱、杨小说之间的互文性研究却没有更进一步地深入，当然也没有能够在有关《围城》和《洗澡》及其如上所说的系列连环作品的研究上进行针对性的探讨。

相反，人们更愿意从社会学的角度分析钱、杨笔下的知识分子生存、知识分子人格等，甚至一度热衷于对钱、杨作品中的人物进行索隐派的研究，用历史上的人和事去比附《围城》中的故事，然后试图对号入座，并由此对钱、杨的人品进行针砭，某种意义已经远离了对文本的精微剖析。从文本出发的研究既不意味着做局限于作者家世、生平史料和版本考订研究的考据派，也不意味着做现实影射的索隐派，而是从作品中的故事和人物出发，推究不同人物彼此之间的关联性和互文性。本文即着眼于此，但限于篇幅，仅主要探讨从《围城》中的唐晓芙到《洗澡》《洗澡之后》中的姚宓之间的互见互用以及牵连转变关系并通过这两个人物之间关系的解组打开从《洗澡》《记钱钟书与〈围城〉》《洗澡》到《洗澡之后》这个作品连环系统中钱钟书、杨绛长篇小说创作的互文性关系。

---

① 发表于《泉州师范学院学报》2009 年第 5 期。

二

“互文性”概念首先由法国符号学家、女权主义批评家朱丽娅·克里斯蒂娃在其《符号学》一书中提出：“任何作品的文本都像许多行文的镶嵌品那样构成的，任何文本都是其他文本的吸收和转化。”[①] 其基本内涵在于：每一个文本都是其他文本的镜子，每一文本都是对其他文本的吸收与转化，它们相互参照，彼此牵连，形成一个潜力无限的开放网络，以此构成文本过去、现在、将来的巨大开放体系和文学符号学的演变过程。[②] 事实上，在朱丽娅·克里斯蒂娃提出这一术语之前，“互文性”概念的基本内涵已经出现在俄国学者巴赫金的诗学著作中，其于《陀思妥耶夫斯基诗学问题》一书中，提出了“复调”理论、对话理论和“文学的狂欢节化”等概念，“文学的狂欢节化”这一概念已初步具备“互文性”的基本内涵。

在互文性理论的早期发展过程中，主要有两种路向：一是广义性的“互文性”，以意大利符号学家艾柯为代表，认为文本具有无限开放、自我指涉和多种转译可能性的特征；二是狭义性的“互文性”，以法国符号学家米歇尔·里费特尔为代表，互文性的重心从文本移向文本与读者之间的空间，认为一切互文性关系都必须置于每一个文本的结构母体之上，即文本和它的互文本是同一结构母体的变体。对互文性内涵作狭义界定的还有结构主义阵营中的热拉尔·热奈特。他称“互文性”为“跨文本性”，在他看来，任何文字都是跨文本的，任何文本都是产生于其他文本之上的“二度”结构。

除此之外，“互文性”还有“历时性”互文性和“共时性”互文性之分，从共时性角度探讨互文性的多为符号学、结构主义和后结构主义，从历时性角度出发的主要体现在新历史主义与女性主义之中，此外还包括罗兰·巴特和哈罗德·布罗姆的理论。作为一种新型文学理论，互文性理论同传统文学研究的差异主要表现在以下方面：“（一）传统文学研究以作者和文本为研究中心，

---

① ［法］朱丽娅·克里斯蒂娃：《符号学：意义分析研究》，朱立元：《现代西方美学史》，上海文艺出版社1993年版，第947页。

② 赵一凡：《欧美新学赏析》，中央编译出版社1996年版，第142页。

而互文性理论强调读者与批评的作用；（二）传统文学研究相信文本有终极意义而批评也能获得最终的求解，互文性理论则否认文本的终极意义的存在，强调文本意义的不可知性或流动性，从而更重视批评的过程而不是结果；（三）传统文学研究强调原文本或前文本是意义的来源，互文性理论则重视文本间的相互指涉，传统的来源——影响研究侧重历时性的展开，互文性理论更看重文本意义的共时性展开；（四）互文性理论突破了传统文学研究封闭的研究模式，把文学纳入到与非文学话语、代码或文化符号相关联的整合研究中，大大拓展了文学研究的范围，形成一种开放性的研究视野。”① 本文依据以上互文性理论，通过不同文本之间的关联和互证、读者与作者之间的互证、文学与非文学话语的互证来考辨和诠释《围城》中的唐晓芙和《洗澡》系列中的姚宓的互文性关系。

众所周知，唐晓芙是《围城》中的重要人物，这个人物在小说的前三分之一部分频繁出现，小说对她有大量描写。但她在小说中途退场消失，直到小说结尾不仅没有出现，似乎作者钱钟书也遗忘了这个人物，直至小说结束也没有对这个人物的结局作出交代。唐晓芙初次登场出现在《围城》第 40 页，这是个二十岁左右的娇小女孩子：“妩媚端正的圆脸，有两个浅酒窝。天生着一般女人要花钱费时、调脂和粉来仿造的好脸色，新鲜得使人见了忘掉口渴而又觉嘴馋，仿佛是好水果。她眼睛并不顶大，可是灵活温柔，反衬得许多女人的大眼睛只像政治家讲的大话，大而无当。”她头发没烫，眉毛不镊，口红也没有擦，似乎安心遵守天生的限止，不要弥补造化的缺陷。总而言之，唐小姐是摩登文明社会里那桩罕物——一个真正的女孩子。唐小姐在《围城》中最后一次正面出现则在小说的第 89 页，方鸿渐、唐晓芙因为种种误会而分手，彼此又都不愿意解释，唐晓芙脾气高傲，宁可忍痛至于生病。病愈后到北平过夏，之后回上海参加表姐苏文纨的婚礼。吃完喜酒的第四天，就跟她父亲到香港转重庆去了。此后，她只是出现在方鸿渐的心里、梦里以及和孙柔嘉的嘴仗中了，如《围城》第 269 页，方鸿渐跟孙柔嘉吵了一架：“柔嘉冷冷道：‘是，世界是小。你等着罢还会碰见个人呢。’鸿渐不懂，问碰见谁。柔嘉笑道：‘还用我说

① 黄念然：《当代西方文论中的互文性理论》，《外国文学研究》1999 年第 1 期。

么？你心里明白，唫，别烧盘。’他才会意是唐晓芙。笑骂道：‘真胡闹！我做梦都没有想到。就算碰见她又怎么样？’柔嘉道：‘问你自己。’他叹口气道：‘只有你这傻瓜念念不忘地把她记在心里！我早忘了，她也许嫁了人，做了母亲，也不会记得我了。现在想想结婚以前把恋爱看得那样郑重，真是幼稚。老实说，不管你跟谁结婚，结婚以后，你总发现你娶的不是原来的人，换了另外一个。早知道这样，结婚以前那种追求、恋爱等，全可以省掉。谈恋爱的时候，双方本相全收敛起来，到结婚还没有彼此认清，倒是老式婚姻干脆，索性结婚以前，谁也不认得谁。’”这一段话深藏玄机，不仅为后面《洗澡》中许彦成与姚宓的相遇埋下伏笔，而且道破婚姻的荒诞本质。唐晓芙这个名字最后一次被提到是在方鸿渐的意念中：“等柔嘉睡熟了，他想现在想到重逢唐晓芙的可能性，木然无动于中，真见了面，准也如此。缘故是一年前爱她的自己早死了，爱她、怕苏文纨、给鲍小姐诱惑这许多自己，一个个全死了。有几个死掉的自己埋葬在记忆里，立碑志墓，偶一凭吊，像对唐晓芙的一番情感。”到这里，小说就快结束了，方鸿渐并没有如孙柔嘉所说的“你等着罢还会碰见个人呢”那样遇见他“心里明白”的那个人。

清华大学蓝棣之曾经谈到钱钟书和《围城》：“70 年代末，作者在美国访问时，即被记者追问唐晓芙这个人物为什么突然中断了她的故事，在书里消失了？作者回答说：这正如在生活里，有的人淡入，有的人淡出，很正常。记者又追问：唐晓芙是作品里唯一没有受到作者批评的人物，这是什么原因？作者被追问得有些不快了，回答说：难道你要我承认她是我的‘梦中情人’吗？”① 那么，唐晓芙到底是不是钱钟书所说的“梦中情人”呢？或者，唐晓芙真的消失了吗？确实再也没有回来过吗？蓝棣之倾向于认为：唐晓芙被置换成了孙柔嘉，孙柔嘉是“另外一个”唐晓芙。这似乎也印证了钱钟书在作品里所说的：“谈恋爱的时候，双方本相全收敛起来，到结婚还没有彼此认清。”也就是说，孙柔嘉是唐晓芙的本相，恋爱时收敛起来的本相。因此，作者认为，唐晓芙和孙柔嘉的关系是：一个是表相、一个是本相，她们二人是二而一的。

但是，杨绛关于《围城》中唐晓芙的一段记述颇值得另外品味和深思。她

① 蓝棣之：《对于人生的讽刺和感伤——钱钟书〈围城〉症候分析》，《贵州社会科学》1999 年第 3 期。

说："唐晓芙显然是作者偏爱的人物，不愿意把她嫁给方鸿渐。其实，作者如果让他们成为眷属，由眷属再吵架闹翻，那么，结婚如身陷围城的意义就阐发得更加透彻了。方鸿渐失恋后，说赵辛楣如果娶了苏小姐也不过尔尔，又说结婚后会发现娶的总不是意中人。这些话都很对。可是他究竟没有娶到意中人，他那些话也就可释为聊以自慰的话。"[①] 从这段话来看，唐晓芙显然已经成为方鸿渐生命里悲剧性地错过的那个人，这种悲剧性且是宿命的，因为无论方鸿渐最后跟谁结婚，到头来都不再是原来的意中人。所以，方鸿渐和孙柔嘉结婚既是对唐晓芙的错过，也是对曾经的孙柔嘉的错过。那么，错过的东西是否永远不会回来了？不是，那些错过的人和事一直在不断地回来，只不过换了个时间，换了个地点，甚至换了个名字，但是，他们确实回来了——这一次，许彦成（方鸿渐）是和杜丽琳（孙柔嘉）携手回来的，他们不仅结婚了，而且有了自己的孩子，并双双自海外归来，最重要的是，他们不是经由钱钟书的残篇《百合心》、而是经由杨绛的长篇小说《洗澡》归来。

关于这一点，杨绛曾经有过一个委婉的说明。大意如下：钟书写完《围城》之后，"痴气"依然旺盛。《围城》重印后，她问钱钟书想不想再写小说。钱钟书说："兴致也许还有，才气已与年俱减。要想写作而没有可能，那只会有遗恨；有条件写作而写出来的不成东西，那就只有后悔了。遗恨里还有哄骗自己的余地，后悔是你所学的西班牙语里所谓'面对真理的时刻'，使不得一点儿自我哄骗、开脱、或宽容的，味道不好受。我宁恨毋悔。"[②] 杨绛认为这几句话可以作为《围城》的《重印前记》的笺注，是年为1985年。差不多同一时间，或许是出于对钱钟书的惺惺相惜，为了免除他的"恨"而不是"悔"；但也或许出于常年被钱钟书光芒笼罩所产生的焦虑、一种本能的挑战和应对，杨绛在散文、评论写作之余，开始了长篇小说《洗澡》的创作。用她自己的话说："但我年近八十，才写出一部不够长的长篇小说；年过八十，毁去了已写成的二十章长篇小说，决意不写小说。"[③] 尽管已经年近八十，杨绛还是证明了

① 杨绛：《记钱钟书与〈围城〉》，钱钟书：《围城·附录》，人民文学出版社1991年版，第290页。
② 杨绛：《记钱钟书与〈围城〉》，钱钟书：《围城·附录》，人民文学出版社1991年版，第303页。
③ 杨绛：《杨绛文集·第1卷·作者自序》，人民文学出版社2004年版，第2页。

她在才气和兴致方面不输于钱钟书的决心。至于《洗澡》是否真的超越了《围城》，还要通过具体作品的分析和后来人的评价来论定。

回到《洗澡》中的人物：前文中孙柔嘉的预言果然没错，不仅“世界是小”，而且方鸿渐“心里明白”的那个她既没有“嫁了人”，也没有“做了母亲”，最重要的是，“她”不仅没有忘记“他”，而且一眼就认出了“他”。《洗澡》一开始，已经使君有妇的许彦成遇见了女孩姚宓，他的眼睛立刻放出异样的光彩，小说这样描写许彦成和姚宓的第一次见面：“她在做记录，正凝神听讲。忽然她眼睛一亮，好像和谁打了一个无线电，立即低头继续写她的笔记。”[①] 而这个“谁”就是许彦成。小说借许彦成夫人杜丽琳的眼偷偷打量姚宓：“她长得三停均匀，五官端正，只是穿了这种灰色而没有式样的衣服，的确看老。”从战乱动荡的时代穿越而来，女孩姚宓自带了一种少年老成。丁宝桂认为“最标致的还数姚小姐”，余楠常偷眼端详，“她长得确是好，只是颜色不娇艳，态度不活泼，也没有女孩子家的娇气。她笑的时候也娇憨，也妩媚，很迷人。可是她的笑实在千金难买”。但对于余楠之流，姚宓却连正眼也不瞧。

但是，许彦成眼中的姚宓却似曾相识：“姚宓的脸色不惹眼，可是相貌的确耐看，看了想再看看。她身材比丽琳的小一圈而柔软；眼神很静，像清湛的潭水；眉毛清秀，额角的软发像小儿的胎发；嘴角和下颏很美很甜。她皮肤是浅米色，非常细腻。”沉静如昨，清秀如昨，纯真如昨，甜美如昨，她仍然还是当年那个天然去雕琢的“真正的女孩子”。接触渐多，许彦成眼中的姚宓更加真实：“她凭借朴素沉静，装出一副老成持重的样儿，其实是小女孩子谨谨慎慎地学做大人，怕人注意，怕人触犯，怕人识破她只是个娇嫩的女孩子。”唐晓芙真的回来了，只不过改了个名字叫姚宓——蜜比糖更甘甜，更精萃，也更迷人。曾经沧海的许彦成再一次“飞蛾扑火”：“昨晚他预想着和姚宓一同游山的快乐，如醉如痴，因而猛然觉醒：不好！他是爱上姚宓了；不仅仅是喜欢她，怜惜她，佩服她，他已经沉浸在迷恋之中。”彦成在信中向姚

① 杨绛：《洗澡》，见《杨绛文集・第1卷》，人民文学出版社2004年版，第229页。(下文《洗澡》引语皆出于此，不一一注出)

宓表达他的心情："我现在忽然明白了一件大事。我郁郁如有所失，因为我失去了我的另一半。我到这个世上来是要找'她'，我终于找到'她'了！什么错都不错，都不过是寻找过程中的曲折。不经过这些曲折，我怎会找到'她'呢！我好像摸到了无边无际的快乐，心上说不出的甜润，同时又害怕，怕一脱手，又坠入无边无际的苦恼。我得挣脱一切束缚，要求这个残缺的我成为完整。这是不由自主的，我怎么也不能失去我的'她'——我的那一半。"种种文字叙述迹象表明，女孩儿唐晓芙没有消失，她是实实在在真真切切地回来了，并且他们彼此认出了对方。一旦重新相遇，"他们觉得彼此间已有一千年的交情，他们俩已经相识了几辈子"。这段描写正因应了前文《围城》中孙柔嘉对方鸿渐所说的那段玄机深藏的话。

其实，不惟唐晓芙，许彦成身上的"痴气"、杜丽琳的"聪明"也和方鸿渐、孙柔嘉如出一辙，甚至余楠、余楠太太宛英都似曾相识，大量的人物前后相继，背景相似，命运相同。据杨绛介绍："方鸿渐取材于两个亲戚：一个志大才疏，常满腹牢骚；一个狂妄自大，爱自吹自唱。……许多读者以为他就是作者本人。法国19世纪小说《包法利夫人》的作者福楼拜曾说：'包法利夫人，就是我。'那么，钱钟书照样可说：'方鸿渐，就是我。'不过还有许多男女角色都可说是钱钟书，不光是方鸿渐一个。方鸿渐和钱钟书不过都是无锡人罢了，他们的经历远不相同。"[①] 用杨绛的纪实来印证钱钟书的作品应该最有权威性。关于孙柔嘉，杨绛说："孙柔嘉虽然跟着方鸿渐同到湖南又同回上海，我却从未见过。相识的女人中间（包括我自己），没一个和她相貌相似，但和她稍多接触，就发现她原来是我们这个圈子里最寻常可见的。她受过高等教育，没什么特长，可也不笨；不是美人，可也不丑；没什么兴趣，却有自己的主张。方鸿渐'兴趣很广，毫无心得'；她是毫无兴趣而很有打算。她的天地极小，只局限在'围城'内外。她所享的自由也有限，能从城外挤入城里，又从城里挤出城外。她最大的成功是嫁了一个方鸿渐，最大的失败也是嫁了一个方鸿渐。她和方鸿渐是芸芸知识分子间很典型的夫妇。"[②] 除了不够美之外，孙柔

① 杨绛：《记钱钟书与〈围城〉》，钱钟书：《围城·附录》，人民文学出版社1991年版，第287—288页。

② 同上书，第291页。

嘉简直就是《洗澡》中“标准美人”杜丽琳活脱脱的写照。

三

不仅《围城》与《洗澡》中的人物描写具有互文性，其用典、用词的互文性也非常明显，尤其作品中信手拈来的各种西方典故，如“金漆的鸟笼”、“被围困的城堡”等，例如《围城》中，慎明道：“关于 Bertie 结婚离婚的事，我也和他谈过。他引一句英国古话，说结婚仿佛金漆的鸟笼，笼子外面的鸟想住进去，笼内的鸟想飞出来；所以结而离，离而结，没有了局。”苏小姐道：“法国也有这么一句话。不过，不说是鸟笼，说是被围困的城堡 fortresse assiegee，城外的人想冲进去，城里的人想逃出来。鸿渐，是不是？”鸿渐摇头表示不知道。再如，关于对《围城》书中人物唐晓芙的评价：（他）撇着英国腔向曹元朗说道：“Dash it! That girl is forget-me-not and touch-me-not in one,a red rose which has somehow turned into the blue flower。”（真的！那个女孩子是“无忘我草”和“别碰我花”的结合，是红玫瑰变成了蔚蓝花）——“蔚蓝花”是浪漫主义遥远理想的象征。杨绛也在《洗澡·前言》中交代了“洗澡”一说的西方文化来源：“这部小说写解放后知识分子第一次经受的思想改造——当时称‘三反’，又称‘脱裤子，割尾巴’。这些知识分子耳朵娇嫩，听不惯‘脱裤子’的说法，因此改称‘洗澡’，相当于西洋人所谓‘洗脑筋’。”此外，《围城》《洗澡》《洗澡之后》还具有充分的社会、历史、文化背景上的互文性。小说所描写的时代，不仅是近现代中国知识分子共处的政治文化空间，也是中国历史上少有的“忧世伤生”的时代。有人批评作为知识分子的钱、杨两人对社会的批评和关切不够，只不过是他们并没有真正读懂钱、杨的作品而已。

《围城》和《洗澡》的互文性关系最重要的体现还在于，钱钟书和杨绛在各自作品写作、出版过程中所充当的读者作用。杨绛说：“钱钟书在《围城》的序里说，这本书是他‘锱铢积累’写成的。我是‘锱铢积累’读完的。每天晚上，他把写成的稿子给我看，急切地瞧我怎样反应。我笑，他也笑；我大笑，他也大笑。有时我放下稿子，和他相对大笑，因为笑的不仅是书上的事，还有书外的事。我不用说明笑什么，反正彼此心照不宣。然后他就告诉我下一段打算写什么，我就急切地等着看他怎么写。”其权威性简直无可辩驳：“除了作者本人，最有资格为《围城》做注释的，该是我了。”因为只有她知道：“我有机缘知道作者的经历，也知道酿成的酒是什么原料，很愿意让读者看看真人实事和虚构的人物情节有多少联系，而且是怎样的联系。”① 故而，她所叙述的钱钟书的经历、家庭背景和他撰写《围城》时的处境，为《围城》做的注解最让人信服。

显然，杨绛的说明并非一时兴起，而是别有用意。当然，她说得很委婉：“我自己觉得年纪老了；有些事，除了我们俩，没有别人知道。我要乘我们夫妇都健在，一一记下。如有错误，他可以指出，我可以改正。《围城》里写的全是捏造，我所记的却全是事实。”② 她以创作和生活见证人兼小说批评家的身份，既不称赞，也不批评，只据事纪实。杨绛的机敏过人还表现在她对《围城》的建构与解构，《洗澡》的故事止于轰轰烈烈的知识分子改造运动，许彦成和姚宓的爱情故事也发乎情止乎礼。但这远远不是结局，只要活着，作者就可以给她笔下的人物以新的生命和人生归宿。2014 年，《洗澡之后》出版，杨绛谈起创作起因：“我特意要写姚宓和许彦成之间那份纯洁的友情，却被人这般糟蹋。假如我去世以后，有人擅写续集，我就麻烦了。现在趁我还健在，把故事结束了吧。这样呢，非但保全了这份纯洁的友情，也给读者看到一个称心如意的结局。”③ 由此足可见到，杨绛作为读者和作者的双重身份存在，对此系列文本互文性关系所产生的强大威力和致命影响。

作为《围城》的续篇，《洗澡》不仅没让方鸿渐（许彦成）离婚，还让他和孙柔嘉（杜丽琳）生下了孩子，当然，最重要的是让方鸿渐（许彦成）与唐晓芙（姚宓）又见了面——只是见面而已，饱受爱情折磨之苦，却只能保持君子之交。尽管杨绛说故事是无中生有，纯属虚构，但又强调人物和情节却活生生地好像真有其事。所以，《洗澡之后》人物依旧，事情却完全不同。她把故事

① 杨绛：《记钱钟书与〈围城〉》，见钱钟书《围城·附录》，人民文学出版社 1991 年版，第 285 页。
② 同上书，第 303 页。
③ 杨绛：《洗澡之后·前言》，人民文学出版社 2014 年版，第 1—2 页。

结束，谁也别想再写续集了。于是，孙柔嘉、唐晓芙仿佛又回来了："他们是新来的外语系教师，女的专教口语，咕噜咕噜一口英国话，还会说美国话。英国话、美国话不都是英语吗？她还有个分别，真了不起！她最洋，绰号'标准美人'，可是我爸爸不喜欢她，说她太'标准'。姚姐姐，你是天然美，你是一级，她只是二级。"①

一如孙柔嘉和唐晓芙之间的差异，杜丽琳和姚宓之间也迥然不同。就连许伯母见了许彦成寄来的姚小姐照片，都赞叹她是幽娴贞静的大家闺秀，并说彦成从前那位夫人（杜丽琳），相貌虽然端庄，却俗在骨里，开水冲也冲不掉。小说的结局如同童话故事："姚太太和女儿女婿，从此在四合院里，快快活活过日子。"最后的故事场景定格在一幅充满隐喻意味的祥和画面中："中秋佳节，李先生预备了一桌酒菜，一来为姚太太还席，二来也是女儿的订婚酒。时光如水，清风习习，座上的客人，还和前次喜酒上相同，只是换了主人。"所有的一切都没有变，只是换了主人；换句话说，所有的人物都没有变，只是换了名字。百岁杨绛的续写包含着她对生活、生命无限的含蓄和睿智、温婉与从容的态度。无怪乎她斩钉截铁而又充满幽默地说："许彦成与姚宓已经结婚了，故事已经结束得'敲定转角'，谁还想写什么续集，没门儿了！"②故事终于结束了。结束了吗？没有。

这互文之牵连不绝正如洛朗·坚尼所说："互文性的特点在于，它引导我们了解一种新的阅读方式，使得我们不再线性地阅读文本。"③唐晓芙、姚宓、方鸿渐、孙柔嘉、杜丽琳还会不断地回来，在不同的文本中、不同的作者笔下、不同文体的作品中、不同的读者阅读中、类同的历史和文化语境中，他们会不断地通过文字来来去去。但可以肯定的是，钱钟书在《围城》中创造的方鸿渐、唐晓芙与杨绛在《洗澡》中塑造的许彦成、姚宓的爱情都寄予了他们对于理想爱情的观念，也真切表达了他们对于婚姻的看法。如果说钱钟书对婚姻还有着不太确定的态度，那么，杨绛已经坚定了很多。她毅然决然地在《洗澡之

① 杨绛：《洗澡之后》，人民文学出版社 2014 年版，第 19 页。

② 杨绛：《洗澡之后·结束语》，人民文学出版社 2014 年版，第 128 页。

③ [法]蒂费纳·萨莫瓦约著，邵炜译：《互文性研究》，天津人民出版社 2003 年版，第 82 页。

后》中让许彦成和姚宓走到了一起。于是，唐晓芙归来。她一度变身为孙柔嘉，也曾化身为《洗澡》中的姚宓，最后成了《洗澡之后》中的姚宓。更奇妙的是，姚太太也在时光中苍老了容颜，分别幻化出杨绛母亲、杨绛的身影，正如同姚宓身上所寄予的杨绛、杨绛女儿钱瑗的形象，亦如同当下挣扎于困惑焦虑中的芸芸众生。

论张爱玲小说《同学少年都不贱》

“起先简直令人无法相信——”，[①] 正像张爱玲在《同学少年都不贱》中的当头一句，一下子让人把心提到惊诧莫名——谁都不敢相信张爱玲创作于70年代的遗作在其去世九个年头之后又横空出世，太出乎意料了！而这样的出乎意料又完全是张爱玲的一贯风格，无论是她传奇式的人生和文学命运，还是她特异的故事以及讲故事的方式。虽则张爱玲的阅读和研究热潮一直未曾稍歇，这一次天津人民出版社简体版《同学少年都不贱》的隆重推出，更为读书界增添了几许谈资。那么，这部张爱玲自己生前并不看好的作品究竟给读者贡献了什么？它在张爱玲已经几乎完备的文学探索体系中又显示出哪些独特之处呢？

一

并不太长的小说篇幅，却在时间和空间中肆意穿梭——横跨上海、美国两地不说，还涉及战时重庆的生活，穿越了从1930年代到1970年代近半个世纪的时代变迁。这样的时间空间并存的跨度，在张爱玲的作品中显然并不多见。张爱玲创作于1940年代上海的那些可称作成名作亦可称作代表作的小说，如《倾城之恋》《金锁记》等，代表了读者和研究者再熟稔不过的阅读快感和记忆。那时节铺陈文字的炫目、编撰情节的机巧以及意象词汇的丰赡、人情薄凉的入骨，都显示出其年少才华的拿云意气和深厚底蕴。《同学少年都不贱》毕竟让

① 张爱玲：《同学少年都不贱》，天津人民出版社2004年版，第1页。

人隔了“三十年的辛苦路往回看，再好的月色也不免带点凄凉”，[1] 少年才华的丰赡尤其是意气已经不复存在，多少有些“郊瘦岛寒”的味道了！而唯一不变是张爱玲那一柄剖析人性之恶——自私和冷酷的解构之刀仍然娴熟如初，犀利如昨。

剥掉这篇小说许多外在的背景、有意无意添加的情节和描写，张爱玲原来不过是在三十年后再来揭示另一种情谊——少年同窗之谊的丧失的，这种丧失既来源于人之本性，又来源于地位的变迁与时间与空间的流转。同性之谊的丧失，这样一种人性解剖的角度，在张爱玲以前的小说创作中虽偶有涉及，但并未展开，更不用说正面描绘了。《倾城之恋》借乱世的生存，讽刺和调侃的是男女之间的爱情，使白流苏和范柳原结合的并不是爱情，而是“他不过是一个自私的男子，她不过是一个自私的女人。在这兵荒马乱的时代，个人主义者是无法存身的，可是总有地方容得下一对平凡的夫妻”。[2] 如此而已。而《金锁记》嘲弄和调侃的则不仅仅是男女之间的那点意思——七巧和姜季泽的相思爱恨，更有手足之情——曹七巧对其兄的痛恨与唾骂姑且不说了，单单是长白和长安之间的模糊与暧昧就足够叫人心惊了；当然，《金锁记》中的重锤出击并不在于这些老生常谈——如果说这些是老生常谈的话，她所刻意解构的是七巧与女儿长安和儿子长白之间的母子人伦之情，那“停了一会，又上去了。一级一级，走进没有光的所在”的长安的孱弱的身影还在黑暗中隐现，而与儿子故作彻夜长谈从而一点一点将儿媳折磨至死的七巧，她的吟吟的恶毒的笑意，还飘荡在氤氲着鸦片香的陈榻旁……

三十年后，在人们以为张爱玲的创作生命和创作资源都已经枯竭的时候，她的解构之刀已经朝向这块尚没有被彻底开发过的人性领域——同性之谊，如同庖丁解牛般娴熟地，将这一被传统文学所遮蔽的人性领域进行了彻底地解构。《同学少年都不贱》实质上是从两个少年同窗、闺中好友赵珏和恩娟关系的从亲密到疏离的变迁过程的叙述中，将人性中的张扬和憋屈以极俭省的笔墨进行了对照，将同性之间的友情进行了彻底的瓦解与嘲弄。这对于 1990 年代当代女

① 张爱玲:《金锁记》,《张爱玲文集》(2)，安徽文艺出版社 1992 年版，第 89 页。

② 张爱玲:《倾城之恋》,《张爱玲文集》(2)，安徽文艺出版社 1992 年版，第 86 页。

性写作中一大批擅长于“姊妹情谊”的建构和书写的女性写作者来说，张爱玲是当之无愧的“祖师奶奶”了，而且比她们深刻、睿智和犀利不知多少倍，更为可贵的是，张爱玲的写作是在 1970 年代，对于无法逾越的时间来说，张爱玲更具备着先锋意义。

二

小说关于赵珏和恩娟之间少年友情的铺叙并不很多，但看似闲疏的笔致却将离合曲折道尽。悠长的星期日下午，两人在荒芜的学校后园摘桑葚；熄灯后在床上“玉臂作怪”，笑得满床打滚；赵珏为逃婚遭禁闭，恩娟特来探望和劝慰；逃婚成功后两人同去教堂听钟，直到恩娟结婚生子出国……她们都还是互相来往的朋友，即使是一些小的心机，也都是无妨大碍的。倒是赵珏姨妈的一句话为后来的故事埋下了伏笔：“这股子少年得意的劲受不了！”之后赵珏出国再给恩娟写信，回信就“非常尽职而有距离”了，十二年后再联系要见面时，由于境遇悬殊，见不见面已经不在她了。等到真正见面的时刻，两人之间也就只有虚与委蛇了——她“不是真问，她也不会真回答”，甚至连恩娟的笑容也“依旧将信将疑”，而接下来的三个“不相信”和那带有“愉快”二字的贺年卡终于使她们从此断了音讯往来。

从故事的表层来看，恩娟和赵珏之间友情的消失应该是主线，在世事的沧桑更迭中，同性之谊一点一点消失在时空之中。但究竟是什么导致了同性之谊的丧失呢？是结婚成家？还是出国离散？抑或联系稀疏？即使包含以上因素，似乎也并不是作者所要正面回答的。

张爱玲笔下的那把解构之刀依然在挥舞，它无声地飞向所有的人类存在之关系——人性之罪恶与孱弱。在剖析和解构同性之谊的同时，连带着把恩娟与其丈夫汴·李外那仿佛是夫荣妻贵的男女之情也使劲讽刺了一把。恩娟和汴·李外之间的关系并不是人们所想象的那样美满，至少不是赵珏所想象的，除了“性的方面是满足的”，他们连说话的工夫都没有。而恩娟对芷琪的一往情深更使赵珏怀疑恩娟和丈夫之间的爱情，因为，以她的经验看来，她对赫素容的由爱恋到反感再到漠然是由于：那种同性间的情感在“与男子恋爱过了才冲洗得干干净净。一点痕迹都不留”。而恩娟结婚生子多年，却还对女孩芷琪念念不忘，这不可疑吗？

> 难道恩娟一辈子都没恋爱过？
> 是的。她不是不忠于丈夫的人。

这即意味着恩娟真的没有恋爱过，无论是和汴·李外还是和汴·李外之外的其他人。他们只是“至少作为合伙营业，他们是最理想的一对。”同样，芷琪的婚姻也是不完善的——他花光了她母亲的钱。人终究还是逃不脱金钱的枷锁。

作者亦对母亲、父亲、父母亲之间以及他们和子女之间的关系进行了嘲弄。父亲另外有家，生了一大窝孩子。母亲知道了跟他闹，如果不是孩子多，他们就真的离婚了。赵珏不由地问：

> “他们从前怎么会结婚的？”
> “他会骗。”

而母亲也有个李天声，“从前两人感情一直非常好，在遗物里发现他的照片”。看似很平淡的一句话，彻底解构了母亲作为神圣者和被同情者的神话。

先前赵珏对爱情的理解是——“如果恋爱的话，只能是纯粹心灵的结合”。无论是和高丽浪人崔相逸，还是和后来的萱望，没有哪一宗爱情是她所想象和期待的，只有为了钱，钱成为生存的一切条件，“人穷的时候，说话都得找铺保”。再次有力地对罗曼蒂克的爱情神话进行了解构。

三

从文本中看人物的性格，恩娟是外向型的，讨人人的喜欢；而赵珏则是有些自闭和自恋倾向，从赵珏的同性恋心理、和恩娟两人阔别后的谈话中大量的插叙内容即可看出。而这宕出的情节与叙述正是进入张爱玲《同学少年都不贱》更深层意蕴的切入点。《同学少年都不贱》最为突兀的一笔，是对同性恋心理的露骨表现，这被认为是张爱玲小说的“可贵尝试”[①]。而她对于同性恋——不同于赵珏和恩娟之间女性同学关系的、相对意义上真正的同性恋，赵珏和赫素容之间、恩娟和芷琪之间的那种——同样是彻底解构的。小说甚为细微地描写了赵珏的同性恋心理：

> 看了戏回家，心潮澎湃，晚上棕黑色玻璃窗的上角遥遥映出一个希腊石像似的面影，恍如稠人广众中涌现。男高音的歌声盈耳，第一次尝到这震荡人心魄的滋味。

当赵珏在人群中想到她：“立刻快乐非凡，心涨大得快炸裂了，还在一阵阵的膨胀，挤得胸中透不过气来，又像心头有只小银匙在搅一盅煮化了的莲子茶，又甜又浓。”当她们被女友们拖在一起的时候，又总是“半边身子酥麻麻木，虚飘飘的毫无感觉。”赵珏对赫素容的倾慕无以表达：她在纸上写满了她的名字，“左手盖着写，又怕人看见，又恨不得被人看见”，以至产生了所谓的恋物癖——将其衣服贴在面颊上，坐她刚坐过的抽水马桶座板，以求间接的肌肤之亲，她甚至想到：“空气中是否有轻微的臭味？如果有，也不过表示她的女神是人身。”这样的文字在张爱玲的小说中，不唯突破、大胆，而且极其贴切，很有些铺张开去的声势，但又从容地收住。对于教会学校的女生而言，其在生理成长中的由自我认同的需要而衍生的自恋必然在同性的身上得到投射，波伏娃在论述同性恋时写道：“在男女之间，爱是一种行动，擅离自我的每一方都变成他者……女人之间的爱是沉思的。抚摸的目的不在于占有对方，而是通过她逐渐再创自我。分离被消除了，没有斗争，所以也没有胜利和失败。由于严格的相互性，每一方都既是主体又是客体，既是君主又是奴隶；二元性变成了相互

---

① 陈子善:《同学少年都不贱·序》，天津人民出版社 2004 年版。

依存。”[①] 当在同性身上的性心理投射度过特定时期的需要之后，这种投射一般会转移到异性身上，但也有突发的偶然的或自然的因素使其消失和转向，赵珏对赫素容的痴狂的恋情终于消失了——只因为钱。

> 左派学生招兵买马，赫素容一定是看她家里有钱，借着救国的名义，好让她捐钱，所以预备把她吸收进去。

一想到这里，“她觉得拿她当傻子，连信都没回，也没告诉人，对恩娟都没提起”。一下子就把情丝斩断——一根不剩，很有些曹七巧的果敢和清醒。此外，面对掂她斤两的男人，赵珏有这样的冷静和必胜的把握：

> 她不禁心中冷笑，但是随即极力排除反感，免得给他觉得了，不犯着结怨，只带点微笑看街景，一念不生。
>
> 在狭小的空间内的沉默中，比较容易知道对方有没有意思。汽车又低矮，他这辆车又小。

终于这男人就送她回去了，这真是绝妙的一笔，不由使人想起《封锁》中的一对男女，在封锁期间对爱情的许诺——只是封锁期间的一个盹，醒来后仍然归于现实，而现在现实的人连打盹的时间、勇气和兴致都没有了。面对昔日同窗的优裕的上流生活，她只有感叹：“甘迺迪死了。我还活着，即使不过在洗碗。”这样的抚慰只能是暂时的，不久，就又在《时代周刊》上看到恩娟的照片，“那云泥之感还是当头一棒，够她受的”。故事就此结束。

回到小说的标题《同学少年都不贱》，显然来自杜甫诗歌《秋兴八首》之三：“同学少年多不贱，五陵裘马自轻肥。”如果说“着一自字，以为怨可也，因为羡之亦可也，何等不露”，即杜甫的原意在怨和羡之不分明间，那么，张爱玲则好像是巧古人之巧，将“多”字易为“都”字，而着一“都”字，则将他人和自我的自私灵魂都历历摧毁，悉数解构，以至片甲不留。

---

① ［法］西蒙·德·波伏娃著，陶铁柱译:《第二性》，中国书籍出版社 1998 年版，第 475 页。

这样，张爱玲在《同学少年都不贱》中的意义解构层面至少呈现为：友情一同窗之间的、爱情一男女之间的、母（父）爱一父母与子女之间的、同性恋一女同性之间的。文章尽管短小，但几乎每一种层面、每一个人都涉及到了。不同于罗兰·巴特在《一个解构主义的文本》中对恋人絮语的故事表达的形式解构："爱情不可能构成故事，它只能是一番感受，几段思绪，诸般情境，寄托在一片痴愚之中，剪不断，理还乱。因此，《文本》的结构设想就是拆碎习见的恋爱故事结构，即使是片断情景的排列也不是依从常人所理解的爱情发展顺序。"[①] 张爱玲在《同学少年都不贱》中则对人与人之间情感、性别的关系本质进行了解构，因而更为彻底。在这个意义上说，《同学少年都不贱》虽不能说是张爱玲最好的小说之一，但一定是最有代表性的小说之一。

---

① ［法］罗兰·巴特著，汪耀进、武佩荣译：《一个解构主义的文本》，上海人民出版社 1997 年版，第 4 页。

论苏青散文《消夏录》

张爱玲在《我看苏青》中凭着如出天然的敏感和智慧表示了对她这位朋友的激赏："低估了苏青的文章的价值，就是低估了现在的文化水准"，又说："把我同冰心、白薇她们来比较，我实在不能引以为荣，只有和苏青相提并论我是心甘情愿的。"张爱玲果然聪明，苏青与张爱玲齐名，在1940年代沦陷的上海文坛上红极一时。令人不解的是，时隔半个世纪之后，张爱玲研究在国内炙手可热，而苏青及其作品依然默默无闻，属于被冷落和遗忘的一类，这不能不令人惋叹！现在把苏青的散文小品佳作《消夏录》与读者美文共赏析，想不会没有意义的。

《消夏录》是一篇两千字左右的散文小品，曾收入1945年四海出版社出版的苏青散文集《涛》。作者以惯有的爽气和平实的笔触叙写了自己夏日里某一天的饮食起居情况。文章从天空有稀薄的云、至东方有了曙光、再至桌上布满太阳光的早晨写起，梳洗完毕作者外出办事，之后的大半天时光便是在家里午饭、静坐、冥想。文章没有时新或重大的题材，也没有奇崛的构思和辞藻的铺陈，人物静静地想着，轻轻地走动着，她那俊洁的表述方式使最普通的成为最动人的。全文看似平淡，字字句句潜隐着凄清，但凄清并未掩住她对生活热切的期望，从而使读者体察到沦陷大背景下文人失落心态的另一面——对于生活的执着。

清晨的凉爽空气刚从窗口透进来，作者便不忍再恋床了，这兴兴头头的开始便是一种极其健康的心态，但她并不急于梳洗，而是悄悄起身，披上蓝条子浴衣，趿着软皮拖鞋走到绿荫荫的甬道里来。看到红白的花朵，叹惜孩子们的攀折；想到公寓里佣人为生活四处忙碌奔波；还有那些过惯了夜生活此刻倦极而卧的芳邻们——她是不愿提起他们的；为了怕破坏晨光里心中的这丝甜美和清静，她自己扫去垃圾而没有叫佣人。平平常常的一天就这样开始了。接着并没有写外出办什么事和如何经过，倒是用了两节谈到坐车——都市人出门最便捷的方式，满口冲淡之气，读来仍是一份生的情趣："当它（三轮车）载着我在地面上如飞溜过时，仿佛一切高耸的建筑物都在云朵中飘动，两旁的树木萧萧然，路如弓形的桥，灰扑扑的略带喜色，似乎瞧不见尘埃，但却有些迷迷糊糊的。"调皮的儿时会有这种单纯的意趣，承受着社会和个人心理众多负荷的苏青，亦能有这份天真未凿，确实难得。

文章至此只字未提夏的突出特征："热"，消夏又从何说起呢？读者不必着急，她自有高妙见解在后头。作者认为夏天不宜于访友，也不盼望朋友来访，是因为"苦夏"。"我是只想脱尽了衣服只披上一件蓝条子绸制的浴衣，假如有客人，便适宜于随便谈谈，男的假如是兄弟或丈夫，也不妨让他们穿着汗背心短裤，大家最好说的是笑话，晚间则轮流讲鬼故事，大可以避暑消夏。"谈狐说鬼、谈天说地大有周作人小品文风味，而寥寥几句极见人真性情——对于客套拘束的反感。简单地吃过午饭，并不睡午觉，"只把帘子统统放下来，房间里呈暗绿色，我独自铺了条草席坐在地板上，在房子正中央，瞑然端坐，像老僧入定，便觉身心清凉起来，可以不挥扇了"。古人所谓"心静闲看物亦静，芭蕉过雨绿生凉"大概就是这类境界了吧！在这安居的氛围里，作者亦颇多诗意的幻想，这是她灵感的源泉，但不愿即写，"我只是想着，不久就忘了，虽有些可惜，但亦始终听它去。我不想钱，不想爱，夏天只是一个人的，静而幽闲，到了秋冬再为生活而劳作吧"！聪明的读者，是否从这儿听到一声凄厉之音？

"为生活而劳作"，这才是真正的苏青、文人苏青的真实社会处境。以上的轻描淡写都是铺垫，这才是一句心里话，但她仅只是点到为止，思绪旁及，"于是垂下花网巾的长窗帘，我只随手拿起本诗集来低吟，自己听自己的声音，觉得念王渔洋的秦淮杂诗时像正旦，念杜甫的秋兴八首时像老生"。这类游戏少年人大概都试过的，但作为当时与丈夫离异、为抚养孩子而不得不卖文为生的职业妇女苏青，这文辞便另有深意，有的是自嘲、讽喻和哂笑，假如不去深想，也觉手脚有些冰凉了。对于情感，作者把握得极有分寸，决不拖沓蔓延，更不像当今的女散文家泛滥的情感到处泼洒，她是自尊自爱的。她终究又是调皮的，那种执着于物质状态的生活情趣终不远走，瞧，她换上薄仿绸绣花睡衣裤，“绣的是累累结实的紫胡桃，我常站在穿衣镜前自己端详着，颇引起食欲，”苏青简直是不可救药的，如果你刚刚起了一丝怜悯，也许马上又给她惹恼了，这样健康富足的心态，使你怨亦不是，怜亦不是，猜想她儿时定是备受娇宠的小顽皮。果然，她想起了家乡的外婆，还有外婆家的水蜜桃，“刚从山上采来，毛茸茸的一层薄皮紧包着绿油油的桃肉，险些儿捏出一股水汁来，甜而鲜美的奉化土产呀”！真是令人口舌难禁！想起故乡，思绪就很难收住，且放它一马：“有时我也想到木莲子结的凉食，乡下人不会讲究，用大木桶盛着，各人拿小洋盆舀来喝，加上黄糖水及薄荷汁，每当我凑到唇边时外婆总要再替我放上一把洋白糖，那是特别的待遇，因为我是她们最宠爱的小宝贝哩！”苏青一再紧收紧揽的情感之绳终于松开了，面子上的矜持和心理上的顽强都被故乡儿时的记忆冲垮了。

因为时空的阻隔，那些旧梦显得格外的温暖和稳妥。正如张爱玲所说：“苏青最好的时候能够做到一种‘天涯若比邻’的广大亲切，”① 唤醒了古往今来无所不在的游子的回忆。苏青是委屈的，纵使她有千般能耐，在臆想中外婆温热的怀中，她丢掉了一切心理护障，暴露了无尽的内心孱弱，虚空紧紧攫住她：“现在一切亲爱的人都远了，甚至于虐待过我的人也离开，世界上就只剩下自己孤零零的一个，我不敢想起，当午夜空袭警报鸣起来的刹那，觉得生命财产以及著作一切都要完结了，没有人听我一句遗言，死得多空虚。”这段文字恰似戏剧里的旦角儿，历经了坎坷，终于见了亲人，而亲人倏忽远逝，即仆伏在地，甩袖恸哭，边哭边诉，胡琴声声越拉越慢，一抽一抽贴紧人的心肺，撕裂人的肝肠，几近昏厥，舞台上的灯光渐渺渐暗，观众席上一片唏嘘……突然，灯光又亮了起来，胡琴声不见了，依然是那个俊眼修眉的苏青，她已经坐了起来，还在她的房间里。不死不灭的对于生活生命的执着！公寓房里的宁波仆欧，使她“觉得就是马上给炸死也可魂魄有傍靠了，我的心安定下来。世界上至少有一个人，还有一个人在我附近存在着啊”！说到这里，仿佛苏青的脸上已露出一丝笑意，尽管有些勉强，但她那健康活泼的心已经有所慰安，若有什么如鲠

① 张爱玲:《我看苏青》，静思编《张爱玲与苏青》，安徽文艺出版社 1994 年版，第 202 页。

在喉，那是读者们自己的事了，文章至此戛然而止。

苏青在谈到自己的散文时说："因为这里的东西篇篇都是我的，没有掩饰，没有夸张，积八年来的心血，断断续续地一篇篇凑成的，在这里，我回味了过去的生活，有些心酸，但却不能使号啕大哭。一个人的心境固不必强与人相同，不过假如有人能了解我，同情我，那当然是会发生一缕喜悦的，我将因此落泪……"[①] 她是一名职业妇女，但终究是一个地道的女人，"她的生活是平实的，做过媳妇，养过孩子，如今是在干着事业。她小时候是淘气的，大了起来是活泼的，干练之中有天真。她的学校生活，家庭生活，社会生活，对她都有好感，因为那是真实的人生"。[②] 切身的人事为她所关注，相对狭窄的生活幅页，又进一步强化了这层倾向，感触特多而无像样的时代刺动，几乎是她小品的一般特色。《消夏录》全文亦有着"嘤嘤其鸣，求其友声"的况味，忠实坦白是全文的特色，时时呈现的寂寞和孤独始终没有最后吞没她对于生活的希望，这是她顽强的地方，也是可能深深袭击读者的地方。苏青的文章虽然没有张爱玲透彻，但较张爱玲亲切，这恐怕是当年苏青在散文创作上的成就所赢得的荣誉，当时甚至超过了张爱玲的原因吧！《消夏录》全文浑然一气，不枝不蔓，行文干脆利落，情感处理收放得当，是一篇情文并茂的散文小品。这与苏青良好的古典文学修养和西洋文学训练不无关系，职业女性的生存和对于文学的梦幻使她在 1940 年代的上海一举成名。苏青文章的世界的窄小，是她最显明的缺陷，读者不必苛求于她，那毕竟是真实的人生，至少反映了沦陷区窘迫状况下女性生存的困境，具有普遍的时代意义。苏青也是自知的，"我的意思是：因为活在乱世，朝不保夕的，所以得留下些纪念来。以前我是不大有这种狂妄的想头，散文小说集出了一本又一本，仿佛心中真有说不尽话儿似的。我知道自己所写的还不够精湛，然而已经等不及了，也许有这么一天碰到这么一个意外……完了，什么都完了，我如何还能等得及伟大作品的出现呢？"[③] 人人在朝不保夕的时代阴影逼迫下怆然挥笔，猝然而就。

---

① 苏青：《〈浣锦集〉与〈结婚十年〉》，《苏青文集》（下），安徽文艺出版社 1994 年版，第 440 页。

② 胡兰成：《谈谈苏青》，静思编《张爱玲与苏青》，安徽文艺出版社 1994 年版，第 219 页。

③ 苏青：《〈饮食男女〉后记》，《苏青文集》（下），安徽文艺出版社 1994 年版，第 457 页。

苏青及其作品在沦陷的上海风风火火生存过，拥有无量的读者。解放后，正当盛年的苏青在文坛上消失了，人们都已将她遗忘，是借着她那位朋友才被人偶尔提及。真实的她后半生坎坷尴尬，晚境凄凉，于1982年12月10日无声无息离开人世。西方哲学家的老生常谈："天才是长久的受苦"，在一切是非成败转头空之后，天才留给世人的是什么呢？是"满纸荒唐言"么？这篇文字，谨作为对这位不幸的作家的纪念。读者需要她回来，她是属于文学史的。

论张爱玲小说中的“问题少女”

“问题少女”是近年出现的名词，泛指处理不好自己的问题，又给别人带来麻烦的女孩子。如心理上无法控制的过激举止、学习压力下的精神紧张，甚至早恋、吸毒、性放纵等社会叛逆行为等。一般而言，问题少女的出现常常和经济支持上的匮乏、家庭社会关爱的不足，以及生理、心理上的缺失有着密不可分的关系。张爱玲小说中的女孩，其青春叛逆不仅表现在行为上，更表现在思想上，她们是所属时代文化和家庭中离经叛道的一群，其大胆、出格和冒险的思想和行为给其家庭和周围的人带来骚乱、不安和威胁，因而也为其生命涂上了凝重阴暗的悲剧底色。因此，这里借用“问题少女”的概念来指代张爱玲小说中的系列少女形象。张爱玲小说中的“问题少女”是指在成长过程中过多地表现出逆向、另类、反叛等与男权社会规范中乖巧柔顺的女孩不甚吻合的类型和状貌的古怪女孩。她们追求自由、反抗家庭、无父无母、命运颠踬，“问题少女”的书写不仅贯穿了张爱玲几乎所有的作品，而且前后照应，间有穿插，形成了有意味的人物谱系，成为其一生飘零、自我封闭的命运映像。由“问题少女”到“谁是娜拉”的辩解剖析了张爱玲与五四文学的微妙关系，进一步反思中国女性解放之路，女性除了克服社会的传统因袭，家庭的桎梏束缚之外，还要更多地剜除自身的人性弱点和性别劣根。

需要说明的是，张爱玲小说中的少女处于新旧交替时代，个体意识觉醒较晚，往往二十几岁还在读书上学，有的读书毕业后刚刚步入社会，有的则待字闺中，因此，没有步入婚姻包括尚在谈婚论嫁的女孩都归入少女系列[①]，年龄从

---

① 波伏娃《第二性》（全译本）（北京：中国书籍出版社 1998 年版）在论述“少女”之后论述了“结了婚的女性”，目录编排如下：第十二章 女孩；第十三章 少女；第十四章 性发动；第十五章 女性同性恋；第十六章 结了婚的女性。倾向于认为没有步入婚姻的就是少女。

十几岁到二十几岁不等，有的则年近三十，如长安，流苏等。问题少女的书写不但贯穿了张爱玲几乎所有的作品，而且前后照应，间有穿插，形成了颇有意味的人物谱系。如果说，《不幸的她》是问题少女的雏形，从《沉香屑：第一炉香》到《同学少年都不贱》等19篇小说代表了问题少女的不同状貌和类型，《小团圆》则是问题少女的原型。本文从张爱玲小说众多“问题少女”形象的剖析入手，通过对众多“问题少女”的生命症结展现及其命运历程分析，探求张爱玲“问题少女”书写的外在根源和内在情境，从而反思中国现代文学之“娜拉出走”问题。

一 “问题少女”之雏形：《不幸的她》

早在张爱玲公开发表的第一篇小说《不幸的她》中，充满创伤和悲剧的问题少女雏形就出现了。1932年，短篇小说《不幸的她》发表于圣玛利亚女校年刊《凤藻》，比《张爱玲文集》中第一篇小说《牛》的发表时间早四年，是年张爱玲12岁，初中一年级学生。小说写两个天真烂漫、亲密无间的十来岁女孩，由于“她”的父亲去世，母亲带她到上海去投靠她的姨母，她俩在热烈的依恋中流泪惜别。在繁华的生活中过了几年，“她”渐渐长大，像一朵盛开的玫瑰。不久，“她”高中毕业，渐渐遗忘了儿时的好友。21岁的时候，“她”的母亲忽然昏悖地将她许聘给一个纨绔子弟！于是：“她烧起愤怒烦恨的心曲，毅然的拒绝她，并且怒气冲冲的数落了她一顿，把母亲气得昏了过去。她是一个孤傲爱自由的人，所以她要求自立——打破腐败的积习——她要维持一生的快乐，只能咬紧了牙齿，忍住了泪痕，悄悄地离开了她的母亲。”[①] 漂泊多年后，得知母亲死了。而此时她的儿时好友事业有成、家庭幸福，并邀她故地重游。她悲喜交集，痛感人世无常，又不忍于好友的快乐中舔舐自己的凄清，留下一张纸条悄然离去。

① 张爱玲：《不幸的她》，《张爱玲文集补遗》，中国华侨出版社2002年版，第228页。

小说很短，仅只千余字，有着张爱玲“最不能忍耐的新文艺滥调”[①]。现在来看，所谓“新文艺滥调”一方面是指小说的语言，带有那时一般的“爱好文艺”的“文学青年”风景描写的腔调：“秋天的晴空，展开一片清艳的蓝色，清净了云翳，在长天的尽处，绵延着无边的碧水。那起伏的海潮，好像美人的柔胸在蓝网中呼吸一般，摩荡出洪大而温柔的波声。几只洁白的海鸥，活泼地在水面上飞翔。”秋水长天，碧水柔波，海鸥翩飞……在这样“壮丽的风景”中，两位女主人公出场了。另一方面，“新文艺滥调”恐怕还和小说的题材有关，“娜拉出走”争取解放的故事和自由恋爱婚姻成功的故事，几乎是从 20 年代到 30 年代作家们最热衷表现的主题之一。1923 年，鲁迅有感于女性为寻求恋爱自由和婚姻自主离家出走而作著名的演讲《娜拉走后怎样》，至此已经近十年过去，1932 年前后又该有多少因反抗家庭的包办婚姻而离家出走的“她”呢？

尽管如此，这篇小说的耐人寻味之处首先还在于“她”离家出走的原因。“孤傲”、“自由”、“自立”和“快乐”是她生命追求的关键词。孤傲，那是她的个性，不愿意随便地依附和盲从于他人，加上有知识和思想作底子，她的孤傲可以看作是自我意识觉醒的体现。自由、自立，则是她所感受到的时代话语和个人思想，作为一个女性，她有权利去追求个体的自由，同时，她的自由是建立在自立的基础之上的，作为时代的知识女性，她拥有自我独立的能力。最后，快乐，那是她所追求的人生的最大要义，不快乐毋宁死。于是，在这样决绝的信念中，她义无反顾地出走。然而，十年倏忽过去，她快乐了吗？文章快结尾处，她说：“只有我不幸！”“不幸”既是年幼的张爱玲感受到的五四女儿的命运，同时也是文本对其“问题少女”反思的起点。

其次，这篇小说的耐人寻味之处还在于人称的安排和处理。作为张爱玲小说中出现的第一个少女形象，却没有名字，从头至尾以“她”命名。小说中的另一个女孩倒有名字，被称为“雍姊”。为什么主人公没有名字，只有人称指代“她”？有研究者认为：“《不幸的她》中，明显地投影着母亲的形象，而倔强地坚持独自咀嚼‘凄清’的‘她’又正是作者的自画像。”[②]毫无疑问，张

① 张爱玲:《存稿》,《张爱玲文集》(4)，安徽文艺出版社 1992 年版，第 192 页。

② 邵迎建:《传奇文学与流言人生》，生活·读书·新知三联书店 1998 年版，第 50 页。

爱玲的母亲黄素琼是时代的娜拉，因对家庭包办婚姻不满而远走异邦。但我们仍有这样的印象和感觉：在这个好像听来的故事里，女主人公的命运恐怕是个普遍的悲剧。姑且不说12岁的张爱玲是否有意识地表现了母亲和自己的生活和心境，之所以不给“她”以具体的名字，可能意在表述一种她所感受到的普遍社会现象——因离家出走而备感命运不幸的时代女性，这不幸构成了12岁的张爱玲“张看世界”视野中的最初也是最深刻的时代女性印记。尽管对于“她”的生活经历和内心描写非常简略，寥寥几笔的交代，仅仅只是雏形而已。但是张爱玲或许没有想到，这个追求自由、反抗家庭、无父无母、命运颠踬的少女预言不仅成为此后小说创作中众多问题少女的雏形，而且成为自己一生飘零、自我封闭的命运映像。

二 “问题少女”之类型：从《沉香屑：第一炉香》到《同学少年都不贱》

甫入上海文坛，《沉香屑：第一炉香》[①]《沉香屑：第二炉香》[②]《茉莉香片》[③]《心经》[④]《倾城之恋》[⑤]《封锁》[⑥]《金锁记》[⑦]《琉璃瓦》[⑧]连续发表，“横空出世”的张爱玲从这一年的5月到12月共发表了8篇小说，而且全部有关女性婚恋题材，使得1943年成为引人注目的“张爱玲年”。收在《张爱玲文集》中的27篇小说，基本上以女性为主人公，且多以女孩子为主——大部分没有结婚，少数结了婚的，结婚以后的记叙少之又少，至于结婚之后生儿育女的描写就更为罕见。近年陆续发现并出版的张爱玲佚作，如《同学少年都不贱》[⑨]

① 《紫罗兰》月刊，1943年5月。
② 《紫罗兰》月刊，1943年6月。
③ 《杂志》月刊，1943年7月。
④ 《万象》月刊，1943年8月。
⑤ 《杂志》月刊，1943年9月至10月连载。
⑥ 《天地》月刊，1943年11月。
⑦ 《杂志》月刊，1943年11月至12月连载。
⑧ 《万象》月刊，1943年11月。
⑨ 张爱玲：《同学少年都不贱》，天津人民出版社2004年版。

《郁金香》[1]《小团圆》[2]等，皆执着于少女的生活和记忆、情感和经验。本文以下表作一不完全列举。[3]

时间	作品	体裁	女性人物	问　题
1932	《不幸的她》	短篇	她	父亲去世，包办婚姻，离家出走，母亲去世
1943. 4	《沉香屑：第一炉香》	中篇	葛薇龙	父母离港，学费无着，爱上纨绔子弟而堕落
1943. 5	《沉香屑：第二炉香》	短篇	愫细	性恐惧，新婚夜离家出走，致丈夫自杀
1943. 6	《茉莉香片》	短篇	言丹朱	爱上变态男孩，被虐打
1943. 7	《心经》	短篇	许小寒	爱上父亲，致家庭破碎
1943. 8	《封锁》	短篇	吴翠远	不快乐的好女孩，电车上爱的短梦
1943. 9	《倾城之恋》	中篇	白流苏	婚姻受挫，被迫险走香港，因战争得婚姻
1943. 10	《金锁记》	中篇	姜长安	抽鸦片，婚姻为母亲破坏，生命无望
1943. 10	《琉璃瓦》	短篇	姚家姊妹	家长做主或自己做主的婚姻闹剧
1944. 1	《年轻的时候》	短篇	沁西亚	为结婚而结婚的贫困与疾病
1944. 2	《花凋》	短篇	郑川嫦	父母自私悭吝，婚姻无果，因病死去
1944. 11	《殷宝滟送花楼会》	短篇	殷宝滟	爱上病态的老师，无果
1945. 3	《创世纪》	长篇	匡洁珠	爱上医生，无果
1947. 5	《多少恨》	长篇	虞家茵	做家教，爱上学生的父亲，无果
1947	《郁金香》	短篇	金香	爱上东家少爷，无果
1950	《色．戒》	短篇	王佳芝	爱上暗杀对象，被暗杀
1951	《小艾》	长篇	小艾	被东家老爷强奸，逢新社会解放
1951	《十八春》	长篇	顾曼桢	被姐夫强奸，爱情无果
1957	《五四遗事》	短篇	密斯范	自由恋爱始，三美团圆终
1973—1978	《同学少年都不贱》	中篇	赵珏	同学少年情谊随地位变迁，无果
1976	《小团圆》	长篇	盛九莉	在支离破碎的爱中长大，爱情无果

① 张爱玲：《郁金香》，《上海文学》2005年第10期。

② 张爱玲：《小团圆》，北京十月文艺出版社2009年版。

③ 除个别篇什外，张爱玲的大部分小说都有一个问题少女的存在。本表统计凡21篇。表中时间为写作时间。没有统计进来的小说篇目包括《牛》《霸王别姬》《等》《桂花蒸 阿小悲秋》《留情》《鸿鸾禧》《相见欢》《红玫瑰与白玫瑰》《连环套》《怨女》《华丽缘》《浮花浪蕊》等12篇，代表性不够。

分析上表可以看出，张爱玲小说中的“问题少女”就其身份而言大致可以分为四类：富家小姐、女学生、女职员和女佣。这里的“问题少女”，不是社会学意义上引起社会关注和救助的不良少女，只是在成长过程中过多地表现出逆向、另类、反叛等与男权社会规范中乖巧柔顺的女孩不甚吻合的类型和状貌。从女性主义意义上来说，她们是不合乎男权规范的古怪的问题女孩，这也注定了她们的命运不可能顺畅并抵达世俗的幸福。

第一类：富家小姐。如《倾城之恋》中的白流苏、《金锁记》中姜长安、《花凋》中郑川嫦和《琉璃瓦》中姚家姐妹。她们都出生在富贵之家，这种家庭往往姊妹（兄弟）亲族众多，吃穿住用铺排浪费，为人处事守旧而势利。尽管富有，她们的悲剧却都因钱而起。白流苏离婚后住回娘家，哥哥骗走并用光了她的钱，她想走走不了，哥哥嫂子却逼她走人，她被逼无奈险走香港，差一点沦为范柳原的情妇；姜长安生下来就锦衣玉食，甚至染指鸦片，母亲曹七巧用禁锢了她自己一生幸福的黄金枷锁劈杀了长安充满憧憬的美好姻缘，使她没有任何反抗地“一级一级走进没有光的所在”；郑川嫦的父母亲都有钱，但他们谁也不愿拿出钱来给川嫦治病——父亲怕川嫦死了人财两空，母亲怕暴露了自己的私房钱，因此眼睁睁地看着川嫦病死；姚家姐妹有丰厚的嫁妆，有阔绰的结婚对象，但她们的婚姻无论是听从父母安排还是自己做主，最终都难得幸福。作为旧式女子，这些富家小姐没有机会做女学生，没有能力做女职员，只好去做女结婚员——这是唯一的出路或者死路。

第二类：女学生。如《沉香屑：第一炉香》中的葛薇龙、《茉莉香片》中的言丹朱、《心经》中的许小寒、《殷宝滟送花楼会》中的殷宝滟、《色·戒》中的王佳芝、《五四遗事》中的密斯范、《同学少年都不贱》中的赵珏。比富家小姐幸运的是，她们都出生在比较开明的家庭，尽管有的已经没落，总归有了受教育的权利。但事实证明，知识并没有给她们带来甜蜜和幸福，教育也不能挽救她们的悲剧命运，密斯范甚至在啼笑皆非的自由恋爱后干脆倒退到旧式女子的婚姻里去。她们或者为了学费而堕落，或者在不健全的家庭影响下发生畸形的爱恋，或者为革命的狂热牺牲了自己的身体和生命，或者在时间和地位的变迁中遗落了少年的同性情谊。小说一如既往着意展示她们的情感悸动，铺叙她们畸变的心理历程，在金钱之外，重在揭示虚荣心、狂热、自私这些人性的弱点如何导致或者加剧了她们麻木、痛苦、孤独甚至死亡的命运。

第三类：女职员。《封锁》中的吴翠远是大学英文助教，二十来岁的女孩子在大学里教书，简直打破了当时女子职业的新纪录。《年轻的时候》中的沁西亚白天在洋行做事、晚上兼职教语言。《创世纪》中的匡洁珠在药房里做事，但“洁珠家里的穷，是有背景，有根底的”。《多少恨》中的虞家茵做家庭教师。《十八春》中的顾曼桢白天在工厂做事，晚上还要给人补习。她们曾经有不错的家世，但显然已经没落；她们都是从女学生过来，受过专门的知识训练，也赶上了时代的列车，做一个自食其力的女职员于她们是件自豪的事情，但多半也是出于家境的困顿而不得不如此的生存考虑。这些在社会上自食其力的年轻女孩，往往有着更多的意想不到的牵扯和艰难。张爱玲尽可能站在平民的视角去描写她们，怀着同情和悲悯，但她们仍然无路可走。吴翠远苍白地活着，渴望爱情奇迹的发生；沁西亚为了结婚而结婚；匡洁珠、虞家茵、顾曼桢则在争取自主的爱情中身心受创，造成终生难以摆脱的阴影。

第四类：女仆。如《郁金香》中的金香、《小艾》中的小艾。这些社会底层女孩子的命运只能更加不幸，金香爱上了大少爷，却无法躲开二少爷的轻薄，对大少爷迟疑的承诺又不能当真，最后嫁的人也不如意，迫使两个孩子的母亲的她还要出来给人帮佣。小艾年纪轻轻就被席家老爷玷污并留下后遗症，后来嫁给印刷工人冯金槐，尝尽生活艰难和病痛的折磨，直到新社会到来一切才有好转。

从 1943 年到 1978 年、甚至 1995 年去世之前，张爱玲孜孜于她的时代里问题少女的书写：从富家小姐无爱的悲哀，到中产家庭女学生爱的悲剧，从没落家庭女职员爱的虚妄到大户人家女佣爱的无望。她们的青春成长期都遇到了各种各样的问题：或者少年失怙，或者恋父恋母，或者被侮辱被伤害，或者身患疾病，或者离家出走，或者因贪恋而堕落，或者爱上了有妇之夫……，总之，家庭破碎，爱情婚姻无望。实际上，不管后来的命运轨迹伸向何方，张爱玲小说中的女性始终沉浸在少女的梦魇中，成长于她而言是场难以避免的心灵灾难、长夜不醒的噩梦混战、青春和爱的死亡祭奠，永远没有完成的生命煎熬——而这构成了张爱玲个人和写作的宿命。

三 “问题少女”之原型：《小团圆》

以上问题少女的出现，与张爱玲的旧家庭生活记忆息息相关。“人是生活于一个时代里的，可是这时代却在影子似地沉没下去，人总觉得自己是被抛弃了。为了证实自己的存在，抓住一点真实的，最基本的东西，不能不求助于古老的记忆”，“我甚至只是写些男女间的小事情”[①]，但一直以来，研究者也只是将旧家庭生活的记忆作为张爱玲小说的参照而已。直到写于1976年的《小团圆》历经重重波折终于公开出版，这一切终于有了坐实的可能。尽管评论界对这篇小说是自传体小说还是自传小说存在争议[②]，但有一点不容置疑：那就是张爱玲作品中的虚构人物、《对照记》中的真实人物都在其中团圆了。你可以说盛九莉不是张爱玲，邵之雍不是胡兰成，蕊秋不是母亲，楚娣不是姑姑，燕山不是桑弧，荀桦不是柯灵，比比不是炎樱……但他们又会是谁呢？他们是他们的文字重生，集体复活，他们构成了张爱玲全部的过往生活和记忆。

《小团圆》从盛九莉香港求学开始写起，在叙事时间和空间上极尽腾挪跳跃之能事，但无论怎样穿插变换都无法迷惑熟悉她的读者。盛九莉有着孤独却安稳的童年，不因为母亲出国而有所缺失，所以她在与邵之雍恋爱的时候，说“过了童年就没有这样平安过”——人生里最美的这两段时光，她称之为“金色的永生”。接下来是人尽皆知的伤残的青春期：后母治下的家庭，失意暴虐的父亲，软弱可气的弟弟……暴打、禁闭和重病后终于逃了出来——却是和母亲锱铢必较几近互相仇视的生活。战争打破了出国梦，击碎了大学梦，重回上海的她只好卖文为生。终于等到出洋回来的母亲的时候，她想到的是立刻还她的钱——这些年母亲为女儿所花的钱，其中有着怎样残酷决绝的母女之情！如果说父母离异及其以后的生活造成了盛九莉青春前期的心理伤害，那么，她和邵之雍以及燕山的恋爱又成为她青春后期的精神创伤，与母亲和自我的龃龉则成为折磨其终生的“华丽的袍”上的“虱子”。只因为她“问题少女”的

① 张爱玲：《自己的文章》，《张爱玲文集》(4)，安徽文艺出版社1992年版，第178页。

② 高全之：《忏悔与虚实——〈小团圆〉的一种读法》(上，下)，《香港文学》2009年第10、11期。

"天才"异禀：

我是一个古怪的女孩，从小被目为天才，除了发展我的天才外别无生存的目标。然而，当童年的狂想逐渐褪色的时候，我发现我除了天才的梦之外一无所有——所有的只是天才的乖僻缺点。①

将《流言》《对照记》《今生今世》等诸多作品放在一起，我们看到了一个极尽完整的张爱玲。少年叛逆、求学困顿、一次次燃起并最终成为虚妄的希望，青春和爱情的死灭与创伤——却原来，一切问题少女的纠结和重写都来自这个生活中的原型——《小团圆》之盛九莉。甚至大考的清晨，无以安放的惨淡和紧张：

大考的早晨，那惨淡的心情大概只有军队作战前的黎明可以比拟，像《斯巴达克斯》里奴隶起义的叛军在晨雾中遥望罗马大军摆阵，所有的战争片中最恐怖的一幕，因为完全是等待。②

谁也想不到《小团圆》是这样一个开始，不同时代的应试制度所造成的问题少女在这里奇妙叠合。而且这开头在结尾的时候又一字不易地重复了一遍。可见考试造成的精神恐怖一直持续到老年，盛九莉回顾一生的时候不无侥幸地说："老了至少有一样好处，用不着考试了。不过仍旧一直做梦梦见大考，总是噩梦。"真是惊人之语。唯一不同的是，《小团圆》中的这个少女虽然还是那个少女，但她已经从伤痕累累中成长，不但对于母亲有所忏悔，就连对于她爱过的人，也充满了脉脉的温情。这个浸透人生悲喜的盛九莉，在伤害和爱的百转千回之后，于书写中找到了精神平等的归宿，在记忆重现中看到了一切缘起缘灭的其来有自。

---

① 张爱玲：《天才梦》，《张爱玲文集》（4），安徽文艺出版社1992年版，第16页。

② 张爱玲：《小团圆》，北京十月文艺出版社2009年版，第15页。

四 "问题少女"产生的原因

如果说，王纲解纽的社会文化环境、"已经在破坏中，还有更大的破坏要来"①的时代的惘惘威胁是张爱玲小说中问题少女产生的外在背景，那么，"无父无母"的家庭处境、"谋钱谋爱"的生存困境等则是其产生的内在原因。

（一）"无父无母"的家庭处境

在张爱玲的小说中，家庭是一个有意味的存在，"无父无母"的家庭处境成为问题少女孕育的土壤。首先，父亲的缺席成为其小说最显在的文学描写症候。《不幸的她》中"她"上中学的时候，父亲死了，母亲带着她投奔姨妈。《沉香屑：第二炉香》中的愫细也死了父亲，寡母带着女儿们由内地迁居香港。《倾城之恋》中的白流苏老早死了父亲，《金锁记》中姜长安的父亲姜二爷死了，《十八春》中的顾曼桢也是因为死了父亲，家中顿失经济来源，姐姐曼璐才不得不做了舞女。缺席的父亲可以说是张爱玲小说父亲形象一以贯之的处理方式，她以死亡缺席的轻轻一笔掩埋了童年被毒打的创伤经历和记忆。在个人对父亲形象的禁忌和回避之余，"无父文本"也在一定程度上契合了五四以来女性文学的弑父情结——正是在这个意义上我们认可张爱玲小说的女性立场。

其次，有研究者倾向认为，张爱玲小说在构建"无父文本"的同时也在进行"女性家长的主体建构"②，这方面的代表有《不幸的她》、《沉香屑：第二炉香》、《倾城之恋》、《金锁记》和《十八春》。但仔细考量，会发现张爱玲实际上正是通过强化母亲的霸权作用实现了对母亲形象的颠覆。《不幸的她》中，母亲昏悖地将她许配给一个纨绔子弟，迫使她离家出走，成为"无父""无母"的漂泊者。《沉香屑：第二炉香》中的女孩们在寡母的教育养成中成为性无知的牺牲品，母亲存在的职责和作用几近于零。《金锁记》和《十八春》虽是两种完全

---

① 张爱玲：《〈传奇〉再版序》，《张爱玲文集》（4），安徽文艺出版社1992年版，第138页。

② 林幸谦：《女性主体的祭奠张爱玲女性主义批评2》，广西师范大学出版社2005年版。

不同的家庭背景和问题女孩，但母亲的角色作用却如出一辙，惊人相似。《金锁记》中曹七巧为了黄金的枷锁，打杀了女儿、儿子、儿媳的幸福，颠覆了古往今来母慈子孝的神话。而《十八春》中的母亲，看上去似乎勤俭质朴，实则非也。如果说大女儿曼璐早年沦为舞女她无能为力，那么，后来和曼璐合谋毁掉小女儿曼桢一生的幸福则让人无法原谅，这个母亲后来投奔劫后余生的曼桢，甚至比曹七巧还要让人感受到所谓人伦亲情的寒凉。《倾城之恋》中父亲缺席，在兄嫂们的权力强势下，母亲沦为弱势（至少表面上如此），来自母亲的庇护微乎其微。

> 她仿佛做梦似的，满头满脸都挂着尘灰吊子，迷迷糊糊向前一扑，自己以为是枕住了她母亲的膝盖，呜呜咽咽哭了起来道：“妈，妈，你老人家给我做主！”她母亲呆着脸，笑嘻嘻的不做声。她搂住她母亲的腿，使劲摇撼着，哭道：“妈！妈！”恍惚又是多年前，她还只十来岁的时候，看了戏出来，在倾盆大雨中家里人挤散了。她独自站在人行道上，瞪着眼看人，人也瞪着眼看她，隔着雨淋淋的车窗，隔着一层无形的玻璃窗——无数的陌生人。人人都关在他们自己的小世界里，她撞破了头也撞不进去。……她所祈求的母亲与她真正的母亲根本是两个人。①

因此，在文本中的母亲还活着的时候，实际上她已经死了，张爱玲小说呈现的是“无父亦无母”的文本建构。尽管一些小说中父亲和母亲双双健在，甚至整个家庭看上去很完美，但其角色和作用依然缺失。《花凋》中的好女孩川嫦在爱中死去，而事实“全然不是这回事”，自私冷漠的父母眼看着这个稀有的美丽的女孩子在 21 岁的妙龄死于肺病而不肯拿出钱来。《心经》中的许小寒对她的亲生父亲怀有特殊的情感，在父亲和母亲之间有意制造隔阂以达到独占父亲的目的，母亲在家庭中深度缺席，直到父亲不堪忍受畸恋折磨，移情别恋进而离家出走，母亲身份才重新开始显现，至于最后结果如何还未可知。《沉香屑：第一炉香》中的女孩葛薇龙深入虎穴，舍身饲虎。她那先在香港后来迁居

① 张爱玲：《倾城之恋》，《张爱玲文集》（2），安徽文艺出版社 1992 年版，第 54 页。

上海的父母对她来说，也只是个虚构的存在，同样也是一个孤身出走的女孩。《封锁》中的吴翠远，“在家里她是一个好女儿，在学校里她是一个好学生”，一个单纯可爱的好女人。问题在于她从来不快乐，所以才会在封锁期间的电车上想着背叛家里“那些一尘不染的好人”，找一个真人，做一个真人，可惜她看错了。《花凋》《心经》《琉璃瓦》都有一个貌似幸福的家庭，但父亲不是父亲，母亲不是母亲。“这是个疯狂的世界”“丈夫不像个丈夫，婆婆也不像个婆婆，不是他们疯了，就是她疯了。”[①] 当女儿不打算重复母亲的死亡之路，企图逃遁的时刻，母亲便从那“没有光的所在”出现，一手扼杀女儿的全部希望。因此，“在张爱玲的国度中，女儿所在的世界不仅是无父的世界，也是无母的世界。那里只有死亡的绝对权威”。[②]

（二）“谋钱谋爱”的生存困境

如此，张爱玲小说中的问题女孩一个个矗立在历史的旷野和荒原当中，成为无父无母的漂泊者，照理说，她的反叛之路应该无所顾忌。而事实上并非如此，这些孤独者并未实现自我的主体解放，反而为了生存走上了另外一条“谋钱谋爱”的不归之路。张爱玲笔下的问题少女基本来自旧家庭。如上文所分析，有顾曼桢、虞家茵那样的没落家庭女职员，也有葛薇龙、言丹朱、许小寒这样的中产家庭女学生，甚至一些富贵之家的小姐，但似乎无论怎样曾经殷实的大家庭，都面临着经济上的无形压力。金钱的衡量和计较在张爱玲笔下的人物身上比任何一位作家都来得切实和明显。

最明显地，《沉香屑：第一炉香》中葛薇龙为了爱上乔琪而不得不步入姑妈为她设计的色相生涯，最终为浮华热闹的物质生活所奴役。其实第一次进入梁宅，她的内心就已被锦衣华服所打动，当然还有对异性的贪恋，女人的虚荣心。之所以安于在梁宅做一个诱饵，无非为的是钱，只有有了钱，乔琪才有可能娶她，谋钱才有可能谋爱，而乔琪是否会娶她爱她？姨妈和乔琪早就商量好：“你要钱的目的原是玩，玩得不痛快，要钱做什么？当然，过了七八年，薇龙的

---

① 张爱玲：《金锁记》，《张爱玲文集》（2），安徽文艺出版社 1992 年版，第 118 页。
② 孟悦、戴锦华：《浮出历史地表》，中国人民大学出版社 2004 版，第 243 页。

收入想必大为减色。等她不能挣钱养家了，你尽可以离婚。在英国的法律上，离婚是相当困难的，唯一的合法理由是犯奸。你要抓到对方犯奸的证据，那还不容易？”[①] 尽管内心还残存理性之光，但她带着牺牲的冷静，毅然决然步向陷阱。

同样，《金锁记》《怨女》中的七巧、银娣放弃了喜欢的人嫁给残疾的姜二爷、姚二爷，为的无非是钱，“没有钱的苦处她受够了”。《沉香屑：第二炉香》中的愫细、《年轻的时候》中的沁西亚、《琉璃瓦》中的姚家姊妹的婚姻，都是出于对金钱和生存的考虑。白流苏谋钱谋爱的方式则是以婚姻的形式牢牢捆绑住一个男人，“没有婚姻的保障而要长期抓住一个男人，是一件艰难的，痛苦的事，几乎是不可能的。啊，管它呢！她承认柳原是可爱的，他给她美妙的刺激，但是她跟他的目的究竟是经济上的安全。”[②] 但白流苏毕竟是一个例外，她最终成为一个成功的逃遁者，她所谋的爱其实也只是稳定的婚姻和合法的生存。相对而言，顾曼桢就没有那么幸运了！而更多的她们还漂泊在茫然之中，如愫细、言丹朱、许小寒、姜长安、沁西亚、姚家姊妹、虞家茵等，大概只能沦为屏风上的那只鸟，永远地锈死在那里。

在某种意义上，金钱成了张爱玲小说一切悲剧的内在根源。如果不是父亲对金钱无休止的欲望，虞家茵也许不至于遗恨一生；如果不是学费的艰窘，葛薇龙也许不至于沦落香港；郑川嫦不至于病死；顾曼桢不至于被拘禁……反过来说，如果这些女孩不去“谋钱”，那么，钱就会来“谋她”，如自食其力的虞家茵、顾曼桢，最终还是沦落，无法摆脱悲剧的个人命运。其实，旧家庭女人谋钱谋爱的资本，唯有身体而已。“以美好的身体取悦于人，是世界上最古老的职业，也是极普通的女性职业，为了谋生而结婚的女人全可以归在这一项下。”[③] 可谓一语道尽旧时代女人的悲凉，也充分诠释了旧式婚姻中的身体 / 权力 / 政治话题。

---

① 张爱玲：《沉香屑：第一炉香》，《张爱玲文集》（2），安徽文艺出版社 1992 年版，第 46 页。
② 张爱玲：《倾城之恋》，《张爱玲文集》（2），安徽文艺出版社 1992 年版，第 79 页。
③ 张爱玲：《谈女人》，《张爱玲文集》（4），安徽文艺出版社 1992 年版，第 74 页。

五　另一个“娜拉”：“问题少女”的文学史意义

谁是“娜拉”？自从易卜生话剧《玩偶之家》在中国译介并迅速传播，“娜拉”就成为寻求解放的中国现代女性的代名词。人们甚至已经忽略或者误解了她原本的意义所指——家庭的玩偶，一个为丈夫和孩子以及父亲而自我牺牲的工具。父亲利用她，丈夫支配她，孩子依靠她，为了寻求和拥有真正的自我，所以她才要出走。但由于张爱玲的特殊身份，研究者一般认为似乎她与娜拉无关，毛尖甚至说：“无论是先天还是后天，张爱玲绝对不是五四儿女”①，不是没有道理。但是，张爱玲虽然没有亲身感受五四时代潮流，但她毕竟生活在五四余热之中；虽然她对五四精英文学抱着适度的审视距离，但她也在一定程度上受到了五四文学的影响；此外，就个人情况而言，她的母亲是时代的娜拉，她自己也是一个特殊的娜拉——逃出了父亲和后母的封建之家，投奔了西化的母亲之家。所以，对张爱玲与五四及娜拉的关系认识还需要进一步深入。对于张爱玲笔下的系列少女，“张爱玲接下去说，还有第三种可能，就是回家堕落，或者第四种可能，就是堕落了回来继续堕落”。②这里的“堕落”显然有些泛滥，似乎有玩文字游戏的嫌疑。其实，张爱玲笔下的少女在胡兰成看来更像是一个“逃跑的女奴”，甚至认为这是张爱玲本人的很好说明，“逃走的女奴，是生命的开始，世界于她是新鲜的，她自个儿有一种叛逆的喜悦”。③可以为我们解读张爱玲笔下的娜拉提供有力的线索。

由“逃跑的女奴”角度可以为五四以来中国“娜拉”们的命运抉择提供另一种反思视野。凌淑华曾在其小说《小刘》等篇中展示了女性解放的虚妄，更多的女性则在走出了父亲的家庭之后，安于在丈夫的家庭里做个傀儡。而张爱玲笔下的女性，无父无母无夫，她在自我的漂泊和孤独中寻找着主体的救赎。纵观张爱玲笔下的出走女孩，不仅是第三种可能的问题。哀莫大于心死，实际

① 毛尖：《所有能发生的关系—〈小团圆〉书评》，《东方早报·上海书评》2009年3月15日。

② 同上。

③ 胡兰成：《评张爱玲》，静思编《张爱玲与苏青》，安徽文艺出版社1994年版，第151页。

上是身体的死亡和心灵的死亡：川嫦们死了，长安们的心也死了，她诠释的最终还是死亡的主题。有研究者认为，现代社会中的问题少女是相对的，其叛逆行为甚或被目为青春期的一种正常反应。但是，张爱玲小说中的“问题少女”却是永久的，在纷纷经历青春的磨难和创伤之后，她们的爱情和生命成为虚空，茫然和惘然缠绕了她们整整一生。总之，她们古怪、不幸，她们有着年轻然而苍老的灵魂，她们徒留创伤累累的精神和身体，她们几乎无一例外地临摹着苍凉而悲剧的宿命人生。张爱玲于女性解放的思考委实现实而深刻，《五四遗事》对五四爱情婚姻自由的反讽，可以见出中国女性解放的滑稽、无奈甚至苍凉。

更重要地，张爱玲由“经济的安全”角度接着鲁迅的话题往下说了。有论者认为：“张爱玲的本文序列便展示了一个正在逝去的国度，一个注定死灭的‘种族’。”[①] 实际上，张爱玲小说从另一侧面践行或者说探讨了鲁迅的“娜拉走后怎样”的话题。即从娜拉的经济生存视角着眼，反思娜拉出走的命运。早在 1923 年，鲁迅就预言：“但从事理上推想起来，娜拉或者也实在只有两条路：不是堕落，就是回来。”[②] 张爱玲也说过：“中国人从《娜拉》一剧中学会了‘出走’。无疑地，这潇洒苍凉的手势给一般中国青年极深的印象。”但如果因为吃饭和经济的原因，便也只能折衷为：“‘走！走到楼上去！’——开饭的时候，一声呼唤，他们就会下来的。”[③] 所以为娜拉计，“钱，——高雅的说罢，就是经济，是最要紧的了。自由固不是钱所能买到的，但能够为钱而卖掉”。[④] 张爱玲的女性书写紧紧围绕着经济的轴心，展示她们谋钱谋爱或者为钱所谋的无奈、琐屑与悲哀。然而，鲁迅接着就说：“在经济方面得到自由，就不是傀儡了么？也还是傀儡。无非被人所牵的事可以减少，而自己能牵的傀儡可以增多罢了。”[⑤] 即经济权的获得也只能解决局部的问题，于是《金锁记》中曹七巧和她的女儿姜长安在获得了经济的自由之后，仍是傀儡；《沉香屑：第一炉香》中的葛薇龙有了钱，仍是傀儡；《同学少年都不贱》中的恩娟当然也是傀儡。她

① 孟悦、戴锦华：《浮出历史地表》，中国人民大学出版社 2004 年版，第 233 页。
② 鲁迅：《娜拉走后怎样》，《坟》，人民文学出版社 1980 年版，第 152 页。
③ 张爱玲：《走！走到楼上去》，《张爱玲文集》（4），安徽文艺出版社 1992 年版，第 75 页。
④ 鲁迅：《娜拉走后怎样》，《坟》，人民文学出版社 1980 年版，第 154 页。
⑤ 同上书，第 156 页。

们仍然做不了自己的主，或得过且过、或随波逐流，她们仍然受制于个人的偏激狂热、自私狭隘、虚荣心等人性之弱点的牵制和主宰。从这个角度反思中国女性解放之路，铺陈其堕落死亡的沉默历程和人性脆弱，说明出走并不能解决和最终完成女性解放的问题，女性除了克服社会的传统因袭，家庭的桎梏束缚之外，还要更多地剜除自身的人性弱点和性别劣根。

第二辑

当代女性文学蠡测

论舒婷诗歌《神女峰》的抒情主体

作为朦胧诗重要的代表诗人，舒婷的《神女峰》在其作品序列中并不以“朦胧”著称，它不同于《致橡树》和《祖国啊，我亲爱的祖国》中繁复而典雅的意象设置以及直抒胸臆的表情方式，甚至不同于《双桅船》和《会唱歌的鸢尾花》中处理自我与他人、社会和时代关系时所表现出的急切和解以至婉转诉求。但是，《神女峰》近年来受到读者和研究界的重视程度之高，几与《致橡树》比肩。这不能不说和其明确的女性主义指向有关——《神女峰》言说着一个关于“背叛”的主题——女性对传统爱情模式的背叛，从“天上人间，代代相传”的美好故事传说，到“与其在悬崖上展览千年，不如在爱人肩头痛哭一晚”的充满人道主义的个人关怀。

《神女峰》的诗歌创造，表现在思维上、情感上，也在诗歌优美的意象和顿挫的节奏上。以感情的蕴含收放贯穿全诗，语意易解，分行排列，错落有致，形式自由，节奏明快。没有感情的逐渐酝酿过程，也没有意象的必要铺排，《神女峰》的诗歌书写犹如山峰般平地而起：“在向你挥舞的各色花帕中 / 是谁的手突然收回”，将一个决然的姿态抛向读者目前：“当人们四散离去 / 谁还站在船尾”，“谁”的再次出现强调了将要凸显的问题。这里，相对于“各色花帕”的“众人”，“谁”作为特立独行的“个人”出现了，并且这个“个人”一旦从“众人”中抽身而出，就意味着进入个体生命的体验过程：她不但“紧紧捂住了自己的眼睛”，而且“衣裙漫飞，如翻涌不息的云”，在江涛“高一声 / 低一声”的呼叫中入思。“神女峰”这一为历史所塑造的女性的残酷命运见证使诗人不忍睁开自己的眼睛，为这一命运所激荡起的不平与喟叹经久不息。

究竟是什么震惊并驱动了这个“个人”的情感和神经呢？是神女峰所构造

的传说故事，当“美丽的梦留下美丽的忧伤”时，诗人发问：“心真能变成石头吗”？显然，她对传说质疑：传说之为传说，表达的总归是一种说教，究其本质是一种谎言。但在女性生存的历史上，为了传说的美好而牺牲个人和自我的历历个案、斑斑血迹又如何能数得清呢？她们是那些“过尽千帆皆不是，斜晖脉脉水悠悠，肠断白蘋洲”的愁者，她们是那些“打起黄莺儿，莫教枝上啼”的怨者，还是那些“商人重利轻别离，前月浮梁买茶去”的哀者……她们是整整一部女性情感荒芜、心灵束缚和精神奴役的受难史。

在感情起伏的洪流中，在历史与现代、痛苦与幸福的较量中，在传说与现世、彼岸和此岸的决斗中，个人的自我毅然反叛：与其在悬崖上展览千年 / 不如在爱人肩头痛哭一晚。解脱了礼教和自我奴役的锁链，获得的是平民爱情和现世生活的新视界。显而易见，关于背叛的言说意蕴却又不仅仅止于爱情，它指向一切对正常人性构成束缚的人造的锁链。

自 1980 年第 2 期开始，《福建文学》展开了对舒婷诗歌作品的讨论，历时 11 个月，涉及了诸多诗歌创作与理论的基本问题。1981 年她的创作在争议中达到了高峰期，而《神女峰》便创作于这一年 6 月的长江上，后来在《星星》1982 年第 4 期上发表。有趣的是，在 1980 年第 6 期的《星星》诗刊上，发表有洪亮的《神女峰》一首，“我站在船头向你翘望：/ 容貌是那样美丽端庄；/ 只为了求得人间丰收，/ 你耳旁依然云来雨往……”舒婷是否读过这首诗，不得而知，但显然她是站在驳斥这一传统献身精神的立场上发言的。更有意思的是，苏童也有一短篇小说名为《神女峰》，其中爱的同盟就没有坚持完一个旅程，甚至真正的旅程还没有开始，爱情就发生了重新组合。洪亮、舒婷和苏童分别是在传统、现实和超现实的意义上书“神女峰”这个文化符号。

在《硬骨凌霄》一文中，舒婷回应那些寻找“橡树”的读者：“即便不是《致橡树》使她们的爱情走上悬崖，也希望《神女峰》能帮助她们鼓起勇气爱一个最平凡的人。”因此，不妨将《致橡树》、《神女峰》和《会唱歌的鸢尾花》作为舒婷探讨女性自我的三个自然段落。但遗憾的是，女性意识的逐步加强到底和现实生活发生了难以调和的矛盾。舒婷因为生活的变化暂时告别了诗歌创作，转眼三年，三年之后却是诗歌的洪流渐渐平息，当舒婷以散文创作为主的时候，女性诗歌对身体和内心隐秘世界的性别书写已经以前所未有的叛逆性占据了诗坛，舒婷的时代很快过去。

被复制的文学消费品
——论王安忆小说《长恨歌》的文学史意义

20世纪80年代末至90年代中备受学界瞩目的“重写文学史”热潮，源于对传统的现当代文学史标准和方法的怀疑，却因为文学史理论建构的尚未成熟不果而终。虽然一些新的文学史著作和相关的研究成果不断出现[①]，这表明研究者在这个领域探索热情的持续，但正如一位研究者所言，“整个文学史研究框架依然摆脱不掉以往那种宏大叙述的模式，编撰者不是以自己的研究心得来回应新的文学史建构要求，而是在以往的文学史框架中作局部的调整和修改，所以，这些新版的文学史中集体的声音多，真正带有研究者个人见解的声音少。文学史论述的重点始终离不开以往文学史研究框定的那几个人物和对象。”[②] 整体和全面视野观照下的文学史对现代文学研究者的知识体系构成了严峻的挑战，虽然新的文学史的建构尚需要时间和积累，但旧的文学史的理念无疑已在怀疑和追问中坍塌并破碎。王安忆的《长恨歌》就写作于这样一个极力倡导新的文学史理念的时刻，虽然我们不便贸然断定《长恨歌》的写作与文学史理念有必然联系，但可以肯定的是：《长恨歌》在历史观念上确实是出于一种新的尝试——她从城市的“秘闻”着手，撇开风云激荡的社会变革的“大历史”（History），而将笔触伸向细碎冗长的“日常生活的历史”（history），这意味着王安忆在写作观念上对所谓“文本的历史性和历史的文本性”的新历史主义核

① 以钱理群、温儒敏、吴福辉等著《中国现代文学三十年》（北京大学出版社1998年版）、陈思和著《中国当代文学史教程》（复旦大学出版社1999年版）和洪子诚著《中国当代文学史》（北京大学出版社1999年版）为代表。

② 刘军宁、杨东平、赵汀阳等著：《学问中国》，江西教育出版社1998年版，第65页。

心观念的心神领会？还是出于一种写作的偶然契机？如果不是这样，那么，《长恨歌》究竟为“日常生活”的历史书写贡献了什么？

一　复制：“表现日常生活历史”的文本

王安忆不止一次地说过，《长恨歌》是“一部非常非常写实的东西。在那里面我写了一个女人的命运，但事实上这个女人只不过是城市的代言人，我要写的其实是一个城市的故事。”① 由此可见，王安忆是非常诚实地想写一部城市的历史，当然是用文学的方式而不是历史的方式，而且她对于历史的把握已经不再是教科书上一代一代的人们写下并诠释的、向来被等同于历史上确实发生的事情的历史，这决定了《长恨歌》所表现的历史必然是“流言”的一种，“这些流言虽然算不上是历史，却也有着时间的形态，是循序渐进有因有果的。这些流言是贴肤贴肉的，不是故纸堆那样冷淡刻板的，虽然谬误百出，但谬误也是可感可知的谬误”，在流言的历史常态中，那有了善终的——但也许只是片刻的荣光，便成为传奇。不必说流言作为历史的谬误，即使是所谓“大历史”者何尝不是谬误百出呢？正是因为流言的特性，“它好像要改写历史似的，并且是从小处着手。它蚕食般地一点一点咬噬着书本上的记载，还像白蚁侵蚀华厦大屋”，因此它在有选择的对历史的把握上，甚至比“大历史”有更强的说明性。故《长恨歌》可以被作为新历史主义批评的文本，因为新历史主义批评者向来比较关注历史记录中那些被传统历史主义者忽略的东西，比如那些好象是插曲的、轶事的、意外的、奇异的、卑下的或者是不可思议的方面，“批评家首先从历史典籍中寻找到某一被人忽略的轶事或看法，然后将这一轶事或看法与待读解的文学文本并置，看它对这部为人所熟知的作品提供了怎样的新意”。② 而王安忆写作素材的来源与新历史主义研究者如出一辙，她从一个为人所忽略的角落找到一件不为人所知的奇闻逸事，“许多年前，我在一张小报上看到一个

① 王安忆：《重建象牙塔》，上海远东出版社 1997 年版，第 191—192 页。

② 盛宁：《二十世纪美国文论》，北京大学出版社 1994 年版，第 265 页。

故事，写一个当年的上海小姐被今天的一个年轻人杀了，……”[①]

如此，在具体的文本编织过程中，《长恨歌》以一种工笔精细和参差对照的手法将这种日常生活的历史观念进行到底。王琦瑶的一切都是从这种日常生活的历史土壤中生长起来的，包括她的生存空间、她的生活观念、她的情感与本能、她的不同寻常的生命力、她传奇的命运和宿命的结局，甚至王琦瑶这名字所指称的文化内涵。四十年的故事是从去片厂开始的，而从这一天开始，“大历史”就已经是动荡不安的，每一笔却都被轻轻带过。如1948年的春天是局势分外紧张的一年，内战烽烟四起，前途未决。但王琦瑶所在的“爱丽丝”世界却是温柔富贵乡，绵绵无尽的情势，而且还是安身立命的春天，她在“国将不国”的时刻有了自己的家。1948年的大动荡大纷乱只是一个“静”字，太多的年头被忽略不计，转瞬到了1957年：

> 这是一九五七年的冬天，外面的世界正在发生大事情，和这炉边的小天地无关。这小天地是在世界的边角上，或者缝隙里，互相都被遗忘，倒也是安全。窗外飘着雪，屋里有一炉火，是什么样的良宵美景啊！

这并不表明王琦瑶们生活于时代和历史之外，而是说《长恨歌》所构造的历史——日常生活的历史。在细心和真心里没有希望地生活着，因为知道它的无望，反而活得踏实坚韧。同时构建另一种流言滋生、传播、流转的历史。

正像上海记忆属于张爱玲那样，上海记忆也属于王安忆。如果带些武断来划分的话，20世纪上半叶的上海记忆是属于张爱玲的，下半叶的上海记忆属于王安忆当是没有异议的。张爱玲已经为上海的情和义、爱和恨画下了不是最美却是最惊心动魄的图画，《长恨歌》的情感记忆则是对张爱玲之后的上海形象的空白性填补，而恰恰是这填补却稍稍逊色于前面的那些绵密冗长的铺垫——也许看来的故事永远没有听来的故事好——那充斥传奇与流言的弄堂，那布满等待与秘密的闺阁早已深深刻进人们的意识；也许在人们的共同记忆中，四十年代已集中了所有传奇里情爱与恩义的精华，此后再也不会出现。但显然王安忆

① 王安忆：《重建象牙塔》，上海远东出版社1997年版，第206页。

一次次企图在言说中穿透它的内核，多次的努力都显得意犹未尽，从《寻找苏青》《鸠雀一战》《海上繁华梦》到《米尼》《我爱彼尔》都可照见她穿越的痕迹，直到《长恨歌》，她的上海梦魇总算有了暂时的了结——这城市不尽的沧桑、风致、情感全在其中了。

但是，了结了属于个人的城市梦魇，她对于上海“日常生活历史”的表现比起四十年代已经为上海描画下极致一笔的张爱玲来说，在近半个世纪之后，又给文学史的丰富和创造增添了什么呢？作为文本的文学与历史之所以不同，在于它们对记忆的不同书写方式。如果说历史采取的是对时间、地点、人物、事件的统计学的记载，那么文学则更多地借助于创造形象——人物形象、环境形象、情节形象甚至语言形象，并在一切形象之上赋予感情——复杂繁多而极具差异性的、由于个体经验的不一而呈现出不同倾向的感情。但它们都是对于记忆的把握，即历史记忆在个体身上沉淀浸透的那一部分。正像人们所了解的那样，每一页的历史都可以说是混乱的，同时又是建构的，因为它既是变动不居的，又是僵硬的，关键在于书写者的观念。文学的记忆把握是高度选择性地呈现过去的事件，而且是在虚构的诱惑中前进，中国现当代文学史中向来不乏宏大历史叙事的史诗性的文学表述，描写的是飞扬的社会变革与人生，如《子夜》《上海的早晨》等，有关国家与革命的宏大主题正是据此发扬光大的；中国现当代文学史中向来也有一种日常生活历史的文学书写，描述的是平淡的甚至是琐细的个体生存、情感与命运，如《呼兰河传》《结婚十年》《半生缘》《倾城之恋》等。这些作品几乎都遭受了长期被埋没甚至被批判但却越来越引人注目的命运，这是很有研究意味的问题。可以肯定的是：文学的记忆书写已包含了作家对历史的全部理解。

唯其如此，《长恨歌》对城市记忆的把握及书写并没有突破文学前辈创下的传统，在王安忆形成“日常生活认同”的过程中，张爱玲的启示性是相当关键的一环，而深受张爱玲影响的《香港的情与爱》中就已经显现出潜意识复制的某种端倪，但王安忆又是最不愿意承认别人说她是“张爱玲传人”，这里面的所谓“影响的焦虑”就不必考虑了。若王安忆不写这类题材的作品也就罢了，只要写就必然存在于张爱玲的阴影下，除非她在表现技巧和理念上远胜一筹，但事实表明目前的王安忆尚不能做到。但若论起《长恨歌》在对日常生活史的超越上，那也只能说是对《倾城之恋》类的一种复制，看上去外表不一样，人物都换了名字，但模式和思想都是差不多的。是否同样作为女性写作者，她们拥有太多的共同记忆或性别感知？那不妨从另外一个文学史标准，即女性主义写作的角度对《长恨歌》再作一番解读。

二　搁浅：女性主义文学的书写

《长恨歌》以王琦瑶为女性书写焦点，在三个层面上展开叙述：第一层是上海弄堂里的王琦瑶，作者极尽铺陈渲染之能事，描摹她们骨髓里的爱与痛；第二层是邬桥乡下的王琦瑶，宁静优美的水乡自然平息了她心中的风暴，炽热的阿二的心唤起了她城市的旧梦和新梦——她的心从来没有忘记和离开过的地方；第三层的故事出现在平安里，理想里的平安也确实到来了，浮着热气的下午茶，熟客和牌友的围炉夜话，哪管平安里外的天翻地覆，且紧紧抓住这片刻的平安与欢愉。在每一层面出现的王琦瑶都是崭新的，在无路的地方开辟出新的生路。这已不仅仅是张爱玲笔下的一把荒凉——说了也是白说，建设总归是为了打碎，由此倒可见出王安忆的憨实与可爱。但在预设的故事与情境中，王琦瑶再是神奇，也无法选择另一种生，一系列命运与情感的错位，毋宁说是有意的选择使她倒在午夜——怀着一腔隐隐的情意——从命运开始的地方开始了的情意，那最后闪烁的灯影再次使她回到她的悲剧命运的开始。这些就是王安忆所刻意捕捉的人生长恨和她理解中的女性命运吗？王安忆曾否认她自己是一位女权主义作家，本文也无意于借用女权主义的话语去标明什么，《长恨歌》也确实对女性记忆与女性经验进行了很大程度的再现和渲染，但问题是，"她是在用男人的声音说话还是在倾听女人的沉默？她是在作为一名妇女说话还是在代替沉默的妇女说话，或者替妇女说话，或者以妇女的名义说话？身为妇女就具备了以妇女的身份说话的全部条件了吗？以妇女的身份说话是由生物条件决定的，还是由理论策略或者由文化决定的"？[①] 王安忆显然是有意赋予《长

---

① 陈晓兰：《女性主义批评与文学诠释》，敦煌文艺出版社1999年版，第7页。

恨歌》以女性主义立场，但她的言说是否最终实现目的或者说将女性主义之路往更远处推进了呢？

在世界范围内，女性成长的历史都是被遮蔽的。在《长恨歌》的书写中，女性只是作为城市的一个代言人，一个载体，但叙述者是倾尽全力去挖掘历史中的女性记忆的，所以对于这个城市的故事的言说可以采取若干不同的分析方式。也就是说可以暂时忘掉被指代的城市，将遮蔽祛除，直接深入女性的命运书写。于是在女性成长的记忆中，发现一种等待的常态。这是一种无所等的等待，却满满的都是等待，那是女性的命运。恍惚而短命，却不知道自己的短命，等到头总是空，却无怨无哀。城市有多少闺阁就有多少等待，有多少等待就有多少孤寂。众所周知，历史以时间为依托，记忆以历史为凭靠，但女性记忆中的时间出现在闺阁里的是光影而不是光阴，是深渊而不是晨曦，是孤寂套孤寂，是没有底的孤寂。女性要么在孤寂中委顿，要么在孤寂中疯狂，闺阁正是被幽闭的空间，在时间的煎熬中，焦虑必然生成。正是在孤寂意义上的女性记忆认同，才使人们了解为什么在中外文学史中，有如此众多的女性臆症、疯癫、神经质、生病、杀人、自杀等病例现象。较于西方女性的相对外向，中国女性更倾向内敛，这内敛在上海女性身上表现为不妥协，能受委屈却百折不挠。当然，这多少也有些新时代所赋予的新记忆的添加。

毫无疑问，《长恨歌》是一个关于女性生活的故事。平凡的女人所贪恋的生活在许多年里被视为罪恶，王安忆恰是在祛蔽“罪恶”的意义上铺开生活的画布的。在没有英雄的年代里，甚至平凡的男人也不容易见到，有的只是渺小猥琐看不清面孔的男人，他们在故事所构织的生活里相遇，又一个个地因输掉而退场——无论是勇气还是品质。程先生似乎一直是作者未敢亵渎的纯洁，这最后的坚守终于也输给了命运，外在的政治运动只是点缀——他以自杀逃避了生活的充实和虚无，根子里还是胆怯。最后的男人也被消解。李主任的存在是一个更大的虚妄，他的无声息的突然出现就像他的无声息的蓦然消失——飞机失事后的一抹清烟。他以为只有男人才懂得女人的好，而女人自己却是看不懂女人的，他是否看懂了女人呢？这不仅是很可怀疑的事，而且是可笑的，因为他还没有来得及看到更多，就死掉了。但故事的编织者是女性，只有在她的眼中，才有可知的男人和女人。就连李主任临走时交给王琦瑶的一盒金条，也成了王琦瑶送命的直接原因，一切都是那样有定数。就像严师母讲的故事中的摆渡人，因金条而发财也因金条而破产，金条只是南柯一梦，好在还没有让他送命。在王琦瑶的故事还在行进的时候有这么一个铺垫，等她的故事终结时才晓得定数的到来是丝毫也不爽的，这就是宿命。

将王琦瑶悲剧性的命运归结为宿命显然是片面的，这暴露了作为言说者的王安忆的非女性立场，同时也削弱了《长恨歌》的女性主义书写力度，女性的命运即便是悲苦而多舛的，但生活应该是自由选择的，而王琦瑶在她的后半生却成了随波逐流的人，命运果然将她带向不可知。这暴露了作为言说者的王安忆的女性立场只是表层，在《长恨歌》的故事讲述中，她不停地对这个可爱而可怜的女人进行消解，她是那样爱慕虚荣，她又因为本能的欲望死于金钱的纠葛……与其说是女性立场还不如说是中性立场的，而在中国文化中，中性立场也就是实际上的男性立场。

中国现代作家所创作的反映女性问题的作品不可胜数，鲁迅的《伤逝》《祝福》等涉及女性生活和命运的小说作品可作为最优秀的代表。但是，在历史前进了将近百年之后，思想启蒙的努力是否即表明了女性自我意识的提高或者说是女性自身地位和权利得到了改善？如果说那时的女性多数是还处在麻木和自卑的状态，需要和有必要进行诚挚而恳切地唤起，今天的女性是否已经完全挣脱了奴役而走向了人格的自立和自由之路了呢？实际上的状况并不是那样乐观，在卫慧、棉棉等的身体写作中传达的所谓前卫的女性生活意识和观念到底是什么？她们的写作在社会的传播和运作过程中，早已经脱离了她们写作的初衷，写作已经为发展起来的商品经济的社会权力所奴役，在表面上看来前卫的面孔下，实际上是一颗世俗的心。掩饰不住的内心的虚弱正好中了媚俗的圈套。也就是说，这一类号称是新新人类的写作以自己的实际行为充分表达了女性意识的匮乏或者说是倒退。并不是没有人认识到问题的症结，关键在于文学和商业搀杂着的文化政治氛围中，处处存在着共谋关系，就连批评也是一不小心就坠入共谋的陷阱。写作与批评间特异连锁现象的存在并不是呼吁或者抗议所能倡导或禁止的，在这样的情形之下，写不如不写，说甚至不如不说。

但写作者和批评者却并不能因此而隔绝自我的声音，在这个意义上，女性写作中出现的“躯体”已经不再具有女权主义理论家埃莱娜·西苏的“身体”

的意义，即“妇女必须参加写作，必须写自己，必须写妇女。……妇女必须把自己写进文本——就像通过自己的奋斗嵌入世界和历史一样。”“妇女必须通过她们的身体来写作，她们必须创造无法攻破的语言，这语言将摧毁隔阂、等级、花言巧语和清规戒律。”① 王安忆的《长恨歌》虽不是以女性的身体描写见长，她更注重的是女性被掩藏着的隐秘的内心情感世界和这种情感的无意义，比起激越的女权主义者，王安忆的女性意识是温和而中庸的，但正如李银河所言：“在两性平等的进程中，西方女权主义激昂亢奋，声色俱厉，轰轰烈烈，富含对立仇视情绪；而中国妇女运动却温和舒缓，心平气和，柔中有刚，一派和谐互补气氛。但是在我看来，也正因为如此，若要中国人放弃本质主义的观念，恐怕比西方更加艰难，需要更长的时间。”② 所以从女性主义写作的角度来看，《长恨歌》的书写令人遗憾地搁浅在超越的边缘。

三　同谋：在时代的消费文化中

还是回到城市的话题。作者在文本中一再将城市与女性作比附，上海的繁华是女性风采的，“风里传来的是女用的香水味，橱窗里的陈列，女装比男装多。那法国梧桐的树影是女性化的，院子里夹竹桃丁香花，也是女性的象征。梅雨季节潮黏的风，是女人在撒小性子，叽叽哝哝的沪语，也是专供女人说体己话的。这城市本身就像是个大女人似的，羽衣霓裳，天空撒金撒银，五彩云是飞上天的女人的衣袂”。就上海这座城市的发展历程而言，它对中国传统文化继承的较少，而对西方现代文化吸收的更多，它是一种杂糅的文化，表面上看重眼前的实利，快节奏地接受和吸纳，一股冲劲向前，而根子里还是中国传统的精细和安闲，重情感和易怀旧是其文化中最明显的特色。如果说三四十年代是上海形象的风华绝代之姿，八九十年代则是她的“昔日重来”，由于带有商品经济文化特色的历史在不同的历史时空巧妙遇合，上海复苏了，整个城市

① 张京媛主编：《当代女性主义文学批评》，北京大学出版社 1992 年版，第 188、201 页。

② 李银河：《女性主义围绕性别气质问题的论争》，《中国女性文化》，中国文联出版社 2001 年版，第 13 页。

陷入对曾经辉煌与荣光的深切缅怀中，《长恨歌》的故事就顺应了整个城市的怀旧氛围而登台，但是许多奇怪的文化现象现在想来不能不引人深思。

就在《长恨歌》写作前后不久的时段，“张爱玲热”在大陆形成高潮，“张爱玲现象”说起来并不复杂，张爱玲文学表达方式之被认同，“由当代生活变化而引发的对以往被失落的文学史经验的重新记忆”，“它改变了我们对文学史的理解，使我们意识到文学史研究的建构活动可以在更加广泛的文学历史活动空间进行，那些不被既定研究模式认同的作家作品及文学现象，可能包含着无法估量的潜在价值。”① 而张爱玲所以产生的市民社会在半个世纪后的上海重现，对商品和金钱的推崇使消费和怀旧的文化气氛并生，她们就像是一对孪生姐妹，一方面是消费使文化成为一种大众商品，一方面人们又在缅怀那似乎是一去永不再来的旧时光，从而成为时尚消费。上海的怀旧时尚有更多的层次和成因，但最终它演变成为一种大众文化消费，波德里亚说：“文化，当它朝着另一种论述滑去的时候，当它变得与其他物品同质（尽管在等级上更高一些）并可相互替代时，它就变成了消费物品。这一点并非仅仅针对《科学与生活》的，而且那些‘高级’文化、那些‘伟大’画作、那些经典音乐等也是如此。”② 文学作品亦如此，也就是说，《长恨歌》就是在怀旧文化中产生的适合于怀旧并与怀旧文化结成紧密同谋的样本，王琦瑶虚幻的爱情追求，生活在假想世界中的老克腊……这些人物不是我们的日常生活中所能见和可以遇到的，来源于写作者的虚构，实际上更来源于对时尚趣味的模仿，也就是媚俗。“媚俗显然对那稀缺、珍贵、唯一的物品（其生产本身也可以工业化）进行了重新估价。媚俗和‘真实’物品就这样根据一种如今总是处于变动和扩展之中的特殊物资的逻辑，双双地构筑了这个消费世界。媚俗有一种独特的价值贫乏，而这种价值贫乏是与一种最大的统计效益联系在一起的：某些阶级整个地占有着它。”③ 正因为它媚俗的元素，所以它才能够流行，而一切所谓的流行艺术莫不具有媚俗的成分，这已经跟王安忆所力图描画的平民生活相去甚远，流行艺术不等于平民艺术。

---

① 刘军宁、杨东平、赵汀阳等著：《学问中国》，江西教育出版社 1998 年版，第 53 页。

② ［法］让·波德里亚著，刘成富、全志钢译：《消费社会》，南京大学出版社 2000 年版，第 112 页。

③ 同上书，第 115 页。

因为平民文化的精神特质恰恰在于一种毫不暧昧的现实主义、在于一种线性叙述、在于寓物和装饰、在于与心理波折相关的情感参与。确实流行艺术只有在一个很初级的水平上才可以被看作一门“形象”艺术：彩色图画、消费社会的如实写照等。就像习惯了流行音乐的耳朵不能适应高雅艺术一样，在媚俗的文化氛围中也难以产生真正的平民艺术，即使表面上赋予它一种平民意识，但究其实还是假的，因为那种以虚幻的生和死的追求为表征的媚俗情调时不时就露出了破绽。

由此说来，《长恨歌》的获奖确实是有些出乎预料，无论是在一般读者还是在专业评论家。因为《长恨歌》作为一部言情小说早在 1995 年就公开出版，之后数年并没有引起过多的反响，评奖使其重获新生，充分表明权威标准对《长恨歌》所产生的时代文化方式与氛围的认同，这是评论界与创作界的整体跌落；也彻底明了《长恨歌》的写作真正契合了那个怀旧年代中浓重的怀旧气氛及其牵动的属于都市的消费文化心理，从而注定了《长恨歌》无论是对文学历史的建构还是对文学女性主义的书写都只是一种重复，它是一种杂糅的成功的文学消费品。作为一个文学的文本存在，《长恨歌》远不如《小鲍庄》《叔叔的故事》等更能在文学史上具备创新的意义。真正的文学应该是什么，人们往往会在浩繁无边的文学作品面前迷失，失去统一的准则，但对于意义的追求恐怕是文学之所以存在并成为人类生存安慰的最为重要的原因吧！批评家韦勒克说：“同造型艺术一样，同马尔罗的沉默的声音一样，文学最后也是一种声音的合唱——贯通各个时代的声音，这种合唱说出人类对时间和命运的蔑视，说出人类对克服暂时性、相对性和历史的胜利。”[①] 所以，任何时代的文学作品都应该发出这样“真人”的声音并向这样的写作境界趋近。

---

① ［美］雷内·韦勒克著，张金言译：《批评的概念》，中国美术学院出版社 1999 年版，第 18 页。

意义的缺失与唤起
——论朱文颖小说《世界》

显然，这是一篇颇有意味的小说——也许作者压根就没有准备讲什么故事，主要由三个人组合而成的叙事被赋予了太多的意蕴——关于世界和人的关系的诸种暗示。29岁的男孩马丁、30岁的女人石小萱、中年男人范思德，有着完全不同的生活背景和经历，隔绝在世界的一隅互不相干，但是由于命运的偶然他们相遇了，并在三天的共同行程中彼此发生关联：在他者的世界中寻找自我，或者在自我的世界中认知他者，彼此勾连又彼此失落。这三个人的成长经历、内心流程、精神困境、生存悖论以及所携带的生活背景组成了一个世界——芸芸众生的世界。

如果说钱钟书笔下的生活是一座围城，那么，朱文颖笔下的世界则类似于一方迷墙雾阵。雾气不断地从世界的角落漫起，模糊了世界和人的真实面目；而横在人与人之间的水泥墙壁，则加深着现代人之间的隔膜。有的人试图以澄澈照亮混沌，如马丁；有的人则在忙着修复创伤走出混沌，如石小萱；有的人则在制造和加重着混沌从而成为混沌的一部分，如范思德。但或许，混沌就是世界的本来面目。范思德是古老、曲折、幽深、昏暗的江南，他的眼睛昏暗，头脑混沌。随着雾气在世界里的弥漫，他感觉到那黑暗与陌生就在他心里。尽管“所有的能够组成快乐的东西，它们都像雾气一样围绕着他，黏附着他：财富，成功，健康，孩子，女人，甚至还有个人的生活空间。但是，要命的是，他觉得他整个的生活都是没有意义的……没有一件有意义……他们的生活似乎像条咬着自己尾巴的蛇。”他仍然丢失了生存的快乐以及意义，也丢失了爱人爱己的能力和信念，他谁都不爱——要吃蛇、猴子、蟑螂和鳄鱼的残忍的小女儿，永远美丽而幼稚的太太……甚至包括他自己。能让他心疼的并不是身上的恶，而是天性中偶然冒出的善；温暖和光明，这些东西让他恐惧，让他的冷漠和坚硬的心变软，然而仅仅只是一瞬间，便随着河面上的风飘走了。

现实对于人的改变是如此的残酷和微妙，只要很小很小的一点力就全都改变了。对于石小萱而言，世界的颜色与质地发生改变，源于那层层如白雪飘落的个体的创伤记忆，彻骨的寒凉之后是漫长的独自疗伤过程，“在一个人的成长中，需要最重要的两样东西：眼泪，以及擦掉眼泪”。逐渐地，她和范思德都成为坐在开花的樱桃树下打盹的人，对于生活变得迟钝和麻木。这是一个个体成长之后如何继续成长的话题，相对于人生早期的成长来说，继续成长变得尤其艰难——而个体对于世界的基本认识已经固定，对于新事物的接受要么因充满敌意而拒绝，要么因恐惧而心存芥蒂。同样，对于曾经坚守过的东西，要么在摒弃中遗忘，要么在怀疑中嘲弄。这是他们共同的困惑和迷思。

最终，神色疲惫的范思德和石小萱走进了一家豪华宾馆，但准备喝醉的他们却没有醉，雨雾“在他和她之间，在所有的人之间竖起了一道天然的、然而又是无形的屏障”，他们握手却都没有感觉到任何的温度。小说结尾处那“被死死压抑住的”“撕心裂肺的痛哭”使我们为生存的深刻孤独而震惊，甚至产生某种自怜。究其孤独的本源，则是人与人之间的深度隔膜——此隔膜是社会的，当然也是个人的。就社会而言，以雾气等相似性意象为象征的氛围使人难以深入了解和缺乏了解他人的愿望；就其个人而言，则是人与人之间互设的枷锁和伪装，使彼此之间充满了误会。受过伤害的石小萱原本在寻找着契机以平复精神的伤痕，可惜她的善变却使范思德以为她只不过是个婊子；而对于范思德来说，正因为缺失了对生活的基本感知——快乐和意义才逃避了生活，但他的出行并未获取新的意义，生活已经以其僵化的模式或者他本人的僵化的理解成为一成不变的，成为充满敌意和丑恶的。

而马丁的执念在于：虞姬为什么要死？霸王为什么不过江？他死了就是英雄了吗？如此的询问反复出现了两次，马丁问他的母亲，也问中国姑娘石小萱。然而没有答案，或许这超出了她们的认知和思考范围。如果说范思德和石小萱是在黑漆漆望不到尽头的长廊里走着，而马丁则是两旁镶嵌的漏窗，招摇着外面世界的生气和春意，马丁是一棵在无菌病房里生长起来的树，马丁的话语和举动使他看起来不像这个世界的人。在小镇的最后一晚，马丁完成了由虚幻世界到现实世界的对接，迎接他的却是一轮白得刺眼的月亮。在人流和尘埃组成的灰雾之中，虽然有或浓或淡的桂花香气，但在这易逝的香气中，消失于人群和车辆之中的他面对的将是怎样的命运和改变呢？终将为没有意义的生活所吞没吗？

朱文颖在创作谈中曾说起：一是“甭想在小说里寻找答案”，因为无论是世界还是作家本身，都具备了某种不确定性。二是“小说永远是询问与旁观”[①]，个体和他的命运之间永远隔着白雾，而此白雾即小说的本质。即是说小说是没有答案的，它只是询问，甚至只是怀疑。——这是否意味着重建的开始，朱文颖以她特出的写作理念卓然独立，其早前的许多作品中已经显露端倪。因而绝不只是昙花一现，或拘泥于某种无法自脱的藩篱，《世界》延展了陈晓明所说的“哲学家的意味”[②]，生活理念的形而上思考在这里得到进一步的延伸和阐释。

所以，与其说小说展示了人在世界中的深刻孤独，倒不如说是隔膜更恰如其分，孤独作为人之生命的一种精神境界，它是自我领悟的，甚至是高度审美的，至少是那孤独者在某种程度上的自我抉择，它不同于一般意义上的孤单和寂寞，是高妙的人生境界之一种。而隔膜则是一种生存状态，包含着更多的无力和无奈，是外在原因造成的，也是内在的自我不能改变的。因而，那寻找的和被寻找的将永处隔膜之中。就像石小萱观看过的那场哑剧：空间里密布着墙壁和树林。里面的人走进走出，走出走进，一开始他们还大口喘气、大声呼喊，渐渐就安静了。即使坐在开花的樱桃树下也不再做梦了。人和人之间的关系就是背靠着背，谁也不认识谁。隔膜，既缺乏切实了解别人的兴趣，也没有真正接纳别人的勇气，人与人之间最基本的信任被抽空了，彼此之间充填的只有猜忌与不信任，石小萱不相信马丁，并且始终不相信；范思德则是什么都不相信，即使他也曾经如马丁一样的单纯、明净、坚定；那不是自我修为的孤独，而是人生跋涉的疲惫和人性累积的漠然。文中不断萦绕挥之不去的雾气，时而

① 朱文颖：《雾中风景》，《红豆》2003 年第 1 期。

② 陈晓明：《为记忆的伤痛而写作》，《南方都市报》2004 年 5 月 18 日。

浓郁时而隐约的桂花香气，一而再再而三地出现的、或鬼魅或虚假或苍白或冷漠的月亮，此特殊的氛围更加强化了生存困境的诠释。

究竟是我们改变了世界，还是世界改变了我？英雄不见了，爱情瓦解了，快乐消失了，善良隐藏了，真实逃遁了。世界也许会因不同的人而有不同的面目和性质，但就这三位人物的寻找来看，世界是模糊的，孤寂的，也是冷漠的。无论他们从哪里汇集到这个世界的角落，都不能摆脱世界的虚浮性和无意义。但是，马丁要回到想象中的东方故国，石小萱执意回到她的伤心地，而范思德则是要逃离他的无意义的生活。他们都在焦灼地寻找生活的意义和价值，也企图内在消解怀疑并宽恕罪恶……好奇而又迷茫的马丁或许能够代表另外一种单纯、明净、坚定的人类，尽管马丁在世界中的寻找以模糊开始，无论马丁将怎样寻找和改变，朱文颖将世界的纯净和未来赋予了马丁，传达了作者企图超越的努力。作为七十年代后写作的实力派作家，朱文颖小说在普遍的意义解构和坍塌中尝试着某种精神的唤醒，从而具备了超越的潜质和气象，这既是对无意义的祛除和对意义的再次唤起，也是《世界》之突破所在。

论钟玲小说的时空观念与性别意识

香港作家钟玲20世纪80年代出版有小说集《钟玲极短篇》[①]，收入1981年至1987年的20篇作品，初步崭露钟玲对时空观念的兴趣与掌控、擅长在过去与现在的时间对接中展开故事，于记忆与现实中表现冲突。在主人公电光石火的惊悸中达至故事叙述的高潮，然后戛然而止，如《半个世纪以前》《八年初恋》《四合院》《一碗饭》《墓碑》《水晶花瓣》等篇。90年代出版的小说集《生死冤家》[②]、《大轮回》[③]中的时空场域进一步拓宽和增容，不仅在时间上突进到过去与现在之外的前世与今生，而且故事展开的平面场域也突破了台湾、香港、大陆、美国及其之间的空间勾连与穿越，在人鬼混杂的异度空间中缔造了全新的叙事时空，并于生死轮回和故事新编的叙事中传达了强烈的性别意识，于跨时空的对接和想象中完成了对男权传统文化的解构和个人的女性主体表述。

一　穿越古代与现代的时间观念

《生死冤家》分为“杏花篇”和“天人菊篇”，前者包括《过山》、《生死冤家》和《莺莺》，后者包括《刺》、《女诗人之死》、《逸心园》和《望安》。《大轮回》分为两辑，包括短篇小说7篇，小小说13篇。《生死冤家》“天人菊篇”

---

① 台北：尔雅书店1987年版。
② 台北：洪范书店1992年版。
③ 台北：九歌出版有限公司1998年版。

和《大轮回》中大部分摹写的都是当代都市生活中的故事。《刺》写一个童年有着创伤性经历的女孩恋爱中的心理以及自我内心的省察。凌珂自小生活在没有父亲的家庭里，母亲心理的创痛和精神的扭曲曾经深深刺激了她，并在十三岁的时候遭受暴徒的强奸……所有这些造成她与男生交往中的矛盾与闭塞，从而不自觉地成为一个玩弄男生感情的带刺的白玫瑰。《女诗人之死》则写一个海外女留学生因爱的失落和无法寻找走向自杀。心情孤苦和寂寞的洁在极度失望中服下了迷幻药，药物作用使她产生了幻觉：幻觉中出现的世界远离现代物质社会的惯例，有着浓郁的古典氛围和情意，男女的装扮以及他们表达爱情的方式都是令人向往的，也是洁日夜追慕但不可得的，于是，她就在这幻觉的美妙中拿起薄薄的刀片，向左腕上浅蓝色的脉切下去。《逸心园》取材于现代生活，在带有神秘色彩的故事叙述背后，质疑了现代人的生存观念和状态，唤醒着某种传统本色的人性的复归，包含着对现代生存强烈的谴责意识。《望安》写在现实生活中感情触礁的一对夫妇，在回故乡上坟寻找原址的过程中，重新发现了自我，重拾起彼此之间的爱意，包含着现代人对家园、对先祖、对根的回望、思索和重新拥有。《死同穴》则是一个发生在上海和台湾两地的典型的还乡故事，老将古天仁将如何处理他与台湾老婆、儿子，大陆老婆、儿子的关系呢？小说留给读者一个吉凶未卜的悬念。

以上的故事场景或者是台湾，或者是香港，或者是大陆，又或者是国外，甚至有的周旋于这些地域之间，也就是说这些故事的展开空间基本上是在同一个平面之上，或者在一个或多个不同的城市，但都在一维空间之内，虽是一维空间，也充分显现了钟玲小说叙事空间的开阔。引人注意的倒不在于这开阔的空间，而是这样开阔的空间里的人物却仿佛都患上一种心理病症，他们或者存在心理问题，或者夫妻感情不和，或者对现实的生活怀着惶恐与惊惧，或者在当下的困窘中迷失。总之，这些现代人迷失于社会的生活故事，可以看出钟玲小说对古代生活场景、生活秩序以及生存状态的某种向往和想象，不论这种想象和向往能够实现与否，也不论其文化建设意义如何，这种文化取向皆意味着对当下现实的抗拒和批判，也是对现代香港局促的生存空间以及狭隘的精神空间的揭示和嘲弄，更是对被异化和扭曲了的现代男女精神困境的同情和悲悯。

由此，钟玲小说的时间观念顺水行舟般地过渡到了她心目中的古代社会。

一旦来到这里，钟玲的时间叙事即刻显示出她的驾轻就熟，实际上，在她的文学想象中，一直存在着一个难以驱除的古典情意结，这在一定程度上满足了她对于古代生活场景、生活秩序以及某种生存状态的向往。这在她《生死冤家》中的“杏花篇”三篇中有着充分的体现。《过山》、《生死冤家》和《莺莺》选取的题材都来源于古代故事，小说的时空场景也是古代，但小说又不是传统故事的重复，而是带有个人色彩的故事新编。《过山》中年迈病重的皇帝捱不过三天了，年轻貌美的左夫人姊艳爱上了太子婴齐，美好而热烈的性爱使她对活着充满依恋，但等待着她的命运却是被一方白绫绞杀。与死亡相对的性爱是如此切实而疯狂，对死亡的恐惧和对年轻太子的恋慕使姊艳想出以李代桃僵的方式让舞姬代替自己为皇帝殉葬，但终于还是没有能够逃出生天。舞姬手上的玉镯穿越时空和生死为主人复仇，并终于不负苦心，穿越阴阳之隔、几千年的时间界限，找到了轮回今世的紫燕。《生死冤家》是《碾玉观音》故事的新编和重写，秀秀和崔宁初次单独相见就被他吸引，在秀秀有意营造的偶然相逢中两人相识。虽蒙郡王许婚崔宁，但对青春年少的秀秀来说，漫长的四年半的等待无疑是一种变相的惩罚。于是在王府的一场莫名的火灾中，秀秀崔宁双双逃出，彻底背叛了礼教和王权。但是，秀秀和崔宁的自由情爱生活很快就受到了威胁，郡王的侍卫郭立在潭州发现了他们并汇报给了郡王，秀秀惨遭郡王毒手而死，但她的鬼魂化为人形再次追随崔宁到了建康。然而，好景不长，竟又落入郡王的魔掌！回归泥土之际，秀秀紧紧抱住崔宁，两人飞升到万里之外郡王永远追不到的地方去了。《莺莺》丝毫不逊色于《生死冤家》，其对传统文本的反抗和解构性一以贯之，将一个始乱终弃的老套故事演绎成为一个女子自觉而骄傲的爱情萌生和死灭的心路历程。[①]

二 人鬼混杂的跨时空观念

《大轮回》叙述的是男女三人三生三世的情爱纠葛：第一世豪门巨族的小

① 陈炳良：《彻底的女性》，《文学杂志》革新号 36 期（1992 年 1 月）。

姐玉儿，一个是锦衣卫的千户，一个是金公子；第二世名角杨玉荷，一个是沈公子应金，一个是师哥；第三世舞蹈团的白玉荷，乩童沈金以及沈的大哥。历经三世纠葛不清的三角关系，无法化解，世世相因，因果轮回。《轮回》叙述1960年代由一间保守女中进入教会大学的女孩子，把自己当作神圣不可侵犯的贞女而筑起心灵的高墙，直到那位痴迷的求爱者在缺憾中因病离世，才唤起了“我”的爱情的觉醒，觉醒的时刻也是歉疚的时刻，同样是对生死之谜参悟的时刻：“他的死，是我复活的触媒剂；我所忽略了的他生前的作为，在他过世后，都像一盏盏路灯似的点起，把我引向我一生决定性的觉醒。”[①] 其实，这篇小说虽名为《轮回》，但其中生死、古今、人鬼的跨越却并不明显。反倒是《过山》《黑原》两篇在表现跨越时空的观念方面表现得更为突出。

妖魔鬼怪与诡异叙事在钟玲的小说中首先是一种文化想象，《碾玉观音》《过山》《大轮回》等集中表现了爱情与死亡的主题：“实际上反映了现代知识女性对于两性间纯真爱情的无可奈何的悲观心态：爱情女神死了！无论在芸芸众生的人世间，还是在安放死者的停尸间，都找不到爱情的栖身之所。于是，便只有寄希望于阴间，‘即使在阴间找不到，在某一辈子的轮回之中，终究会遇上的’。”[②] 这里包含着批评家阅读和审视作品中的男性视点以及经验误区，女性生活中的顺从、屈辱是其无可奈何的性别生存现状，其对命运的反抗和改写则只能通过来生、下一世或死后化为鬼魂的方式来实现，此传统不可谓不悠长，唐传奇、宋元话本、明代“三言二拍”故事以及《聊斋志异》等都涉及类似的女鬼复仇的故事，当然，一部男权中心主义的文学史中也不乏以鬼或妖来丑化女性的描写，甚至通过女鬼和女妖的形象来实现某种欲望的满足。如此说来，有鬼并不一定有害，女性写作者笔下的“她们”甚至是可爱乃至可敬的。《生死冤家》中秀秀的鬼魂在不得不回归泥土之际，这样说：

> 我本来就身属这堆黄土，只不过向穿越阴间的风，借到一季在叶隙间闪烁的金阳。可是在这里，伴我入眠的只有蚯蚓、蛆虫和蚂蚁，我需要的

---

① 钟玲：《轮回》，《大轮回》，台北：九歌出版有限公司1998年版，第150页。

② 钱虹：《与死亡为伍的爱情奇葩——钟玲的小说创作》，《香港文学》1989年第2期。

是崔宁暖和的双臂，蜜糖一样的黏腻；在这里，只听见夜枭的讥诮，冷雨的哭泣，我渴望的却是他吹嘘入耳的温存细语；在这里，夜夜只能化身为竹林中飘荡的鬼影，而我向来追求的却是在流变的岁月中，两个人坚如美玉的深情。不，我绝不放弃崔宁。我需要他，他也需要我；没有我，他不过是个艺匠，有我，他才能发挥创意。[①]

这里的自白真切深情，秀秀对崔宁爱情的执著只因为彼此的需要，只因为她追求的是“流变的岁月中，两个人坚如美玉的深情”，所以她勇敢地向穿越阴间的风借到一季闪烁的金阳。

钟玲小说《黑原》所描绘的整个就是鬼魂的世界，当然，很多意象有深刻的象征意义。女鬼在黑原上飘荡多日，终于遇到了他，可是“他外表一直都那么冷峻。这个人的内心有没有火焰呢？他救我，是因为我这个人，还是他天生就侠义心肠？在他脸上，我看不出一丝表情。他只默默地走着，望都不望我一眼。多么内敛的一个人，我不想离开他，真的，我要守住他的内心，看着它花般一瓣一瓣地开放”。这个“他”实际上是“我”的对象化，表明“我”的自我认同感的迫切需要，与其说“我”已经爱上了他，倒不如说在“我”在期待着“他”的爱——自我情感的验证。他越是表现出内敛的特点，则我之内敛的需求就有过之而无不及。这个不知生于何时何世的女子，她在黑原上的独自奔波流浪，为的只是寻找到她生生世世相依不变的爱情。

我早就死了！我们都是所谓的“鬼魂”。鬼魂又有什么关系呢？我依然是我，他依然是他。我已经做了很多年的孤鬼游魂，现在不一样了，我有了一位鬼侣。谢天谢地，我终于找到他了！原来在阳世找不到的，在阴间会找到，即使在阴间找不到，在某一辈子的轮回之中，终究会遇上的。

想到这里，我的心一宽。划然天地又裹在闪闪银光之中，他的手轻抚着我的，我听见他的耳语：“你看，开花了。”

① 钟玲：《生死冤家》，《生死冤家》，台北：洪范书店 1992 年版，第 81 页。

黑原上，遍地怒放着黑色的花朵，一直开到天际。[1]

很显然，钟玲作品中的女性在寻觅爱情的时候，起初的表现往往都很主动，但后续力量匮乏，显示出爱情争取上的早期投入过度和后期维护不足，基本上体现出传统被动型的性爱认知与接受方式，渴望为某种强悍的性力所击中、劫持从而沉醉其中——这说明女性主体性的匮乏以及对男权中心文化的服膺。从内在心理而言，显示了写作主体爱的需求与供给之间的一定程度的脱节。正如研究者所谓："男性现实生活中所不能得到的，在想象的世界获得补偿。《黑原》里反映的则是女性潜意识里对爱情的寻觅、渴念，是超现实的爱情小说，并非寻常的鬼故事。"[2]一言以蔽之，《黑原》是女性情爱现实匮乏的补偿性想象，这意味着鬼故事实际上延续着人的思想，人的欲望和人的自我主体寻求。

三　异度时空里的性别意识

钟玲小说中"借尸还魂"的"故事新编"相较于故事原型有着怎样的突破呢？钟玲对女性性爱心理有大胆细微地张扬和挖掘，直至穿越生死的执著爱情追求。以现代情爱观念和行动赋予古代人物，注重女性主义的情色书写是钟玲小说的显著特点。

我是夏夜御池的涟漪，震荡又散开，他是覆盖池水的夜气。我闭上眼，任他带我穿越一重又一重的黑暗，柔软而温煦的黑暗。死亡也会这般吗？不，墓室的黑暗，冰冷而坚硬。不像这里，他的躯体四肢由外面热辣辣地包裹我，强壮得像拉满弦的弓。他由里面充实我，春日迸发的芽茎，刚中带柔的芽茎啊！池上的涟漪，震荡又散开。震荡到我快要禁受不住

① 钟玲:《黑原》,《大轮回》，台北：九歌出版有限公司 1998 年版，第 63 页。原载《中国时报》1981 年 11 月 1 日。

② 黎海华:《钟玲的超现实小说〈黑原〉》,《读者良友》1988 年 2 月号。

了。一霎时，御池周围的火炬全部燃起，刺眼的光亮，惊飞一只夜宿的火鸟，箭一般射向天空。我在满地白灿灿的波浪中震颤，繁花在我体内一朵朵开放……[①]

这里，玉镯的复仇只是一个故事框架，生死轮回也只是为了复仇提供条件，作者所主要体现的仍然是古今不变的情爱主题：为了爱而生，为了爱而死，性爱足以使人抗拒死亡。《生死冤家》的故事改编尤其凸显了秀秀的女性主体性。小说描写秀秀崔宁初次单独相见："我滑嫩的鹅蛋脸，清凉的一双眼，玉榴樱桃饱满的唇，水蜜桃丰满的身材，府中许多干办和侍卫都以同样的眼神追随过我。"在秀秀有意营造的偶然相逢中，"仰望他微荡如酒的目光，心口像给艾草炙到，没有男人令我的心这般颤动如蝶翅……"女性自我的自信建立在物化身体的基础上当然值得推敲和怀疑，但内心情欲的觉醒和主动表达却是非常醒目的，在秀秀和崔宁的性爱关系中，秀秀始终都处于主动的一方和主体的位置。虽蒙郡王许婚崔宁，但对青春年少的秀秀来说，漫长的四年半的等待无疑是一种变相的惩罚："一千六百天的等待，如何度过？他会上花街柳巷吗？"这既是对男人的担忧，也是情欲煎熬的焦虑。于是在王府的一场莫名的火灾中，秀秀崔宁双双逃出，彻底背叛了礼教和王权："我不管了，郡王睁圆的怒目，差役高举的长棒，我都不管了。我要做一只飞翔的鸟，不做绣死在郡王锦袜上的一朵葵花。"女性主体的觉醒在此得到进一步发展，秀秀开始了她和崔宁短暂的自由而幸福的生活：

我是他手中的一块玉材，他轻滑地切我磋我、琢我磨我……，

白天我们像一壶七宝茶，他是进进出出的热汤，我是沉底的芬芳茶叶；晚上我们是二色灌香藕，我是香脆的藕肉，他是把我圆洞塞满的糯米与蜜糖。[②]

① 钟玲：《过山》，《生死冤家》，台北：洪范书店 1992 年版，第 29—30 页。
② 钟玲：《生死冤家》，《生死冤家》，台北：洪范书店 1992 年版，第 64 页。

小说将女性性心理的隐秘悸动描写得奇异大胆："我喜欢骑马的趣味，就像此刻，在回暖的初春，青嫩的叶芽在夹道的榆树上闪亮，我双腿夹着健硕的马腹，即使隔着层丝绵夹裤，隔着层铺在马背上的薄毯，我仍然感受到这匹黑马悸动的肌腱，感受到它贲张的血脉。这种颠簸好刺激……"[①] 并有意通过梦境和潜意识活动来表现人物的心理和欲望。在维之表兄拯救普救寺的当晚，她就做了一个离奇的梦，这梦表现了莺莺对性爱的向往与饥渴，也暗示了她与元维之之间的情爱关系。因为坠入情海，莺莺不愿和他相见，但勉强和维之相见后的又一梦也颇有意味：莺莺在奔逃之中抱住的维之却是一截枯木，而他缘枯木上爬，已经很高很高并钻入云端了……这无疑带有一定的预言性质，是他们爱情悲剧的一个象征。其中充满了骄傲和由之引起的怨怼，深深的自卑和强烈的爱的渴望交织于莺莺一身，一刹那间，对爱情的渴望战胜了自卑和可能的被遗弃的重重命运忧虑，爱情战胜了一切。

在钟玲的性别意识表达中将女性的性欲觉醒和死亡进行了对接，并在一定程度上将性爱的高潮置于生死的抉择之中，性爱在某种意义上以其狂欢性让人物选择了对死亡的逃避。但在剧烈的生命冲突之后，就像生命必然走向衰竭一样，性爱也必然走向衰竭。一旦生命和性爱的衰竭露出端倪，女性主体性的冲劲就显示出明显的匮乏和不足。在莺莺和元维之的爱情角逐中，她始终处于矛盾之中，一方面是爱的沉沦和深陷，一方面是自卑和清醒的认识，但每一次面对他的示爱，她都超出预料地往前走了一步，如果把他们之间的较量比之为一场拉锯战，他是一步一步地有把握地匀速前进，而她则是后退半步，在失衡中前进两步，一次比一次剧烈，一次比一次绝望，在这样的无奈而绝望的心情中，她已经把自我完全释放。自此，不复相思。此后，活着的时间就是回忆和等待，直到她生命中的伤和痂剥落——那是维之的死。

如此相似地，这三篇故事新编类的作品有着同样的女性第一人称叙事，在突出了女性的主体性和女性声音外，同样是对于永恒爱情的缅怀和执著。若果有爱，必得有双方的心意一致，《生死冤家》中的秀秀和崔宁是一致的，但最终当秀秀以鬼的身份出现的时候，崔宁也已经走到了坚贞的尽头，如果不是肉身

① 钟玲：《莺莺》，《生死冤家》，台北：洪范书店 1992 年版，第 85 页。

瞬间脱落，极有可能这又是一个悲剧。而在《莺莺》当中，爱只是暂时的，甚至是单方面的，但莺莺却面对着必然的结局无法自控，因爱而受伤几乎蔓延了她的一生。男人是靠不住的，但女性却宿命般地要爱上他们，然后在漫长的岁月中独自疗治伤痛。这些女性就其个人的力量而言无疑都是弱小的，她们所能够企求也就是幸运地与心爱的人相逢，哪怕只有短暂的时间。在这个意义上，《生死冤家》小说系列中女性命运的探讨显示出超越《美人图》的丰富性和复杂性。因此，有研究者称："从这些作品来看，钟玲已变成了一个完完全全的女性主义作家。"

无论是《大轮回》中三生三世的轮回，《轮回》中的前世因后世果，还是《黑原》中的鬼魂世界，都在诠释着一个亘古的话题：爱情的寻求和归宿。轮回的主题意象分别以不同的形式和情节出现。但也有评论者指出了钟玲作品中女性意识的局限或矛盾之处："读完全作，我们会错愕地感觉在一些地方钟玲犹似迫不及待地要成为父权结构的共犯；而在另外一些地方则作者是意识到了女性置身的一些重要问题，但却陷于提不出积极的构图的困境中。"① 不能不说有一定的针对性，例如，钟玲的小说有意无意仍陷入"男人拥有性，而女人则为性物品被拥有及被使用"的宰制关系中。尽管着墨于女性自身的性感受，可是内容及描写却不无更强化父权社会中女性甘为男性拜物对象之嫌。写作者并不是完全根据某种理论来虚构人物，而是在某种理论的借鉴中摹写现实生活，而且这两者的关系也不可以颠倒，否则就失去了文学作品的应有之义。或许她的作品和人物有着某种理论上的局限，但却有着更多现实生活的真实。

不可否认的是，钟玲在为她笔下的女性形象定位时，不时陷入到物化女性的沼泽，对女性美的比附也落入窠臼，如前面对秀秀美貌的描写，对莺莺衣饰的着意刻画等。已经有论者注意到这些：莺莺在故事前半部显得高傲，冷淡，难以亲近，但在两人的关系发生实质性变化之后却变得被动而谦卑。"到了最后，她好似已经'物品化'，变成不露面的，闺阁中的一个花瓶。"② 甚至夜夜失

① 杨弃：《女作家，女性人物，与女性主义：评钟玲的〈生死冤家〉》，《联合文学》第90期（1992年4月）。

② 魏纶：《女性主体性的蜕变与突破：从元稹的〈莺莺传〉到钟玲的〈莺莺〉》，吴燕娜编著：《中国妇女与文学论集》，台北：稻乡出版有限公司1999年版，第259页。

眠，终日以泪洗面了，这与小说开头热爱骑快马，并时时逸出马队（意味着对封建伦理规范的逾矩）的大胆而骄傲的莺莺迥然不同，甚至判若两人，这才是钟玲写作中最有悬念和意味的症候！是否就如前文所论断的后期爱之力量的匮乏呢？但那反抗的勇气和骄傲到哪里去了？这是否和身体——或处子身体的失去有些内在的关联呢？

此外，性别意识还包括对男性的主体性认识。无论是《莺莺》中的元维之，还是《生死冤家》中的崔宁以及《过山》中的太子婴齐，都有几分类似：他们无一例外地年轻英俊，而与之相对的男人则不是老迈的，就是丑陋的，甚至是可怕和令人恶心的。就算是这些年轻英俊的男性，他们的主体性也相当虚弱。秀秀一直担心崔宁知道她是鬼而不再爱她。在他们向着自由的高空飞升之际，有两样东西脱落：彼此的肉身。秀秀的肉身由实体变成线条，再化为虚线不见了。崔宁的肉身软巴巴地横在地上，只是一具尸体。此小说以秀秀的绝对主体位置作支撑，崔宁在很多情况下只是附庸、被动的角色，他从头至尾的变化，对变成鬼的秀秀的盘问以及惧怕等，都进一步体现了作者在高扬女性主体意识的同时，对男权（郡王）的批判和讽刺，一方面其借助于权势施行淫威，一方面就其本质而言，是软弱的、胆怯的，同样也是不坚贞的。在男性的世界里，无论是有权力还是没有权力，无论是丑还是美，无论是年老的还是年轻的，都是被诅咒或被批判的，都在秀秀的主体的光照下显得逊色、单薄和贫瘠。

值得注意的是，钟玲小说《过山》对老男人的性行为的描写：枯瘦的手抖索着，手背上撒遍地钱苔似的老人斑，嘴里越来越浓的恶臭，僵尸跳的动作，声嘶力竭的丑怪模样……都让人厌恶不已。同样对男人的批判出现在《碾玉观音》中，那个肥胖衰老的身躯，脱毛老狗一样，疤痕纵横："他胸口的灰色长毛，肚脐下有层层肥肉，那个又黑又皱的难看事物，都令我发毛。对他身体的厌恶与对他功业的敬畏在心中纠结，我脸上肌肉都扭曲了。……他庞大的背部猛摇，汗像黄梅天墙上的水珠，不断渗出来，背上的疤红亮起来，一条条蠕动的蚯蚓。我努力引导我的想法，他保卫疆土身受的刀疤剑伤，不应该厌恶，但却忍不住联想到战场上堆积的尸体，好恶心。"[①] 由此想到崔宁的俊美、温柔，

① 钟玲：《生死冤家》，台北：洪范书店 1992 年版，第 57 页。

不由得心荡神驰。但郡王的阴影不久却在梦中逼近：一座肉色大山，一山的蚯蚓在蠕动，有时堆满了尸体……崔宁则夜夜失眠，瘦得竹竿一般了。终于没能逃出郡王的手心，秀秀被毒打至死，崔宁侥幸捡到一条命，但已经被郡王的威怒吓破了胆子！但坚而不舍这段情爱的秀秀又发展出一段人鬼不了情。

总而言之，钟玲的小说对原型故事的改编不在情节，不在人物命运甚至小说家普遍感到兴趣的故事结局的改编，而在基本顺从故事发展脉络的基础上，有意识地展开细节描写，以女性第一人称叙述充分展现女性情欲的觉醒和感受，并吸收和转化了西方精神分析理论中的某些符码：如梦境的描写、潜意识的活动、骑马的意象等。而其对女性自我意识及女性主体地位的张扬显然也受到西方传统的女性主义理论的影响，至于说到其作品中的彻底的叛逆、对男权主义观念的颠覆则非常薄弱，钟玲小说里的生死轮回是为其人物爱情的追求服务的，其故事新编的形式也并不在于出奇制胜，只不过意欲将女性情欲的自主心理进行必要的彰显。由此，对历史中的女性进行了发掘和重新书写，充分肯定了其情欲主体和身体权利。

女性文学研究中“拒绝对话”现象的分析

在近年来的文学批评热潮中，女性文学批评不可避免地渐渐成了一门“显学”，这样说绝没有拔高或贬抑的意思。首先，女性文学创作的丰富性和多样性构成了研究的基础，西方女性主义文学批评方法的涌入，又强烈地吸引了一大批中国本土的从事女性文学批评的学者，共同的女性经验和审美取向使她们发现了存在于异域和本土女作家创作之间的众多相契之处；其次，女性文学批评方法在不断借鉴精神分析学、语言学和解构主义等批评方法的同时，丰富和完善了本身的理论内涵，并因其激越的立场和鲜明的思辨性对中国女性文学创作中的问题具有针对性的说明性和分析力，故而风行一时。可以毫不夸张地说，女性文学批评中以西方女性主义理论为武器者已经确立了其在整个女性文学批评中的主流地位，从而使原来在浅尝辄止的赏析评论基础上的女性文学批评进入了一个新的阶段，这对于构建和最终确立属于中国本土的女性文学批评理论的重要作用几乎是毋庸置疑的。但是，女性主义在纯粹作为批评方法运用在中国的女性文学批评过程中时，有许多不可忽视的误区存在，如片面的理解、极端的套用、盲目的臆断等都是脱离中国女性写作实际的批评行为，更让人不得其解的是，这场批评的热潮几乎是女性作家和批评家的自我沉醉，是她们作为女性沉溺其中不能自拔而造成了圈内的热闹景观。但对于大多数研究者、尤其是对男性研究者来说，其态度是相当冷漠的，基本采取一种拒绝对话的态度，这是很让人费解的。在近百年来女性主义诞生的历史中，无论是英美派还是法国的女性主义，都得到了众多哲学和文学大师们的启发和肯定，有一些女性主义的理论直接从一些哲学大师的言论中获取灵感。① 或许有人会说，这和中国特定的历史、文化、经济、政治和道德伦理传统有息息相关的联系，本文将试图在这方面进行一番有益的探讨，对此现象进行多方面的分析，并对女性文学批评现状进行反思，以期对中国女性文学理论有些微廓清作用。

一　缄默：当下男性研究者的基本立场

对女性文学稍微有些关注的研究者都会注意到这样一个事实：自从 1980 年代中期开始，女性文学批评开始有意识地显现出女性主义的表征，女性文学研究界就活跃着一批有意识地运用西方的女性主义文学批评方法来研究中国女性文学创作的女性研究者，二十年过去了，这一批研究者仍然活跃，而且增加了新的女性研究者，但也仅仅或者绝大多数是女性而已。女性文学研究界的缺少对话，不仅表现在缺少男性研究者的大量和有力的介入，而且表现在传统意义上的女性文学研究者不能与女性主义文学研究者的对话。虽然有一些研究者有意识地借用女性主义的话语，但言说的仍然是传统观念；或者是不顾本土女性文学创作的事实，武断甚至粗暴地以西方女性主义批评武器强行进入中国女性的创作话语，得出的结论当然是振聋发聩的，但这样的研究状态只是一相情愿式的，不可能代表普遍存在的女性作为真正的个人的体验。当然这并不是对女性文学批评的一概否定，但是女性研究者的言说毕竟是有局限的，她们沉溺在作者和她们自己共同制造的泥淖——一旦触及文本，作为女性的类似经验就契合了，然后几乎是把持不住地站在了同一立场言说，在这同时发生的类似的心理虚弱的事实和非理性的盲从，难以让她们从中间站起来，尽量公正和客观地审视和说理。

对于男性身份的文学研究者而言，“他们”保持缄默或许是因为内心对于

① 朱立元主编：《西方文艺理论》，华东师范大学出版社 1997 年版，第 342 页。认为“女权主义批评在发展过程中广泛改造和吸收了在当代西方影响很大的新马克思主义、精神分析、解构主义、新历史主义等批评的思路和方法，体现了它的开放性，增强了它对父权中心文化的颠覆性”。

“她们”的赞同或同情的了解；或许是为了避嫌，因为在中国的学术界，研究仿佛总有高下之分，一个男性研究者斤斤于女性文学的话题是要被人私下嘲笑的；但或许更像是不愿说出口的不屑和鄙夷，甚至毫不客气地说，很有些不以为然的样子，言下之意是在说，瞧她们在做什么呀，让她们自己忙活去吧……但又决不说出来，想到这些让人很觉得无趣——恰恰这一点是最可怕的。每年都一大批的女性硕士、博士毕业论文答辩，女生的有关女性文学研究方面的选题数量之多是近年来有目共睹的，看看那些个男性导师的神色吧……一边几乎是郑重其事的身家性命，一边则近于戏谑调笑了，简直就是女性文学研究者的耻辱与悲哀。更让人不可理解的是，有些女性也对女性文学方面的选题表示了与男性导师同样的姿态，也许在中国这都是并不稀奇的，如果套用女性主义者的话语，那就是在女性成长的历史中，女性作为男权社会的“同谋”和“帮凶”是并不鲜见的，有作为“婆婆”存在的，也有作为“媳妇”存在的，看看萧红的作品《呼兰河传》就能一目了然。谁能说在鲁迅所诅咒过的“看客”的一群中，就没有女看客的存在呢？

如果女性文学研究的结果是这样的话，那么，女性文学研究的价值又体现在什么地方呢？如果不能促成实际生活中研究界研究观念的转变和提升，女性的聒噪又有什么意义呢？百年女性写作实绩为后来者提供了太多的可以言说的空间和话题，女性文学研究的价值和意义就在于对其作品进行读解之后，对理论的思考和建树有促进作用，从而间接地提高民众的意识，如果情况走向它的反面，还有什么意义呢？并且之所以产生此种现象，却完全不是因为这项研究的不必要或者无价值，或者迷障已经扫除、问题都已解决。恰恰相反，而是问题像原来一样芜杂和糟糕，深究其根源，仍然是学界的分歧和失范——任何研究都是一种研究，不必以我之不欲为或不能为而不欲别人为之吧！20世纪女性文学的成长是不可忽略的事实，说它是古今中外文学史上罕见的景观并不为过。考察其发展的内在肌理、外部影响、发展过程中的选择和接受情形，从而在贴近本土的意义上言说其文化根源上的承继和世界文化思潮中国化过程中的吸收，无论是在写作层面还是在理论层面，都能够实现通过客观理性的审视和把握获取一些实质性突破的可能。

二　启蒙：男性知识分子曾经的荣光

女性主义的话题本来就是一个世界性的话题，许多哲学大师都曾热烈地参加过有关女性话题的讨论，虽然有些说法未免荒谬可笑，如叔本华认为女性是虚荣和嫉妒的动物，但更多的哲学家们尽量公正地对待女性，很多学科从女性主义的蓬勃发展中获取灵感，生发出许多新的学科分支，如女性主义伦理学、女性主义地理学、女性主义社会学……在中国现代文学的发生时期，即五四的摧枯拉朽的反传统运动中，西方文化思潮的借鉴可谓登峰造极，而中国女性的觉醒就发生在这一时期。引人深思的是，中国女性的最初觉醒就是为中国男性所启蒙——这是中国男性知识分子曾经的辉煌与荣耀。1918年6月，胡适在长文《易卜生主义》中系统地介绍了个人主义人生观，认为“易卜生最可代表19世纪欧洲的个人主义的精华”，是“一种健全的个人主义的人生观”[①]。明确而强烈的个性主义的呐喊直接促成了女性对自我命运和角色的思考，随着易卜生剧作《玩偶之家》在中国的演出，胡适模仿这部作品创作的《终身大事》的发表，曾经唤醒了无数的五四女儿走出了自己的家庭，成为时代的娜拉，并且直接造成了五四时期有关女性解放、女性问题的大量作品的产生和社会思潮的兴起。除此之外，胡适还有《祝贺女青年会》《贞操问题》《论女子为强暴所污》等倡导男女平等、女性自立的文章；在此前后高扬女性解放立场的还有陈独秀的《敬告青年》《孔子之道和现代生活》；李大钊的《妇女解放与Democracy》、《战后妇人问题》；鲁迅的《我的贞烈观》《我们现在怎样做父亲》《娜拉走后怎样》等，并由于当时特别突出的女性社会问题，如北京女高师学生李超贫病交加于1919年8月去世等引起了广泛的社会讨论与关注，形成了中国现代社会对于妇女问题关注的第一次热潮。除此之外，现代作家所创作的反映妇女问题的作品也不可胜数，以鲁迅的《伤逝》《祝福》等涉及女性生活和命运的小说作品为最优秀的代表。

但是，在历史前进了将近百年之后，启蒙男性的勇气和风度都哪里去了？

---

① 胡适：《易卜生主义》，《新青年》1918年第6期。

这是否即表明了女性自我意识的提高或者说女性自身地位和权利得到了改善？如果说那时的女性多数还处在麻木和自卑的状态，今天的女性是否已经完全挣脱了奴役而走向了人格的自由了呢？实际上的状况并不是那样乐观，虽然承认进展是必然的，完全可以通过当前的女性文学的写作实绩来考察这一点。在卫慧、棉棉的身体写作中传达的所谓的前卫的女性生活意识和观念到底是什么呢？她们的写作在社会的传播和运作过程中，早已经脱离了她们写作的初衷，因为这种写作已经为发展起来的商品经济的社会权力所奴役，在表面上看来前卫的面孔下，实际上是一颗世俗的心。掩饰不住的内心的虚弱正好中了媚俗的圈套。也就是说，这一类号称是新新人类的写作实际上以自己的实际行为充分表达了一种理念的缺乏或者说是倒退。并不是没有人认识到这样的问题，关键是在文学和商业掺杂着的文化政治氛围中，处处存在着共谋关系，就连批评也一不小心就坠入共谋的陷阱。一些特异现象的存在似乎并不是呼吁或者抗议所能倡导或禁止的，在这样的情形之下，写不如不写，说甚至不如不说，但写作者和批评者却并不能因此而隔绝自我的声音，如果是这样的话，那就又是中计。但社会文化秩序并不这样让人仅仅在生活或者理念中存在，为了现实的考虑，她们还在写，反复地写，重复地写，如果说写作是一种激情或者情绪，渐渐退却一定是这样一批作家的必然前景；但或许对于她们而言，能不能够再写也还是一个问题。理论批评却不因此而止，但批评的声音却令人遗憾地消失了。虽然还有很多真诚的作家还在认真地写，为了女人，最终是为了人类整体。就在整个当代女性文学发展过程中，男性批评家表示了相当的冷漠，当然并不是一点声音都没有，这里概括的是整体的状态。相对于20世纪的那场文化启蒙而言，在新时期初来时，在仿佛是解放重新来到的时刻，表现在文学中的女性的声音却是令人狐疑的，说是五四的倒退似乎一点也不为过。在淦女士和丁玲笔下的那些敢于藐视一切传统的女性不见了，代之而来的却是一大批以自我牺牲精神为自豪的“新”女性，如张洁《祖母绿》中的曾令儿，在她的坎坷生平中，为了那个压根就不值得爱的男人所做的种种牺牲究竟是一种什么意识在主导着她的内心呢？这样的作品在男性作家笔下就更不胜枚举了，如曾经轰动一时的刘心武的《爱情的位置》和陆文夫的《小巷深处》等，宣扬的依然是比传统社会中对女性所施加的更加规范严苛的要求，甚至到了张贤亮的笔下，臆造出了马缨花、黄香久、李秀芝这样的女性形象，她们的存在甚至仅仅只是在知识分子落难时的一种肉体上的主动却无有言语的补充或安慰，而且招之即来，挥之即去。这样不但使落实了政策的知识分子避免了累赘，又没有了后顾之忧，作为女性自身而言，这难道仅仅是一种美德吗？也许是物极必反吧，在1980年代中期，在创作界和影视圈又兴起了一股“雄化”女人的热潮，要么是女强人，要么是女英雄，女性改革者的形象处处可见，这些有着女性特征的人，不再行使传统的贤妻良母、相夫教子的社会角色，和历史中的男性一样跻进了社会权力竞争的行列，这并不奇怪，是长期以来女性生命和意志被压抑后的剧烈反弹，奇怪的倒是众多的批评声音，叫嚣着让女人成为女人，要知道女人从来就没有一个固定的模式，而是文化、以男性为主导的传统文化使她们成为了目前的那个样子，如果文化模式在悄悄改变，那么女性就完全可能是另外一种样子。启蒙者经历了近一个世纪声嘶力竭的呐喊之后，迎来的却是女性主体意识的集体失落，是历史在演绎着怪圈式的运动还是思想启蒙先天存在的误区呢？

三　终结？女性主义之路还很漫长

至少是在一定程度上需要对女性文学研究的方法、策略和语言进行反思，在本土文学发展的事实上，寻绎出一种清晰可见的视角。在一个众神狂欢、主体消失的时代，在一个文学和艺术纷纷打出终结的旗帜、一轮又一轮的观念互相更替的时代，是否可以对女性主义文学研究说不呢？或者说终结呢？问题似乎没有那么简单。《中国女性文化》刊载了徐红和喻红的对话，仔细品味她们的交谈意味深长——几乎可以说是一个女性主义者对一个人本主义者步步紧逼然后迫其就范的过程。如果说女性的一生是在等待的话，男人也在等待。无助并不只存在于女性身上，对男人也一样，是对生命意义的思考。画中的男人是高兴的，画中的女人也是高兴的，男人看起来高兴，但他们也有许多难解的问题。对于终极的问题，像生与死、不吃饭要饿死，男人女人都是一样的。在这样的人本主义立场上，喻红觉得中国的女批评家太少，而且女批评家受男批评家的影响太深，理论性、逻辑性太多。而她觉得作为一个女人，她本来不是那样的，她们实际上是按照男性的标准在要求自己，这实际上是不公平的。[①]到底是谁受到了男性标准的影响？是女批评家的言说方式还是女性的“原来”的样子？在这样的辩论面前，读者往往会陷入迷茫；并且女性是否有一个和应该有一个自己原来的样子呢？女性有没有一个本质在呢？女权主义的重要代表波伏瓦曾经说过，女人不是天生的，而是后天形成的，但这里所说的后天社会是男性的还是男性和女性共同参与制造的呢？女性主义的不被人普遍了解，有其复杂的原因，但影响力不够是必然的。从被接受者方面讲，也许是潜意识中的不愿认同，男性和女性都共同生活于这方时空，自古以来的历史表征了社会政治文化的运行状态。因此，李银河的一句话是颇为深刻的：“在两性平等的进程中，西方女权主义激昂亢奋，声色俱厉，轰轰烈烈，富含对立仇视情绪；而中国妇女运动却温和舒缓，心平气和，柔中有刚，一派和谐互补气氛。但是在我看来，也正因为如此，若要中国人放弃本质主义的观念，恐怕比西方更加艰难，需要更长的时间。”[②]

正是在这个意义上，每一位研究者都能预测和感觉到女性主义文学批评包括女性主义其他方向研究之路的艰难。尤其是“他们”的拒绝对话状态和她们的自言自语的窘境，使研究几乎每走一步都需要十分地小心翼翼，每一处都存在着误区和陷阱，除了个体生理事实的不同、对世界感知方式存在差异之外，作为共同生活在这世界上的人，作为共同面对生存的精神和物质困境的人，他们与她们在心灵和精神的需求上，也许是没有什么必然的不同，所以在把握问题时，既要顾及女性与男性的差异，同时又不能仅仅强调差异，还要关注男性与女性共同关注的问题，即关注两性共同形成的世界的和谐。针对中国的情形，在两性关系上倒是长期有一条隐性的线索和两性和谐的观念统一。[③]但是，近代以来的精神变革和社会事变，尤其是1949年以后在性观念上的严重禁锢状态就连涉及到的爱情、婚姻等类似题材的创作都被视为洪水猛兽，遭到禁止和封杀，甚至给作者带来意想不到的厄运。直到新时期到来时仍然是一团阴影

---

① 徐虹、喻红：《画布上的女性》，荒林，王红旗主编：《中国女性文化》，中国文联出版社2001年版。

② 李银河：《女性主义围绕性别气质问题的论争》，《中国女性文化》，中国文联出版社2001年版。

③ 叶舒宪主编：《性别诗学》，社会科学文献出版社1999年版。该著作从人类学的视角考察中国文学创作，梳理文学创作中两性关系发展的历史。

的笼罩，张弦《被爱情遗忘的角落》所揭示的就是那样一片性爱的废墟与荒漠。这是一条重要的线索，怎样在此意义上反思女性主义文学的研究，从历史中、从文学表现的深层、从理论建构到话语表达，从祛除遮蔽到理论重建……既不犯本质主义的普遍错误，又避免陷入社会阶级民族式批评的窠臼，更需要防止男女两性对立模式的两元论，究其实也是本质主义的错误，这样的研究是没有终止的，需要的倒是更多的理论和表述的激情。因此，来自各个方面的对话是需要而且是必需的，而且这种对话也不是同一问题不同意义范畴内的扯皮，更不是一相情愿式的自言自语，对话应该成为一种精神或者一种存在方式的追求，正像巴赫金在解读了陀思妥耶夫斯基小说之后得出的结论：真正的对话，不是花里胡哨故意为之的对话，也不是文学中假定性的对话。言下之意就是作者和他人平等地处在理解和批判的对话关系之中。

四　本土：女性文学批评新的思路和视角

同时，确立女性主义批评方法在女性文学研究中的主流地位必然意味着这种研究方法的普遍性和霸权性，也即意味着它的遮蔽性——对其他研究方法和本土事实的遮蔽。因此，在去蔽的意义上发现20世纪文学中女性写作的心理学实质、人类学内容、美学内蕴等与本土作家个人意识相关的东西，它所提供的不仅是一个视角、一条思路，还是一种更高意义上的思考。当然，本土概念的确立和使用也同样需要界定，本土的意义有三：本地/殖民地国家/自己的。对于女性文学研究的现状而言，本土是相对于研究界对西方女性主义批评方法和话语的借用而言的，意指对中国现当代女性写作研究的另外一条与本民族的传统文化、生活方式、思维惯性、审美意向尤其是男女两性观念相关联的本土意义上的言说。这样的研究旨在构建新的理论，而且是在夹缝中努力这样去做，既不沦为庸俗社会学研究方法的翻版，亦不成为纯粹的“女权主义批评”的附庸，既不是女权主义者仇视与攻击的对象，当然更不是“男权”社会温和的投靠者，是在文本的基础上发言，依靠的是文本话语，尽管如此，这样一种思路也仍然是漫长而艰难的。女性主义文学研究的本土化在一定意义上说更是一件事实。所有的理论只要在中国这片文化的土地上生存它就已经是本土的了，所以在这里所使用的本土的概念还是需要界定的，而且界定的参照者是西方的女性写作，故具有反思的深度。考察1980年代中期后的女性写作事实，不难发现所谓有意识的用女性主义的理念来写作的中国女作家实在是寥寥无几，可以举出陈染、林白、卫慧、棉棉的例子，大多数作家坚守的仍然是传统文化影响下自传性的写作样式，即如上面所提到的几位而言，在她们的写作后面，是否也事实存在着理论在本土化过程中的变异？回答显然是肯定的。每一位创作者在成长过程里所受到的文化教育、本人的现实生存境遇、个人成长经验都对其创作构成必要和不同程度的影响。有不止一位的女作家，在面对女性主义者的解读时，极力否定自己的自觉的女性意识，不承认自己是女权主义者——这更被女权主义者拿来作为重要的例证，以此说明男权社会对女性的迫压。为什么不可以从另外一个方面提问呢？充分考虑到创作者的心理事实——她所传达的不仅仅是作为“女人”的类的本质，而是男性和女性共同呈现的“人”的本质。

作为一个“化”的过程而言，本土还意指着更丰富的内涵。女性写作在一部分作家的笔下，首先是指内容和思想作为一种土生土长的本土生存物，是从自己的园地里长出的一棵树，是天然地生长在那儿的；在更多的作家笔下，这棵文学的树是经过了移植的，而且是成功的移植，天外的风雨或者鸟儿口中种子的遗落……于是这棵树得以在中国的本土上生长，这样两种写作事实都是明显存在的，不能说哪一种更本土或更加不本土，值得注意的和更能引起研究者探讨兴趣的是：在树的生长中，借鉴来的东西究竟经历了怎样的复杂和丰富的本土化的过程，而且也正是这蕴藏在本土化过程里的某些东西，更能接近研究的目的，也更能揭示一些至今尚没有看到的历史和文学的微妙的真实。

静默时刻的女性写作

绚烂于20世纪90年代的女性写作景观慢慢回复平淡，一度引起争鸣或非议的女性作家渐渐淡出读者视野，除了个别作家还保持着较为强劲的创作势头外，各种迹象表明：轰动一时的女性写作进入了一个静默或相对静默的时刻。女性写作中的自我历经了集体认同、社会认同、性别认同到身体认同的衍变，身体认同成为当下女性写作不能走出的藩篱，在创建新的自我的过程中带来自我的谬误；同样，女性自我经历了由恋父情结、恋母情结、异性恋到同性恋的心理过程，从潜意识场景突进到历史场景的自恋情结成为当下女性写作中普遍的文化症候；再者，女性写作中的叙述声音经历了由（前）个人型声音、到作者型声音、再到个人型声音的转变，自传体和家族小说的写作并没有突破整体上的个人型声音。这三个层面的困境在产生根源上是一致的，并经历了彼此相关的演变历程。对于困境的确认表现出女性写作远非成熟和自足的现有状态。在反思女性写作的意义上，本文尝试进行以下几个方面的思考。

首先，女性写作的主体建构应该走出身体认同的迷宫。这包含至少两个方面的努力：一、女性写作在进行身体认同的文化建构的时刻，要同时托起自我的另外一翼——灵魂，只有在身体的自我和灵魂的自我平衡与圆融中，女性自我才能自由高飞。二、必须尝试在反抗男性中心主义文化的立场上建构女性的社会群体意识。只有在与世界的联系中，“自我”才得以存在，在与世界的象征性关系中，“自我”始被建构。当然，对女性群体自我的建构设想是在反思的意义上进行的，女性的群体主义之所以不同于集体主义的微妙就在于此。而且必须注意到预后的方面，意味着群体中的女性自我必须在群体的张力中保持着平衡，这是一种充满弹性的平衡状态，即自我具备着时刻能够跳脱出来的可能并在张力的平衡中随时能够窥见自我的真身。

这是否就意味着女性写作开始关注下层生活，走向平民意识的书写呢？将自我的优越性放置一边，以平实的笔墨展现着普通女性、下层女性以至农村女性的生存和生活无疑已经成为女性写作在新世纪的一道觉醒的景观。残雪小说《单身女人琐事纪实》尽管在题目上还残留着“单身女人”这样的噱头，讲述的却是一个 56 岁、退休 6 年的普通得不能再普通的女人述遗的生活琐事。同样，王安忆小说中那些充满着小资情调的年轻女人慢慢消失了，代之而来的是一些质朴而健壮、有着繁茂而旺盛的生命力的下层女性。《富萍》《桃之夭夭》都写出了来自下层女性的生命力，这些女性无一例外地传达出一种生机勃勃的平民意识，在最贴近大多数的群体生活真相的描述中，展现了一种生活审美、性格审美以及生命理念再造。

其实，林白早在《万物花开》中就开始实现她巨大的跨越和突破，“原先我小说中的某种女人消失了”，林白无涉主义和类型的宣言宣布了与早期作品的告别，《万物花开》由幽闭的自恋的写作一下子走到了灿烂的阳光地带，这里有善良也有丑恶，更有善良和丑恶的交织，在混沌与清醒中肆意地展开生命的招展飞舞姿态。一个道德事件被写成了一部乡间生存状态的百相，并且林白以她化腐朽为神奇、充满诗意的丰盈语言化丑恶为自然——一切只不过是自然生灵的引发和启示而已。记录体长篇小说《妇女闲聊录》再一次坦承和阐发了她在写作中的转机，一切都变得明朗了，无论是作品还是她的写作理念：“多年来我把自己隔绝在世界之外，内心黑暗阴冷，充满焦虑和不安，对他人强烈不信任。我和世界之间的通道就这样被我关闭了，许多年来，我只热爱纸上的生活，对许多东西视而不见。对我而言，写作就是一切，世界是不存在的。”这一次，她带着巨大的决心和重新获得的灵感走出了青春期的梦魇和创伤，走向了广阔的“山河日月，千湖浩荡”世俗生活世界，而这个世界，依然带有质朴的审美，无法阻挡的鲜活生命感觉。女性写作从审美阶段来到伦理阶段，标志着林白完全走出了女性自我的泥淖，走进了广阔的女性大千世界，标志着林白个人在女性主义写作的路途上的超前性。

其次，女性写作在精神指向上应该走出自恋的自我和文化，实现与社会象征性关系的和谐。马克思曾说：“人对人的直接的、自然的、必然的关系是男人对妇女的关系。”就这种关系的长远性和自然性而言，是人类生存所无法摆脱的，试图摆脱这样一种关系无疑也是荒谬的。当然，男女两性间的关系并不是人类唯一的关系模式，它过去不是，将来也不会和不必是。女性写作应该在此最自然、最长远的人类关系的基础上，追求多元并举的更加丰富的人类关系表现形态。而要想建立这种多元并举的健康而和谐的人类关系，最主要的一点，是普遍意义上爱的投入和辉映，即将在文学和现实世界中失落的人与人之间爱的关系再一次建构起来。唐晓渡在《太阳下的花序》中指出爱的重要性和不可或缺，“毫无疑问，爱不是一切；但是没爱的一切是黯淡无光的一切”[①]。虽然我们不必去爱那些不值得去爱的东西；但我们在现代工具理性的牵扯中，离爱越来越远，双眼越来越空洞，心灵越来越迷茫的时刻，我们已经对那些值得爱的美好的一切失去了鉴赏力，动辄斥之为“陈旧”、“浅薄”、“过时”，同时我们不能不虚弱地承认我们自己正以生命的衰弱老化，为这类指责提供注脚。尽管这篇文章写于20世纪80年代，但是，爱的主题仍然可以作为一种预设的提示警醒：我们不愿意如唐晓渡所批评的那样，以“过时”的论调证明爱在当下的不可能。就这个意义来说，马丽华的女性写作对爱的炽热呼唤和真切表达，不能不成为当前女性写作中自恋的有效治疗方式。

无独有偶，埃莱娜·西苏在《美杜莎的笑声》中也对爱的匮乏进行了揭示，对普遍意义上广泛的爱进行了呼吁，要求女性：“冲破防卫的爱、母亲的身份和贪婪：超越自私的自恋，她在那运动着的开阔的变迁的空间冒险。超越那移至床上的拼死斗争，超越那自称代表交换的爱之战，她蔑视需要用仇恨来滋养的爱神原动力。”[②]大声地呼唤去关心别人、观察别人、思考别人，去寻觅，去营造，去爱吧！因为只要去爱，一切陈旧的管理概念就会全被忘记的。在一种或多或少有意识的计算之后，找到的不是数目而是差别。在爱与世界建立的广泛性联系对女性、对每一人来说都是一笔巨大的财富，都将远远超出她的付出和期望，在爱之中，女性的生命和情感将会更加充盈和丰满：在相互之中，永远

---

① 唐晓渡：《太阳下的花序》，《唐晓渡诗学论集》，中国社会科学出版社2001年版，第284页。

② ［法］埃莱娜·西苏：《美杜莎的笑声》，张京媛主编：《当代女性主义文学批评》，北京大学出版社1992年版，第210页。

不会感到匮乏。所以，对于女性自我来说，理性是生活的必要，而爱是生命的必需，在关注生命的意义上，女性写作将进入一个爱的复归和表达时代。

再次，女性写作在叙述声音上应当建构一种中国女性写作中，极端缺乏的集体型声音。作为一种尝试，集体型的叙述声音在其叙述过程中某个具有一定规模的群体被赋予叙事权威，这种叙事权威通过多方位、相互赋权的叙述声音，也通过某个获得群体明显授权的个人的声音在文本中以文字的形式固定下来。与作者型声音和个人型声音不同，集体型叙述看来基本上是边缘群体或受压制群体的叙述现象，而且，这种声音可能也是最权威最隐蔽最策略的虚构形式。创建这样一种叙述声音，可使之与女性社会群体意识的创建联系起来，最终实现女性写作内部突破的协和与同一。作为尝试，林白的《妇女闲聊录》将话语权赋予了农村妇女木珍——而这恰恰是林白的女性写作转向的另一方面的卓越贡献：林白对女性写作所作的新的开启在于她将个人的叙述——个人对个人的叙述，或者说自传体形式的写作带向了集体。虽然在木珍的闲聊中，出现的是一个叙述者，毕竟作品中有众多女人的活生生的生命话语。假使林白能够在其作品中，有意安排更多一些的叙述者的声音，就与“集体型的叙述声音”的理论倡导不谋而合了。

最后，女性写作应该在文体实践上最大限度地发挥各类文体的作用。毫无疑问，在表达女性的现实生存境遇、女性的性别意识、女性主体的建构上小说作为文体有其不可替代的优势，但小说的“惟我独尊”现象难道不应该引起写作者和研究者的警觉吗？在侧重于小说这种表达形式的同时忽略了其他的文体形式，同时也就忽略了其他的文体形式在表现女性问题时所具备的不同于小说的内在潜力和优势。正是女性写作在文体上对小说的侧重，实际上在某种程度上间接导致了女性写作与女性解放实际的脱节，更多地停留在理念探讨的层面，假如有很多女性写作方面的戏剧作品反复上演，女性主义的意识和观念一定会更加普及。同样，这种脱节反过来也证实了女性写作对某些更实用、更贴近生活的文体如散文、戏剧和电影的忽视。这意味着，在与实践关联的意义上，走出女性写作困境很大程度上在于文体的突破，在于女性写作在散文、戏剧和电影领域的更加革命性的作品的出现。这些文体作为较直观的艺术形式，与读者的距离较近，比较带有普及性，也才可以通过更多的读者群使之与广大的女性以及女性解放问题发生进一步的勾连，而不只是成为知识界的思想和理念活动。

显然，女性的问题远远没有解决，女性写作的漫漫长途也不会终止，在人类对精神心灵世界的构建过程中，女性将永远为着自我和人类的最大限度的自由而书写。在这个意义上，女性写作将有更加丰富的未来。女性写作将以更加丰富的、同一中有差异、而差别中存在着同一的主体模式的建构走在永恒的自我行动的动力过程之中。

从性别对抗到多元化书写
——论新世纪女性写作的新走向

谁都无法否认，以陈染的《私人生活》和林白的《一个人的战争》为代表的充满叛逆激情的女性主义写作已经成为记忆，不仅因为当代女性写作走出了她青春期的成长亢奋，更因为社会文化环境发生的悄然变化，使得女性写作在1990年代所引发的争鸣、非议或绚烂景观渐渐淡出读者视野——但这并不证明女性写作已然风平浪静，甚或销声匿迹。相反，女性写作者从来没有停止对自我及其女性命运的反思性书写。延续着拆解男权文化、建构女性历史的写作初衷和主题，女性写作呈现出更加辽阔的生活视阈、更加深远的历史场景、更加清醒的女性意识以及更加深沉的反思力度。各种迹象表明，新世纪的女性写作已经走出世纪末年幽闭和自恋的低迷状态，一方面接续1990年代女性历史构建的执著努力，另一方面在某种程度上缓解了此前颇为剧烈的性别对抗。新的民间女性形象系列的出现，新的丰满男性形象的在场与重塑，新的性别关系的思考和建构意味着女性写作多元化时代的到来。

一　女性历史的执著重建

女性写作者在新世纪的长篇巨制使我们看到女性在完全不同的历史场域中所表现出的人性的恣肆舒展以及对爱情的执著从容，她们优游地穿梭于黑色或红色的历史时段，将女性的宽容与狭隘娓娓道来，以文学的形式重塑了历史的女性和女性的历史。接续着上个世纪的女性家族故事，张洁的《无字》讲述了作家吴为及其家族三代女性挣扎于整个20世纪的充满动荡和悲剧的婚姻故事，对男性的自私和虚伪进行了体无完肤的揭示和嘲弄，同时对女性自身的怯弱和虚荣进行了深刻的剖析和反省。徐小斌的《羽蛇》则讲述了始自清朝末年一个多世纪中家族五代女人曲折跌宕的命运故事，使女性家族史的构建在时空跨度及思想含量上臻于极致。如果说这两部女性小说专注于女性家族史的构建和梳理，在某种程度上表现出对男权中心主义文化的抵制和消解，那么，项小米的《英雄无语》、迟子建的《伪满洲国》和《额尔古纳河右岸》则以民间的立场，真实而客观地审视特殊年代的男人和女人，以尽量平和的历史眼光将掩埋于历史尘埃中的复杂的人性、丰富的心灵进行了某种还原，其审视历史的特殊视角带给人程度不同的震撼。

同样，严歌苓的长篇小说《第九个寡妇》、《一个女人的史诗》以及《小姨多鹤》截取了20世纪三四十年代到七八十年代的一段民间历史和红色历史，并将人物主体分别赋予了中原农村的王葡萄、江淮小城的田苏菲、流落东北的日本女子多鹤这三个大时代中的普通女性，作者将对爱情、人性、生存、命运的反思与其独特的历史视角勾连起来，在女性历史、命运、人格及其性别关系的重塑中，以幽默和戏谑的口吻完成了对宏大历史叙事的某种嘲讽和解构。正是由于女性"'由文化所决定的，在心理上已经内在化的边缘地位'使她们的'历史经验完全不同于男人们'，把妇女写进'历史'，也许更多地意味着传统的关于'历史'的定义本身需要有所改变"[①]。这使我们在某种程度上一窥历史真相，不但有助于女性历史的挖掘和重建，而且丰富了对历史的辨证性观照。

如果说这些作品中女性写作的转向还不够明显，那么，铁凝历时六年完成的长篇小说《笨花》则将女性写作的转向轨迹带向明朗：作者一反以往作品中关注女性命运、专注女性情感、拆解男性历史和世界的基调，截取了清末民国初至20世纪40年代中期近五十年的历史断面，以冀中平原的一个小乡村——笨花的生活图景为蓝本，在朴素、智慧和妙趣盎然的叙事风格中，讲述了一位民间英雄人物向喜及其家族的历史，将中国那段变幻莫测、跌宕起伏、难以把

① [美]朱迪思·劳德·牛顿：《历史一如既往？女性主义和新历史主义》，张京媛主编：《新历史主义与文学批评》，北京大学出版社1993年版，第203页。

握的历史巧妙地融于凡人凡事的日常生活流之中。这意味着铁凝的写作走出了性别关系的剧烈对抗状态，在新的性别关系中审视历史、叙述历史、重塑男性，体现出某种性别和解的信息。

二　日常生活中的平民女性

众所周知，1990年代以降的女性写作从性别建构到身体建构，经历了惊世骇俗的性别和身体的革命之后，却在自我的身体书写中迷失了方向，女性主义的探索也因此搁置。只有在与世界的联系中，“自我”才得以存在，在与世界的象征性关系中，“自我”始被建构。就女性自身而言，这样一种可能性同样适用：“只有在成为中心的群体认同语境中，自我认同才能形成”[①]，于是，将自我的优越性放置一边，以平实的笔墨展现普通女性、下层农村女性的生存和生活渐次成为女性写作在新世纪觉醒的景观和转机所在。残雪的小说《单身女人琐事纪实》，尽管题目上还残留着“单身女人”这样的噱头，实际上讲述的是一个已经56岁并退休6年的普通得不能再普通的女人的生活琐事，尽管在文字和思想风格上还有着浓重而诡异的心理感应和超验感觉，但女主人公述遗的生活依然在日常的群体关系中拉开了帷幕。

就像述遗的生活于社会群体中一样，王安忆小说中那些多少充满着小资情调的年轻女人也慢慢消失了，代之而来的是一些质朴而健壮、在艰窘困顿的生活中有着繁茂而旺盛的生命力的下层平民女性系列形象。她们是《富萍》中的小保姆、《上种红菱下种藕》中的秧宝宝、《桃之夭夭》中的郁晓秋，她们是民间的乡土的，甚至是单纯的素朴的，带着下层女性特有的生命力，她们从上海的阁楼和亭子间里走出来，走进了郊区的棚户人家，走进了街衢小巷，甚至走出上海，走进了浙江的小镇。这些女性无一例外地传达出一种生机勃勃的平民意识，在最贴近大多数的群体生活真相的描述中展现了一种生活审美、性格审美以及生命理念的再造。

① [德]尤尔根·哈贝马斯著，郭官义译：《历史唯物主义的重建》，社会科学文献出版社，第69页。

其实，在日常化和平民化写作转向中最有代表性的还是林白，《万物花开》中林白就开始实现她巨大的跨越和突破，一如她在《野生的万物》中所言：“原先我小说中的某种女人消失了，她们曾经古怪、神秘、歇斯底里、自怨自艾，也性感，也优雅，也魅惑，但现在她们不见了。……就像出了一场太阳，水汽立马就干了。”林白无涉主义和类型的宣言坦承了与早期作品的告别，幽闭的自恋的写作一下子走近了灿烂的阳光地带，这里有善良也有丑恶，更有善良和丑恶的交织，在混沌与清醒中肆意地展开生命的招展姿态。作者完全没有站在道德立场去评价事件本身，她只是从生命的状态中去铺写与“活着”有关的一切生灵和场景，一个道德事件被写成了一部乡间生存状态的百相。

而记录体长篇小说《妇女闲聊录》则有着林白自谓的“最朴素、最具现实感、最口语、与人世的痛痒最有关联，并且也最有趣味的”并且“有着另一种文学伦理和另一种小说观”的作品。带着巨大的决心和重新获得的灵感，林白彻底走出了青春期的梦魇和创伤，摆脱了幽闭的自我，走向了广阔的世俗生活世界，女性写作从审美阶段来到伦理阶段。《妇女闲聊录》标志着林白完全走出了女性自我和身体写作的泥淖与困境，走进了广阔的日常而民间的女性世界。早先作品中的幽闭、自恋、“曲折的心理、晦涩的意象、极端的感情、疯狂的表达、锐利的锋芒、嘶哑的叫喊”已经一扫而光，这篇小说简直就是为了女性写作的突破而来，林白以一个漂亮的转身实现了她写作的转换，回归到妇女真切的现实境遇表达中。内在生命的力量和语言想象的狂欢，构成了她文本生命的丰盈不枯竭，也在某种程度上成就了林白叙述的张力和创造力，充分展示了林白勇于、敢于和善于颠覆权威的写作理念和能力。当然，这颠覆更多地意味着创造和建构的新开始。

三　男性形象的缺席与在场

一旦走出自恋的身体书写，走向日常化的平民世界，也就意味着一度紧张的性别关系得到缓解，意味着女性写作对男性形象的重新审视和塑造，一度缺席的男性形象重新回到女性写作文本当中。早期的女性写作对男权文化和秩序的激烈反抗和颠覆表现为以解构男性形象为己任，男性的形象要么模糊不清，要么猥琐不堪，要么是凶残的暴君，要么是势利的小人……一旦女性写作者的历史观念发生改观，一向在女性叙事中以侧面和点缀方式出现的男性开始正面出场。王安忆的《遍地枭雄》描写的是一个看似荒诞的江湖故事，枭雄与英雄，善恶仅一步之遥，韩燕来实在是她作品中“熟悉的陌生人”，也是女性写作中前所未有的形象，这至少表明女性写作在经历了最初的激烈性别批判后对男性生存和生命的正视。

如果说韩燕来的出现还有些不期然，那么，男性的重新在场和形象重塑在铁凝的长篇小说《笨花》中得以完整实现。小说在近半个世纪历史风云的娓娓道来中，向我们讲述了一位民间英雄的传奇——向喜及其后代向文成、向有备的故事，说是传奇，却并没有虚饰和拔高，也没有故意地藐视和丑化，虽然此小说有着浓重的《棉花垛》的复制痕迹[①]，但其还原历史的自觉以及对历史中性别关系的重新审视仍然不失为一个新的突破。因此，它既不同于孙犁的《风云初记》对红色革命历史的庄重叙写，也不同于《棉花垛》所体现出的对主流历史中女性命运的反思和怀疑，而是属于女性写作对断代历史及其人物的重新叙述。向喜一生娶了三个老婆：同艾、二丫头顺容和女艺人施玉禅。小说没有描写向喜在三个女人之间的周旋，更没有描写女人之间的勾心斗角，女人和男人之间的锱铢必较，女性不再把男性视为一种感情寄托，而把男性当成一种亲人间的惦念。作者有分寸地写出这个男性历史人物的同时，也如实地写出了其起源和归宿的民间性、卑微性以及男权思想的根深蒂固——这不能不说是铁凝创作的突破，也不能不说是男性形象经历丑化后的一次从容的“便装”出场。

毋庸置疑，女性写作中的两性对抗关系是一步一步建构起来。女性主义作为消除性别歧视、结束对女性压迫的社会运动以及随之兴起的思想文化领域的革命，其理想目标当是建立一种新的、男女平等、和谐相处、自由发展、共同进步的社会关系。一旦女性写作把自己禁锢在二元对立的桎梏中，于女性自我主体性的确立甚至于男女之间性别关系的重建都没有任何建设性的意义。因

① 程桂婷：《未及盛开便凋零》一文中对《笨花》后半部中与《棉花垛》的雷同之处有相当详细的分析和尖锐的批评，见《当代文坛》2006 年第 5 期。

此，在承认性别差异、尊重个性的基础上，寻求两性与社会的和谐发展，才是建设性的真正可持续发展的女性主义。当然，在女性主义发展的一定阶段，要经历对男性形象、男性历史文化及至整个男权中心主义的家国政治观念的拆解，即所谓不破不立，而这也是亚文化发展的一般规律。

当然，一切解构都是为了建构，徒然地拆解和一味地缺席绝不是女性主义的理想目标。所谓矫枉过正是女性写作的策略，作为策略的女性写作中的性别对抗，预先决定了它的过程性、短暂性和过渡意义。铁凝的《笨花》在传统与现代之间为女性文学提供了一种新型的审美理想和文学叙事，这种叙事指向的不是两性之间的简单的道德伦理，更不是道德的最终审判，而是指向了男女两性更为广阔的责任意识：性别责任和社会责任的共同担当。在两性差异的基础上走向性别的和解，在性别的多元化关系中构建女性写作的多元化景观。

四　性别关系的对抗与和解

多元化的女性写作既延续着 90 年代强劲而执著的女性主义的拆解和组建的活力，同样也涌动着新的女性民间话语，而且，男性形象的重新登场绝不是先前的重复，其中的微妙的变化正蕴含了女性写作的新转机。需要指出的是，在新的性别关系的构建中，爱成为重要和不可或缺的因素。“毫无疑问，爱不是一切；但是没爱的一切是黯淡无光的一切。同样，爱不能包治百病，但丧失爱的能力却是百病之外新增的一种疾病，并且是很难治愈的沉疴。我们生命的源头将因缺少爱而日益干涸，我们存在的价值将变得越来越可疑。”[①] 爱的主题仍然可以作为一种预设的提示警醒：我们不愿意以“过时”的论调证明爱在当下的不可能。对爱的炽热呼唤和真切表达，不能不成为当前女性写作中自恋的有效治疗方式，性别关系的真正和解所需要的润滑剂仍然是两性之爱。艾米的长篇小说《山楂树之恋》曾在网络上风靡一时，2007 年由江苏文艺出版社正式出版，这部极其纯粹的爱情小说不仅再现了特殊年代的爱的悲歌，更重要的在于

① 唐晓渡：《唐晓渡诗学论集》，中国社会科学出版社 2001 年版，第 284—285 页。

它所引发的对于当下爱情观念的反思。

无独有偶，埃莱娜·西苏在《美杜莎的笑声》中也对爱的匮乏进行了揭示，对普遍意义上广泛的爱进行了呼吁，在爱之中女性的生命和情感将会更加充盈和丰满："在相互之中，我们永远不会感到匮乏。"[①] 所以，对于女性自我来说，理性是生活的必要，而爱是生命的必需，在关注生命的意义上，女性写作将进入一个爱的复归和表达时代。严歌苓《第九个寡妇》、《一个女人的史诗》和《小姨多鹤》，从不同的层面书写女人深沉而执著的爱，对恩人、亲人以及恋人……刘索拉的《女贞汤》、残雪的《最后的情人》、卫慧的《我的禅》从历史、神话传说、哲学以及宗教层面对两性之爱进行了新一轮的探讨和表述，宗璞的《东藏记》、迟子建的《世界上所有的夜晚》、孙惠芬的《歇马山庄的两个女人》则在各自的作品中对爱的匮乏以及爱的渴望给予了新的探索和诠释。

走出自恋的自我和文化，实现与男性的某种程度的象征性关系的和谐，就这种男女之间性别关系的长远性和自然性而言，是人类生存所无法摆脱的，试图摆脱这样一种关系无疑也是荒谬的。当然，男女两性间的关系并不是人类唯一的关系模式，女性写作应该在此最自然、最长远的人类关系的基础上，追求多元并举的更加丰富的性别关系表现形态。而建立这种多元并举的健康而和谐的人类关系的最重要的一点，是普遍意义上爱的投入和辉映，即将在文学和现实世界中失落的人与人之间爱的关联再一次建构起来。而以上众多女性写作者的劳绩已经成为新世纪女性写作探讨两性真正的差异、平等以及和解的有效证明和努力。

---

① 张京媛主编:《当代女性主义文学批评》，北京大学出版社 1992 年版，第 210 页。

第三辑

女性文学的比较与整合

过渡时代知识女性的自我形塑及其意蕴
——以庐隐、石评梅小说为中心

在“五四”小说的人物谱系中，知识女性是一个特殊的群体存在，同时扮演着书写者和被书写者的双重角色。作为民主与科学精神的受益者，她们冲破旧家庭旧道德的桎梏，接受新时代新思想的洗礼，并继而承担大众启蒙的重任。与此同时，她们又携带着来自旧时代和旧自我的诸多束缚和限制，以致在“五四”落潮的苦闷中狂呼悲吟、彷徨无路。以庐隐、石评梅为代表的作家，其小说的自叙传性质已为学界公认，研究者对于叙述者与其笔下女性人物之间的某些相似性已达成共识，但对发生在叙述者和女性人物之间的角色暗示及其身份转换尚缺少进一步的关注。而实际上，叙述者不仅在作品中借助女主人公表达了她的生存、情感和思想，同时也借助其笔下一次次出场的人物，刻意地进行着自我形塑，甚至不惜以文学想象的方式完成其生命实体的终结仪式。本文以此为视点，探讨过渡时代知识女性的自我形塑及其意蕴。

一 死亡叙述中的“女体”

作为“五四”时期的代表作家，庐隐和石评梅呈现给现代文学的第一例形象不约而同地都选择了患病的女性。[①]《一个著作家》中，女主人公沁芬因爱而不得吐血死去，小说描写她的孱弱的病体：“‘哇’的一声，一口鲜红的血从她

① 《一个著作家》和《病》是庐隐和石评梅最早的小说，分别发表于 1921 年和 1924 年。

口里喷了出来；身体摇晃站不住了！”不久就病重了，“玫瑰色的颊和唇，都变成了青白色，漆黑头发散开了，披在肩上和额上，很憔悴的睡在床上”。而男主人公邵浮尘因为贫穷不能给她幸福，发疯后离开了这个世界，“——披散着一头乱蓬蓬的头发，赤着脚，两只眼睛都红了，瞪得和铜铃一般大，两块颧骨象山峰似的凸出来，颜色和蜡纸一般白，简直和博物室里所陈列的骷髅差不多”。[①]“鲜红的血”和“惨白的骷髅”由此成为两个深具象征意味的时代身体意象，在此之后极其频繁地重复出现在庐隐、石评梅的小说叙述中。以“鲜红的血”为指称的女体慷慨地将生命一点一点喷洒殆尽，在肺病患者常有的桃红色的短暂容颜里怀想着最后的浪漫感情；而以“苍白的骷髅”为指称的男体则显示出某种程度的力量的萎缩和情感的匮乏，昭示着生命力耗尽之后的惨淡和恐怖。于是，淋漓的鲜红于惨白的底色之上呈现出更加刺眼的对照。有研究者认为，中国现代文学中的肺病想象一方面与国民的体质状况相关，另一方面也和作者的国家想象相关：“晚清以来，中国人的‘身体’乃至由这些‘身体’组成的‘国家’都是被视为‘病态’的……中国人就是在这种话语的不断规训中定位自己的现代位置，并一度确信这就是认定自己落后的最合理的隐喻性理由。”[②]女作家的相关书写于此也在某种程度上自觉应和了时代的启蒙话语。

此外，尽管小说中的多数肺病患者都被描写为是因为生活的困顿和感情的纠缠而埋下病根，但这一病理现象的隐喻意义受到西方文论家的重视。西方19世纪以来的文学描写中，人们乐于用结核病来赋予死亡以隐喻意义——它被认为是忧郁的、敏感的、优雅的甚至超凡脱俗的病：“依据有关结核病的神话，大概存在着某种热情似火的情感，它引发了结核病的发作，又在结核病的发作中发泄自己。但这些激情必定是受挫的激情，这些希望必定是被毁的希望。此外，这种激情，尽管通常表现为爱情，但也可能是一种政治的或道德的激情。”[③]由于这种热情，那些死于结核病的年轻人似乎不但感觉不到痛苦，反而有种特别的凄艳和浪漫。但是其为争取恋爱自由所采取的行动，小说却几乎

---

① 庐隐：《一个著作家》，《庐隐选集》（上），福建人民出版社1985年，第135—136页。

② 黄东兰主编：《身体 心性 权力》，浙江人民出版社2005年版，第307页。

③ 程巍译：《疾病的隐喻》，[美]桑塔格（Sontag,S.）著：上海译文出版社2003年版，第21页。

没有任何交代。或者当事人根本就没有采取行动，而是任由爱的寂灭。如果还有什么可以称得上自我的反抗，那就是对肉体的自我摧残——让死亡在摧残中迅速降临，这一方面说明个人面对传统婚姻制度以及道德谴责的孱弱无力，“虽然人是具有理智的判断，博感的系恋；但同时人类又组织了一切的制度和习惯；你绝无勇气，把许多堑壁都粉碎了，如你心一样的要求”！另一方面也说明初次登临公共场域的现代身体机能的先天匮乏，“病魔又乘着这黑暗的势力，侵入我这无抵抗的身体内”[①]，死亡叙述作为一种反抗话语正是时代的症候，“死给你们看”的对于肉体的自我消灭成为对社会的激烈反抗以及逃匿行为，叙述者由此获得某种道德安慰，但病患者的言说终止了，反抗话语的表达可能就此无法前进。

事实确乎如此。《或人的悲哀》中病弱的青年女性亚侠跳湖自杀了，书信体小说的第一句就是“我的病大约是没有希望治好了”，绝望使她起了对生的厌恶：“我对于我的生，是非常厌恶的！”但也可以说，对于生的厌恶导致了其生理以至心理的疾病——这两者互为因果。于是，死亡的想象就变成一种审美观照：“我晓得那湖底下朱红色的珊瑚床，已为我预备好了！云母石的枕头，碧绿青苔泥的被褥，件件都整理了！”[②]爱恋她的青年唯逸也因抑郁而死，于是死亡和情感发生关联：“虽然忧伤可以使人死，但是爱恋更可使人死，仿佛醉人死在酒坛旁边，赌鬼死在牌桌底下。虽然都是死，可是爱恋的死，醉人的死，赌鬼的死，已经比忧伤的死，要伟大得多了。”[③]这里开始对死亡高歌，对于死的偏爱和迷恋日益彰显其形。这是对初涉公共场域的女体出场的过度注视？还是对自我的另外一种存在想象的迷恋？其实，这都不过是语言的幕障，对死亡的叙述欲望隐含着更深一层的潜在话语——对肉体、活生生的肉体的被注视的内在焦灼和渴望。对于肉体的虐杀和残迫不是叙述者的最终目的，她们是以肉体不断地患病、不断地濒临死亡和已经死亡的事实来唤起注意，从公众的视线焦点中去确认这是一具有性别的女体，尽管即将死亡；同时也从公众的关注中获

① 石评梅：《病》，杨扬编：《石评梅作品集·诗歌小说》，书目文献出版社 1983 年版，第 151 页。
② 庐隐：《或人的悲哀》，《庐隐选集》（上），福建人民出版社 1985 年版，第 181 页。
③ 庐隐：《父亲》，《庐隐选集》（上），福建人民出版社 1985 年版，第 254 页。

得唤起和救助，借此不但可以脱离死亡，而且或可新生。

但女体的死亡叙述（无论作为国族想象、反抗方式、情感期待抑或叙事策略）对于异性关注的期盼很快变为了失望。《兰田的忏悔录》中两个有着同样命运的女子，共同认识到男性社会权力体制的固若金汤，凭着彼此之间弱者的同情走到一起，发出“我们同作了牺牲品”的慨叹。兰田在弥留之际尚不忘记忏悔：“因为不被男子玩视和侮辱的女性，至今还不曾有过。我倘若能战胜病魔，我现在又有了一个新希望，可惜这希望太微弱了，我如果能与全世界女性握手，使妇女们开个新纪元，那么我忏悔以前的，同时我将要奋斗未来的。”①《丽石的日记》中的丽石不愿意从异性那里寻求安慰，“因为和他们——异性——的交接，总觉得不自由”，因此她与沅青之间由泛泛的友谊发展成了同性的爱恋，而沅青却抵挡不住世俗的婚姻规则退却了：“我们从前的见解，实在是小孩子的思想，同性的爱恋，终究不被社会的人认可，我希望你还是早些觉悟吧！”②丽石因此抑郁而死。于是，庐隐说：“我简直是悲哀的叹美者”，终日“浸在悲哀的海里”，为愿早点死去而作着“慢性的自杀”③；《归雁》中的“我”在失眠、苦闷、抑郁、绝望、以及感情的折磨中，身体逐渐孱弱，但是“我不愿意爱惜这无用的身体，现在我就希望它一天一天的破损，等到那一天成了灰，我的灵魂便解脱了”，并且“我要疯狂，我要浪漫，我要热闹我自己，同时我也要蹂躏我自己，总之越快收束越好”④！时代爱情的苦闷使她们迁怒于自我的身体，乃至不惜以身体的被虐为代价来补偿情感的不足。

不仅如此，20世纪初年知识女性受教育权利的获得，使她们在自我觉醒的同时，也在某种程度上加深了对于世界的分裂性的认识，既然现实的一切不可撼动，既然死亡的女体都不能牵动古老社会的怜悯之心，她们只能去书本中、知识中寻求答案，于是纷纷患上所谓的“哲学病”：

知识告诉我，不可自困！然而我的精神，从此失了根据。我觉得人生

---

① 庐隐：《兰田的忏悔录》，《庐隐选集》（上），福建人民出版社1985年版，第305—306页。

② 庐隐：《丽石的日记》，《庐隐选集》（上），福建人民出版社1985年版，第192页。

③ 庐隐：《庐隐自传》，《庐隐选集》（上），福建人民出版社1985年版，第593页。

④ 庐隐：《归雁》，乔以钢编：《庐隐代表作》，河南人民出版社1994年版，第351—352页。

真太干枯！[①]

被知识苦缠着，要探求人生的究竟，花费了不知多少心血，也求不到答案！这时的心，彷徨到极点了！[②]

十年读书，得来只是烦恼与悲愁，究竟知识误我？我误知识？[③]

现实世界愈是分裂至无法调和，她们愈是要到书本中寻求答案。“人生的悲剧，都是生活和思想的矛盾所造成。理想和现实永远不能调和，人类的痛苦因之也永无休止。”[④] 当她们将身体的话语搁置，专在知识中求解答案的时候，出现在她们眼前的却是一个严重倾斜以至两元对立的分裂世界：“在我眼帘下的宇宙，没有完全的整个，只有分析的碎屑；所谓奇丽，只有惨淡；所谓愉快，只有悲哀。我以为世间一切奇丽快乐都是虚幻，而悲哀惨淡，确是宇宙的主宰，万古不灭的真理！我对于生，感不到快乐，只有悲哀，同时我又怀疑着宇宙中的一切。”[⑤] 于是，泪、愁、病、血、恨、弃、死几乎构成了庐隐、石评梅小说的基本意象；惆怅、伤感、迷惘、悲哀、创伤、分裂、冲突、绝望也便成了其作品的主要情绪：“宇宙布满了罗网，任我百般挣扎，努力的追寻，而完整的生命只如昙花一现，最后依然消逝于恶浪，埋葬于尘海之心。”既然生命的存在如此痛苦和无望，躯体的存在就变得令人憎恶：“——在色相的人间，只有污秽与残骸，吁！我何爱惜这被苦难剥蚀将尽的尸骸——总有一天，我将焚毁于我自己郁怒的灵焰，抛这不值一钱的脓血之躯，因此而释放我可怜的灵魂。”[⑥] 女性自我所拥有和暂时掌管的似乎也只有自我的身体了，所以，任意处置这个身体就成为唯一可以掌握的话语权力。

或许这只是因为她们暂时将身体的话语搁置，而只专注于精神上的发展，但身体的事实存在毕竟又无时无刻不在视阈之中，对身体的偏离又必然造成精神上的苦闷和冲突，因而她们有意无意间总是要用文字去消灭这个身体，借此

---

① 庐隐：《或人的悲哀》，《庐隐选集》（上），福建人民出版社 1985 年版，第 179 页。

② 同上书，第 181 页。

③ 庐隐：《海滨故人》，《庐隐选集》（上），福建人民出版社 1985 年版，第 147 页。

④ 石评梅：《白云庵》，杨扬编：《石评梅作品集·诗歌小说》，书目文献出版社 1983 年版，第 205 页。

⑤ 石评梅：《病》，杨扬编：《石评梅作品集·诗歌小说》，书目文献出版社 1983 年版，第 152 页。

⑥ 庐隐：《夜的奇迹》，《庐隐选集》（下），福建人民出版社 1985 年版，第 21 页。

实现与时代话语——启蒙理性的对接。可以想象，久日浸淫在情感和理智、身体和精神、知识和生活的分裂的世界中，脆弱的女性个体何以承受？“我是愈想超脱，愈自沉溺，愈要撒手，愈自系恋的人，我的烦恼便绞锁在这不能解脱的矛盾中。”[①] 她只希望这女体受难的旅程尽快结束：“我不诅咒人生，我不悲欢人生，我只让属于我的一切事境都像闪电，都像流星。我时时刻刻这样盼着！”[②] 所以，那尚且活着的已经不是生命，“淡粉的翼纱下，笼罩的不是美丽的蔷薇，确是一个早已腐枯了的少女尸骸”！[③] 那具被冰冷和黑暗杀戮已久的女体，触目地横亘于过渡时代。

二　身体的禁忌与自戕

肉体的自我消灭过程殊为不易，况且在最初的文字表达中，无论庐隐还是石评梅，都还只是在语言层面表达对身体的自恋和自虐，尚未发展到后来的对真实的身体的自戕。恰恰是在她们将病弱的女体推向公共领域的时候，这个女体本身却连她们自己都不敢正视——所有欲望的要求都在禁忌之列。庐隐小说《沦落》中的女学生松文感恩于海军军官赵海能而委身于他，这是传统社会中女性出让身体的原型模式，但有个少年爱上了松文，“她觉得那少年对她十分的真挚，或者能原谅她一时的错，而终身包涵她……但她一转念间，又觉得自己的测度靠不住”，这里的欲语未语包含着松文对自己不复处女之身的疑虑。果然，由于少年对传统婚姻女体纯洁性的要求，她最后还是被抛弃了，只因为在少年心目中，“他的爱神已不是含苞未放的花了，他怀疑着想，这大约是梦吧！世界上哪有这种可惊异的事呢？她娇羞默默，谁说她不是处女的美呢……竟有这种的事吗？……”[④] 他仿佛失足到封锁着的冰窟里去，心身都冷得战栗了——只因为她已经不是处女。处女禁忌作为“一种古老的女性集体无意识

① 石评梅：《涛语》，杨扬编：《石评梅作品集·散文》，书目文献出版社 1983 年版，第 81 页。
② 石评梅：《母亲》，杨扬编：《石评梅作品集·散文》，书目文献出版社 1983 年版，第 7 页。
③ 石评梅：《素心》，杨扬编：《石评梅作品集·散文》，书目文献出版社 1983 年版，第 40 页。
④ 庐隐：《沦落》，《庐隐选集》（上），福建人民出版社 1985 年版，第 221 页。

的心理原型，实质是千百年来男权中心社会对女性价值心理的强制性塑造，日久天长成为女性的心理积淀，也就是男性对女性的性占有内化为女性自己的价值心理”。[①]所以，可怜的松文唯有哀求万能的上帝来接引她了，唯有以死来了结这不洁的身体。

同样，庐隐的《归雁》以日记的形式记载了一段恋情的开始和终结。丧偶后的纫菁在彷徨和颓废中饮酒买醉，痛苦的失眠之夜，她望见了丈夫的遗像：“万劫千生不可弥补的一个缺憾！唉！元哥，我的青春之梦，就随你的毁灭而破碎了，我的心你也带走了！但是元哥你或者要怀疑我吧！有时我扮得自己如一朵醉人的玫瑰，我唱歌我跳舞……这些，这些，岂不都可以使你伤心吗？但是元哥这只是骗人自骗的把戏呵！”[②]这是盛宴歌舞之后对自我的追悔？还是对丈夫的自我剖白？显然，这里除了浓郁的自恋情结外，忠实于已死的丈夫还是放纵自我的情欲，成为交缠于内心的突出的矛盾。这足以再次说明庐隐、石评梅笔下女性自我灵与肉的分裂、心和性的隔膜以及两者不能统一的苦痛，它意味着貌似获得了自我解放的知识女性，很大程度上还只是在自我心智上有所解放，而与此密切相关的身体的解放则始终处于悖离状态。此种分裂和失衡进一步造成其精神上的苦闷、哀愁、自恋，也是造成其极力压抑身体欲望并将其诉诸行动的深层原因。这段内心独白显示出典型的矛盾心理，表明灵和肉的分离只会带来更多的痛苦和饥渴，故而女主人公产生这样的臆想也就不足为奇：“我忽然看见藤幔背后，有一双洁白而柔嫩的手，我不问他是谁，我发狂似的跳了起来，将他牢牢的捉住，唉！这是怎样柔滑的！……不知哪一个英雄的手呵！我将他这双手按着我剧烈跳动的心房，同时我希望他低声地叫我……温柔的叫我……”，[③]然而美丽的英雄却消失了。这个幻影或梦境是女主人公真实的内心显露，想象中的男子不但有着洁白、柔滑的双手，而且是个温柔的英雄。

可是，时代是否为她们准备好了这样的男性呢？事实恰恰相反。对于现实中的石评梅来说，问题也许并不复杂，只不过由于后人的附会，一切都因扑朔

① 刘思谦：《“娜拉”言说》，上海文艺出版社 1993 年版，第 74 页。
② 庐隐：《归雁》，乔以钢编：《庐隐代表作》，河南人民出版社 1994 年版，第 296—297 页。
③ 同上书，第 356 页。

迷离而变得神秘进而演化成为爱情的神话！石评梅在《涛语》中有过对恋人高君宇的真切描写："他的唇枯烧成青紫色，他的脸净白像石像，只有胸前微微的起伏，告诉我他是在睡着。"[1]这分明是"尸"的意象，后来再去看他，依然是忧丝紧缚的枯骨，空虚不载一物的机械，当形销骨立骨瘦如柴的"他"用凹陷的眼珠望着"我"时，我"真觉怕他"，而且"浑身都出着冷汗"，可见其先前作品中对于死的描摹终究还只是出于想象，当她与真正的死亡面对时不免忌惮。同时这也透露出另外的信息：除了诸多的个人原因外，石评梅之于高君宇示爱的迟迟未复，这种真切的感受或许也是原因之一？当她面对一具活着的"尸身"时，是否还会有浪漫的想象以及唤起身体注视的渴望呢？

令人迷惑或深思的地方就在于：石评梅一代的女性很大程度上所持有的仍是中国传统文化的女体观——女人的身体是肮脏的，充满禁忌的，时时处处讳莫如深。许多习俗和仪式，女人不被允许参与；而在另外一些特殊的场合，被献祭的则必须是美丽的处女。这都证实着女性身体的被侮辱和被歧视。作为过渡时代的女性，石评梅的身体观无疑受到封建文化的深度熏染；但毋庸讳言，第一次恋爱的失败也对她的女体观念有着决定性的影响。尽管现在已经无法具体推究她在这次恋爱过程中的身体参与和介入程度（指觉醒和生长意义上的身体成长），但可以了解到的是，此后的石评梅开始对异性万念俱灰，勘破爱情，摒弃爱情甚至人生。当然，这里不能够排除大量的客观的外在的因素：石评梅笔下写到的世界黑暗、人类丑恶、前途渺茫等；也不排除"五四"落潮后的普遍低落情绪，这在石评梅、庐隐等笔下都有相当多的描述；甚至还包括对"五四"时代启蒙与解放运动的朦胧的怀疑，只不过这怀疑的声音得不到支持和响应，而个人又无法寻觅到出路，于是只好自我消磨"英雄"的情怀。恰当此时，高君宇出现在石评梅的生命中。高君宇的贫弱苍白让石评梅有所警惕，但他执着的爱情表白以及石评梅对于英雄的敬重都使他们的感情日益加深。虽然石评梅没有亲眼目睹高君宇的弥留一刻，但他的遗物和后事皆有石评梅整理和参与，高君宇的影响在她的生活中逐日扩大。或许正是因为没有亲历高君宇逝去的过程，那情形在想象和追忆中就越发沉痛、逼真；而且，石评梅从高君宇

① 石评梅：《涛语》，杨扬编：《石评梅作品集·散文》，书目文献出版社 1983 年版，第 73 页。

的日记中得知，正是由于她拒绝了他的感情才使得他再次病倒，这进一步促使她陷入其中无以自拔。

于是，个人的一系列不幸和忧患的时代氛围都使“死祭”成为石评梅唯一能够选择的情感和生命寄托，作为个体生命载体的女体只能作为祭品而存在。曾经鲜活的身体，在还没有呈现出它的活力、温热以及荡漾的激情之前就已经冷却，此后它只能是一具“尸身”——没有温度和美感的存在，思想和情感也只在“尸身”的阴影中存在。是故，石评梅的身体及其笔下人物的身体在其有生之日就已经失去了生命力：既然温热的身体是不可爱的，并无可体现其为温热，那就将它冰冷下来，冰冷的“尸身”由此成为一种眷恋和信仰。这便是这位女作家由自恋、爱物到恋尸书写的心理过程。女主人公在世界之中看见了自我，在自我这里却寻找到疾病和死亡。

此外，特殊的心理情结和创伤也使庐隐、石评梅一代女性备尝思想超前者的孤独、悲哀和困窘。第一次恋爱的失败在石评梅的内心烙下了深重的伤痕，失败之时也是向着传统回归之始。由于受制于传统性别观念的影响，她内心的处女禁忌以及对同性命运的同情（不愿另外一个女性如她一般遭到背弃的命运），使得石评梅坚决拒绝了高君宇的求爱。在所有这些原因中，最重要的恐怕还是她内心深处的那个“鬼影”——“为了某种虚幻的道德的完满和自我的纯洁感，她半是真诚半是欺骗地否定了自己与生命同在的性爱欲望，向着无物之阵拱手交出了爱的权利。”[①] 对于传统的两性观念的潜意识接受和皈依，促使她不愿意再以自我的身体实践“二次革命”，何况在已经变换了的时代环境中再没有先前的气氛、潮流和力量。其时，石评梅对母怀的皈依的心态也是其早期反叛思想和行为的一种内在回归。她曾说过：“我的身子是清白的；我将来死去也是父母赐我的璧洁的身体。”[②] 这与其说是自我的剖白，不如说是对传统的身体观念的屈服性认同。

于是，接下来的一切就可以理解了。当高君宇已经成为一具冰冷的尸身，在死亡神话中作为英雄埋葬于陶然亭畔，石评梅原本就不需要也没有必要继续扼守她内心的两性观念了。然而，此后石评梅对于高君宇的无论文字还是现实

① 刘思谦：《“娜拉”言说》，上海文艺出版社 1993 年版，第 74 页。

② 李健吾：《悼评梅先生》，卫建民编：《魂归陶然亭——石评梅》，人民文学出版社 2002 年版，第 15 页。

形式的系念反倒博得了世人更多的同情和景仰。在心理和情感上，石评梅不再需要承担世俗的风险，反而变得相对安全，尽管两人并没有任何法律形式的婚约。此后她就只是一个俗套爱情故事的悲哀遗存——高君宇的未亡人。石评梅这一未亡人身份的获得充满着悲哀和反讽：一个沐浴着“五四”自由和解放风尚成长起来的女性，在时代的低潮和个人的际遇中，居然走向了这么一个带有戏剧性的命运转折和结局。

最具讽刺意味的是：这个实际上以未亡人身份存在着的石评梅，不但在形式上恪守本分，献祭、拜念、哀哭、上坟，而且在身体上也践行着未亡人的本分——在最短的时间内虐待这个身体，破坏这个身体，促使其尽快地毁灭，以成就真正的殉夫——正如她在散文和书信中一再声明的：和高君宇一起埋葬在陶然亭，去殉那早已冰冷了的尸身。同时，也藉此完成从文本到实体的对身体的厌恶以至虐待过程。这无疑是一个带有多重意味的悲剧，既令人震撼也让人悲哀。石评梅以自己的身体和生命祭奠了“五四”，她无法摆脱个人的怀疑和失落，只能以对自己生命和肉体的磨折来尽快逃离深沉的时代痛苦。石评梅的自我形象与其说是为时代话语所塑，还不如说是为自己所塑，她按照自己的心愿塑造了自己的归宿。只不过她可能没有意识到，促使她进行自塑的观念其实都来自于男权文化的陈腐力量。

三　自我观看的牺牲者

从一开始的将“女体”带进文学的公共领域，到实现对这个“身体”的虐杀，在庐隐、石评梅的笔下并不是一个直线过程，其间，女性知识分子还经历了从“神话爱”到“英雄梦”的转圜及其再次失落，直到最终成为一个自我牺牲者。很多研究者曾为发现庐隐、石评梅后期作品中英雄书写的革命话语而振奋[①]，而实际上，英雄书写与死亡叙述是对应存在并呈因果关系的叙事语码，最

① 这方面的论述，前者如钱虹《一个觉醒了的女性——庐隐和她的创作》，见《庐隐选集》(下)，福建人民出版社1985年版；后者如刘思谦《石评梅：生命的燃烧》，见《“娜拉”言说》，上海文艺出版社1993年版。

终迸发出的烈士雄心是无路可走后的梦呓，是有温度的身体在彻底冷却前的一次回光返照。时代话语对女性生存无力和无暇关注，女性身体则在渴求与无望中徘徊了许久，自怨自艾的青年最终决定走上战场，而战场上的革命者也难免绝望，在开枪自杀之际忽然醒悟道："我不能这样死，至少我也要打死几个敌人我再死！这样消极者的自杀，是我的耻辱，即使我现在这样死了便该早死，何必又跑到这里来从军呢！"[①] 这几乎是从实用主义哲学的角度来进行自杀倾向的心理治疗了。从 1927 年 5 月开始，石评梅确实写下了一系列"革命小说"，即便小说中的革命者仍然荏弱和犹疑，但都折射着一个连贯一致的叙述者的存在。《红鬃马》追悼的是英雄的死：

> 我依稀看见梦雄骑马举鞭指着一条路径，这路径中我又仿佛望见我已陨落的希望之星的旧址上，重新发射出一种光芒！这光芒复燃起我烬余的火花，刹那间我由这个世界踏入另一世界，一种如焚的热情在我胸头缭绕着——燃烧着！[②]

《白云庵》中的老英雄激励了消沉已久的女子，使她发出这样的誓言：

> 我还是个青年，我不希望我为了自己的悲愁就这样悄悄死去的。我要另找一个新生命新生活来做我以后的事业。因之，我想替沉没浸淹在苦海中的民众，出一锄一犁的小气力，做点能拯救他们的工作，能为后来的青年人造个比较完善的环境安置他们。[③]

这表明石评梅的思想确实在发生转变，并且这革命的行为并不盲目，而是有一定的观念作指导。其中甚至包含着对革命动机的思辨：革命虽是从解除个人的痛苦出发，但结果却应是为大多数民众的福利，而不能计较自己的所得，

---

① 石评梅：《匹马嘶风录》，杨扬编：《石评梅作品集·诗歌小说》，书目文献出版社 1983 年版，第 223 页。
② 石评梅：《红鬃马》，杨扬编：《石评梅作品集·诗歌小说》，书目文献出版社 1983 年版，第 183 页。
③ 石评梅：《白云庵》，杨扬编：《石评梅作品集·诗歌小说》，书目文献出版社 1983 年版，第 205 页。

因为革命不是投机求利的事业。所以，不必为了革命的不能即刻成功和见效而失望。但如此这般的描写依旧让人摆脱不了这样的感觉：她还在为自己的终究不要对社会完全失望寻找理由。而哪一位英雄不是作者的一种自我形塑呢？只不过人称转换而已。

果然，几乎就在塑造和膜拜英雄的同时，对英雄行为和动机的质疑也开始了："看起来中国目前似乎都是太积极了，'希望'故意把人都变成了猛兽，随时随地都可以使烈火燃烧起来！鲜血喷洒出来！尸体堆集起来！枪炮烟火中，一切幸福和安宁都被恶魔的旗帜卷去了。这几乎退化到原始的世界，我时时都在恐怖着！暴动残杀，疯狂般的领袖，都是令我们钦佩敬爱的英雄吧！只是他们的旗帜永远那么鲜明正大，而他们的功绩却永远是这样暗淡悲惨呢！"[①]这里显示出对时代共鸣话语的反思。在作于 1927 年 7 月的《归来》中，石评梅进而借子凌之口发出与革命者的主旋律绝然不同的异议的声音："如今虽然是获得一时的胜利成功，不过在人类永久的战斗里，他只是一个历史使命的走卒，对他自己只是增加生命的黯淡和凄悲！"[②]庐隐作品中的英雄情结也由来已久，她在女高师读书时被称为"四公子"之一，这种自我认同的形塑，即带有很强烈的英雄情结。她在自传中也说："我羡慕英雄，我服膺思想家。"[③]《秋风秋雨愁煞人》直接书写英雄，但她也清醒地意识到："我往往想作英雄，——但此念越甚，我的哀愁越深，为人类流同情的泪，固然比较一切伟大，不过对于自身的伤痕，不知抚摸惘惜的人，也绝对不是英雄。"[④]包括秋瑾在内，为什么近现代知识女性有着如此强烈的英雄情结？这和以男权观念为主导的时代话语倡导不无关系，"五四以降的男性知识分子，巧妙地使一代代的新女性加入其阵营，认同最初由他们所塑造为反传统的娜拉形象，却规避了自古至今由男性掌控的国家机器对两性秩序而应负的责任。男性群体从来不是近代中国妇女解放运动的批判或控诉对象，而'男女平等'在近现代中国的实践，则是将女人的女性

① 石评梅：《冰场上》，杨扬编：《石评梅作品集·散文》，书目文献出版社 1983 年版，第 149 页。
② 石评梅：《归来》，杨扬编：《石评梅作品集·诗歌小说》，书目文献出版社 1983 年版，第 190 页。
③ 庐隐：《我的自传》，《庐隐选集》（上），福建人民出版社 1985 年版，第 579 页。
④ 庐隐：《愁情一缕付征鸿》，《庐隐选集》（下），福建人民出版社 1985 年版，第 13 页。

特质抽离，使女人变成和男人一样的人”[①]。所以，女性自我在尚未解放和无法真正解放的尴尬中，被席卷进时代英雄的共名话语中，究其根本还是受到了当时的知识话语或者说是启蒙话语操持者的引导。

早在1901年，梁启超就有“过渡时代”的著名论述，过渡时代既是希望时代，又是恐怖时代。他从进化论的观念出发，认为经“过渡时代”而达“黄金时代”是社会发展的必然进程，故激进革命党提出“破坏时代”、“暗杀时代”以及“五四”时期青年学生提出“自杀时代”更具“希望”与“恐怖”的双重面相，背后都隐含着一个共同的思维方式：“真正具有价值的东西在自己所在的时代无法获得，人们为之努力的目标只是在一定程度上加速另一个更有希望的时代的来临。”[②]自杀情结和行为似乎成为时代有志者自我实现的方式。与此相关，社会舆论中也流行着一种英雄崇拜情结，即梁启超在《过渡时代论》中谈到“日日思英雄，梦英雄，祷祀求英雄”[③]，人人皆欲为成为过渡时代之英雄慷慨舍身。作为“五四”风潮的余绪，“由‘牺牲’带来的这种前无古人、后无来者的悲壮情绪一直真诚地弥漫在学生和知识分子当中，成为运动的有效催化剂和个体价值的最佳支点”[④]。从庞杂的史料中，我们发现了对牺牲的向往和召唤，发现了人们更愿意以一种什么方式塑造自己以及最终如何贯彻了自己的实践热情，这些都曾成为思想文化界鼓噪一时的时代共鸣话语。

当然，庐隐和石评梅对“过渡时代的牺牲者”的理解并非仅止于此，而是还有更为深刻细微的性别关切和内涵。庐隐《兰田忏悔录》中的兰田在“我们同作了牺牲品”的觉悟后说：“爱情真是混世的魔王，不知多多少少的男女作了它的牺牲品。”《时代的牺牲者》则是对这一命题的正面展开：“我真不知道应当怎么办？但是与其使我为他憔悴而死，还是牺牲了我以成全他吧！”而秀贞的丈夫却是为了另娶漂亮善交际的新妇，叙述者不得不感慨：“在这新时代离婚和恋爱，都是很时髦的，着了魔的狂热的青年男女，一时恋爱了，算不得什么，

---

① 许慧琦：《“娜拉”在中国：新女性形象的塑造及其演变（1900s-1930s）》，台北：国立政治大学历史系2003年版，第391页。

② 黄东兰：《身体 心性 权力》，浙江人民出版社2005年版，第157页。

③ 张品兴主编：《梁启超全集》（1），北京出版社1999年版，第466页。

④ 黄东兰：《身体 心性 权力》，浙江人民出版社2005年版，第175页。

富于固执感情的女子，本来只好作新时代的牺牲品……”[1]可见，庐隐所叹惋的时代黑暗并不是一般意义上的黑暗，女作家“一方面看到了当时没有实现现代化转型的社会带给出走的娜拉们的痛苦，另一方面她们对作为现代性话语操持者的男性身上，甚至现代性爱话语本身所有的父权意识也有疑虑”[2]。在这个倡导个性解放的时代，一切准则和话语实际上更多地是在为男性实现个人私利和满足本能欲望提供契机。庐隐、石评梅等“五四”一代的自我意识觉醒者最早表达了她们的怀疑，她们清醒地意识到女性正在成为这个过渡时代的牺牲品。所以，她们笔下有关姊妹情谊的书写，不仅仅是在现实面前的屈服和退避，也不仅仅是个人自我认同的投射，而是同时还包含着女性受侮辱者联合起来，改变不合理的社会性别秩序的诉求和希望。

于是，出走后的女性如何真正完成妇女解放成为需要考量的问题之一：“现在我国的女子教育，是大失败了，受了高等教育的女子，一旦身入家庭，既不善管理家庭琐事，又无力兼顾社会事业，这班人简直是高等游民。”[3]究竟是与志同道合者结婚走入平庸琐碎的生活，还是怀抱独身主义继续事业的追寻？这过渡的时代耗尽了众多知识女性的苦索冥求。《弃妇》借表哥之口表达了时代感喟：“如今我失败了，我一切的梦想都粉碎了！我将永远得不到幸福，我将永远得不到愉快，我将永远做个过渡时代的牺牲者。”[4]而这牺牲者不论年龄大小：“你五十多岁了，也是一个时代的牺牲者，那知我二十多岁也是一样作了时代的牺牲者！”[5]要改变解决这些冲突，就必须革命，而革命不是一日之功，所以，幸福愿望便只永远是个不能实现的梦，一方面肉体受着切肤的压迫，一方面灵魂也得不到理想中的安慰。急风暴雨、王纲解纽的思想文化变革并没有为妇女的解放准备充足必备的条件，当女性被男性启蒙者鼓噪着走出家庭、走上社会的时候，才发现社会并不能够给她们以栖身之处，社会也没有能够给她们提供可以获得经济后盾的职位，真实的性爱体验与现代性爱理念之间的落差更是她

① 庐隐：《时代的牺牲品》，《庐隐选集》（上），福建人民出版社 1985 年版，第 320 页。
② 徐仲佳：《性爱问题——1920 年代中国小说的现代性阐释》，社会科学文献出版社 2005 年版，第 247 页。
③ 庐隐：《胜利以后》，《庐隐选集》（上），福建人民出版社 1985 年版，第 289 页。
④ 石评梅：《弃妇》，杨扬编：《石评梅作品集·诗歌小说》，书目文献出版社 1983 年版，第 159 页。
⑤ 石评梅：《白云庵》，杨扬编：《石评梅作品集·诗歌小说》，书目文献出版社 1983 年版，第 204 页。

们所无法回避的，“现代性爱要求个人主体性的张扬，但是当时的社会却连一个符合现代性爱理想要求的男性都没有为她们准备好，更不要说供给她们自由张扬个人主体性的更大的社会文化语境”[①]。于是，她们或者忏悔以往的孟浪，寻求旧家庭的宽恕和重新接纳；或者就此投入另外一个牢笼，在从属于丈夫的家庭里做一个旧式的女子，找到一个稳定的经济来源；或者干脆死亡、堕落……陷于苦闷、彷徨以至绝望的她们，在无所皈依和无可寻求中只好以各种各样的方式来消磨残存的生命，抱定了“过渡时代的牺牲品”的观念，或在死亡的想象中，或在肉身的虐待中，或在疾病的自恋中，或在狂躁的消耗中，实现生命的尽早完结。

于是，有关生命长度、形态以及质量的潜意识设计，严重影响着她们生命的真实存在，从自恋、恋物、恋尸到恋死，对死亡情境的迷恋和构想成为其文字书写的主要意象。备受诅咒和戕害的身体不是那么容易被灭绝，她们一边进行自戕的描摹，一边享受着自虐的满足，在自我的注视下完成个体的自我牺牲过程。庐隐说：“评梅天生又有一种神秘的思想，她愿意自己是一出悲剧中的主角，她愿意过一种超然的冷艳的生活。”[②]正如研究者所言：“她仿佛一厢挣扎于红尘扰攘中苦痛地呻吟，一厢又站在云端，艺术地观照和记录自己的悲欢。这样，半是命运捉弄，半是心生‘魔障’，石评梅以一个美丽而又苍凉的手势完成了自己的人生之旅。”[③]毕竟她们不能即刻消灭或者无视个体的生命之躯——肉体的真实存在，于是她们“给自己制造了一个肉体的囚牢，自己同自己为敌，自己埋葬自己的青春生命，并在这埋葬中欣赏自己心造的崇高悲剧的幻影”。[④]从而成为自己所排演的文学和人生戏剧的导演，实现心理的预期和自我的满足，并完成了表演者、观看者和书写者的三位一体。在一个倡导道德至上的社会中，个体幸福与外在道德秩序之间的紧张关系往往迫使人们不得不从真实感受的对立面进行道德上的倡导，通过反复的阐释和欣赏，最终认同那种外在于个体幸福的价值。于是，“是这个被社会历史塑造出的奇特影像，而不

① 徐仲佳：《性爱问题——1920年代中国小说的现代性阐释》，社会科学文献出版社2005年版，第247页。

② 庐隐：《石评梅略传》，《只有梅花知此恨》，上海古籍出版社1999年版，第24页。

③ 黄红宇：《陨梅孤魂》，《只有梅花知此恨》，上海古籍出版社1999年版，第5页。

④ 刘思谦：《“娜拉”言说》，上海文艺出版社1993年版，第74页。

是天然的自我欲望，真正令人们心醉神迷，这本身就体现了历史与个人最大限度的融合。人们在这一维度上进行自我呈现，不可逃脱地成为‘表演者’”①，庐隐、石评梅有幸成为这过渡时代的觉醒者和牺牲者，同时也不幸地成为这自我牺牲的表演者、观看者和书写者。如果将时代女性的牺牲比拟为一场演剧，那么，庐隐、石评梅就同时扮演着该剧目的编剧、导演、演员、观众等多重角色，在自我呈现和自我观看中完成了“过渡时代”女性牺牲过程的排演和记录。

“一切事物，在转变中，是总有多少中间物的。”② 先行者鲁迅提出的“历史中间物”概念成为“五四”新文化精神的时代话语符码，这一方面表达了新旧文化交替之际方生方死的万物诸象，另一方面也表明进化论启迪下时代精英的个体生命价值指认。“过渡时代的牺牲品”作为此一概念更加通俗和明确的衍生表述，体现出庐隐、石评梅等“五四”知识女性对时代话语符码的有效接受和认同，同时也昭示了女性在主要由男性所开启和引导的中国妇女解放运动中所付出的巨大精神牺牲和身体代价。庐隐、石评梅是现代文学中比较早地将疾病、身体、爱情、死亡、革命等议题交织在一起进行书写的作家，不仅昭示了“五四”知识女性在启蒙时代的真实体验，也将引起人们对此后“革命＋爱情”小说的更为深入的思考。无论是公共领域里的初次登场、成为注视焦点还是最后的黯然退却，以“身体”为依托的女性主体都不再是被动的牺牲者，而是一定意义上的历史的主动承担者。庐隐、石评梅藉此完成了关于自我的书写，而这书写也完备地诠释了她们自身。她们清醒地看到了身处的绝望和死亡，依然从容不迫地艺术地完成了她们自己。正是基于对“过渡时代”的高度自觉和坦然担当，她们的这一自我形塑过程更显悲情，也更令人沉思。

① 黄东兰:《身体 心性 权力》，浙江人民出版社 2005 年版，第 202 页。

② 鲁迅:《写在〈坟〉后面》,《鲁迅全集》(1)，人民文学出版社 2005 年版，第 302 页。

论现代女性小说的反传统家庭书写
——以萧红、苏青为例

作为现代作家的萧红，其创作活跃于1933年至1941年[①]，创作活动与其逃亡和漂泊的人生历程相始终，从哈尔滨、青岛到上海，再经由临汾、武汉到香港。而作为现代作家的苏青，其创作活跃于1935年至1948年[②]，创作活动主要在上海进行。萧红在上海的时间大体在1934年11月至1937年9月，可惜与当时一面做着家庭妇女，一面偷偷写作的苏青没有谋面的可能。出生于1914年的苏青和出生于1911年的萧红毫无疑问是同代人，尽管她们的家庭、出生、经历、婚姻、身后命运及其作品价值等都不尽相同，但在颠覆传统家庭的文学叙事当中却表现出了相对的一致性。她们对另类家庭成员命运的书写成为对传统家庭叙事的反动，鳏寡孤独群体、生老病死都成为她们笔下的主要表现对象，尤其是对强有力的封建家长的祛魅/缺席/反讽的叙事策略，不仅如此，还表现在她们不但以自己身体力行的切身经验反抗了传统家庭中对女儿、媳妇、妻子和母亲的传统角色定位，而且对男权社会中的家庭秩序以及权力关系进行了颠覆与重构；不但将女性一直为封建伦理道德规范所遮蔽着的女体景观、性心理、性行为以及生育场景带到敞亮当中，带来以往文学描写前所未有的震撼，而且在丑与血的现实摹写中给予虚伪的封建家庭政治以致命的揭露和打击，显示了

① 1933年与萧军小说合集《跋涉》由哈尔滨"五日画报印刷社"出版，1941年出版《马伯乐》，写就《小城三月》并发表，1942年病逝香港。

② 苏青的处女作《生男与生女》，载《论语》第67期（1935年6月16日），长篇小说《歧途佳人》1948年12月由四海出版社出版，1949年没有创作，1950年曾在香港《上海日报》发表散文多篇，之后转向戏剧行业。

她们作为二次出走的现代女性，对封建家庭罪恶清醒而深刻的认知以及对自我主体身份和人格自由的不懈追求。

一　否定：反传统家庭叙述的起点

家庭作为社会构成的一个基本单位，是指由一男一女及其后代所组成的基本社会群体，是初级的社会群体，又是社会生活的构成细胞。家庭是以婚姻关系为基础，以血缘关系或收养关系为纽带的一种社会组织形式。婚姻是家庭的起点，夫妻关系则是家庭关系的核心，由此产生出父母子女关系和兄弟姐妹关系。家庭还是人类自身生产的社会单位，为其成员个体提供基本的生存和发展环境，在不同的社会经济、政治、文化条件下，家庭的性质、结构、功能等会有所不同。家庭功能一般包括经济的、生殖繁衍的和教育后代的三个方面。这是社会学视野中客观的家庭构成及功能描述，但在数千年的中国男权中心主义文化构建中，家庭已经成为一个密不透风的伦理体系，家庭成员的角色定位和关系链条几近僵化，形成了绵延至现代的封建家长制家庭："家长制是一种社会关系、社会现象，它表明家庭这个生活共同体中这样的一种关系：家长是家庭中的绝对权威，握有极大的权力，家庭其他成员与家长是支配与被支配、统率与从属的不平等关系。这种家庭、家族制度，就是家长制。"[①] 封建家长制家庭有其一系列不可逾越和违背的系统和规约，漫长的封建社会凝固了其完整性、稳定性、长远性以及严谨的等级序列，从而"在封建家长制家庭中，男性的父子关系是中心，妇女处于卑下的地位：'妇人有三从之义，无专制之道，故未嫁从父，即嫁从夫，夫死从子。'妇女身受父权和夫权的双重压迫，父对子女、夫对妻都握有支配权力，这是家长制的一个重要特点"[②]。所谓的"男女有别"即意味着男女不平等，妇女处于无权和被压迫的地位。

在这个意义上，家庭成为"女性被派定的归属，同时也是牢笼，将她与世

① 王玉波：《历史上的家长制》，台北：谷风出版社 1988 年版，第 1 页。

② 同上书，第 27 页。

隔绝，蛰居于被动驯服的无自我意识状态”[①]。妇女的卑下地位，不但是封建家长制家庭生活的一个特点，也是政治生活的一个特点，女子从出生开始，就面临着生存权问题。女婴即便不被杀害（溺死为多），生下来即受到不平等的待遇，没有出入自由，更没有读书识字的权利。最重要的是经济权的被剥夺：未嫁之前，由于家事统于一尊，家庭财产的所有权、支配权都属于男性家长，毫无经济权利；出嫁以后，根据封建体制：“子妇无私货，无私蓄，无私器，不敢私假，不敢私与”，即便自己的嫁妆也不属于个人的私有财产。男性家长的绝对权威还突出地表现在对妇女家务劳动的奴役和剥夺上；此外，“一夫一妻”制的单方面性决定了妇女必须履行残酷的贞节义务；封建的“七出”使离婚成为男性单方面的权利。因为男性在家庭中掌握着更多的经济权和活动权，所以，女性的角色被定位在性、生育和家务劳动当中，妇女在承担着如此不堪重负的身体付出的同时，还被套上紧箍咒一样的精神枷锁：三从四德，男尊女卑……，既要服从男人的差遣和命令，还要有妇德、妇言、妇容、妇功。所有这些都使妇女的地位更加卑下，必然依附于男性而存在，丧失自我的独立人格。

因此，女性的历史是一部陷入家庭、并被囚禁于家庭的历史，家庭中的女性的命运是被奴役和被物化的，男权中心主义以它坚固如金字塔般的统治创造和规定了女性的角色、命运，女性在对自己真实处境的压抑、藏匿、掩盖以及抹杀中成为男性美满家庭的道具之一。作为女儿她是父母待价而沽的商品——转赠给男方的一件礼物；嫁人之后则成为夫家传宗接代的工具——一个盛着男婴的容器。家庭的罪恶一度成为五四新文学反映和控诉的焦点，如鲁迅的《祝福》、曹禺的《雷雨》以及巴金的《家》等。现代以来，女性的解放使封建家长制家庭固若金汤的结构产生了不可弥补的裂隙，女性的声音从这裂隙当中挣扎而出，以异质的话语表达了被遮盖千年的女性家庭生活的真实内幕，给封建传统的男性家庭叙述以釜底抽薪式的拆解。女性反家庭论述的共同点在于对父权家庭及女性从属于家庭之历史、现实命运的否定。五四时期的女作家作品对此类问题稍有涉及，却不够深入，直至萧红和苏青为代表的第三代女作家作品中，才有了非常明显的反家庭叙述：

---

① 《中外文学》卷 18 第 10 期，第 51 页。

> “反家庭”叙述正是这种“否定”形式的一种表现。它以对男权家庭所作的“否定性”表现，即通过对男权家庭的反面描述，潜在地或公开地否定了“建立在公开的或隐蔽的妇女的家庭奴隶制之上的”、“构成现代社会总体”之分子的“个体家庭”的父权本质，表现了女性对家庭的认识，对父系社会摊派给女性的归属与命运的质疑和否定。①

这种反家庭叙述不仅表现在萧红、苏青的个人叙述中（其作品多数具有自传性质），而且更多地体现在其文学性的叙述和想象中，尽管她们对封建家长制家庭的否定方式、否定方面不完全一致，但都涉及这样几个关键方面：（一）对封建家长制家庭的完整性与温情假面的拆解；（二）对封建家长制家庭中女儿、媳妇、妻子、母亲与父亲等角色和伦理关系的否定；（三）对传统家庭中性别关系的重新书写；（四）对性关系中的女体及其孕育禁忌的颠覆。

二　坍塌：传统家庭的构架和秩序

如果说男权中心主义文化曾经构筑了一个虚幻的“之子于归，宜室其家”的美满的家庭神话，萧红和苏青的反家庭叙述首先就从这里发难：将残缺的家庭、冷漠的家庭关系以及受难中的女性突兀地呈现，还女性生存以真实的处境，将家庭的圆满、和乐、温情以及稳固进行了无情的嘲讽和颠覆。《王阿嫂的死》是萧红的第一篇小说，死了丈夫的王阿嫂在生孩子的时候也死掉了，只留下孤独孱弱的病女小环飘忽着……《弃儿》同样讲述了一个受难的孕妇，在一种光明而崇高的理想中将自己新生的孩子丢弃了……《看风筝》中的老人，鼻涕在胡须上结起了冰条，仍然在夜风中奔波，他的女儿三天前死在了工厂里……《夜风》中的老祖母反复地抖着小棉袄，穷妈妈抱着病孩子在挣扎……《牛车上》五云嫂的丈夫做逃兵被枪杀了，孤儿寡母继续着苦难的人生长途……《桥》

① 陈晓兰：《女性主义批评与文学阐释》，敦煌文艺出版社 1999 年版，第 171 页。

中的黄良子给别人的孩子做乳母，竟至自己的孩子落水死掉了……死难、苦痛和残缺成为这些作品显豁的主题意象，有受难而死的、有尚存一息的、有盲目挣扎的，零落的成员构成了萧红笔下残缺的家庭，缺失的爱和关怀成为既定的家庭关系。萧红的大部分作品中出现的都是那些被称为鳏寡孤独的人：被父母抛弃的幼儿、死去了子女的老人、凄凉的寡妇、孤独的鳏夫……有二伯、冯歪嘴子、磨倌、小环、祖父……"幼雏伴孤老"成为萧红笔下的主要家庭模式。而这样一种模式的设置与出现至少意味着金字塔般的封建家长制家庭结构的坍塌和解体，高高在上的权威消匿了，序列完整的家庭成员体系分崩离析了，其完整性、稳固性以及等级次序在这样否定式的叙述中消失不见了。

不仅如此，残缺和死病的反家庭叙述中，亲情的残缺成为残缺中的残缺：《生死场》中金枝的母亲一向很爱护女儿，可是当女儿败坏了菜棵，母亲便去爱护菜棵了，一株茅草也要超过人的价值。家庭中母性的消泯触目惊心，对女儿的爱护尚不如一株茅草。《呼兰河传》婆婆对小团圆媳妇的摧残更是令人发指，但她却在众人面前企图扮演传统的"好婆婆"的角色：

> 她来到我家，我没给她气受，哪家的团圆媳妇不受气，一天打八顿，骂三场。可是我也打过她，那是我要给她一个下马威。我只打了她一个多月，虽然说我打得狠了一点，可是不狠哪能够规矩出一个好人来。我也是不愿意狠打她的，打得连喊带叫的，我是为她着想，不打得狠一点，她是不能够中用的。有几回，我是把她吊在大梁上，让她叔公公用皮鞭子狠很地抽了她几回，打得是有点狠了，打昏过去了。可是只昏了一袋烟的工夫，就用冷水把她浇过来了。是打狠了一点，全身也都打青了，也还出了点血。可是立刻就打了鸡蛋青子给她擦上了。也没有肿得怎样高，也就是十天半月地就好了。这孩子，嘴也是特别硬，我一打她，她就说她要回家。我就问她："哪儿是你的家？这儿不就是你的家吗？"她可就偏不这样说。她说回她的家。我一听就更生气。人在气头上还管得了这个那个，因此我也用烧红过的烙铁烙过她的脚心。谁知道来，也许是我把她打掉了魂啦，也许是我把她吓掉了魂啦，她一说她要回家，我不用打她，我就说

看你回家，我用索链子把你锁起来。她就吓得直叫。①

“回家”是小团圆媳妇被持续暴打的原因，何以“回家”便成了致死的原因呢？既然被送到这里，她的“父母之家”决计不要她了，即便回去不是同样遭打就是遣送回来，“丈夫之家”本应是她成年后的家，作为家长制权威的同谋的婆婆对她的管制也是合乎封建家长制家庭的“应有之道”，所以，小团圆媳妇无论在哪里都摆脱不了被虐打的命运，而她的“回家”的吁求不就是对于所谓的“家”的凶残和虚伪本质的嘲讽吗？何况恶毒的婆婆还在以道义的面目和说教来获取围观者的同情。其实，就连她养的鸡也要比团圆媳妇娇贵多了：

养鸡可比养小孩更娇贵，谁家的孩子还不就是扔在旁边他自己长大的，蚊子咬咬，臭虫咬咬，那怕什么的，哪家的孩子的身上没有个疤拉疖子的。没有疤拉疖子的孩子都不好养活，都要短命的。

养活小鸡，你不好好养它，它不下蛋。一个鸡蛋，大的换三块豆腐，小的换两块豆腐，是闹玩的吗？②

所以，她的儿子踏死了小鸡仔，被她打了三天三夜；小团圆媳妇的大腿也被拧得像一个梅花鹿似的青一块、紫一块。五千多吊令她倾家荡产的钱花光了，小团圆媳妇也被折磨死了，她自己因为心疼钱疯掉了，她的另外一个儿媳跑掉了，一个封建家长制的家庭就此破产。

同样，苏青的出身虽然在地域文化和家庭背景方面迥异于萧红，但她们对于封建家长制家庭的反讽和否定却如出一辙。《胸前的秘密》中的广才爹和《朦胧月》中的俞老先生都是失去了家庭权威的孤独老人，而阿青和蓝因则是陪伴着他们落拓岁月的幼雏。长篇小说《结婚十年》和《歧途佳人》中的父亲形象则是缺席的——他们都在她们幼年的时候死掉。为了生计，母亲为她们定下了亲事，借助于对方经济上的支持，她们或者可以完成学业，或者勉强维持生

① 萧红：《呼兰河传》，《萧红文集》(2)，安徽文艺出版社1997年版，第130页。
② 同上书，第134页。

活。而等到结婚后，母亲也不再是原来的母亲，她们之间变得生分和客气，结婚后的怀青找个理由回了娘家，出乎意料的是："这样多日不去之后，去时亦住不惯，东西安放在什么地方都不知道了，我只觉得母亲渐渐地变得生疏起来，而夫家一时又不能厮熟，因此自己心中只觉得不落位。"[①] 在"父亲之家"和"丈夫之家"的转换过程中，根本就不曾存在一个女性自我的家。《歧途佳人》中的符眉英没有结婚，半生为生计奔劳，生肺病后住在医院里，世材嫂子更宣扬这样的观点："我们女人生来是苦骨头，不大容易做毛病，就是做了毛病也会带病延年，不比得他们男人家要紧。古人有句话，这叫作男人是七宝金身，女人乃五陋之体。如何可以一样看待呢？"[②] 女主人公虽以独身的决定对封建家长制的家庭进行了个人的反抗，但依然无法祛除历史强加于女人身上的卑微者的印记。

可以看出，亲情和基本的人际温情的缺失使家庭成为冷酷的世界，人性内涵的空洞将封建家长制家庭温情脉脉的面纱卸除。而且，萧红和苏青作品的反家庭叙述并不止于此，沿着家庭伦理生活的程式和步骤进入更加深入的内幕的解构过程。家庭生存的主题和生老病死息息相关：年轻的死、生产的死、疾病的死、战争的死、饥饿的死，以及孤独的无声的死。《呼兰河传》抒发了漂泊异地的无家者对记忆和想象中家的今夕感慨，特别集中地表达了家庭成员生老病死的主题意象：

> 生、老、病、死，都没有什么表示。生了就任其自然地长去；长大就长大，长不大也就算了。
>
> 老，老了也没有什么关系，眼花了，就不看；耳聋了，就不听；牙掉了，就整吞；走不动了，就瘫着。这有什么办法，谁老谁活该。
>
> 病，人吃五谷杂粮，谁不生病呢？
>
> 死，这回可是悲哀的事情了，父亲死了儿子哭；儿子死了母亲哭；哥哥死了一家全哭；嫂子死了，她的娘家人来哭。哭了一朝或是三日，就总得到城外去，挖一个坑把这人埋起来。

---

① 苏青：《苏青文集》（上），上海书店出版社 1994 年版，第 87 页。

② 同上书，第 402 页。

就像磨坊里的磨倌所永远不明白和不记得的：你们那些手拿着的，脚踏着的，到了终归，你们是什么也没有的。没有了母亲，父亲早死了，该娶的时候娶不到所想的；到老的时候看不到子女成人就先累死了。他的老婆王寡妇死了，给他生的孩子也死了，他成为一个孤独的老男人。在生的世界里没有温暖和爱，纷沓而至的是生老病死。对于死去的家人，活着的人又如何呢？

> 埋了之后，那活着的仍旧得回家照旧地过着日子。该吃饭，吃饭。该睡觉，睡觉。外人绝对看不出来是他家已经没有了父亲或是失掉了哥哥，就连他们自己也不是关起门来，每天哭上一场。他们心中的悲哀，也不过是随着当地的风俗的大流逢年过节地到坟上去观望一回。①

生时残缺，死后冷漠，这就是封建家长制社会所描绘的虚幻的温情脉脉的家庭图景。不仅母女之间没有感情，父女之间更处于仇视状态。这里的父亲形象或者是缺席的，“代表传统父权的男性角色消踪隐迹。在女性作家的故事里，女主角往往自幼失父，传统中的父亲影像自始至终未曾出现在她们的生命里。”《结婚十年》和《歧途佳人》中的父亲在她们幼年的时候就死掉了；或者是家庭的暴君，“偶然打碎了一只杯子，他就要骂到使人发抖的程度。后来就连父亲的眼睛也转了弯，每从他的身边经过，我就像自己的身上生了刺一样；他斜视着你，他那高傲的眼光从鼻梁经过嘴角而往下流着”②。他不但“对我是没有好面孔的，对于仆人也是没有好面孔的，他对于祖父也是没有好面孔的”。就连新娶来的母亲也渐渐地怕他，而邻家的女人也是怕男人，舅母也是怕舅父，所以，当祖父死了，“以后我必须不要家，到广大的人群中去，但我在玫瑰树下颤怵了，人群中没有我的祖父”③。无论是缺席的父亲，还是暴虐的父亲，都是女性写作对封建家长制权威的否定，从而传达女性自我觉醒和反抗的声音。

---

① 萧红：《呼兰河传》，《萧红文集》（2），安徽文艺出版社 1997 年版，第 33 页。

② 萧红：《永远的憧憬和追求》，《萧红文集》（3），安徽文艺出版社 1997 年版，第 187 页。

③ 萧红：《祖父死了的时候》，《萧红文集》（3），安徽文艺出版社 1997 年版，第 53 页。

由此，萧红和苏青的作品不但瓦解了家庭的完整性、长久性以及家庭成员之间基本的关心和爱护，而且嘲讽了父亲的权威和母亲的温情。这里只有挣扎于家庭的暴君和自然的暴君脚下的、受难的病弱的痛苦的女性以及渐渐失去了往日的权威空洞地存在着暮日辰光的老男人。苏青的作品中还大量存在着这样的一批另类的女人：如白家寡妇，蛾，母亲，祖母等，早早地失去了男人，为着不明所以的人生默默捱守光阴，她们是被压迫惯了的，奴性在她们的身上已经视若无睹——被高度内化了，她们就是被封建家长制的父权和夫权摧残迫害以至于最终完全屈服了的女人，她们的生活空间如张爱玲所说的永远处在“没有光的所在”。值得注意的是，马伯乐的形象却是萧红笔下有意味男性的代表，他不仅是懦弱和可笑的，从少年、青年直到成为父亲，无论学习和逃难生活都有相当的讽刺和描画。实际上，在萧红笔下的男人系列中，确实存在着去势男人的势的由强到弱的系列变化过程，为数众多的老男人形象即是其时间线索上的展开，或者失去了老婆，或者失去了子女，既失去了施展权威的条件，也丧失了权威本身；既享受不到一切人伦之爱和温情，又必须承受孤独、凄凉的命运。苏青和萧红笔下这些失了势的老男人和高度奴化了的老女人形象互相映衬，组合为一个破落的衰老的濒临灭亡的封建家庭图景。

三　欲望：家庭中被压抑的女性

毋庸讳言，性别关系应该是家庭关系中最基础且核心的部分，性的欲望和性行为相应地也成为家庭活动的重要部分。但是，女性的有关性的话语在传统的家庭叙述中却是被高度遮蔽的，可以从很多的男性叙述中感受到男性能力的强硬和持久的自我称许，却没有女性的只言片语。石破天惊一般地，苏青的作品呈现出相当直白的欲望化书写。短篇小说《蛾》的女主人公，被包围在漫长和无名的寂寞与空虚生活环境当中：瞧到的是空虚，嗅到的是空虚，感到的也还是空虚。没有快乐，没有痛苦，什么也没有，黑暗的房间冷冰冰地，只有她一人在承受无边的永久的寂寞与空虚。于是，她发出了女性欲望的历史性的呐喊：

我要……!

我要……!

我要……呀![1]

这寂寞中的爆发，被压抑在历史地表之下的她的呼喊，冲破了千年女性欲望的缄默事实。“长久以来，女人被教养成害怕去面对自己心中那强烈的渴望——‘要！’的声音。对个人欲望的恐惧使之变得可疑而强大，压抑真相的后果也只会使得它变得更强大。因为害怕无法超越自己内部的扭曲，使女人变得温顺、忠诚以及服从由他人定义的人生，更甚者，它使得女人甘于接受各种压迫。一旦认清了这个真相，那些无助于女人未来的恐惧，就会失去力量而变得可以改变。”[2]这样的来自女性本能自然需求的声音无疑会使封建卫道者骤然变色，感受到男性权威的动荡甚或碎裂。这里“黑色的房间”是女性生存或者性爱生活的隐喻空间，面孔姣好的男人便成为灯光，女人则成为扑火之蛾。在付出了痛苦的流产的代价后，女人仍然坚持：“请你不要笑话我，我是还想做扑火的飞蛾，只要有目的，便不算胡闹。”[3]苏青对两性心理的描写大胆而细致，在男人接近她时，“身躯本能地颤动了一下，似乎有温暖从心内发散出来，弥漫到全身”，借助于灯光的流淌，细微地描写了两人的性心理波动。然而身体的贴近和疯狂之后，她却感觉到心思离得更远了，而“黑暗的房间，更加黑暗了起来”。这里黑暗的浓重确乎是男权解构的隐喻之笔，对于女体而言，男人其实不也仅仅是作为“性物”而存在吗？这是对女性命运的反拨，也是对于男人内在虚弱性的讥刺。无怪婚姻中的怀青感叹：“结婚真没有多大意思，说到两个人的心吧，心还是隔得远远的；说到男女间快乐，一刹那便完了，不过十分钟，却换来十月怀胎，十年养育的辛苦。”[4]从而使女性的经验得到充分地呈现，

① 苏青:《苏青文集》(上)，上海书店出版社 1994 年版，第 3 页。

② 奥菊·罗德:《情欲之为用》，顾燕翎、郑至慧主编:《女性主义经典》，台北：女书文化事业有限公司 1999 年版，第 269 页。

③ 苏青:《苏青文集》(上)，上海书店出版社 1994 年版，第 7 页。

④ 同上书，第 77 页。

作为人类经验的常态之一，她不再是“例外”与“偏差”，女性经验的挖掘和展示，不但有助于对人类及世界理解的多元性，而且可以呈现女性经验的整体性以及性别关系中存在和担当的个体性。

类似的性心理描写在中国现代女作家作品中确不多见：“每当我写信给他的时候，便有一个粉面朱唇，白缎盔甲，背上插着许多绣花三角旗的人儿在我眼前晃来晃去，我的心给他摇动得厉害了，便想呕出些字来，稍稍可以宽舒一下。”[①] 结婚前的怀青这样想象和保存了对未来丈夫的情爱欲望，但并不如意的婚姻生活很快中断，婚后回到学校的怀青却怀春了，她的心飘到软绵绵的桃色云霄：“我需要一个青年的，漂亮的，多情的男人，夜夜偎着我并头睡在床上，不必多谈，彼此都能心心相印，灵魂与灵魂，肉体与肉体，永远融合，拥抱在一起。”[②] 如此坦然地展露本属于女人的自然而自觉的生理和心理欲求，将女人的情欲书写公开地带向公共领域，因为“情欲是根植于每一个人身上的资源与力量，但每一种压迫为了其本身的延续，都必须极尽所能去腐蚀、扭曲被压迫者足以从事改革的各种力量，这当然包括对女人情欲的压制，因它富有提供女人力量与资讯来源的无限潜能”[③]。无疑，婚姻中女性的情欲是被高度压制的，苏青的情欲书写就在于将被压抑的事实毫无顾忌地推向公共领域，借此实现对封建男权家庭以及男性权威的根本批判。女人的情欲在传统家庭中是讳莫如深的话题，不但不可以说，更不可以产生，所以，“女人一向被教导要去质疑这种资源，去毁谤、凌虐或贬抑它。西方社会一方面以肤浅的情色标志了女人的次等地位；另一方面又让女人因情欲的存在而受苦，并且感到卑贱而自我怀疑。这种负面的感觉很快就会变成错误的信念，以为只有透过压抑日常生活与意识中的情欲，女人才可能强大。但是这种通过压抑所得到的力量是虚幻的，它是在男人权力模式的脉络中形成的”[④]。就此而言，苏青写作的女性主义意义远远超越了五四一代的女作家们。

---

① 苏青：《苏青文集》（上），上海书店出版社1994年版，第54页。

② 同上书，第56页。

③ 奥菊·罗德：《情欲之为用》，顾燕翎 郑至慧主编：《女性主义经典》，台北：女书文化事业有限公司1999年版，第265页。

④ 同上。

于是，众多的文学叙述着类似的男人对女性欲望的威胁和恐吓：性是危险的，如洪水猛兽；是耻辱，肮脏不堪；是禁忌，宁愿身死而不能言性。“男性世界不断告诫女人要在生活中抗拒情欲，造成女人不相信从自己最深沉以及非理性的知识中衍生的力量。男性世界并非不重视情感，但他们处理情感的方式却是要女人环绕在其周围，控制她们，让她们为其服务利用。但同时，男人也害怕面对女人情欲的深度所引发的种种可能，所以女人总是被维持在有距离的、次要的位置上，以便持续地被男人榨取，就如同工蚁维护着蚜虫的群落，以供给它们主子的生存所需一般。”① 通过话语机制和距离控制等方式，男性维持着自我的强悍外表，这正说明男权中心主义家长制内在的虚弱和匮乏。但是，无论女性如何，女性总是作为一个互相交换的物品而存在，“不管社会的性质是什么——父权制、母系、父系等——总是男人交换女人。女人成为交际中的示意符号”②。交换的根本基础是经济，如苏怀青和符小眉由“母亲之家”至“丈夫之家”的转换。但也存在着另外的交换缘由，被男性强行占有的女体因为占有者而被铭刻上了所属的记号，而不能不成为他的家庭里的奴隶，所以，此种女体或女性的命运将更加不堪。在萧红的《生死场》上，媾和着的男体和女体和动物一样的充满着野性和兽性，急促与贪婪：

> 五分钟过后，姑娘仍和小鸡一般，被野兽压在那里。男人着了疯了！他的大手故意一般地捉紧另一块肉体，想要吞食那块肉体，想要破坏那块热的肉。尽量地充涨了血管，仿佛他是在一条白的死尸上面跳动，女人赤白的圆形的腿子，不能盘结住他。于是一切音响从两个贪婪着的怪物身上创造出来。③

当他们受到惊扰，发育完全的青年汉子带着姑娘，像“猎犬带着捕捉物似

---

① 奥菊·罗德：《情欲之为用》，顾燕翎 郑至慧主编：《女性主义经典》，台北：女书文化事业有限公司 1999 年版，第 265 页。

② [英]朱丽叶·米切尔：《父权制、亲属关系与作为交换物品的妇女》，张京媛主编：《当代女性主义文学批评》，北京大学出版社 1992 年版，第 431 页。

③ 萧红：《生死场》，《萧红文集》(1)，安徽文艺出版社 1997 年版，第 236 页。

的”走下高粱地去，他的手是在姑娘的衣裳下面展开着走。这里，男人犹如猎犬，而女人只是被擒住的捕捉物，她既明白被擒获的命运，但却不能控制被捕获后贪婪的满足，于是，她“仿佛一块被引的铁跟住了磁石”，一次次地奔向河沿甚至茅屋与她的猎犬约会，去享受被擒获的快感。尽管“河沿不是好人去的地方”，金枝的母亲一再叮咛：“记住，不许到河边去”。有着同样命运的成业的婶婶也是在河沿“出的事”，但她说：“在马房里，我什么都完啦！可是我心也不害怕，我欢喜给你叔叔做老婆。”女性的本能的欲望无论处于什么境地都无可压抑，而男性对女性的身体的迫害也从性开始，紧随而来的孕育的恶心、痛苦以及恐怖缠绕和袭击着金枝：

> 金枝过于痛苦了，觉得肚子变成个可怕的怪物，觉得里面有一块硬的地方，手按得紧些，硬的地方更明显。等她确信肚子里有了孩子的时候，她的心立刻发呕一般颤索起来，她被恐怖把握着了。奇怪的，两个蝴蝶叠落着贴落在她的膝头。金枝看着这邪恶的一对虫子而不拂去它。金枝仿佛是米田上的稻草人。①

这种审丑的性爱和孕育叙述和萧红的个人体验有密切关系，但就对传统家庭秩序的颠覆而言，美感的消失、邪恶的快感具有非同寻常的讽刺作用。先占有再论及婚嫁进入家庭，这几乎是底层女性的悲剧性命运的开始。一旦进入家庭，金枝们的命运就更加悲惨了：不仅妇人的刑罚就要降临到她的身上，而且和别的村妇一样，已然感觉到男人是怎样炎凉的人类。无偿地为男人贡献着身体，生育着孩子，无休止地劳动，亲生的女儿却被自己的男人摔死了。

怀了男人的孩子而不得不嫁给这个男人与嫁给这个男人必须为他生养男性子民是女性不可摆脱的家庭宿命。但家庭性别关系中的男人恰恰相反，表现出强烈的对女性自然欲望的宰制和迫害：怀青的丈夫不喜欢她有大志，也不愿她向上好学，女子的学识太高即使不难看，也要使男人敬而远之。女人读书不是件坏事情，没有一个男人愿意让太太爬在自己头上显本领。“父权社会通过亚属

① 萧红:《生死场》,《萧红文集》(1)，安徽文艺出版社1997年版，第243页。

国家机器——家庭和婚姻，通过伦理秩序、概念体系等直接的人身强制手段，实行对女性的社会——历史性压抑”[①]，从而在丈夫的重重限制和琐碎的生活的压榨中，她终于失却了欲望的热情。当丈夫向她求欢时，“我木头似的没有感觉，只想起件毫无趣味而不关紧要的事，对他说道：‘我看厨房里的一块抹布已经坏了，最好把房里用的一块较好的抹布拿下去，把你的洗脚毛巾移作房间抹布用，再把我的手巾给你做洗脚布，我自己……”[②]这是否证明了男性对女性欲望的成功压制呢？苏青的欲望书写对性爱的讽刺、挖苦以及无奈即便不是空谷足音，也可以说是前无古人了。

究其本质，还因为“这个世界是男人的，只有男人可以享受爱，爱就是促成交合同时还能够助兴的东西，男人到了中年后渐渐明白过来了，觉得它太麻烦费时，要讲究享受还得另外用一种东西来代替它，这种东西便是钱，钱在男人手里，谁能禁止他们同时大量的或先后零碎的一个个买爱”[③]。所以，当我再次怀孕时，丈夫竟“怪我不该不坚拒，又说我这种女人真是碰不得，动不动就受胎，下等动物是顶容易繁殖的，难道不听见人家说：好花不结子”[④]。对于既定两性关系的即将和遭受打破，丈夫曾不止一次地流露出不满、厌恶、恐惧和抗拒，对妻子一系列行为的干涉即是如此；他也不止一次地企图重建他在家庭中的地位，当他已经无法在妻子面前实现男性权威时，就将它转移到女儿身上。因此，贤对于女儿菱菱的近乎变态的爱和呵护，具有多重的象征意味，至少表明是一种权力的转移和重建，至于对家里仆妇等的要求也同样表现出对权力关系的内在心理诉求。

无论苏青对女体欲望的张扬，还是萧红对女体欲望的表露，都无一例外地申述着女性主体的本能自觉，女性欲望话语的出现本身就已经是对封建家长制的性别关系的否定，而当苏青和萧红的书写借由女性欲望的被不断地压抑和迫害终至于消失的过程则对于封建家长制的罪恶本质进行了深层的揭露和批判。《歧途佳人》中史亚伦谈及女性身体时有一番卓见：“试问：你现在无财无势，

---

① 孟悦、戴锦华：《浮出历史地表》，河南人民出版社 1989 年版，第 125 页。

② 苏青：《苏青文集》（上），上海书店出版社 1994 年版，第 144 页。

③ 同上书，第 190 页。

④ 同上书，第 182 页。

又有什么可以给人家侵占的呢？至多也不过是一个女人的身体罢了。女人身体也是天然资本之一，在必要时，也得好好利用它。你想利用人家可要千万别说出口来，最好你还能装痴作呆，看去好像很容易被人家利用的样子。人家要想占你便宜而来，结果便宜却给你占了去了。”[①] 如此男性的实用主义身体观，不仅以自说自话的方式对男人进行了丑化，而且对女性欲望的主体性要求来说，也不能不说是一种恶毒的侮辱。

四　展览：家庭中的女体和生育

在传统家庭中，女体及其生育都是禁忌话题。在重重帘幕遮蔽的女性的囚禁场所中，等待女性的或是萎顿、或是疯狂、或就是死亡；而在专属女体的生育刑罚中，则带有更多的禁忌。[②] 男权家庭中女性的“物性”决定了她“被看”的功能，被看要求着她具备视觉上的符合男性欲望的美感要求：温柔、含蓄、文雅、娇艳等，而萧红和苏青都以女体的无以遮拦的粗俗和丑陋展示颠覆了传统男权的家庭女性叙述。“不管是在传统的西方或中国社会里，女性长久以来被视为‘性物’，换句话说，她们生存的目的，不是传宗接代，就是以身体来取悦掌有主控权的男性。……制定这种美的标准，应该是男性社会的一种利己行为。定此标准是为了取悦男性，或鼓励女性全盘采纳此一标准，以供男性享用。于是女性身体不但物化了，也商品化了。”[③] 因此，就身体美学而言，男女有着双重准则。萧红的作品不但丑化了女体，而且将新生的婴儿以及婴儿的死都进行了祛魅般的现实还原，将之前冰心笔下美化了的家庭幕布一把扯去，展露出下层女性生存血淋淋的震惊性体验。

《手》中的王亚明以及她的姐妹长着一双与众不同的手——蓝的，黑的，又好像紫的，从指甲一直变色到手腕以上。这被称为青色的手来源于她们祖

---

① 苏青：《苏青文集》（上），上海书店出版社 1994 年版，第 461 页。
② 如被称为“红房”的产房，男人是不可以进的，若进了则会有血光之灾、罪过等。
③ 郑明娳主编：《当代台湾女性文学论》，台北：时报文化出版企业有限公司 1993 年版，第 188 页。

传、全家赖以生存的染坊。这双手在她的求学过程中遭到了无以计数的难堪、歧视和侮辱：不允许出操——在走廊的窗户前张望；不允许和别的女孩一起睡——自己带着铺盖睡在过道的长椅上；最后不允许参加考试，并不是因为她的笨。当女校长用她贫血的和化石一般透明的手指去触动王亚明的青色的手时："她好像是害怕，好像微微有点抑止着呼吸，就如同让她去接触黑色的已经死掉的鸟类似的。"[①] 贫血的手或紫色的手都不会给人惯常的审美感受，不管拥有这些手的人贫瘠或富有："太太和小姐们穿着镶边的袍子从他的眼前走过，像一块肮脏的肉，或是一个里面裹着什么龌龊东西的花包袱，无手无足地在一串串地滚。"[②] 这是真正的丑恶。但月英是打鱼村最美丽的女人，"生就的一对多情的眼睛，每个人接触她的眼光，好比落到棉绒中那样愉快和温暖"[③]。当她病了，打她的男人烧饭自己吃，吃完便睡下一觉到天明——任旁边受罪的女人一夜呼唤到天明，宛如一个人和一个鬼安放在一起，彼此不相关联，最美丽的女人成了最丑陋残忍的活尸：

> 她的眼睛，白眼珠完全变绿，整齐的一排前齿也完全变绿，她的头发烧焦了似的，紧贴在头皮。她像一头患病的猫儿，孤独而无望……
>
> 她的腿像一双白色的竹竿平行着伸到前面。她的骨架在炕上正确地做成一个直角，这完全用线条组成的人形，只有头阔大些，头在身子上仿佛是一个灯笼挂在杆头。[④]

因分娩而死去的女人王阿嫂"在炕上发出她最后沉重的嚎声，她的身子是被自己的血浸染着，同时在血泊里也有一个小的、新的动物在挣扎"[⑤]，她的眼睛像一个大块的亮珠，虽然闪光而不能活动。她的嘴张得怕人，像猿猴一样，牙齿拼命地向外突出。濒临死亡无望地挣扎过的王阿嫂死了，新生下来的小孩

① 萧红：《手》，《萧红文集》（1），安徽文艺出版社 1997 年版，第 91 页。
② 萧红：《广告副手》，《萧红文集》（1），安徽文艺出版社 1997 年版，第 68 页。
③ 萧红：《生死场》，《萧红文集》（1），安徽文艺出版社 1997 年版，第 256 页。
④ 同上书，第 257 页。
⑤ 萧红：《王阿嫂的死》，《萧红文集》（1），安徽文艺出版社 1997 年版，第 11 页。

不到五分钟也死了；同样是这个受难的女人——孕妇："一个肚子凸的馒头般的女人，独自地在窗口张望着。她的眼睛就如块黑炭，不能发光，又暗淡，又无光，嘴张着，胳膊横在窗沿上，没有目的地望着。"[①] 会有人从水上来拯救这个陷于自然和人生水火中的女人吗？蓓力和芹在泛滥的洪水中相爱了，那显然不是现实的诺亚方舟："大肚子的女人，仍涨着肚皮，带着满身冷水无言地坐在那里。她几乎一动不敢动，她仿佛是在父权下的孩子一般怕着她的男人。"这受罪的女人，"身边若有洞，她将跳进去！身边若有毒药，她将吞下去……"[②] 王婆在闪电的夜里讲着她的被摔死的永远只有三岁的孩子：

> 等我想起孩子来，我跑去抱她，我看见草堆上没有孩子；看见草堆下有铁犁的时候，我知道，这是恶兆，偏偏孩子跌在铁犁一起，我以为她还活着呀！等我抱起来的时候……啊呀！
>
> ……啊呀！……我把她丢到草堆上，血尽是向草堆上流呀！她的小手颤颤着，血在冒着汽从鼻子流出，从嘴也流出，好像喉管被切断了。我听一听她的肚子还在响；那和一条小狗给车轮压死一样。[③]

就这样，老王婆一滴眼泪都没淌地去收割她的麦子去了。帕内是法国最重要和最为独特的身体艺术家，她自 1968 年开始"使用自己的身体作为材料进行创作。面对摄像机和观众损伤和虐待自己的身体，帕内将自己推向生理和心理的极限，同时隐喻性地展现出女性受虐待和伤害的社会现实"。在她看来，"身体不仅是给定的生理构成，同时也是一种社会符号系统，而伤口作为身体的记忆，唤起的不仅是痛苦的感觉，同时也是对于痛苦的认识"[④]。在萧红的诸多作品中，对女性身体的创伤、丑陋以及受难的不动声色的描写所唤起的不仅仅是痛苦的感觉和记忆，也不仅仅是对于痛苦的体认和反抗，她将女性伤残和受虐的根源指向了封建家长制的权威及其罪恶。

---

① 萧红：《弃儿》，《萧红文集》（1），安徽文艺出版社 1997 年版，第 14 页。

② 萧红：《生死场》，《萧红文集》（1），安徽文艺出版社 1997 年版，第 270 页。

③ 萧红：《生死场》，《萧红文集》（1），安徽文艺出版社 1997 年版，第 229 页。

④ 耿幼壮：《女性主义》，人民美术出版社 2002 年版，第 12 页。

另外，男权家庭中女性的“物性”还决定了她的“被使用”性——意味着女体的服从、耐用、多产以及保证产量的高质量等，萧红和苏青作品反家庭叙事的一个重要方面就是对“物品”耐用性和丰产性的反写和嘲讽。苏青对生育过程的大胆描述也和个人的身体体验密切相关：

> 痛不像痛，想大便又不能大便，像有一块很大很大的东西，堵在后面，用力迸，只是迸不出来。白布单早已揭去了，下身赤露着，不觉得冷，更不觉得羞耻。①

撕开了男权禁忌的重重帷幕白描了，生下女孩子后，顿时全室中静了下来，孩子也似乎哭得不起劲了，我仿佛惭愧着做了件错事似的在偷听旁人意见：

> 有一个门口女人声音说：“也好，先开花，后结子！”
>
> 另一个声音道：“明年准养个小弟弟。”
>
> 婆婆似乎咳嗽了一声，没说话。
>
> 杏英冲进来站在我床前向西医道：“可以给我瞧瞧吧，原来是女的，何不换个男孩？”②

正当怀青体会着初为人母的幸福的时候，婆婆过来传达了公公的指示：你不必自己喂奶，明年早些可以养个男娃娃。怀青忍受不住乳房的胀痛要求把孩子抱过来，孩子已经睡在奶妈身边了——母亲为自己孩子哺乳的权利也被剥夺了，只因为没有了奶时身上就会来，就可以快些替老爷太太养个小孙子。男权家庭中女人——生孩子的机器的实质暴露无遗，女人的身体一再地成为展览和鉴赏的对象，美丑倒是次要的，传宗接代的秘密功能才是首要的，女人的肚样，女人的产道并不是属于女人自身的，而仅仅是为了生孩子而准备的。月子里的怀青被关进产房，被囚禁也被遗忘了。这和萧红笔下“在乡村，人和动物一起

① 苏青：《苏青文集》（上），上海书店出版社1994年版，第72页。

② 同上书，第73—74页。

忙着生，忙着死……”的生育书写一样，以前所未有的尖利语言将被禁忌的被美化神圣庄严的生育图画予以无情地解构。

五　反思：新的家庭模式建构

于是，时代女性以她的自身的出走的行动证明了对男权家庭的反抗。为了逃婚，萧红 20 岁的时候离开的她的家乡哈尔滨，一直过着逃亡和流离的生活。“那样的家我是不想回去的”，更坚定地：“那样的家我是不能回去的，我不愿意受和我站在两极端的父亲的豢养……”[①] 其实，只是因为祖父，“人生除掉了冰冷和憎恶而外，还有温暖和爱”，此后，人群中的流浪和孤独就成为萧红的生活常态。在和同居的汪姓男人构筑的家庭里，只有占有和欺骗；在和拯救者萧军构筑的家庭里，有暴力、歧视、泛爱以及诸多的男性特权。家的印象和记忆始终是：“我家是荒凉的”，“我家的院子是荒凉的”，终其一生，她都在逃出这个禁锢的冷漠的家，而新组成的每一个家都无法彻底摆脱封建家长制的鬼影。萧军曾经对友人说过：“她不是妻子，尤其不是我的。”[②] 在妻子和作家的角色中，萧红最终愿意认可和接受的仍然是一个自主而平等、能够给以爱和得到爱的主体性的女性角色。当孱弱而决绝的萧红被困在战争中的香港时，她既没有现实的家，也回不了精神上的家，她最终只能永远是个“家族以外的人”，所以，她作品中如此触目的反家庭叙述就显得毫不奇怪了！

而对于苏青来说，她的家庭经历同样伴随着恶梦，虽然她没有和萧红一样在漂泊中逃离这个家庭，但她一直以家长制家庭对立者的角色呈现，直到终于逃离并粉碎这个家庭。苏青受到时代风气的影响，她的婚姻属于中西合璧，即便这样，她同样需要二次出走——并为之付出巨大的代价。中西合璧的婚礼后，她必然要进入旧式的家庭生活，怀孕、生女等一系列事件使她不得不终止了自己的学业，在旧家庭的苦闷无聊中做一个备受歧视的家庭妇女。在终于能

---

① 萧红：《初冬》，《萧红文集》（3），安徽文艺出版社 1997 年版，第 55—56 页。

② 绀弩：《在西安》，王观泉编：《怀念萧红》，黑龙江人民出版社 1981 年版，第 32 页。

够和丈夫组成小家庭之后，她又面临着经济上屈辱和个性的压抑，经历了战争、逃难和夭亡，终于还是走出了令她备感伤心的小家庭。苏青对“家”的想象和营构再现了离婚女人艰难而孤绝的处境：“我只想有一间自己的房间，不论它是狭窄的，幽暗的，甚至于龌龊的都不妨，我要锁上房门，紧闭窗户，把窗帘都放下来，就是这么黑沉沉的一间，我要一个儿躲在房里，哀哀痛哭也好，连声冷笑也好，扯头发也好，静静坐着幻想上一阵也好，总之是不受人干涉，不管他是恶意的讥嘲或是善意的安慰，我都不需要！”[①] 这就是争取到的女性的独立和解放吗？当她看着那一根钉子的时候，却不由得悲从中来。《结婚十年》的结尾，怀青被诊断为患了肺病，医生忠告她：“不，你同任何人都不能再结婚，直到你的肺病痊愈了为止。”[②] 也许这一结局来源于个人生活的真实经历，但深一层的象征意义也昭然若揭：这个离了婚的女人，不管她的思想如何激进，她的肉体如何饥渴，出于疾病的禁忌，她再也不能够与其他异性接触了。苏青以这样的形式和策略实现了其反家庭的论述，多么令人感到不安，假如不是得了传染病，她还能够摆脱家庭的钳制和奴役吗？而不与异性的接触就能够彻底地粉碎男权制家庭的权威和罪恶吗？这只是苏青女性书写的暂时性策略而已。

实际上，苏青的反家庭叙述不无滥情和矛盾的地方，其争取女性独立的要求也显出某些不可避免的片面性。怀青曾为一间自己的房子而奋斗，但终其结果，这个房子是如何取得的呢？那是金总理或某位高官的支票馈赠——借由女体的参与，介入到男性主宰的经济世界，因为男人掌握着工作和金钱的分配权。对于这些来自男人的金钱和物质上的帮助，怀青接受与否并无实质性分别，她在拒斥着男权世界的同时又不得不接受和利用它，而这正是女性生存和解放的尴尬。因此，“娜拉的出走，对中国女性而言，成了一种虚幻的冒险：走出家庭与留在家庭，同样必须依附于男性，并在其许可的范围内活动。国人塑造的娜拉形象，只将时人的注意力导向妇女出走及其后在社会上的发展，却未触及两性权力关系的源头——家庭，因此较少为两性之间的权力调整做出贡献”[③]。

---

① 苏青：《续结婚十年》，《苏青文集》（上），上海书店出版社 1994 年版，第 223 页。

② 同上书，第 207 页。

③ 许慧琦：《“娜拉”在中国：新女性形象的塑造及其演变（1900s-1930s）》，台北：国立政治大学历史系 2003 年版，第 390—391 页。

这也说明“除去国家、社会等大环境因素的宰制与影响，女性的性别认同与自我实践，归根究底，还是个人觉醒的问题。进而，绝大多数女性仍须处理与自身最密切的家庭关系”[①]。在这个意义上，萧红和苏青都是“无父无夫”的一代娜拉，彻底意义上的由封建家长制家庭的出走者，但出走并非最终的目的，新的家庭关系建构才是女性解放的真正目标。

无疑，性别关系应该是家庭关系最基础且核心的部分，性别关系中的权力差距则是传统家庭关系最明显的特征，而性别关系中的权力差距不会自动趋向公平，当男人继续在经济、政治、教育、宗教等体制中享有优先性时，他不会自动在家庭关系中放弃此优势。男人在家庭政治中的优势与支配地位并不是来自于个人资源或人际交换，而是来自于既存的社会结构与文化意识形态所隐含的价值影响。性别差异是社会建构的，这种经社会建构而成的性别差异赋予性别间权力关系以合法性与巩固性。基于以上原因，性别就如同种族与社会阶级一样，也是一种社会结构，具有社会分层与不公平的基本本质。因此，性别关系基本上就是权力关系。既然性别差异是社会建构的，那么，以性别差异为基础而形成的封建家长制家庭结构不能不越来越受到女性主义者的挑战。这也就是说，既然性别差异是通过日常生活所建构的，就有可能解构与再建构，而女性的反家庭叙述就成为解构和再建构新的性别和家庭关系的必然过程。

① 许慧琦:《“娜拉”在中国：新女性形象的塑造及其演变（1900s-1930s）》，台北：国立政治大学历史系2003年版，第394页。

生活的智慧与思想的智慧

——苏青、张爱玲比较论

随着1995年张爱玲在美国的去世，“苏青张爱玲热”在1990年代中后期于内地形成高潮，苏青、张爱玲的许多作品得以发掘、整理和出版，相关的怀念文章、评论作品得以发表。其时，再提苏张，并对这两位性相同、习相近，而生活、命运迥然不同，在现代文学史中缺席数十年，而此后拥有无数读者的女作家进行比较研究，应别有一番意义。

20世纪40年代初，作家谭正璧在编辑出版《当代女作家小说选》时说，张爱玲和苏青是目前最红的两位女作家。在沦陷的上海特殊的气氛和背景下，张爱玲和苏青大红大紫一时，被视为文坛双璧：张爱玲以小说创作独擅，而苏青则以散文写作著名。同行是冤家，对当时已堪称文才一流的张爱玲来说，对于同龄人尤其是同性同龄人，尤其有偏见，她说过“对于和自己差不多岁数的人稍微有点看不起”的话。而苏青，虽其性情直率豪爽，但每每与同性相对则哑然无语，只有与异性接触，才妙语连珠，辩才滔滔。就是这样一对年相似、性相同，对同性都有偏见，同在一方天地生存竞争的女作家，却有着别人想象不到的理解与友情。张爱玲当时说，即使是从纯粹自私的角度，她也愿意苏青这么一个人存在，愿意苏青在文字上收获更大，也愿意有更多的人知道苏青的好处。她认为，如果低估了苏青的价值，就是低估了孤岛时期上海的文化水准。她甚至说，如果必须把女性作者特别分在一档来评论的话，只有和苏青相提并论她才是心甘情愿的。1944年3月，沪上某杂志曾经邀请包括苏青、张爱玲在内的几位女作家，聚谈文学因缘，并评述自己偏爱的作家，当时已经走红的张爱玲，即席说了这样一番话：“古代的女作家中最喜欢李清照……近代的最喜欢苏青，苏青之前，冰心的清婉往往流于做作，丁玲的初期作品是好的，后来略有点力不从心。踏实地把握住生活情趣的，苏青是第一个。她的特点是‘伟大的单纯’。经过她那俊洁的表现方法，最普通的话成为最动人的，因为人类的共同性，她比谁都懂得。"[①]自然，苏青对张爱玲的文才也倍加赞赏。她说："女作家的作品我从来不大看，只看张爱玲的文章"[②]，"读张爱玲的作品，觉得有一种魅力，非急切地吞读下去不可"，她将张爱玲称作"仙才"[③]。更有意思的是，张爱玲当年的一段乱世情缘正是由苏青引出的。从某种意义上说，苏青与张爱玲确是同一个圈子里的作家，在沦陷了的上海滩，步着相似的历史足迹。她俩同时得到《杂志》等背景复杂的刊物的鼓吹，都同汪伪机关及其人员有过千丝万缕的联系，因而抗战胜利后，都发表过关于"敌伪问题"的声明。张爱玲在《传奇》增订本"前言"中刊出了《有几句话同读者说》，强调自己从来不涉及政治，也没有拿过任何津贴；苏青在《续结婚十年》的"代序"《关于我》中声称，自己确实没有高喊过打倒帝国主义的口号，但所卖之文也没有危害民国。在生活圈子、爱好情趣乃至情欲主义方面，她俩可以"相提并论"的地方就更多了。这里，仅就"苏青热""张爱玲热"的形成，苏青、张爱玲的生平遭遇，以及她们的创作风格三方面的差异进行探讨。

一

在半个多世纪前愁云惨淡的上海市民生活中，张爱玲和苏青"齐名"且风靡大街小巷，张爱玲是带有浓厚传奇色彩的女作家，苏青却以褒贬不一的"大胆"著称。所谓"齐名"，正如吴福辉先生所说："并非文学史意义上的认定，而是读者心目中的一种印象，时代烘托出的一抹霞光，读书市场熙熙攘攘造成的一点呼声。"[④]今天，当我们同时面对方兴未艾的"张爱玲热"和微微升温的

---

① 《女作家聚谈会》，静思编：《张爱玲与苏青》，安徽文艺出版社 1994 年版，第 7 页。
② 同上书，第 5 页。
③ 《〈传奇〉集评茶会记》，静思编：《张爱玲与苏青》，安徽文艺出版社 1994 年版，第 23 页。
④ 吴福辉：《歧途佳人·前言》，华东师范大学出版社 1994 年版。

“苏青热”之时，不能不惊叹：中国作家为国外研究者重视并研究从而“炒热”者不乏其人，女作家中萧红是一例，因为葛浩文的《萧红评传》和数度访华，这位才华横溢的女作家才为同胞所重新认识。张爱玲也是。本世纪 50 年代她经香港远赴美国，由于她“受命而作”的《秧歌》和《赤地之恋》两篇“反共”色彩的小说，她的文名被深埋于地表之下，从此现代文学研究者谁知道 40 年代有位“大红大紫”一时的张爱玲呢？夏志清的《中国现代小说史》以 42 页的篇幅给予张爱玲及其创作以高度的评价，认为张爱玲是“今日中国最优秀最重要的作家”①、“中国当年文坛上独一无二的人物”②，她的《金锁记》是“中国从古以来最伟大的中篇小说”③。“张爱玲热”始由国外及港台波及大陆而且一发而不可收。从 80 年代初至 90 年代中，对张爱玲的评价日渐拔高几至到了与鲁迅平起平坐的地位——这一方面是随着文学史研究的逐渐深入，作家作品的深层意义与真正价值得到“历史的重新筛选”，另一方面也存在由于理论的肤浅造成学术界的“炒热点”现象。但不管怎么说，张爱玲事实上已成为近年的研究热点，并且还有上升的趋势。而当年曾与张爱玲相提并论，惺惺相惜的苏青却遭到了冷落，任何一部文学史中都见不到她的名字，更别说对其作品的介绍与评价了。虽然苏青的名字在海外偶有人提及，如喻丽清女士曾编了《苏青散文》，且为之作了长序，龙应台女士也对苏青研究颇感兴趣，但有力度有影响的研究成果并未出现。苏青完全凭着她直言快语的叙事风格、表情述志的大胆率真、题材的贴近实际人生而吸引了今天的读者，是她的生活艺术趣味契合了商品经济条件下读书界的喜好。当然，这也不能不说是借助了她的那位朋友，很多人是因为喜欢张爱玲，才知道苏青的，更有些人是因为张爱玲激赏苏青，才爱屋及乌翻翻苏青那些“伟大的单纯”的作品的。甚至有些人，为了抬高张爱玲的地位，不惜贬低苏青，仿佛张爱玲政治上所谓的“不清白”完全是这个有心计的苏青的引导，却不知道，在政治上，张爱玲远比苏青懂得规则。偏见人人会有，一个批评家如果没有偏见，就等于没有文学上的趣味。但大可不必借贬此

① 夏志清:《中国现代小说史》，台北：传记文学出版社 1985 年版，第 397 页。

② 同上书，第 401 页。

③ 同上书，第 406 页。

而褒彼，而应该客观地评估作品的美学价值，以现实与超越意义的结合程度为标准给以文学史上确切的定位。作出这番说明并不是为苏青的不够“热”而不满。苏青就是苏青，虽然她曾一度与张爱玲相提并论，但在艺术境界上，苏青毕竟是不可以与张爱玲同日而语的。因此，当前出现的一股“苏青热”也就成了正常现象，而且有它的时段性，这正是文学欣赏求新求异的离心力与文学批评自律自足向心力交互作用的结果。

二

至于两人的遭遇、处境，幸与不幸则判若天壤。在抗战胜利的欢呼声中，属于张爱玲和苏青的辉煌，早已随着岁月的流逝而尘封。50 年代初期，张爱玲辗转赴港，尔后定居美国，之后便是长久的沉寂。苏青虽然没有漂泊异国他乡，但其坎坷却不是“沉寂”二字可以囊括的。她一开始的为“文”便是和谋生分不开。因和丈夫离异，为了自己和孩子的生存，她卖文，办杂志，拳打脚踢，孤身一人，在男人的世界中勇敢地开辟出一方属于她自己的天地。即便在她最“红”的时候，她也遭到许多漫骂和污辱，可是为了她的《天地》杂志和她的“文”，她却坦然面对一切。而苏青在四五十年代倘有机缘远离故土，说不定其寿限并非只能活到 69 岁，为病魔缠身，在孤寂冷漠中无声无息地死去。苏青的文集中只有一篇《〈古今〉的印象》歌颂伪上海市长陈公博，应该说是“白清之沾”，读了使人心里难受。而张爱玲的晚年，虽久已被捧上“老作家”的宝座，却不免予人以“江郎才尽”之感，几篇新作也是将旧作修修补补，40 年代的上海、香港生活成就了她的创作题材。至于苏青，即使晚年不为疾病所苦，是否能写出更多更好的作品来，也值得打个问号。因为她前半生的经历以及她对家庭、男女、社会等方面的看法，大抵已都写了出来，观点一清二楚，这在《苏青文集》中反映得相当全面。而她后半生的艰难坎坷，纵有勇气形诸笔墨，只怕也未必能公开面世。这真应了苏青的那句话：在和平的年代里我们变得寄人篱下了！ 1985 年，苏青小女崇美远赴大洋彼岸，苏青的骨灰盒被带到了美国，而苏青想象力再丰富，大概也不会料到她会葬身海外的吧。1995 年 9

月，张爱玲逝于洛杉矶私人公寓，临终留下遗言：将骨灰撒进旷野。这对情投意合又在两个世界中隔离了近半个世纪的朋友可以在异域的土地上冥冥中相会了。有一点必须区别的是，苏青纯粹以写作谋生，而张爱玲虽有谋取生活的一面，但更多的是将写作作为一种工作，一项职业，她在《女作家聚谈会》上说："我一直就想以写小说为职业。从初识字的时候起，尝试过各种不同体裁的小说，如今古奇观体、演义体、笔记体、鸳蝴派、正统新文艺派……"[①] 可见实际生活中的张爱玲还是比较裕如的，虽然她从香港肄业回来亦自称卖文为生，而且对于金钱有同苏青一般的"俗"，但她至少不需养家，不到一种十分窘困的程度。而苏青上有老人下有小孩，为生活而写作、奔波的情状在她的散文中亦栩栩然。平心而论，在沦陷时期的上海滩，幸而还有张爱玲和苏青这两位女作家不断发表文章，才不致给当时的文坛留下一片空白和废墟般的荒凉沉寂，以至于造成"万马齐喑"的局面。因为她们虽红极一时，却多少还有点艺术的良心，写出了半殖民地半封建的旧中国的若干阴暗侧面，在敌伪的铁蹄蹂躏下总算留下了一点空谷足音，没有让汉奸文学和卖国言论垄断文坛。

三

张爱玲的小说亦如她的题名：《沉香屑·第一炉香》，你仿佛坐在夕阳西沉的民初老房子里，在一缕缭绕的烟雾中，倾听作者细述"十里洋场"上红男绿女的是非传闻与酸甜哀苦。张爱玲讲究语言和技巧，同样是横平竖直的方块字，你却可以从中触摸到颜色、气味、声音乃至人的肮脏与无奈，小奸小坏的空虚与无聊。她喜欢从细小的地方展示人心的丰富与叵测。苏青则不同，她仿佛不怎么讲究语言同技巧，怎么想就怎么写，她的文章如同她的讲话，快人快语，口无遮拦。苏青的小说写得也比张爱玲少，她主要写散文，把职业妇女和家庭妇女的难和苦，用最明白易懂的大白话写出来，虽无精雕细刻的修饰，却充盈着"天涯若比邻"的广大亲切，唤醒了古往今来无所不在的妻性母性的回

① 《女作家聚谈会》，静思编：《张爱玲与苏青》，安徽文艺出版社 1994 年版，第 13 页。

忆，另有一种吸引读者的魅力。张爱玲是专业写小说的，她的思想不及苏青明朗，同时作品里的气氛也和苏青截然不同，前者阴沉而后者明朗，前者始终是女性的，而后者则含有男性的豪放。苏青是个散文作家，写作小说在她似乎不过是偶然的兴会，但是在意识过于技巧的批评家的笔下，苏青却高过于张爱玲。我们如果把两者同样重视，那么张爱玲在技巧方面始终下着极深的功夫，而苏青却单凭着她天生的聪明来吐出别的女性所不敢吐露的惊人豪语。张爱玲和她的小说，甚至她的散文之间，仿佛总隔着一段距离，将自己藏得颇为严实。我们听不见张爱玲的声音，只有七巧、流苏、阿小等一系列人物的声音。苏青却跃然眼前，她是实实在在的一个，好像看得见她似的，即使是在她的小说这种虚构里，都可看见她活跃的身影。她是上海滩 30 年代和 40 年代的马路上走着的一个人，忙忙碌碌，热热闹闹。而张爱玲却是端坐窗前，冷眼旁观。我们似乎可在苏青身上试出 50 多年前上海的凉热，而在张爱玲身上却难以触摸得到。北京大学现代文学博士范智红女士认为："苏青、张爱玲都教给人们认识实际，驾驭实际的人生经验，不过前者止于此，后者则进一步升华了这种经验，在一定程度上表现了一种生存的智慧和思想的智慧，当然同时也有超乎前者很远的艺术的智慧。"[①] 这在某种程度上言中了苏青张爱玲之间创作个性的差异。张爱玲是通过两个世界来透视人物的命运的，一是衰微破旧的旧式大家庭，虽破落了，仍摆架子，以《金锁记》为典型。一是二次大战前香港畸形颓废的社会，《倾城之恋》可为代表。而苏青的《结婚十年》《续结婚十年》甚至《歧途佳人》描写的基本都是各种人物等在南京上海的活动，虽然其中人物也辗转于宁波苏州两地，但比起张爱玲的小说创作，地域的广阔性显然不够，而且苏青多是自叙传作品，以个中人的真切的生命体验，从一个特定的视角——家庭传统生活和夫妻生活的视角，通过大量的家庭琐事闺房闺情再现了女性对自身价值的寻求和失落，揭示了女性的生命压抑。苏青笔下的女性，不是冰心笔下具有充分教养的大家闺秀式的女性；不是沅君、庐隐笔下具有"五四"反叛精神、充满激情而又敏感脆弱的理想主义者；不是丁玲带有世纪末病态的狂放不羁的三现代女性；也不是谢冰莹高喊"男女平等，大家从军去"的新女性；不

① 范智红女士 1996 年 3 月 3 日致作者函。

是凌叔华总是以适度的距离，带着淡淡的调侃和嘲讽，描写新时代中的旧式女性，“解放运动”中的“新女性”，画出她们灵魂中的“恶”；也不是沉樱作品中渗透着看透一切的清醒，历经沧桑的世故。苏青则是以“个中人”的女性视角揭示了“新旧合璧”的家庭中“新旧合璧”的女性的生存，这是一个在逆来顺受中有反抗，追求自身价值的实现而又摆脱不了依赖性的女性。她最后的离婚出走，也不是“娜拉式”的出走，不完全是为了寻求自身的解放和幸福，而更多的是“为了孩子”。至于张爱玲小说世界中的母亲们和女儿们，相互间则怀着不可名状的隔膜和仇恨。对媳妇们来说，这是个“疯狂的世界”。丈夫不像丈夫，婆婆不像个婆婆：“不是她们疯了，就是她疯了。”于是，张爱玲笔下的女人们如果不是在沉寂中凋零、死去，便会在“无名的魔人的忧郁”，欲望的隐秘的饥渴，精神上的被虐与施虐中成了一位死亡天使，一位恶魔母亲。生命之于她们，只是时间对空间永恒的剥蚀与破损。婚姻和性爱是张爱玲小说的基本题材，几乎每篇都离不开男女之情，但她精神上的悲观气质，使她见不到“爱”，没有浪漫而圆满的结局，更多的是“调情”和权衡利弊的交易。张爱玲笔下的人物不论是遗老遗少，或是浪子佳人，个个飘荡在凄凉荒芜的宿命轨道上。他们气体虚浮，“像酒精缸里泡着的孩尸”，或“绣在屏风上的鸟”，这些人凄凄惶惶，在急管繁弦的人世动乱里，只能从鸦片烟榻上，从回忆中，从爱情游戏中，还有种种“小奸小坏”间，找寻“自己的影子”，“苍白、渺小”，“自私与空虚”。张爱玲虽也站在女性主体说话，同时又能随时超脱。苏青不然，她的所有小说、散文都是不折不扣的“自叙传”。“她不像张爱玲，总在作品中表现出对历史的追思，体现出一个现代作家的历史感，她比张爱玲更情绪化，她和作品中的‘我’缺乏一种疏离感，她对女性生命存在的品味，更多地只是出于情感体验，或许，这也是苏青没有张爱玲深刻的原因。”①

张爱玲以小说家名世，她的散文小品也有独到的成就，有尘世写照，有艺苑掠影，有童年琐记，亦有创作余论，俗可以谈吃、谈穿、谈女人；雅可以谈哲学、谈艺术、谈理想，字字见仁见智，处处慧眼慧根。而且，她的散文小品升华了小说的体验型，带有一种超然的味道，出世与入世又是浑然一体。张爱

① 丁晓萍：《读〈结婚十年〉》，《中国现代文学研究丛刊》1994 年第 4 期。

玲酷爱古老的《诗经》中“死生契阔，与子成说；执子之手，与子偕老”，称它是“一首悲哀的诗”，然而“它的人生态度又是何等肯定”。在经历人世的忧患之后，对死的恐惧，终不及对冰淇淋的印象深刻，这般实实在在又心怀憧憬投视此岸人生的笔触，使她的文字，带着随意与执着，调侃与诚挚，出世与入世的完美融合。她似乎流连于人生边缘，一边是小菜场、杂货店，街谈巷语和留声机里放出的悲凉的乐曲，一边是远处的万家灯火，历史俯瞰之下的蜉蝣人生，恰如毛毛风吹着般总感觉到她的苍凉、孤独以及执著的家园寻求意识，她在繁华嘈杂的都市文化中体现着某种温柔的悲情，这种类似于“安详的创楚”的宽容满贮着一个现代知识女性对自身生存状态的迷惘。苏青的散文则胜于她的小说，基于文学的爱好她一步入文坛即以散文名世，而小说创作是受了朋友的几分怂恿。她的散文，基本上都是随感杂谈，文字流畅跃动颇富奇气。苏青写散文不喜欢俗得化不开的艳词丽句，更不故作以酸为雅的忸怩的矫情状，咏物叙事传神生动。她是直率的、朴实的、大方的、快乐的而且热情的，她珍爱着自己的个性，关心着女人之为女人最基本的话题，她没有张爱玲透彻，但较张爱玲亲切。如果说张爱玲的文字节奏徐缓，娓娓道来，浅吟低唱，精致而富幻想，宛若一枝彩笔的话，苏青行文则落笔轻快，侃侃而谈，放言高论，质朴而重实际，好比一支健笔。

总之，苏青和张爱玲无论是出身、经历、创作题材还是文坛上的地位及影响都是不可同日而语的。张爱玲显赫一时的家世在当时虽不能让她再做千金小姐，但她仍能于生计的从容裕如中享受生活的情趣并提炼生命的智慧。苏青名义上的书香门第其时早已成破落的小户人家，敏感好强的个性使她在觉醒中终于走出家庭的樊篱到社会上独立奋斗而备尝艰辛。张爱玲的笔下描写了形形色色但多少都带有点病态的人物——他们暧昧的纠葛及迷惘的生存，色彩的浓丽及语言的惊警，都不是苏青作品中素朴的生活所可比拟的。但是，她们同时被推到40年代上海读书界呼声的最前沿。今天，她们又先后被人们忆起并缅怀，这首先归功于她们作品历久弥新的艺术魅力，也归功于这个开放创新趋于实际的时代。沈从文曾说，一个实际的时代是散文的时代，当一众读者一遍遍品味着苏青、张爱玲那些纸短情长的文字时，才意识到对于生活的思索和感喟将是文人们永恒的话题。

论现代女作家的同性恋书写及其性爱模式建构

本文从性别理论的视点出发，选取庐隐《丽石的日记》《海滨故人》，石评梅的《玉薇》《小苹》，凌叔华的《说有这么一回事》，张爱玲的《同学少年都不贱》[①] 等几篇涉及女性同性恋题材的小说，兼及庐隐的《父亲》、冯沅君的《潜悼》两篇涉及乱伦题材的小说，探讨中国现代女作家笔下同性恋书写所产生的特定文化语境、所包含的独特心理内涵以及僭越的性爱模式之于女性书写的构建意义所在。

一

庐隐的小说《丽石的日记》是能够看到的现代文学最早的描写女性同性恋的小说，女学生丽石"从不愿从异性那里求安慰，因为和他们——异性的交接，总觉得不自由"。[②] 因此，和同学沅青由"泛泛的友谊"而变成了"同性的爱恋"，设想着将来长久的计划，憧憬着共同生活的乐趣：

> 我梦见在一道小溪的旁边，有一所很清雅的草屋，屋的前面，种着两棵大柳树，柳树漂浮在草房的顶上，柳树根下，拴着一只小船。那时正是

---

① 写作于 1970 年代，作者曾经投稿，因种种原因未能发表。佚作由陈子善重新发现后由天津人民出版社 2003 年出版简体字版。

② 庐隐：《丽石的日记》，乔以钢编：《庐隐代表作》，河南人民出版社 1994 年，第 65 页。

斜日横窗，白云封洞，我和沅青坐在这小船里，御着清波，渐渐驰进那芦苇丛里去。[①]

结局却是软弱的沅青被迫听从家长的建议与别人结婚了，并且似乎很高兴与幸福。沅青曾埋怨丽石：“你为什么不早打主意，穿上男子的礼服，戴上男子的帽子，妆作男子的行动，和我家里求婚呢？”由此可以看出当年的女性走出家庭后对自我的确认方式，在某种程度上是以男人的装扮来适应以男性的要求为满足目标的女性解放。结婚后的沅青这样规劝丽石：“我们从前的见解，实在是小孩子的思想，同性的爱恋，终究不被社会的人认可，我希望你还是早些觉悟吧！”[②]这段脆弱的同性爱恋由于异性婚姻的介入而被摧毁，丽石因之忧郁而死。

和庐隐关系密切的石评梅也曾经有过类似的同性恋书写，《玉薇》[③]就是以第一人称来写一段同性之间的恋情的：“经过许多的推测，我才敢断定我，原来在不知什么时候，我忽然爱怜着一个十七八岁的少女，她是我学生。”作品在确认了自我的同性恋情感后，对“我”的同性恋心理有细微而独特的描写：“这自然是一种束缚，我们为了名分地位的隔绝，我们的心情是愈压伏愈兴奋，愈冷淡愈热烈；直到如今我都是在心幕底潜隐着，神魂里系念着。她栖息的园林，就是我徘徊萦绕的意境，也就是命运安排好的囚笼。两月来我是这样沉默着抱了这颗迂回的心，求她的收容。”以至于“偶然听见她一声笑语，我的神经像在荒沙绝漠寻见绿洲一样的欣慰”！但是，“在理我应该反抗，但我决不去反抗，纵然我有力毁碎，有一切的勇力起搏斗，我也不去那样做。加入这意境是个乐园，我愿作个幸福的主人，假如这意境是囚笼，我愿作那可怜的俘虏”。没有任何行动表现的同性恋行为恐怕只有在石评梅的作品中才可以看到，暗恋的幸福与痛苦才是“我”所真正需要的，石评梅情感中的自虐心理由此可见一斑。

而真正意义上的同性恋书写则以凌叔华的《说有这么一回事》为代表，小

① 庐隐：《丽石的日记》，乔以钢编：《庐隐代表作》，河南人民出版社 1994 年，第 66 页。

② 同上书，第 69 页。

③ 石评梅：《玉薇》，杨扬编：《石评梅作品集·散文》，书目文献出版社 1983 年版，第 12 页。

说不唯揭示了同性之间感情上的依恋，而且涉及身体的接触。恋爱的双方分别是校庆纪念中罗米欧和朱丽叶的扮演者：影曼和云罗。影曼是个活泼爱说笑的高个子北方女孩，小说这样描写云罗初接触她时的心理："云罗往常遇见她从不敢同她说话，这两天因为练习戏，被她当着许多同学取笑，弄得她非常局促，觉得有些厌恨她；但是不知为什么，每逢听她高兴喊朱丽叶的时候，她心里就有些跳，却不是生气的暴跳。"这个"跳"字用得相当传神，它把少女隐秘情怀中性的悸动传达出来。而影曼眼中的云罗充满了诱惑：

> 她敞开前胸露出粉玉似的胸口，顺着那大领窝望去，隐约看见那酥软微凸的乳房的曲线。那弓行的小嘴更可爱，此时正微微张开，嘴角添了两个小弯弯，腮边多了浅浅的凹下的两点，比方才演戏欲吻罗米欧的样子更加妩媚逗人。帐子里时时透出一种不知是粉香，发香或肉香的甜支支醉人的味气。[①]

于是就勾住云罗的脖子并搂紧她，而云罗不知"是因为真没力气抵抗，还是喜欢胸口有样暖绵绵的东西盖着"，竟没有反对。由演戏中的接吻，两个女孩越发亲密起来，不久即双宿双栖了：

> 云罗半夜醒来，躺在暖和和的被窝里，头枕着一只温软的胳膊，腰间有一只手搭住，忽觉到一种以前没有过且说不出来的舒服。往常半夜醒来所感到的空虚，恐怖与落寞的味儿都似乎被这暖熔熔的气息化散了。[②]

影曼对云罗说："我想我爱你的程度比任什么男子都要深，都要长久，你一定明白吧？你当嫁给我不行吗？"[③]但分别了一个暑假，云罗竟按照家人的意愿嫁人了，影曼听到别人"漂亮，新官人得意……新娘子笑"的议论竟昏

① 凌淑华：《凌叔华文存》（上），四川文艺出版社1998年版，第119页。

② 同上书，第121页。

③ 同上书，第124页。

厥过去。

或许是个例外，张爱玲的《同学少年都不贱》也写到了同性间的爱恋。恩娟对芷琪、赵珏与赫素容在学生时代都保持着同性恋关系，对同性恋心理甚为细微和露骨的表现，被认为是张爱玲小说的“可贵尝试”①。

> 看了戏回家，心潮澎湃，晚上棕黑色玻璃窗的上角遥遥映出一个希腊石像似的面影，恍如稠人广众中涌现。男高音的歌声盈耳，第一次尝到这震荡人心魄的滋味。

当赵珏在人群中想到她：“立刻快乐非凡，心涨大得快炸裂了，还在一阵阵的膨胀，挤得胸中透不过气来，又像心头有只小银匙在搅一盅煮化了的莲子茶，又甜又浓。”当她们被女友们拖在一起的时候，又总是“半边身子酥麻麻木，虚飘飘的毫无感觉”。以至产生恋物癖——她的衣服，她刚坐过的抽水马桶座板，都能带给她肌肤之亲的感觉。赵珏对赫素容的痴狂的恋情最终突然消失了——因为钱：“左派学生招兵买马，赫素容一定是看她家里有钱，借着救国的名义，好让她捐钱，所以预备把她吸收进去。”一想到这里，“她觉得拿她当傻子，连信都没回，也没告诉人，对恩娟都没提起”。一下子就把情丝彻底斩断，之后更在与男子恋爱过后被冲洗得干干净净，一点痕迹不留。

以上的女性同性恋故事无一例外地发生在校园中，恋爱中的双方甚至住在同一宿舍中，同行同栖的环境为彼此之间的爱恋提供了方便有利的条件。除了石评梅笔下的同性恋发生在师生之间外，其他的都发生在同学之间。以上四例同性恋故事都没有成功，张爱玲笔下同性恋遭遇金钱的挑战而瓦解，石评梅笔下的同性恋确切地说只是一个暗恋和自恋的混合，谈不到争取以及成功等。其余两例比较有代表性，则同性恋的一方都在封建家庭的家长制权威的逼迫之下，接受了异性恋的霸权规约，剩下另外的一方承受被抛弃的孤独和痛苦。这无疑属于特定的历史语境下的同性恋书写，而同性恋文学在当代文学中的发展显然蔚为壮观，无论是号称姊妹情谊的女性写作，还是以历史怀旧为附着的同性性

---

① 陈子善:《同学少年都不贱·序》，天津人民出版社 2004 年版。

行为实践，都远远超越了现代女作家的同性恋话语。

二

一般来说，第一人称叙事会给于读者更多的现场感和真实性，如果叙述对象带有违反伦常的性质，则会有更大的社会冲击力，或者竟可以表现叙述者非同一般的挑战世俗的勇气。但石评梅的《玉薇》虽然是第一人称，却不能带给人这样的震撼，究其根底，仍然是对封建传统观念中女儿身体的严苛恪守，是处女禁忌的潜意识自卫表现。同样，其作品《小苹》中也流露出一定的同性恋感情："我自你走了之后，梦中常萦绕着你那幽静的丰神，不管黄昏或深宵，你憔悴的倩影，总是飘浮在眼底。有时由恐怖之梦中醒来，我常喊着你的名字，希望你答应我，或立即递给我一杯茶水，但遭了无声息的拒绝后，才知道你已抛弃下我走了。这种变态的情形，不愿说我是爱你，我是正在病床上僵卧着想你罢！不知夜深人静，你在漂泊的船上，也依稀忆到恍如梦境般，有个曾被你抛弃的朋友。"[①] 很多类似的文章都出现过一个同性亲密好友，"她"与"我"的情感生活意识存在息息相关。这是否可以解释为现代社会之初，女性社交范围扩大后实际受到的限制呢？因此，除了表达自我，还是表达自我，如果这个自我不能总以第一人称叙述者出现，就只好到另外的女儿身份中去寻找自我的映射和认同了！

由此令人颇为怀疑：同性之恋在当时是否一种时髦行为？每一例同性恋故事几乎都不是在隐秘进行的，反而带有一定的张扬意味。丽石甚至想到："人们看见我们一样的衣裙，联袂着由公园的马路上走过，如何的注目呵！"影曼也曾对云罗说："世上事就在人为，我们怎不能永远在一块呢？你看小学堂的教习陈婉真同 Miss Chu 不是住在一块儿五六年了吗？我们俩难道不可以学她们吗？"[②] 似乎更证明了这一点：女性同性恋不是没有先例，已经有人成功地实践

① 石评梅：《小苹》，杨扬编：《石评梅作品集·散文》，书目文献出版社 1983 年版，第 21 页。

② 凌淑华：《凌叔华文存》（上），四川文艺出版社 1998 年版，第 124 页。

了！作为一种女性解放者的时尚行为，所以仿效者甚众？而彼此的仿效使之更趋于演剧般的时髦。如《海滨故人》中两个女孩宗莹和玲玉：

> 宗莹说："来！来！……我顶爱你！"一边说，一边走，过来拉着她的手。她就坐在宗莹的旁边，将头靠在她的胸前说："你真爱我吗？……真的吗？"……"怎么不真！"宗莹应着便轻轻在她手上吻了一吻。[①]

不难看出一定的演剧的味道和色彩。《说有这么一回事》以影曼和云罗的演戏为接触的开始，是否有着假戏真做的起因呢？及至两人越来越互相依恋，全学校的人"说起她俩来都不用她们的本名，好像罗米欧与朱丽叶两名字本来是她们的"，或许这两个女孩已经沉浸到彼此所饰演的角色中而不自知了。无论是校园里的形影不离还是宿舍中的同栖同眠，不但没有受到嘲讽和干涉之类，反而还受到了怂恿甚至艳羡；但最后影曼承担失恋的痛苦时，周围的人却也未表现出同情或乐祸，这暧昧之处或许正是凌叔华的嘲讽所在！

《父亲》以日记的形式公开了一段不伦之恋：儿子爱上了父亲的妻——自己的庶母。"我"被爱的渴望无以复加："只要她说她爱我，我便立刻死在她的脚下，我也将含着欢欣的笑靥归去呢！"[②]"她"对爱情的希冀也是如此癫狂："她眼里忽然露出惊人的奇光，抖颤着，将玫瑰花放在桌上，仿佛得了急病，不能支持了。她睡在沙发上，眼泪不住的流。"[③]因为感情的无法落实"我"幻想到共同赴死：到了死的国里，我们已都脱了一切的假面具，投在大自然母亲的怀里，什么都是平等的。她可以和我一同卧在紫罗兰的花丛里，说我所愿意说的话。我也可以告诉她怎样热烈的爱她，"搂着她——搂得紧紧地，使她的灵和我的灵，交融成一件奇异的真实，腾在最高的云朵，向黑暗的人间，放出醉人的清光"[④]。结果她终于在桎梏中郁郁而终。从此，我"决定不再回家去。我本没有家，父亲是我的仇人，我的生命完全被他剥夺净了"。表示了对父亲权力

---

① 乔以钢编：《庐隐代表作》，河南人民出版社 1994 年版，第 250 页。
② 同上书，第 109 页。
③ 同上书，第 112 页。
④ 同上书，第 105 页。

的僭越以及弑戮。

以一位女性叙述者假托“他”的身份用第一人称来讲述畸恋的故事，混杂着恋母情结和自恋心理。从被爱恋者的女性身上，可以看到叙述者的心理投影；从恋爱者的心理诉求当中，可以看出女性化的心理。同性恋的内在情意仍然蕴含其中：著名的“俄狄浦斯”故事讲述了俄狄浦斯在不明真相的情况下犯了弑父娶母的大罪，当真相大白之后，俄底浦斯的母亲自缢而死。而据研究者称：“在中国传统文学中没有发现任何与伊底帕斯故事相似的东西。”[①] 但中国现代文学却颠覆了传统文学的神话，曹禺《雷雨》中周萍就以对继母的乱伦之爱僭越了传统家庭叙事，尽管剧本中的人物或疯或死，但这不啻于是一场性别的暴风骤雨。但庐隐的小说要比曹禺早得多，虽然故事中的庶母在完全没有反抗的宿命中死去，但她却是含笑而去，因为她获得了爱情。

冯沅君《潜悼》叙述的则是“我”爱上了族兄的妻——自己的嫂嫂，而且永放在心灵的祭坛上。“我”对于“她”的爱恋几达痴迷的程度：“你的流盼使我的灵魂顿时兴奋；你的微笑使我的灵魂得到安慰。……我的手曾接触过你的手，在我发牌给你的时候；我的脚曾接触过你的脚，当我指点你的错误的时候。”[②] 甚至感叹，在严男女大防的中国社会还有这个牌桌场合，可使男女们领略到夫妻以外的性的安慰。小说描写到这个嫂嫂的病：“她的颜色娇艳极了，比平日还娇艳，两靥的红晕，直如酒醉或含羞时一样。两眼呢，因面盘儿清减了些，更显得大了，滴溜溜的，真像盈盈欲流的水。”[③] 痨病增添了她的美，更主宰着我的情感。但封建家长制家庭中往往奉行或标榜“长嫂如母”，虽然不过是我的族嫂，也还有着严格的辈分界限，或许他们的年龄相差无多，即便不是异性间的正常吸引，就是几分恋母情结在起作用。

《父亲》和《潜悼》中的情节相对于前面直接的同性恋描写复杂，被爱者多色相娇艳，而且是病中的娇艳——很容易解释为是作者对自我的另外一种想象，是对异性爱的反射性映射。至少可以做两种假设或推断：（一）假如把被

① 王友琴：《伊底帕斯情结与中国的孝道》，《女性主义经典》，台北：女书文化事业有限公司 1999 年版，第 477 页。

② 冯沅君：《春痕》，上海古籍出版社 1997 年版，第 120 页。

③ 同上书，第 122 页。

爱的女主人公设想成叙述者本人，那实际上是女性对异性之爱的隐曲的呼唤；（二）同时，男性主人公身上也未必没有叙述者的投射，如此，她就是一个爱而无果者，与异性恋爱的失败源于封建家长们的存在——他们是父亲，或者哥哥。再回头分析一下《丽石的日记》以及《说有这么一回事》中同性恋失败的原因时会发现：其中一个女孩不得不遵从家人的意见结婚，这里的家人同样是母亲——哥哥或母亲——舅舅；显然，无论是父亲、哥哥，还是母亲、舅舅，在这里充当的都是封建家长制家庭中的权威角色，因为父亲死掉了，母亲遂成为权威的替代执行者，舅舅和哥哥成为幕后主使，他们合伙绞杀了不合乎伦理规范的同性之恋。但令人起疑的地方在于，这个被嫁掉的女孩并没有表现出些微的反抗举动，甚至结婚后相当满意，并反过来规劝另外的一方，甚至极力促成另外一方的异性恋婚姻。这是否表明女性写作相当程度的局限性呢？故，有研究者认为同性之间的感情"表现为一种幻想中的自我慰藉"，而且当事人"能够同时扮演恋爱中的双重角色，男性的和女性的，一方面充任'给予'的角色，另一方面则问心无愧地担任'接受'的角色。换句话说，这种同性恋对她们来说，也许是一种名符其实的'人生表演'，每一个演员都可以尽情地把自己设想为一个完美的、忠心不渝的恋人"①。颇有一定道理。

被称为德国"女性主义尖兵"的爱莉丝·史瓦泽的性别研究认为："一般而言，男人倾向于青少年时期有同性恋的接触，稍后则变成双性恋。相反地，女人则是在青少年时期偏向与异性恋，稍后则可能有同性恋倾向。"并对此现象作如下的分析和解释："首先，在我们的文化里，女人的性欲觉醒得比男人晚。其次，上了年纪的男人在传统异性恋里较占优势，上了年纪的女人则较占劣势。再者，年轻男人与上了年纪且诱发他们的男人有同性恋关系时，较占优势。再来，上了年纪的女人转向同性恋时，享受得到好处，因为在女同志世界里性感指数不一定会随着年纪下降。此外，更有女人纯粹就是过腻了几十年的异性恋生活，或忽然发觉女人更值得爱。不管怎样，性选择的动机既不是生物性的，也不是爆发式的性欲，而是心理社会性的。"②排除文化的差异，显然，这里所

---

① 殷国明、陈志红：《中国现当代小说中的知识女性》，广东高等教育出版社 1990 年版，第 53 页。

② [德] 爱莉丝·史瓦泽著，刘燕芬译：《大性别：人只有一种性别》，台北：台湾商务印书馆 2001 年版，第 68—69 页。

界定的同性恋和异性恋的先后次序及形成原因在中国现代女性写作中是解释不通的。实际上，本文所涉及的女性同性恋书写个案，几乎无一例外地都是在异性恋发生之前所产生的同性之间的爱恋行为，而不是什么厌倦了异性恋生活后才择取的女性同性恋生活。相反地，倒是异性恋在一定程度上摧毁了同性恋关系，促使她们最终走入异性婚恋的规定性角色。那么，这是否也在另外一个层面说明中国现代女性写作中的女同性恋行为是一种相对缺乏个体自觉性的行为呢？是否女性走向公共领域初期的一种必然的过渡和自我身体的潜意识保护行为呢？

三

从心理学来分析，中国现代女性写作中的同性恋书写也不仅仅是自恋的体现、自我的确认和实现，它更多地是一种情感和心理上的需求。石评梅小说更明显地体现出一种自恋情结，因为个体反抗的缺席，也因为自身对此类情感的享受性体验，从而体现出自虐成分，而且自恋和自虐可以互相转化。并且，其之所以倾向于性爱模式上同性的选择，依然是出于对女儿身体的回避。也就是说，她暗恋着的是同一个女性，同一个自我，同一个女性的自我的身体，同性间爱恋模式的确立既可以使自我的感情有所发抒，而又不至于使身体的完整性有所损失，可以说是对男性身体的抗拒和回避。因此，同性之间的爱恋，必然对男性世界形成一种对抗，“一些知识女性倾向于同性恋，多半出之于女性自我保护的本能，而同性恋使她们在同性之间结成一种‘联盟’，来应付男性的挑战……也是与男性世界一种感情上的博弈……”①。如何解释其书写中过度的自恋呢？或许是对自我理想目标实现的巨大期待吧，石评梅的很多作品确乎表达了其时代英雄向往；同时也是现实与理想之间的巨大落差所致，她的烈士雄心又总是伴随着怀疑和破灭的悲愁！

剥掉许多外在的背景、有意无意添加的情节，张爱玲的《同学少年都不贱》

① 殷国明、陈志红：《中国现当代小说中的知识女性》，广东高等教育出版社1990年版，第54页。

揭示的是少年同窗之谊的丧失，对于教会学校的女生而言，其在生理成长中的由自我认同的需要而衍生的自恋必然在同性的身上得到投射。自恋作为一种精神病理现象，与母恋、同性恋、父恋都有纠结不清的关联，弗洛伊德在他的许多著作中都有较为详尽的论证，他说："选同性为对象比起选异性为对象来，与自恋原来就有更深切的关系；所以，同性恋的热情一受拒斥，便特别容易折回而成自恋。……对象的选择，或里比多超出自恋期以上的发展，可有两种型式。第一为自恋型（the narcissistic type），以能类似于自我者为对象以代替自我本身；第二为恋长型（the anaclitic type），里比多以能满足自己幼时需要的长者为对象。里比多强烈执着于对象选择的自恋型，也是有显著同性恋倾向者的一种特性。"① 虽然，文学描写中的自恋及其表现形态不完全等同于病理现象的自恋。但紧密围绕着自我而进行的自恋的情绪与精神活动，同样具备投射在其他的各种两性关系模式中的可能性和现实性。女孩"对母亲的疏远伴随着敌视；对母亲的依恋以仇恨告终。这种敌视可能变得非常显著甚至延续终生；它也可能在以后受到精心的过度补偿"②。其原因在于"母亲变成了女孩的竞争者，她从女孩父亲那里得到了女孩也渴望从那里获得的一切东西"③。所以，在女性的青春期成长中，可将其模仿母亲的自居作用区分为两个阶段："第一个是前俄底浦斯阶段，它植根于妇女对母亲的深情依恋，并把母亲作为楷模；第二个阶段由俄底浦斯情结构成，它企图摆脱母亲并代之以父亲。"④ 因此，恋母情结和恋父情结曾先后出现在女孩的成长期中，并且都以自恋为基础。

有研究者认为，自恋是异性恋的一种转移，但不是唯一的方式，"当爱情不能在异性方面得以实现，并且对异性已失去安全感，人有时就会把感情转移到同性方面，在同性之中寻找感情的慰藉，这就形成了同性恋"⑤。这种分析未免有些简单化，但其从情感上来分析中外同性恋小说的差异性，却有一定的针对性，当在同性身上的性心理投射度过特定时期之后，投射一般转移到异性身上，

① ［奥地利］西格蒙德·弗洛伊德著，高觉敷译：《精神分析引论》，商务印书馆 1984 年版，第 343 页。
② ［奥地利］西格蒙德·弗洛伊德著，傅雅芳译：《文明与缺憾》，安徽文艺出版社 1996 年版，第 251 页。
③ 同上书，第 260—261 页。
④ 同上书，第 267 页。
⑤ 殷国明、陈志红：《中国现当代小说中的知识女性》，广东高等教育出版社 1990 年版，第 52 页。

但也有突发的偶然的或自然的因素使其消失和转向。同性间的情谊，存在于恋母与异性恋的过渡过程中，当然过渡不是必然达成的，而且始终与自恋相伴随。但当自恋和同性恋的感情受阻时，母爱的安全、可信赖以及不求回报使得它作为“爱情的‘替代’出现”，这显然也是失于片面的，自恋、同性恋、恋母以及异性恋之间的关系相当复杂，并具有明显的个体特征，它甚至和人的遗传基因以及特定的环境经历都有关系，有时恋母是先在的，自恋也可能是先在的。

确切地说，庐隐、石评梅笔下的女性同性恋要建立的是一种女儿的联盟。《海滨故人》可称为同性书写的集大成者，与其说是表现同性之间的恋情，不如说是“女儿国”乌托邦的构建以及失落。小说所涉及的不是两位女性之间的情感和身体关系，而是五位女孩共同担当和牵系的情怀。当她们中的一个接着一个的步入与异性的婚姻堡垒，女儿国梦想就此风流飘散。因而聚散相交的过程中，最难以忍受和构成创伤的就是其中任何一位的暂时和永久的缺席。但由于父权家庭和礼教的介入，也由于男性示爱和求婚所代表的异性恋霸权的介入，女儿国的解体几乎是种必然。“异性恋作为政治制度，不是我们的自由选择，而是在我们毫无反抗余地下强制地加诸吾身的必然。女子只把女性视为朋友，顶多是死党知心，完全否定和排斥同性恋爱的可能性，就算对女伴有爱意，以转化为姊妹情谊。相反，若被男子‘追求’，女子会令自己相信这就是爱情，叫自己相信，‘男人’才是自己的归宿。”[①] 这也说明女性始自封建家庭中挣脱之际，在实现个人的独立和解放的路途中所必然经历的自我认同的初级状态。庐隐对于彼时男性恋爱“简直做戏”的批判颇具深意，也是同类的女性写作中所匮乏的：

> 现在的社交，第一步就是以讨论学问为名，那招牌实在是堂皇得很，等你真真和他讨论学问时，他便再进一层，和你讨论人生问题，从人生问题里便渲染上许多分开悲抑的感情话，打动了你，然后恋爱问题就可以应运而生了。……[②]

---

① 周华山：《异性恋霸权》，香港：三联书店（香港）有限公司 1993 年版，第 41—42 页。

② 乔以钢编：《庐隐代表作》，河南人民出版社 1994 年版，第 250 页。

但使叙述者都无奈的是，随着走入男女恋爱的成人世界，女儿们无忧无虑的世界消失了，纯真的女儿国一去不返，遂不免失望地发出怨言：朋友真没交头，起初情感浓挚，真是相依为命，到了结果回想往事，只恨多余。

从前玲玉老对我说：同性的爱和异性的爱是没有分别的，那时我曾驳她这话不对，她还气得哭了，现在怎么样呢？[①]

充溢其中的失落之感，不仅因为女儿世界的解体，而且也因为属于个人和思想自由的“黄金时代”的逝去，使她们有如“秋后草木，只有飘零”了，写着“海滨故人”的空房子，只能是过渡时代乌托邦情感和理念的一个凭吊之所了。而这女儿国的构筑者，也是《海滨故人》中的主要角色，露沙同样投身到异性恋爱的斗争中去了。女性同性恋小说通过对异性恋霸权的主流文化秩序的僭越，“不但表现性别主体的其他认同可能，也可以视为在主流文化体制压抑下的一种想象的反动”，就某层面而言，“是五四女作家藉由描写同性间的情谊爱恋，揭示一种另类的纯女性经验的自我呈现。她们寻找女性认同的经验，也可以视为是以另一种方式来揭露父权社会结构下的异性恋机制的操控”[②]。在女作家的涉及乱伦性爱模式的文本中，无论男女的身上都有着女性叙述者的投影，而不只是在男性化身上。不论是女同性恋抑或乱伦的题材，这些僭越主流文化的界限规范，“正是女性主体不断地与各种思维方式以及价值立场辩证琢磨之处。”[③]

四

究竟什么是同性恋呢？科学研究界倾向于认为：原始的双性恋或多性恋倾向是人类的自然现象。精神分析之父佛洛依德也只是说：人类有性欲。至于其

① 乔以钢编：《庐隐代表作》，河南人民出版社 1994 年版，第 262 页。

② 刘乃慈：《第二 / 现代性：五四女性小说研究》，台北：台湾学生书局 2004 年版，第 153—154 页。

③ 同上书，第 164 页。

表现方式，则受到个人的教养、自我的决定以及社会的制约。在一个强迫异性恋机制主宰的社会里，同性恋倾向只能成为文化的阴暗面，因为拒绝遵守性爱主流被指责为病态或变态。而激进的女同志则认为：爱同性就是爱自己。“自我厌恶使女人疏离自己与自己的需求，使自己相对于其他女人成为异类。她逃避自我厌恶的方法是加入她的压抑者，以来他生活，并援引他的自我、他的权力、他的能力来肯定自己的地位与自我的认同。她避免与那些会反映出她的自我压抑、她的次等地位、她的自我厌恶感的女人有任何关联。因为，与其他女人面对面恳谈，就等于深入分析自己——那个我们竭力逃避的自己。女人若不能彼此彻底支持——包括性爱，就等于拒绝施予自己爱与珍重，却将它们大方赠予男人而换来次等地位。”[①] 波伏娃认为：同性恋提供女人逃离自己的女性特质的机会——以及接受自己的女性特质的机会。每个女人天生是同性恋。透过男人她可以感受自身肉体的存在，却无法知晓它对别人的意义。唯有当触摸感觉另一个女人的身体，而对方的手指也轻轻滑触她的身体时，奇妙的镜射作用才会发生。

在异性恋霸权观念下，当代女性写作者“把‘性’带上政治舞台，强调女同性恋绝非性欲宣泄，而是要超越既定性别政治下的男性本位异性恋主义。女同性恋让女性建构独立于男性而存在的性欲、情感和爱情。女性在历史上首次拥有独立的自我身份认同，连性欲也不须服从男性本位的宰制”[②]。男性社会对女性同性恋的排斥、压抑和否定，就因为它挑战了男性的主体地位，打破了男性与女性有效支配的异性恋规律。因此，同性恋的进步意义在于打破男女性别的两元对立：男子不再透过婚姻占有女性来肯定男性自尊，女子也不必通过唯一的异性婚姻来满足自己。

因此，女性写作中女性同性恋者大多也是出于自我实现和自我认同的需要，她需要在一个与自己相同或相似的个体身上看到自我，将自我投射出去但又能够保持不失去自我。这样的自我认同的选择一方面可能与先天的性格和成长期

① [德]爱莉丝·史瓦泽著，刘燕芬译：《大性别：人只有一种性别》，台北：台湾商务印书馆2001年版，第65页。

② 周华山：《异性恋霸权》，香港：三联书店（香港）有限公司1993年版，第43页。

的心理有关，但不可忽视的社会学和社会心理学事实是：女性在社会中的第二性的潜在弱势，使她既防备着不失去自我，又能够为自我的爱他人的需求寻找到依托，是马斯洛“自我实现的人”所谓的安全的需要和爱的需要的双重实现。当然，这和男性同性恋的性目的论有完全不同的性质。波伏娃在论述同性恋时写道：“在男女之间，爱是一种行动，擅离自我的每一方都变成他者……女人之间的爱是沉思的。抚摸的目的不在于占有对方，而是通过她逐渐再创自我。分离被消除了，没有斗争，所以也没有胜利和失败。由于严格的相互性，每一方都既是主体又是客体，既是君主又是奴隶；二元性变成了相互依存。”①

由以上分析，同性恋在现代女作家的性爱模式建构中属于异性恋与恋母之间的间性性爱模式。与其说是僭越的，不如说是折中的。这时期母爱与性爱的冲突说明女性写作中的自我认同由恋母情结转向异性恋的艰难，同时也证明了女性自我主体性的孱弱，她还没有完全从对母亲也就是传统文化的依附中解放出来，也再一次证明了女性写作的较为初级的状态。女性主义倡导的所谓同性恋文学是建立在明确颠覆男性文化中心主义的立场上的，新文学之初的同性恋书写仅只表达了建构自我的性爱模式和理念的企图，在与异性的交往尚存在着一定的社会障碍和心理障碍的时刻，已经获得了思想启蒙的女性对于不可一蹴而就的异性恋爱模式采取了延宕的方式——不同于回避，于异性爱的建立和来临之前，对于性爱的模拟和想象就转嫁到周围的家庭成员和社会成员身上。由此，女校中聚居并时常有群体活动的女性之间产生彼此朦胧的情感和生理上的需求和依恋倒是有几分正常了。但不得不承认，由于漫长的性禁锢也由于本土的性文化状况，使现代女作家的同性恋书写呈现出某种模糊和暧昧状态，要么强调女性之间纯粹的姊妹情谊，几乎完全抹杀了女性的性别特征以及她们之间性的想象和接触，如五四时期石评梅和庐隐的作品中所表露出的女性彼此之间的友谊与依恋倾向，实际上不同于女性主义意义上的同性恋文学。

对人而言，并不存在单一的性本质、性身份、性模式和性秩序，马克思曾说过：“人对人的直接的、自然的、必然的关系是男人对妇女的关系。……从这种关系的性质就可以看出，人在何种程度上对自己来说成为并把自身理解为

① ［法］西蒙娜·德·波伏娃著，陶铁柱译：《第二性》，中国书籍出版社1998年版，第475页。

类存在物、人。男人对妇女的关系是人对人之间最自然的关系。因此，这种关系表明人的自然的行为在何种程度上成为人的行为，或者，人的本质在何种程度上对人来说成为自然的本质……”[①]，就这种关系的长远性和自然性而言，是人类生存所无法摆脱的，试图摆脱这样一种关系无疑也是荒谬的。当然，男女两性间的关系并不是人类唯一的关系模式，它过去不是，将来也不会和不必是。女性写作应该在此最自然、最长远的人类关系的基础上，追求并宽容多元并举的更加丰富的人类关系表现形态。

同性恋美学的历史贡献即在于此：“重新书写着人类性别差异和性别歧视基础上的全部文明史，一个文化多元、性别多样、美学和伦理观念彼此独立而又相互宽容、色彩纷呈的世界正在出现。”[②]而人类跨越了无知和误解，一个同性恋、异性恋、双性恋等多元共存的性爱模式将出现在写作者的视野当中，并逐渐对全人类的生活方式、观念模式和价值模式进行改造。将来的女性性别写作对女性自我的开掘无疑会从单一的精神取向走向多元，也就是说，女性自我的认同已经不再局限于对母亲、父亲、异性或同性的排斥性的单一认同方式，而是能够在多种认同关系中存在，这预示着女性写作的某种成熟状态，自我认同的某种成熟状态，也意味着丰富而自由的性别模式建构的可能。

① 马克思:《1844年经济学哲学手稿》，人民出版社2000年第3版，第80页。

② 矛锋:《同性恋文学史》，台北：汉忠文化出版有限公司1996年版，第364页。

论现代女性写作中的两元对立矛盾及其成因

传统观念认为，男女社会分工不同，故而在社会中所担任的角色不同、功能也不同。一般说来，公共领域是男性活动的场域，而私人领域（主要是家庭领域）才是女性活动的场域。根据这种分工，女性不被允许进入公共领域。即使在家庭场域，多数女性由于没有经济地位，也仍然处于从属的地位。相对于男性在公共场域所取得的成就、受到的赞赏，女性在家庭场域所作出的贡献从未得到应有的承认。现代社会开启，一俟女性进入公共场域，则形成了对传统性别分工理论的极大挑战，但是，社会及其家庭其他成员也不允许她们放弃原来在家庭场域中所承担的家务劳动和抚育子女的责任。同时，由于女性自身受到传统道德规范的影响，对此责任也难以割舍，从而造成了女性传统的家庭角色与社会角色的碰撞。正是由于现代启蒙以来，女性终于能够走出家庭场域、走向公共场域，现代女性文学围绕着女性解放的话题产生了一系列矛盾组合，这些矛盾构成的双方本来并不矛盾，但在特殊的社会情境中竟然成为不可调和的矛盾，甚至构成了女性解放不可逾越的鸿沟。

一　理想与现实的矛盾

20 世纪初年，中国女性始入公共场域，现代文学甫一发轫即记录下现代女性在公共场域活跃的身影。这些现代女性一反前代女性在社会公共场域的缺席身份、以及生存和情感的屈抑和桎梏状态，在文学、教育、革命等场域扮演着重要角色。现代女性文学作品全方位地再现和留存下她们在公共场域的面影和镜像，其中既有现代女性初入公共场域的兴奋和自觉，又有面对各种传统积习的困惑与软弱，既有对陈旧传统规范的冲击和反抗，又有对新的社会性别身份的创建和反思。现代文学中有关知识女性的书写，是一部包含着激烈的矛盾对立和痛苦的精神蜕变的生存记录和心灵历史。

凌叔华的短篇小说《小刘》涉及女性解放问题的反思，其所表现的理想和现实的对立极具代表性。学生时代的小刘思想激进、头脑聪明，甚至在“坚壁清野”运动中有“军师”之谓。小说描写她此时好看极了，胖胖的有些像娃娃的腮愈加红得鲜妍，两个小酒窝很分明的露出来，一双大眼闪着异常可爱的亮光。然而，十二三年之后，当已经是四个女孩、一个男孩的妈妈的小刘出现在“我”的面前时，“我”的记忆几乎不容我相信眼前的事实：“接着拍孩子声，帘子撩起，一个三十上下，脸色黄瘦的女人，穿了一件旧青花丝葛的旗袍，襟前闪着油腻光，下摆似乎扯歪了。”[①] 不仅女主人公的变化反差巨大，加上旁边一边拉屎一边吃糖的孩子、面貌枯黄身材瘦小的丈夫以及乱糟糟的家，也使“我”产生强大的震撼：女性在进入婚姻和家庭前后的面貌发生如此剧烈的变化，对应的正是当日社会女性解放的理想和现实之间的巨大反差。

另一篇短篇小说《转变》的叙事方式大致相同，叙事者正面描写了女主人公徐宛珍的巨大转变。尽管她们已经十几年不见，尽管重逢时她依然“像当年那样露出雪白匀整的一排上牙，衬着她特有的黑而大的眸子”，但这个当年顶天立地的抱着独身主义的自强不息的女性，终于还是嫁给了一个比自己的母亲的年龄还要大的男人，其目的不过是：“一个月准有四百块收入，一文不少，说出去有正经事情又可靠，像我这样一个药罐子，今天不知明天的人也就得过且过了。”[②] 如此巨大转变的原因就在于理想和现实的巨大落差：求职的艰辛、职场中的侮辱使她一点一点地变了，嫁人有什么不好呢？“一点事不用做，爱吃便吃，爱穿便穿，爱玩便玩，谁也不敢哼一句闲话。”[③] 当年的壮志雄心彻底消磨，已然化作：这是一碗靠得住的饭，一个快要灭的炉子，还想冒什么火花，

---

① 凌叔华：《凌叔华文存》（上），四川文艺出版社 1998 年版，第 152 页。

② 同上书，第 388 页。

③ 同上书，第 387 页。

算了吧！这转变表达了时代女性的无奈和困惑："人的理想时时刻刻要变的，理想常常得跟着需要变是不是，譬如我现在唯一的需要就是要有一个舒服的地方让我歇一歇脚，养一养伤，多的我也不敢想，就是想了又有什么用呢？"[①] 当年在大学里一边读书、一边教家馆、一边译书的她，不但还清了家里的债务，还供给五个弟妹读书及多病的母亲的医药费，现在终于病倒了，终于不得不放弃了自己的理想，也不得不向现实妥协——嫁给一个有钱而无爱的人。

同样，短篇小说《旅途》也描写了这样一个三十多岁的已婚女人：黄黄的脸浮肿着，一手牵着一个小男孩，一手抱着一个小娃娃，一边拖着十一件行李上火车，一边忍受着茶房的歧视——一个生了七胎的女人去看望她的患了花柳病的男人。这就是作者旅途中的见闻，这个出入于公共场域的女性想必也曾经受到社会启蒙思潮的感召，想必也在恋爱自由的口号中选择了自主的婚姻，但结婚后的她已然沦陷于旧时代女子同样的境地，甚至比旧式女子还要更多地另外承担公共场域中的责任和事务。

类似的还有《绮霞》，小说写一个献身家庭的女性唤醒了自身对于音乐的爱好，并为此放弃了家庭，从而终于实现了自我的过程中的犹豫、冲突、停顿以及决断。小说一开始，已经组织了家庭的绮霞偶然抬头望见挂在墙上的小提琴：黑漆皮的套子已经铺满了灰黄的尘土，旁边挂了一个大的蜘蛛网子，近琴套子的地方隐约露着许多有尾巴虫子爬过所遗留下的闪光痕迹。小提琴是她年轻时期爱不释手的宝贝，十多年里日夜不离开的宝贝如今已经成了虫子长久的家园。一个偶然的机会，她在公园里遇见昔日的朋友，一番对谈重新鼓起她拉琴的信心。但因为家庭的原因，她一度产生矛盾：因为爱卓群就应当为了他牺牲一切，如今为了不要放弃自己的音乐，满足自己的嗜好，便不顾他家庭的幸福如何，这无论怎样巧辩，也不能辞自私与不忠于为他牺牲的名义呵！于是，当她再次放弃了拉琴的时候，她发现：

近来老太太时时同她说话，面色似乎也不似前几天那样板板的闷着，

① 凌叔华：《凌叔华文存》(上)，四川文艺出版社1998年版，第389页。

卓群饭量也增加，每天回家也早些了。[①]

但是，在听了一场美妙的音乐会后，她又常常放下家庭里的零碎事情不管了。自然地，她的拉琴回数一天比一天多，老太太与她说话却一天比一天少。竟至终于惹火了老太太，婆媳矛盾就此升级：道理已经很明白的摆在目前，想组织幸福的家庭，一定不可继续琴的工作，想音乐的成功必须暂时脱却家庭的牵挂。于是绮霞留书一封，离家出走了。当她终于学成归来时，他的丈夫也已经另娶了她人——这是当然的。

以上几篇小说的故事情节都比较单纯，以女性的命运为主要叙事线索，突出地表现时光更迭后女性命运的变化，尽管这些女性最后的选择和结局不尽相同，但无一例外地传达了理想和现实之间的矛盾和对立。这些矛盾对立的双方或许在本质上并不构成矛盾，但是在特定的情境和历史语境中却构成了不可逾越的悖论。男性启蒙者所倡导的女性解放为知识女性指向了一个通向无限可能的未来，但在实现这些无限可能的时候，却遇到了一系列现实的难题，理想和现实的对立成为横亘在几乎所有的女性写作中的首要问题。

二　婚姻与事业的矛盾

走出家庭这一私人场域的女性，在初入公共场域时面临的另一现实问题就是：作为其公共身份支撑的个人事业与作为其私人身份支撑的个人恋爱、婚姻和家庭之间的对立。由于其时女性解放的目标被一众男性启蒙者定位为男女平等，而男女平等的标准是与男性的标准取齐、而不是针对女性自身而制定，所以，女性除了在公共场域务必要和男性一样获取事业成功的社会认同外，还必须恪守传统社会赋予女性的家庭义务。因此，女性面临着传统义务和现代要求的巨大矛盾的撕扯、面临着在履行传统个人角色和现代职业女性职责之间的差异和对立，甚至是同时扮演好多种复杂角色的沉重负担。

① 凌淑华：《凌叔华文存》(上)，四川文艺出版社 1998 年版，第 38 页。

关于这组矛盾的探讨，陈衡哲的小说《洛绮思的问题》最具代表性。洛绮思和瓦德志同道合，并已谈婚论嫁，但洛绮思却一直隐隐担忧："结婚的一件事，实是女子的一个大问题。你们男子结了婚，至多不过加上一点经济上的担负，于你们的学问事业，是没有什么妨害的。至于女子结婚之后，情形便不同了：家务的主持，儿童的保护及教育，那一样是别人能够代劳的？"[①]经过两人的和平商议，瓦德充分尊重了洛绮思的意见和抉择，和另外的人结婚了。而此后，洛绮思在与瓦德保持着友谊的同时，发展了自己事业上的野心，终究有所建树。但是，问题并不就此为止。事业上取得成功的洛绮思"忽然感到她现在生活的孤寂了。她又看看她的成功表记——她的著作——可是奇怪，从前能使她得意快乐，使她心血沸腾的一本书，现在忽然变为一堆废纸，一点儿也不能引起她的兴趣来了"[②]。在年龄渐长之后，她终于明白她生命中所缺失的是什么了："名誉吗？成功吗？学术和事业吗？不错，这些都是可爱的，都是伟大的，但他们在生命之中，另有他们的位置。他们或者能把灵魂上升至青天，但他们终不能润得灵魂的干燥和枯焦。"[③]洛绮思的成功是带有缺憾的成功。

那么，一个知识女性究竟如何在事业的成功和家庭的幸福之间找到平衡呢？经过多番的思考，洛绮思最后终有所悟："她对着那青山注视了许久，心中忽然如有所悟，她觉得那山也和她的生命一样，总还欠缺了一点什么。她记得她从前在离山数十里的地方，曾见过一个明丽的小湖，那时她曾深惜这两个湖山，不能同在一处，去相成一个美丽的风景，以致安于山的，偏得不着水的和乐同安闲，安于水的，便须失却山的巍峨同秀峻。她想到这里，更觉慨然有感于中，以为这真是天公有意给她的一个暗示了。"[④]但就连这样的梗概的了悟，恐怕也是只有她自己才能够了解，小说的结尾不能不说是意味深长。《洛绮思的问题》专门探讨女性话题，围绕着事业、爱情与家庭之间的矛盾关系展开，不仅较早地意识到女性解放过程中的这一具体矛盾，并对知识女性关于这一矛盾的后续选择进行了关注和分析，堪称经典之作。

① 陈衡哲：《洛绮思的问题》，《西风》，上海古籍出版社 1997 年版，第 54 页。
② 同上书，第 64 页。
③ 同上书，第 65 页。
④ 同上。

即便是女性文学和女性解放的进程已经走过了一百年历程之后的今天，知识女性依然不能摆脱内在的矛盾挣扎和放弃的失落。作为中国现代女性文学的先行者，陈衡哲曾经谈到自己的文学观或称写作观，她说："我既不是文学家，更不是什么小说家，我的小说不过是一种内心冲动的产品。它们既没有师承，也没有派别，它们是不中文学家的规矩绳墨的。它们存在的唯一理由，是真诚，是人类情感的共同与至诚。"[①] 但就凭这点真诚，她极其超前地把握到女性解放问题的命脉。

事实上，婚姻与事业本是两件不相关的事体，在这里却构成一对难以索解的矛盾。对于女性来说，要想在公共场域实现个人事业的成功，就必须放弃个人的家庭，包括牺牲个人的恋爱和婚姻——因为恋爱、婚姻占用了她们的时间和精力，使她们不能和男人一起站在事业的同一地平线上，或者干脆使她们不得不放弃自己的事业；更因为事业锤炼了她们的性格和气质，使她们在恋爱和婚姻以至家庭中扮演着较为强势的角色，而这为传统文化思维定式中的男人所不能接受。于是，独立的知识女性要么在恋爱、婚姻和家庭中一败涂地，要么被摒弃于恋爱、婚姻、家庭之外；就算勉强进入恋爱、婚姻和家庭之内，也往往难以摆脱双头怪兽式的矛盾挣扎以及带来的无尽痛苦。

三　情爱和母爱的矛盾

除此之外，初入公共场域的女性还需要表达其正常的两性意识，需要建立和异性之间的恋爱关系，并为组建新式的现代家庭而准备。但是，由于传统观念的沉重因袭，女性往往更多地顾忌到家庭成员的意愿，也就是说，她的新式的恋爱如果不能够为以父亲、至少是母亲为代表的旧家庭所接受的话，那么，她们是没有勇气和力量站在整个旧家庭的对立面、以个己的力量去承担这一份自由恋爱的压力的。相较于异性恋的建立和书写，女性文学更愿意书写母慈女爱的故事，更多地在作品中表现同性之间（姊妹）的情谊，从而有意无意地回

① 陈衡哲：《小雨点·自序》，新月书店 1928 年版。

避异性恋情的书写。究其原因，还在于现代社会之初女性意识的普遍微弱。

众所周知，旧家庭的权威体现以父亲为能指，在父亲缺席的情况下则以母兄为能指，故而，此时女性写作中大量的母爱、姊妹情谊的篇章都表达着女性意识的浅表层次。现代文学之初，以冰心的小说、诗歌和散文创作为代表的母爱、童心和大自然的书写表达，不但能为广大的女性受众接纳，而且能够为当时的社会主流文化所接受，原因就在于这样的关系表达并未对传统文化构成威胁，更不必说剧烈的冲击。在传统文化内涵和西方文化表征的双重视域中，冰心以她和缓的文字及其书写姿态成功地扮演了20世纪女性写作一代教母的角色。与冰心不同的是，苏雪林则以抗争的姿态出走，但最终以忏悔的心灵返回，长篇自传体小说《棘心》中对自我解放的期冀，最后都化作了对母爱、母怀的感念。怀着对母亲的歉疚之情，女主人公抛弃一切世俗的情感，完成了宗教的皈依。稍后的庐隐和石评梅的作品，因其对女性自由解放的强烈渴望，被认为是最具备五四的情怀和气质的作家，但苦闷惨痛的现实终于还是使她们彷徨退避。庐隐的中篇小说《海滨故人》中的同性之谊不是现代性别关系建构之一种，同样是女性意识屈就之表达。属于这组对立矛盾表现范畴的，还有石评梅的小说《母亲》。

在五四一代的女性写作中，最为大胆的表达要数冯沅君的小说。但其在第一篇小说《隔绝》中就布设下这样的矛盾格局："我爱你，我也爱我的妈妈，世界上的爱情都是神圣的，无论是男女之爱，母子之爱。"[①] 这是充满意味的矛盾设置："我"既然爱"我"的妈妈，"我"就不能爱"你"；"我"若爱恋你，就是对"我"的妈妈的爱的背叛。果然，冯沅君在另一篇小说《误点》中进一步强化了情爱与母爱之间的冲突关系："我情愿牺牲生命来殉爱——母亲的爱，情人的爱！爱的价值不以人而生差别，谁知道！"[②] 这一组欲语还休的矛盾终于以另外一种托辞表达出来：小说《劫灰》开宗明义表明了对这一矛盾组合的态度和选择：故乡是"我"的慈母，北京是"我"的情人，"我"是个为了情人的爱而忘却慈母的爱的荡子。故而，孙晓忠在《捣麝成尘香不灭》中评论

---

① 冯沅君：《春痕》，上海古籍出版社1997年版，第2页。

② 同上书，第43页。

说："故乡和北京，母亲和情人，成为冯沅君小说中一组对立的文化场景和文化语码，小说的母题也多是一些女学生抗婚事件，这是作者内心对时代的深刻记忆。"[①] 可以说是对五四时期女性小说中母爱与情爱对立矛盾书写的精当概括。

四 知识与情感的矛盾

即便是在那些表现异性恋书写的叙事中，恋爱中的女性也往往为知识太多所苦。由于受教育权利的获得，她们终于摆脱了蒙昧，了解了自我，懂得了女性拥有恋爱和婚姻的自由与权利。但面对强大的社会传统因袭力量，她们的自由恋爱和婚姻往往经历多重的压力和无边的波折，这时她们就会感叹自苦、甚至不断从自身寻找原因。由于自身并不具备强大的冲破旧有限制的思维能力和行动能力，只好将之归结为受了太多教育、读了太多书以致拥有太多的知识的原因，即所谓"知识误我"。言下之意，假如不是接受如此这般的现代教育，她们也就不会寻求所谓的自我独立、个性解放和恋爱自由，那么也就不会出现这么多的犹疑和苦恼。假如她们和旧式女子一样循着旧日的风俗走入旧式婚姻和家庭，她们一定也不会遇到多方的社会道德和舆论压力。女性文学出现如此大量的自我倾诉，一方面是现实的反映，另一方面也是知识女性受到传统势力迫压后的一种矫情表现。冲击世俗成见既无勇气，屈就世俗模式又心有不甘，于是就在两性情感上反复纠葛，以至于让知识和情感这一对不相干的问题成为对立的矛盾组合。

这一问题的出现和此前男性启蒙者对女性"国民之母"的倡导和期待不无关系。早在1906年，中国女性解放的先驱、诗人兼教育家吕碧城就大力倡导欧美女子之教育，反对"女子只应治理家政，不宜与外事，故只授以应用之技艺"的女学宗旨，认为这不过是"造成高等奴隶斯已耳"[②]。同样，秋瑾也在1907年的《中国女报》上撰文，"激烈批判当时的女子教育之结果——'不过

---

① 孙晓忠：《捣麝成尘香不灭》，《春痕》，上海古籍出版社1997年版。

② 乔以钢等著：《中国现代文学文化现象与性别》，南开大学出版社2012年版，第9页。

养成多数高等之奴隶耳'"[①]。但在经历了十数年的女性解放之后，女性依然面对着这样的悖论和难题。

庐隐小说《胜利以后》以书信的形式探讨出走后的女性如何继续完成妇女解放的问题，内中主人公沁芝有这样的感喟："现在我国的女子教育，是大失败了，受了高等教育的女子，一旦身入家庭，既不善管理家庭琐事，又无力兼顾社会事业，这班人简直是高等游民。"[②]那么，受了高等教育的女子究竟是应该与志同道合者结合走入平庸琐碎的婚姻？还是应该怀抱独身主义继续个人事业的追寻呢？这过渡的时代，牺牲了无数知识女性的苦思冥想。陈衡哲在《洛绮思的问题》中的难题再次被提出来，却仍然没有答案。

《何处是归程》继《胜利以后》继续探讨女性解放问题，当然更可以看作《洛绮思的问题》的继续。小说中的年轻母亲发出今昔对比的惊叹与缅怀："这是怎么一回事呢？结婚，生子，作母亲，……一切平淡的收束了，事业志趣都成了生命史上的陈迹……女人，……这原来就是女人的天职。"[③]《或人的悲哀》中，爱恋着亚侠的青年唯逸因抑郁而死，其病因却归结为："只因为认识了你！但是我的环境，是不容我起奢望的，这是知识告诉我，不可自困！然而我的精神，从此失了根据。我觉得人生真太干枯！我本身失去生活的趣味，我何心去助增别人的生活趣味？为主义牺牲的心，抵不过我厌生的心，但是我也不愿意作非常的事，为了感情牺牲我前途的一切。"[④]而亚侠同样"被知识苦缠着，要探求人生的究竟，化费了不知多少心血，也求不到答案！这时的心，彷徨到极点了！不免想到世界既是找不出究竟来，人间又有什么真的价值呢"[⑤]？可见，无论女性，还是男性，都或多或少地受到当时"知识误我"论调的影响。

中篇小说《海滨故人》以更为集中的矛盾表达凸显了情感和知识的对立，宗莹认为人生的乐趣在于情，"真是若没有感情，就不能生活了。情是滋润草木的甘露，要想开美丽的花，必定要用情汁来灌溉"[⑥]。感情几乎可以说是她和

---

① 秋瑾:《大魂篇》,《中国女报》1907 年第 1 期。

② 庐隐:《胜利之后》,《庐隐选集》(上)，福建人民出版社 1985 年版，第 132 页。

③ 庐隐:《何处是归程》,《庐隐选集》(上)，福建人民出版社 1985 年版，第 151 页。

④ 庐隐:《或人的悲哀》，乔以钢编:《庐隐代表作》，河南人民出版社 1994 年版，第 45 页。

⑤ 同上书，第 46 页。

⑥ 庐隐:《海滨故人》，乔以钢编:《庐隐代表作》，河南人民出版社 1994 年版，第 238 页。

她的朋友们的基本情绪和信仰，但她们的感情无一例外地遇到了挫折。接下来，小说写露沙因读书太多患上了“哲学病”，思考恋爱的毫无意义、青春的不能永恒等人生悖论：

> 人生到底做什么？……牵来牵去，忽想到恋爱的问题上去，——青年男女，好象是一朵含苞未放的玫瑰化，美丽的颜色足以安慰自己，诱惑别人，芬芳的气息，足以满足自己，迷恋别人。但是等到花残了，叶枯了，人家弃置，自己憎厌，花木不能躲时间空间的支配，人类也是如此，那末人生到底做什么？……其实又有什么可做？恋爱不也一样吗？青春时互相爱恋，爱恋以后怎么样？……不是和演剧般，到结局无论悲喜，总是空的呵！并且爱恋的花，常常衬着苦恼的叶子，如何跳出这可怕的圈套，清静一辈子呢？①

经历了朋友的聚散、爱情的离合，露沙喟叹：“十年读书，得来只是烦恼与悲愁，究竟知识误我？我误知识？”小说中的另一女主人公云青也说：“真是无聊！记得我小的时候，看见别人读书，十分羡慕，心想我若能有了知识，不知怎样的快乐，如果知道越有知识，越与世界不相容，我就不当读书自苦了。”宗莹说：“谁说不是呢？……进了学校，人生观完全变了。不容于亲戚，不容于父母，一天一天觉得自己孤独，什么悲愁，什么完了，逐渐发明了。……岂不是知识误我吗？”② 最后问题全部归结到“知识误我”这一结论，知识与人生的矛盾冲突的两难话题再次被提了出来。

现代化初期，借助稍有发展的交通条件，人的活动范围较之以往不断增大，时间和空间的改变和转换也变得较为寻常，固守一隅和世代不移的友情也变得不可期，朋友之间的风流云散亦属正常现象，这也喻示着传统乡土社会的人际传统的潜移默化式的变更和消失。但对于敏感的知识女性来说，友谊和人际的变更影响到她们对于世界的基本态度和认知。于是，露沙才会说：“世界上的

① 庐隐：《海滨故人》，乔以钢编：《庐隐代表作》，河南人民出版社 1994 年版，第 246 页。
② 同上书，第 252 页。

事情，本来不过尔尔，相信人，结果固然不免孤零之苦，就是不相信人，何尝不是依然感到世界的孤寂呢？总而言之，求安慰于善变化的人类，终是不可靠的，我们还是早些觉悟，求慰于自己吧！”[①]现实世界愈是无法调和，愈是要到书本中寻求答案，但是，人类的痛苦永远无法彻底解决：“人生的悲剧，都是生活和思想的矛盾所造成。理想和现实永远不能调和，人类的痛苦因之也永无休止。”[②]世纪初年知识女性受教育权利的获得，使她们在自我觉醒的同时，也在某种程度上加深了对于世界的分裂性认识。

五 爱情模式中的身体悖论

除此之外，恋爱中的女性还面临着爱情与身体的矛盾，受到传统观念的影响，处女禁忌影响女性终身，爱情中身体的接触就成为违反禁忌的越轨之举。作为人类情感的自然反射，身体的需求又是恋爱中男女的自然需求，于是，在维持处女禁忌和适应自然需求之间就产生了不可调和的矛盾。好在这样的矛盾只是暂时的，禁忌的维持也是短时间的，一旦恋爱中的女性获得合法的婚姻身份，这一矛盾的对抗性就不复存在，逐渐过渡或转换为家庭和事业的矛盾、爱情与革命的矛盾等。冯沅君的《卷葹》系列小说中，男女主人公在出奔的路上也只是恪守着传统规范中对身体的禁忌而已。直到丁玲的《莎菲女士的日记》中，才获得女性意识的空前解放，在女性欲望的主动和坦白方面有相当出位的表现和突破。

冯沅君小说《隔绝》在描写爱情或者说是两性之间的关系时，首次突破了描写的禁区或限度，涉及身体的接触——尽管这接触还是有着语码上的某种忌讳。例如：“就在那年冬天，万牲园内宴春楼上，你在我的面前哭着，说除我而外你什么都不信仰……我就是你的上帝……实行XX的请求。我回答你：自此而后我除了你外不再爱任何一个人，我们永久是这样，待有了相当时机我

---

① 庐隐：《海滨故人》，乔以钢编：《庐隐代表作》，河南人民出版社1994年版，第262页。

② 石评梅：《白云庵》，杨扬编：《石评梅作品集·诗歌小说》，书目文献出版社1983年版，第205页。

们再……。”[①]这里的隐语读者一看就明白，那是叙述者不愿意说出来的、有违于道德伦常的话语。接下来还有这样的描写：“试想以两个爱到生命可以为他们的爱情牺牲的男女青年，相处十几天而除了拥抱和接吻密谈外，没有丝毫其它的关系，算不算古今中外爱史中所仅见的？”[②]叙述者刻意如此表现并不因为这是一种爱情的标新立异。究其本质，还是一种怯懦，是对伦常道德等传统的男女性观念以及身体观念的绝对的遵从和归依。小说《旅行》中，叙述者再次强调了这样的性爱理论和观念：他那一间房简直是作样子的，充其量也只是他的会客室而已。“好像我们就是……。其实除了法律同……的关系外，我们相爱的程度可以说已超过一切人间的关系，别说……”[③]尽管如此，“我们的爱情肉体方面的表现，也只是限于相偎依时的微笑，喁喁的细语，甜蜜热烈的接吻吧。我知道别的人，无论是谁都不会相信。饮食男女原是人类的本能，大家都称柳下惠坐怀不乱为难能，但坐怀比较夜夜同衾共枕，拥抱睡眠怎样？不过我以为不信我的话的人并不是有意轻蔑我们，是他不曾和纯洁的爱情接触过，他不知道爱情能使人不做他爱人不同意的事，无论这事是他怎样企慕的。”[④]与柳下惠相比，就意味着一种标准的建立，而此处所表现出的胜过柳下惠的优越感更显示出叙事者所秉持的两性关系中的身体原则和伦理诉求。

对于这一固守传统的行为，男女主人公还有自己的辩解：“我不怕，一点也不怕”，“人生原是要自由的，原是要艺术化的，天下最光荣的事，还有过于殉爱的使命吗？总而言之，无论别人怎样说长道短，我总不以为我们的行为是荒谬的。退一步说，纵然我们这行为太浪漫了，那也是不良的婚姻制度的结果，我们头可断，不可负也不敢负这样的责任。”[⑤]内中的矛盾极为明显：一方面是对封建婚姻及其两性关系模式的反对，一方面是对新的爱情关系模式的盲信和盲从，陷入了非此既彼或此好彼坏的推理模式当中，以为目下所采取的行为一定是最好的，而且采用了通常人们在维护旧的模式时所采用的行为来维护新的

---

① 冯沅君：《隔绝》，《春痕》，上海古籍出版社 1997 年版，第 7 页。

② 同上书，第 8—9 页。

③ 冯沅君：《旅行》，《春痕》，上海古籍出版社 1997 年版，第 21—22 页。

④ 同上书，第 23 页。

⑤ 同上书，第 25 页。

模式，而实际上，既然旧的模式不足取，那么，用以维护旧模式的方式自然也不足取，当用维护旧模式的方式来维护所谓新模式的时候，其中的悖论和矛盾更为深重。

六　悖论产生的原因分析

在陈衡哲的小说文本中，事业和婚姻的矛盾成为女性解放的二元悖论，《洛绮思的问题》中有很详尽的描述，洛绮思在遵从了自己天性和喜好的选择之后，最终却留下了难以平复的遗憾。在庐隐的小说文本中，女性执著于追问生命的意义，于是知识和感情即理性和感性的矛盾上升，成为无法调和的二律悖反。到了冯沅君和苏雪林的笔下，异性爱与母爱的冲突又成为不可不面对的、使女性无比痛苦的问题，在经过了感情的折磨和亲情的较量之后，终于母爱占了上风，女主人公也由争取恋爱自由的勇士皈依母怀一变而为柔顺的女儿。这样的矛盾对立发展到丁玲的笔下，却一度成为恋爱与革命的矛盾（以《韦护》为代表），这一方面表明时代的话语符码已经发生了转换，另一方面也说明时代的洪流已经将母爱、知识、事业这样的个人主义话题，或私人领域的情感黏滞冲击到文学的边缘地带。

萧红的小说叙述突出的是生和死的对立，一方面突兀着生的追求，一方面却不断地倒在死的泥潭里，这样的话题是永恒的，这也是萧红作品超越性的原因所在。1940 年代的上海文坛，张爱玲和苏青各显锋芒，但其对人生与文学的考量却各有千秋，苏青的多数作品仍凸显了事业和家庭的矛盾，甚至更为具体和琐细的享受性和生育苦的矛盾，甚至贤妻良母与职业女性之间的矛盾，唯其琐碎，所以平实，但也因为平实，所以不抵超越。显然，张爱玲是在另一个更高的层面上发言，她的文学书写中也不可避免地有矛盾和悖论的存在。在张爱玲的视界中，光明和黑暗，人性之善和人性之恶成为对立的两极，比起现代文学的其他作家显得更加高远深刻。

新的国家的建立使得现代女性写作的传统一度中断，一体化的思想和文化使个人话语的表达销声匿迹。当张辛欣在 1970 年代末和 1980 年代初爆发出她焦灼和急迫的一声呐喊时，曾引起巨大的社会反响，于是，那个被重复了将近半个世纪的女性话题重新被提出：事业和婚姻的矛盾。历史何其相似，在走了半个多世纪的行程之后，张洁们的困惑与陈衡哲的思量却如同出一辙，但细细考量就会发现，她们之间有着完全不同的历史语境，一个从未进入家庭，一个却从破碎了的家庭里冲了出来。在此之后，张洁以其哀婉的叙述将事业和家庭的这一矛盾深化和延续，谌容、张抗抗等作家也对同一话题和类似的矛盾进行着文学上一而再、再而三的重复叙述，这种矛盾的集中发作是和社会问题的浮出水面相辅相成的。直到 1980 年代中期女性文学中性别差异的重新确立、1990 年代身体书写的狂欢，当身体已经走上屠场而灵魂已经远行的时刻，还有什么不可以解决的悖论呢?

而所有这些矛盾的出现都和五四以及 1949 年这两个阶段所进行的妇女解放运动息息相关。它使我们反思这一由男性所操持着女性解放话语是否符合女性的意愿？或者这由男性的意愿所代表的女性解放话语是否适合女性的切实生存？并进而思索，在 20 世纪的那场急风暴雨般发生的王纲解纽的文化思想变革中，社会是否为妇女的解放准备了充足的或者必备的条件呢？事实恰恰相反，当女性被男性启蒙者鼓噪着走出家庭、走上社会的时候，才发现社会并不容易给她们以栖身之处，社会也没有能够给她们提供可以获得经济后盾的职位，另外也还没有为她们准备了相当的知识和胆略的男性的伴侣……于是，她们或寻求旧家庭的归依宽恕以重新接纳她们；或就此走向另外一个牢笼，在丈夫的家庭中做一个旧式的女子，借由妇女解放的风潮找到一个稳定的经济来源；或者干脆就此死亡以至堕落……所以，她们不能不苦闷，也不能不彷徨，不能不伤心，也不能不绝望，所以，她们在无所皈依以及无所寻求中，抱定并践行了“时代的牺牲品”的观念，并以各种各样的方式消磨残存的生命。

论 20 世纪中国女性诗歌的生命意识

在对 20 世纪中国女性诗歌进行返观时，一个越来越清晰的事实是：真正的女性诗歌不仅仅是以性别为标志的，换句话说，性别并不是界定和衡量女性诗歌的唯一标准。性别意识在女性诗歌中的凸显只是 80 年代生命意识强化的思想大背景下的表达，也是文学创作各文体间相互影响和浸透的结果，以及中国文学与世界文学潮流对接时期的症候式呈现。20 世纪中国女性诗歌的生命意识实质上意味着女性意识，却不完全等同，作为两个带有交叉性的概念，生命意识和女性意识缠绕在女性诗歌研究中，在一定程度上干扰和混淆了研究者的视线和辨析。为了强调 20 世纪中国女性诗歌发展中的连贯性和丰富性，本文从生命意识的视角切入对女性诗歌的梳理和回顾。

一

相关的问题在于：历史本身的非线性发展使主题的提炼具有某种可疑性；同时，提炼和细化是两个反方向的行动过程，当一个精密的链条出现时，一个丰富的诗人不见了。以一个个丰富的诗人为代价，我们在对诗歌历史进行类似于强取豪夺式的生吞活剥，矛盾正如唐晓渡所说：“突出的是各个不同的创作个体和现象间可通约或可公度的成分，而舍弃彼此具体意向和风格上的差异……因为对文学本身来说，真正有价值的，或更应该被谈论的，恰恰就在于这种差异性，在于不同的创作个体和现象间不可通约、不可公度的成分。”[①] 但任何知识的梳理和承继必然经历整合的过程，整合的过程也是打碎的过程，并且打碎是为了更好地整合，所以，对“女性诗歌”内涵的辨析将是第一步的工作。

首先，这里所说的“女性诗歌”是广义的，指的是由 20 世纪中国女性诗人写下的表达女性特殊生存境遇的诗歌作品，并且女性特殊的生存境遇强调的是历史的真实境遇，而不是西方女性主义先入为主的颠覆性写作理论。当然，本文的前提是：女性诗歌所表现的生活和生存是多方面的，它应合着整个 20 世纪中国诗歌发展的潮流——一方面秉承着以感性和智性为主的传统诗歌内蕴，另一方面链接着以知性和理性为主的现代西方思想话语。实际上，这里包含着对女性主义更为深刻的理解问题，究竟怎样表现女性才是女性主义的？除了站在抵制男性中心主义的立场彰显女性意识的诗歌外，那些如实地再现女性的现实生存境遇，并将女性的历史生存由遮蔽带向敞亮的作品都应该称之为女性主义的，在此意义上，新文学以来的女诗人作品无疑都应当归属于女性诗歌范畴。

其次，除了内在的规定性之外，女性诗歌还是一个历史性的概念范畴。崔卫平曾经指出：“女性主义诗歌与诗歌所汲取的是一条河流——处于具体的时空、具体的观察世界位置上的普通人的灵魂，它用方言讲述着它自身的故事，包括肉体的故事。”[②] 翟永明有段引起研究者广泛关注的话：“尽管在组诗《女人》和《黑夜的意识》中全面地关注女性自身命运，但我却已倦于被批评家塑造成反抗男权统治争取女性解放的斗争形象，仿佛除《女人》之外我的其余大部分作品都失去了意义。事实上‘过于关注内心’的女性文学一直被限定在文学的边缘地带，这也是女性诗歌冲破自身束缚而陷入的新的束缚。什么时候我们才能摆脱‘女性诗歌’即‘女权宣言’的简单粗暴的和带政治意义的批评模式，而真正进入一种严肃公正的文本意义上的批评呢？事实上，这亦是女诗人再度面临的‘自己的深渊’。”[③] 这段话出现在对女性诗歌的普遍反思时刻，表明沉寂时期对新的写作方式的寻求，同时也透露出重要的信息：女性诗歌在充分

① 唐晓渡：《唐晓渡诗学论集》，中国社会科学出版社 2001 年版，第 1—2 页。

② 崔卫平：《在诗歌中灵魂用什么语言说话》，《诗探索》1995 年第 3 期。

③ 翟永明：《再谈“黑夜意识”与“女性诗歌”》，《诗探索》1995 年第 1 期。

表达自我的性别意识之外，还有更为广阔和深刻的生命意识。

然而，寻求的向度究竟在哪里？翟永明的另外一段话却没有引起人们足够的重视："思考一种新的写作形式，一种超越自身局限，超越原有的理想主义，不以男女性别为参照但又呈现独立风格的声音。女诗人将从一种概念的写作进入更加技术性的写作。无论未来我们写作的主题是什么（女权或非女权的），有一点是与男性作家一致的：即我们的写作是超越社会学和政治范畴的，我们的艺术见解和写作技巧以及思考方向也是建立在纯粹文学意义上的，我们所期待的批评也应该是在这一基础上的发展和界定。"恰恰与其愿望相反，这段话被误认为是犹豫和保守的表现，在这篇文章的最后，她重复了在《黑夜的意识》中说过的一句话："如果你不是一个囿于现状的人，你总会找到最适当的语言与形式来显示每个人身上必然存在的黑夜，并寻找黑夜深处那唯一的冷静的光明。"因此，当女性颠覆传统张扬性别的高潮过去之后，翟永明依然在为女性为人类寻找黑夜深处那唯一的冷静的光明。而这"黑夜"和"黑夜深处"的"光明"无疑预示着个人身上被无意识掩盖着的巨大的生命意识的冰山地带，以及冰山下生命的火山。

唯其如此，女性诗歌也才从性别意识的短暂获得和局限中走出，重新回到对女性生命本体的寻找和叩问。不仅如此，女性诗歌作为一个范畴性的概念，其对 20 世纪诗歌的涵盖和包容强调了梳理的学理性。同样，女性主义诗歌概念的使用，并不意味着女性诗歌不能表达女性独特的生命体验。由于受制于各自的出发点和写作语境，有一种可以贯通的东西在现有的研究视阈中被忽略了，即女性诗歌中生命意识的存在以及纷繁错落的呈现方式。在整个 20 世纪中国女性诗歌发展中，生命意识作为最核心的存在，其总体趋势是不断加强的，虽然有时不得已而减弱，但始终未曾中断；并且对生命意识的关注和强调一直是女性这个生存群体所以提笔书写的最深层和根本目的。对于生命的静观和体悟，由表层而内里，由情感而理智，由智性而身体，充分显示了其多样性和丰富性。同样，80 年代女性诗歌的性别和身体的书写，与人的主体性的回归、生命意识的强化分拆不开，而且两者之间的关联也是至关重要的。生命意识的强化，是新时期文学的一个根本特征，它和之前十七年甚至更长一段时间的文学对个体生命压抑的巨大反弹有关，和新时期文化思潮中对个人的强调和倡导有关，和隔绝多年后与世界文化思潮的再次激烈遇合有关…… 总之，它不是空穴来风，它是一种民族生命力的强大积累，是突破了各种拘囿的个体创造力的全方位爆发，这包孕着自我的发现、性别的发现以及身体的发现等。当身体成为女性诗歌书写的焦点时，表明身体已经成为生命存在的最实在的依据和最可靠的屏障，对身体的强调和高标，是生命意识在后现代语境下结出的物质之果。

二

既然如此，20 世纪中国女性诗歌表达了女性怎样的生命意识呢？或者换句话说，女性诗歌中生命意识是如何表达出来的呢？对外在生命自由的追求和言说，突出地表现在五四文学革命初起时，陈衡哲、陆晶清和石评梅的诗歌可作为一脉传统。这一传统体现着女性的社会价值追求，女性将自己的价值实现寄托于外在的社会革命所带来的价值目标的实现，实际上也验证了五四精神对走出闺阁的女性精神理念和生活方式的冲击。

陈衡哲的诗作不多，“我若出了牢笼，不管他天西地东，也不管他恶雨狂风，我定要飞他一个海阔天空！直飞到精疲力竭，水尽山穷。我便请那狂风，把我的羽毛肌骨，一丝丝的都吹散在自由的空气中”[①]！这首《鸟》带着时代的浪漫气息，发出了女性对自由的呼唤和对自我解放的呼吁——几近达到时代浪漫和豪放的最强音。陆晶清和石评梅的多数诗歌，则脱尽闺秀气，发出“匹马嘶北风”的豪迈宣言，其诗作所洋溢着的英雄慷慨之气与庐隐的时代感伤恰成对照，陆晶清的《临行》：“请看我，抽出宝刀斩断了烦恼，从今后我跨上青骢奔向大道。但愿风霜雨雪系我生命牢，漂流去，勿须问水长或山遥。”将离情别绪化作了壮烈的情怀，石评梅的《别宴》调子则更加高昂：“妹妹！请你饮干这一杯，咽下去，咽下去，你不要再为了命运凄悲；看！抽刀断愁将一腔烦恼白天虚，假如人间尚有光明的火炬，这宇宙顷刻变成灰！”

① 陈衡哲：《鸟》，《新青年》第 6 卷第 5 号，1919 年 5 月。

刘思谦曾深有感触地说："被误认为是风花雪月的'花园派小姐'石评梅生命燃烧的终笔绝唱，却原来是一曲凄怆的英雄梦幻曲。"[①]"我们不一定给她的后期作品戴上'革命文学'的桂冠，只要知道她这时的深层心理情绪同这类文学是相通的就可以了。石评梅如果多活几年，她也许会毫不犹豫地卷入这个文学潮流。"革命文学的潮流终究被许多人赶上了，就诗歌而言，关露、杨刚的诗作充分表露了大革命时代风云激荡的情怀——直到五六十年代仍然不绝如缕，即便是80年代舒婷这样的婉约的诗人，也被捆缚《在诗歌的十字架》上豪迈地宣誓："我钉在/我的诗歌的十字架上/任合唱似的欢呼/星雨一般落在我的身旁/任天谴似的神鹰/天天啄食我的五脏/我不属于我自己，而是属于/那篇寓言/那个理想"，女性应和着时代政治革命的潮流作出了其社会价值取向、即外在生命价值追求的表达。女性文学研究者往往对这类作品评价不高，批评她们泯灭了自我，按照男人的社会规范来要求自我，而实际上她们的自我并没有消失，她们更不可能生活在男性的社会规范之外。"每一个女人的主体性不只建立在与全体妇女认同之上，同时还表现在她与自己所处阶级和种族的同一关系中。"[②]这种对外在生命意识的呼唤和追求表明女性在特定时代的主体性认同趋向，其中所张扬的生命意识、对创造的巨大期许都不应被忽视。

早在秋瑾的诗歌中，对外在生命意识的强烈追求就已经开始，并为后代的效仿者设立了最高范式。在男权文化传统中，女性当在暗处出现，她是阴柔的一部分，只适合在有月亮的晚上祈祷，她喃喃有词，但听不清说些什么，她生活的地带也永远在公众的视线之外，谁也不能了解那被层层禁闭着的闺阁中月色黄昏时所浮现并飘逝的话语。当太多男性诗人在古代诗歌中模仿女性抒发着其郁郁不得志的情怀时，女性从模拟男性身份开始了新的说语反抗。秋瑾所开创的生命意识不仅在于勤习武、易男装、以壮士别、以烈士终，更在于她把传统男性建功立业、保家卫国的人生价值规范自我化了，她的壮怀激烈的英雄男儿梦在其诗歌作品中显现得淋漓尽致，"秋瑾是按照时代精神来塑造自己的形象，她的行为与写作都是对以豪勇、强悍为特征的男儿气概的模拟。……秋瑾

---

① 刘思谦：《娜拉言说》，上海文艺出版社1993年版，第87页。

② 康正果：《女权主义与文学》，中国社会科学出版社1994年版，第112页。

还不只是一般地‘表示其男性’，她的性别改装是以同时代慷慨悲歌、跃马扬戈的激进男性作为参照的”[①]。刘纳对秋瑾“好名太甚”心怀悲悯，但秋瑾行为在特定时代环境中的反抗性足以掩盖这唯一的自利成分，秋瑾以其诗歌对于外化的生命意识和状态作了最壮烈的表达。

以冰心为代表的女性诗歌意味着20世纪中国女性诗歌的另外一种传统——“现代闺秀”式写作，多执着于女性生命的情感层面来表达女性的生存。丰厚的古典文学修养，充分的西方文化洗礼，在中西文化合璧的意义上，冰心成为现代闺秀的典范。母爱、童年和自然是她诗作的核心，家庭、亲情是其诗情迸发和落脚之所，《繁星》和《春水》中的流云小诗，波动着少女情绪里的脉脉春水，闪烁着青春哲理的点点繁星。此传统上可推溯至古代文学婉约派李清照，多清新可喜；下可抵达现当代文学大量的女性诗歌，多温润如玉。这种女性诗歌与西方激越的女权主义理论几无关联，表现的是中国本土的女性意识，平和、委婉、恬淡，甚至是甜蜜的忧伤……这正是中国女性诗歌的日常状态——同时意味着为男权文化所默认和容纳，故成为最经久常存和所谓“被公认”的。

现代闺秀派传统在当代文学时期的恢复和连接是由舒婷来完成的。带着青春的梦魇，舒婷以坚强而深情的表达走上诗坛，但不能不说，舒婷的“战友”式爱情，是以主流的社会价值规范为认同指向的，是“男女平等”的一次诗化言说。这种不要僭越、只求平等的诉求是典型的男权社会中心意识在女性诗歌中的反映，故谢冕说舒婷是“新诗潮最早的一位诗人，也是传统诗歌最后一位诗人”，反映经历了特殊时代的女性岁月和生命的痕迹，即便如此，舒婷诗歌带来的新鲜的女性风范也是建国后三十年的诗坛上所绝无仅有的。舒婷诗歌带动了一批女诗人诗作的勃兴，尽管她们的表达在很多时候不具备超越性，甚至是庸常和琐碎的，但这种装饰性的声音确实使 80 年代以来的女性诗歌园地颇为热闹。

值得注意的是，冰心的写作不以诗歌独擅，而诗歌，用她自己的话说，只不过是一些“零碎的思想”，正是这“零碎”值得我们玩味——表明它的私密

---

① 刘纳:《嬗变》，中国社会科学出版社 1998 年版，第 101 页。

性、个人性、日常性，从而具有天然的女性特征。零碎性使其获得了一种新历史主义意义上的言说，正是那不为大历史所注视之处才更容易成为女性的，因为女性一再地被摈弃于大历史之外，直到新时期诗歌中还有类似的吟唱，它们表达了传统文化规范内生存的女性的情感、以及这情感的细波微澜，很多当代女诗人包括台湾的席慕容、尤其一些女诗人的早期作品，如林徽因、陈敬容，甚至包括秋瑾，对自然的生命状态和情感的描绘都属此类。但这样的女性意识是浅表的，带有浓重的传统文化的内化成分。长期为研究者所忽略的文学史现象往往最能说明女性写作的真实，萧红的诗歌作品几无人提及，在我看来，其更能显示作为时代大勇者、女性精神独立者的萧红，在政治、革命和集体的潮流裹挟掉个人的年代，所表现出的作为性别的个体的生存困惑，即女性对男权重压的呼喊和抗议，而这样异议的声音在20世纪中国女性诗歌中是绝无仅有且耐人寻味的。

据粗略统计，萧红生前留下约62首诗。这62首诗绝妙地象征和喻示了女性生命中的几个情感段落，一个为获取自由和自我的女性不甘迫压而终被迫压、并最终奋起的生命历程。其中以《春曲》6首、《苦杯》11首、《沙粒》36首最具有代表性，《春曲》表达的是少女恋爱中的幸福和甜蜜，《苦杯》表现的是失恋的哀伤和不平，《沙粒》则是自救的领悟、寂寞的心绪和生活，这些组成了女性的命运三部曲，尽管她没有走出灾难深重的时代，但她的诗歌却是女性自救的警示。萧红诗歌是一个隐喻，也是一个转折，更是一个预言，所有那些不甘于沉寂中毁灭的女性，将她的书写指向生命的更深处，揭示了存在和生命的无穷的奥秘。

三

执着于女性自身的生命状态，由内省到反思，再到反抗的表达，是女性对于生命的内在自由的寻找和建设，是对生命内宇宙的探索和领悟，这无疑属于沉思的诗、生命的诗、成熟的诗。而对于自身生命的体悟和反思，随着生命意识的加强又经历了两个发展环节。第一个表现层面是对生命存在的静观。一是方令孺，“写诗不多，但都‘严守着她的静穆’”[①]。一是林徽因，“情诗写得比较得体，不失身份，含蓄温婉的，要算林徽因，但也止于抒写小姐隐秘的情事”。林徽因 30 年代以后作品有较为明显深刻的变化，发表于 1947 年的《人生》是对生命的醒悟和静观，“人生 / 你是一支曲子，/ 我是唱歌的；// 你是河流 / 我是条船，一片小白帆 / 我是个行旅者的时候，/ 你，田野，山林，峰峦。// 无论怎样，/ 颠倒密切中牵连着 / 你和我，/ 我永从你中间经过”；《展缓》是对情感和理智的思考，这对亘古的矛盾不能彻底解决的困惑，《给秋天》是对爱情、时间和生命的领悟，《写给我的大姊》则对自我的生命留痕进行静心慧悟。林徽因早有慧因，早期诗作就不时地显现着对于生命本身的直观，如《“谁爱这不息的变幻”》、《深夜里听乐声》，尤其是《莲灯》，无论核心意象还是言说题旨，都含有深刻的人生义理：“如果我的心是一朵莲花，/ 正中擎出一支点亮的蜡，/ 荧荧虽则单是那一剪光，/ 我也要它骄傲的捧出辉煌。/…… 算作一次过客在宇宙里，/ 认识这玲珑的生从容的死，/ 这飘忽的途程也就是个 ——/ 也就是个美丽美丽的梦。”对真善美以及智慧的形而上本质进行了思辨，美逃不出时间的威严，人生的庄严在于难以逃避地来到死的目前，告别生命，领受死亡。生命的存在不过是一场盛宴、一支乐曲、一幅图画，一条河流、一片风景，终将退出视听之外。

在 1940 年代的“低气压”中，女性诗歌经历了它生命外在自由的寻求、生命表象的描摹和内在生命的静观，走进了时代政治的逼仄环境里。“九叶诗派”再造了现代诗歌的辉煌，郑敏和陈敬容为现代女性诗歌书写了独特的生命体验，剥离掉那些含有较明显的政治关切和政治隐喻的成分，她们的诗由对生命的静观走向第二个表现层面：灵魂的思辨，是感性的思，是思中的情感，是在情感中怒放的现代理性之花。由于受到西方现代哲学的影响，郑敏和陈敬容的诗歌充满了诗 —— 语言 —— 思的命题，充满了感性和智性、理性和知性的交融与贯通。深受里尔克的影响和西方音乐、绘画熏陶的郑敏，“善于从客观事物引起深思，通过生动丰富的形象，展开浮想联翩的画幅，把读者引入深沉的境界”。“‘雕像’是理解郑敏诗作的一把钥匙。她注意雕塑或油画的效果：以

① 蓝棣之：《新月派诗选·序》，人民文学出版社 1989 年版，第 44 页。

连绵不断的新颖意象表达蕴藉含蓄的意念，通过气氛的渲染，构成一幅想象的图景。”[①]《九叶集》所收郑敏20首诗中有7首是直接写画或以画入诗的，《金黄的稻束》中那疲倦的母亲，树巅上的满月……使人联想到海德格尔对梵高《农鞋》的存在之思，“聚集着她在寒风料峭中迈动在一望无际永远单调的田垄上步履的坚韧和滞缓。……回响着大地无声的召唤，成熟谷物宁静馈赠及其在冬野的休闲荒漠中的无法阐释的冬冥。这器具聚集着对面包稳固性无怨无艾的焦虑，以及那再次战胜了贫困的无言的喜悦，隐含着分娩时阵痛的哆嗦和死亡逼近的战栗”[②]。带给人无尽的思的缅想和回味。《寂寞》揭示了生命孤寂的本质，直白而沉重，“庭院里”“不能行走的两棵大树”“一扇玻璃窗上的两个格子”“永远站在自己的位子上”。生命永远寂寞，“直到最后看见 / ‘死’在黄昏的微光里 / 穿着他的长衣裳。……我想起有人自火的疼痛里 / 求得‘虔诚’的最后的安息，/ 我也将在‘寂寞’的咬噬里 / 寻得‘生命’最严肃的意义”。唐湜认为郑敏最浑厚、也最丰富，“她仿佛是朵开放在暴风雨前历史性的宁静里的时间之花，时时在微笑里倾听那在她心头流过的思想的音乐，时时任自己的生命化入一幅画面，一个雕像，或一个意象，让思想之流里涌现出一个个图案，一种默思的象征，一种观念的辩证法，丰富、跳荡，却又显现了一种玄秘的凝静”[③]。穿越生命的无垠暗海，反观灵魂的浩瀚星空，诗人对存在的度量又多了些安详和从容，对光明和智慧的向往又多了些信念和虔诚。

有别于郑敏，深受古典诗词和西方诗歌影响的陈敬容的风格是：“火爆式的快速反应，高速度地以外景触发内感，势头快而猛，粗犷而有力。”[④]连贯的、流畅的、清洁的、素朴的抒情在一刹那里被触动和挑起，于是晕染开来，关于生命的顿悟，关于众相的沉思默想使陈敬容的诗带有更丰溢的灵性。《陌生的我》表达了个人情感与共同经验之间的可联系性；《默想》体现了思想的辩证法；《沙岸上》，诗人落入默想：“春天像一个梦 / 夏天像一簇光 / 秋日将我的思虑澄清 / 最后寒冬来收集 / 所有大地的宝藏”；《智慧》《黄昏，我在你的边上》

---

① 袁可嘉：《九叶集・序》，作家出版社 2000 年版，第 9 页。

② ［德］海德格尔著，彭富春译：《诗・语言・思》，文化艺术出版社 1991 年版，第 35 页。

③ 唐湜：《新意度集》，生活・读书・新知三联书店 1989 年版，第 143 页。

④ 袁可嘉：《九叶集・序》，作家出版社 2000 年版，第 9 页。

都有很深浓的生命寓意，诗人的生命职责在于记录灵魂的语言，“在一间静静的斗室 / 你将素纸展开，/ 当日影颤动，当风雨沉吟，/ 或是当烛火摇曳；/ 你计数着宇宙的脉搏，/ 急急地写下 / 一些灵魂与灵魂 / 的秘密的语言”。诗人在时间中的存在是一系列更迭的成像：“于是我立在 / 一只疾驶的船头 / 顺流而去 —— / 看着每一个旧的我，/ 每一个属于‘过往’的我 / 缄默地被遗留给 / 一些终古屹立的岩石。”从《盈盈集》至《交响集》，诗人参与到时代的声音和场景当中，《力的前奏》中“全人类的热情汇合交融 / 在痛苦的挣扎里守候 / 一个共同的黎明”，《冬日黄昏桥上》也同样散发出特定时代中共同的期待和呼唤。

在一个时世艰难、生命蛰伏的时代，郑敏和陈敬容的女性诗歌将外在的生命自由的追求转向内在生命的谛听和领悟，在与西方知性和理性话语的链接以及传统诗歌感性和智性的承继上获得了空前的圆融与和谐，郑敏曾说过：“对于生命存在的思索与表现”，意味着“‘生命’对我来讲一直是一个个人的最深刻的经验。生命中记载了我们自己与世界接触的各种感受。生命的存在状态是一个诗人必然会时时在关心的问题。我并不主张脱离现实，躲在自己的堡垒里去考虑自己的生命问题。而是觉得每个人只有通过自己对神秘功能的感受才能理解这个世界，反映这个世界。一个诗人与生命之间的交流和感受是其诗歌的主要来源。……我感到，与自己的生命对话，跟自己的生命交流，把握对自己生命的体会，这是一个诗人在诗中要带给人们的东西”[①]。它们对于生命的内省开辟了生命意识的深度形态，丰富了女性诗歌中生命意识的哲学内涵，这是中国女性诗歌在生命之思和诗中所达到的最高峰，也为新文学以来的女性诗歌做了最圆满的收束，画上了完美的休止符。

四

自翟永明始，中国女性诗歌走向一个新的向度 —— 说翟永明的《女人》开创了女性诗歌的新时代，这并不过分，因为“《女人》从一开始就抛开了一切

---

① 郑敏：《诗歌与哲学是近邻》，北京大学出版社 1999 年版，第 469—470 页。

有关自身和命运的美丽幻觉和谎言，这一点使得它几乎是径直切近了女性的内心深处，并且在那里寻求与命运抗争的支点”[①]。如果说40年代女性诗歌在生命的内省中领悟的是智慧，那么，以翟永明为代表的80年代女性诗歌在生命内部的发掘中爆发的则是反抗——对主流文化屈抑下生命和性别的曝光。如果说“生命的存在乃是一种比思想更本真、更深刻的存在。思想，在其现实性上，只是一种生命的形式，一种生命寻求自我生长、自我辩护、自我感悟和自我超越的形式”[②]。那么，生命外在自由的寻求、生命的思想领悟，都不及生命存在本身更接近存在的真谛。实际上，“翟永明女性诗歌神话，也是生命诗歌神话，生/死，白天/黑夜，男人/女人，女性/母性，爱/性……这些二元的存在和与之对应的二元思维，使她的诗歌迈向自如宽阔的创造天地，超越女性世界而与人类生命契合”[③]。而且，随着时间的推移，“《女人》将越来越表明它是一个不可忽视的精神事件。如果说翟永明是通过‘创造黑夜’而参与了‘女性诗歌’的话，那么可以期待，‘女性诗歌’将通过她而进一步从黑夜走向白昼”[④]。预言成为了现实，在翟永明女性诗歌前后，出现了女性诗歌的性别书写的高潮，如伊蕾、唐亚平、海男等，但在性别的“完成之后将怎样呢”？

显然，关注自我并不是女性诗歌的全部，也不是终极目的，女性诗歌和女性写作必须破茧而出，冲出这个自足的束缚性的自我。关注自我和身体，关注内心之所以成为女性诗歌最根本的特征，仍是男性中心主义文化长期施行权威的结果，女性不能和男性世界抗衡，并且她不能创造另外一个世界，只能在对个体生命的内观中发现生命存在的痕迹、生命的题中应有之义。20世纪女性诗歌对生命意识的表达经由外在自由的寻求、内在情感的描摹到生命哲学的顿悟，对生命存在的诉求在抵达身体时曾引起轩然大波。身体是自我撤退的最后的领地，也是自我建构的最初的最基本的依据。身体写作的意义在此建立起来，女性诗歌中身体的表达也因此而有建构性的贡献。再读前文引述过的翟永明《再谈“黑夜意识”与“女性诗歌”》中的那段话，更加耐人寻味了。

① 唐晓渡:《唐晓渡诗学论集》，中国社会科学出版社2001年版，第210页。
② 同上书，第29页。
③ 荒林:《女性诗歌神话：翟永明诗歌及其意义》，《诗探索》1995年第1期。
④ 唐晓渡:《唐晓渡诗学论集》，中国社会科学出版社2001年版，第29页。

当对着身体的言说即将穷尽时，什么将成为生命意识表达的新载体呢？怎样可以更为强烈地彰显出生命意识？毫无疑问，“在一定程度上女权运动给当代女性诗歌注入了新血液，丰富了它的内容，使它走出单纯的爱情主题、母性主题、婚姻主题，而使这些内容溶于一个要求完全参与人类命运的女性的生命中”[①]。王小妮的诗正体现了这一点：《应该做一个制作者》中的她则已经突入最后的腹地，“我写世界 / 世界才低着头出来 / 我写你 / 你才摘下眼镜看我……能制作的人 / 才是真正了不起”；历来被讲述的她此刻成为讲述的主体，写作对于她：“已经不是一种僭越，不是消遣和吐露，而是主动的自觉的行为，是生活和生命中的题中应有之义，是类似于使命或责任一类的东西：不是可有可无，而是无可推卸。”[②] 在《重新做一个诗人》中，她写道：“我的工作是望着墙壁/ 直到它透明我看见世界在玻璃之间自燃……我在光亮穿透的地方 / 预知了四周 / 最微小的风吹草动。/ 那是没人描述过的世界 / 我正在那里 / 无声地做一个诗人。”一切无不预示着新的转机——走向平民化和日常化，在王小妮和更年轻一代的女性诗歌作者那里，已经逐步走出了性别的阴影和自我的泥淖，将诗歌带向成熟和常态的书写境地，充分的个人化的写作时代，将引领女性诗歌书写更为丰富的生命形态和内涵。

回顾一个世纪的中国女性诗歌，我们发现那是一段段生命的悲歌，那是一曲曲生命的吟唱，那是一节节生命的领悟，那也是一行行生命的抗争……没有比生命更神圣和丰富的，也没有比生命更脆弱和单纯的……正像个体的主体性确立，“不是、也不可能被一次性地、一劳永逸地达到，而是在一个不可逆的过程中被反复重临。”生命意识的探求也没有终点，不可能最后和永远完成的：

> 我们带着在突围过程中所获得的全部体验突围，使生命形态的丰富、广阔、复杂和多变得以一一呈现。而每一次突围都是一次启示。最后，当我们中止这一行为时，我们就最后完成了这种启示——作为一个人，我们已经享受过了本然意义上的生命权利，在不断的选择中，自由按其本义被

① 郑敏：《诗歌与哲学是近邻》，北京大学出版社 1999 年版，第 394 页。
② 崔卫平：《苹果上的豹·编选者序》，北京师范大学出版社 1993 年版，第 6 页。

转化为创造。①

女性诗歌的实绩仅次于小说，是女性写作在文体上仅次于小说的优先选择，20世纪的女性诗歌为生命意识的发现、确立和突破不休止地吟唱和书写。在谈到女性作家在小说和诗歌选取方面的区别时，桑得拉·M. 吉尔伯特和苏珊·格巴在著名的《莎士比亚的姐妹们》中写道："小说写作是一个有用的职业（因为赚钱）；而诗歌，也许除了拜伦和司各特的叙事诗外，从传统看，货币价值微乎其微。小说写作过去、现在都被当作谋生的职业。然而，这样便使它看上去在精神和智力方面不及诗歌写作那样有价值，所有的文学职业中，欧洲文化传统地把文学的桂冠授予诗歌。"②但是，不能因为小说的商业性、实用性、缺少美学的和宗教的传统，就认为它是一种所谓低微的、不受正统写作重视因而更适宜于妇女的职业和写作方式。

同样，更不能因为诗歌在智力和精神方面的优势就认定为是男人的专利，在反抗男性权威的意义上，也随着女性知识分子群落的出现，女性写作介入诗歌，并对诗歌的内容进行了创造性的突破——对女性欲望的叛逆性书写。就其文体意义而言，"抒情诗人必须不断地从里面意识到自己是一个主体、一个说话者，即她必须是肯定的、权威的，因强有力的情感而喜悦，与此同时又像全神贯注于自身的意识一样明确地是'未具妇人气的'，甚至是异想天开的"③。思想性的诉求和性别的差异构成了女诗人的矛盾，在对自我局限性的超越中，20世纪中国女性诗歌在由外在生命意识的寻求、到内在生命意识的静观和领悟，直到从内部对生命意识的爆发性书写，发出女性自我的声音，凸显了中国女性生命意识觉醒的世纪历程。

---

① 唐晓渡：《唐晓渡诗学论集》，中国社会科学出版社2001年版，第29页。

② ［英］玛丽·伊格尔顿编，胡敏、陈彩霞、林树明译：《女权主义文学理论》，湖南文艺出版社1989年版，第195页。

③ 同上书，第198页。

论 20 世纪中国女性散文的女性意识

如果说 20 世纪女性小说更多地再现了女性对自我认同的寻找和建构，20 世纪的女性诗歌更多地表达了女性对生命意识的睇视和张扬，那么，20 世纪女性散文则着重以女性生存境遇的展示、生存悖论的挣扎、女性意识的辨析、女性权利的诉求以及女性主体的审视，构筑了一个女性的真实而复杂的生存镜像，从而成为 20 世纪女性小说和诗歌的一个必要的、恰如其分的注解和说明。因此，女性散文对女性生存和精神现状的揭示就构成最基本的内容序列，20 世纪女性散文从始至终贯穿着女性历史、女性命运和女性现状的描摹与慨叹。在揭示历史真实的层面上女性散文从一开始就突入女性主义的前沿阵地，将文学历史中被遮蔽了女性生存图景带向敞亮地带。

一

由生存意义的展示，女性散文走向进一步的自我辨析：女人究竟是什么？当长久被遮蔽的性别身份从历史地表下浮出的那一刻，迫切的需要是确立自我的身份，但此身份被掩埋得太久，被包裹得太厚，被妆点得太缭乱，以至于女性散文在很长的时间里都在剔除身上厚厚的障蔽，以求发现女性的真正面目和身份。而当辨析的工作进行到一定程度，女性身份逐渐确立的时刻，女性散文则着重于女性主体的书写和建构：女性应该怎么样？她现在能够怎样？她将来又要怎样？从而，过去的文本中的女性何以这样？这里包括对女性历史的重审、对女性现实的拷问以及对女性将来的反思性领悟。

以上三个层面的问题基本上可以囊括20世纪女性散文的主要内容，但需要说明的是，这样三个层面的追问和探讨并不是互相递嬗和代替的关系，也就是说，并不是女性生存现状的揭示完结了，女人是什么的辨析就开始了，而当女人是什么的辨析完成的时刻，立即开始了女人应该怎样的思考。这里所展示的只是一个逻辑发展上的必然顺序和过程，并非历史真实中女性散文主题的发展脉络。女性散文在20世纪的发展，呈现出它所可能有的最大的丰富性和曲折性，包含着女性意识的某种程度的倒退，包含着诸多社会问题的交织和缠绕，甚至在某些历史时刻，这三个层面的问题并行不悖地存在和运行。或者，在任一历史阶段都可能同时具备着产生以上三个问题的条件和因素。以“五四”一代和“四五”一代的女性散文来看，尽管她们获得自我的语境不尽相同，但在跨越了半个多世纪之后，竟然几乎站在相同的起点，面临着寻找和确立自我的任务，这可以充分说明在女性散文的发展过程中，其前进曲折性正如否定之否定的矛盾发展规律，其复杂性多变性丝毫不亚于20世纪女性的现实生活处境。

作为一种日渐平民化的文体，散文在20世纪的发展与个人的心灵和生活紧密联系，个人性和真实性的凸显使它成为解读个人精神和时代面貌的可靠资料。郁达夫在《新文学大系·导言》中说：“五四运动的最大的成功，第一要算‘个人’的发现。从前的人，是为君而存在，为道而存在，为父母而存在的，现在的人才晓得为自我而存在了。”[①] 现代散文的发展与自我的表现相始终，“现代的散文之最大特征，是每一个作家的每一篇散文里所表现的个性，比从前的任何散文都来得强。”无疑，中国现代女性散文伴随着女性个人和个性的发现发展起来，“中国女性散文所以成为一种特殊的文化现象，因为它是随着知识女性的出现及其女性意识的觉醒而来的。从根本上来说，它是中国近现代社会革命和思想文化革命的产物”[②]。

正因为女性解放的社会思想文化革命背景、女性散文写作者的知识女性身份，使女性散文在最初展现女性现实的生存处境时，有它特定的局限性。除了女性的声音在众多散文家中显得微弱和单薄以外，还表现在生活天地、情感经

① 郁达夫编选：《中国新文学大系·散文二集》（1919—1927），上海良友图书印刷公司1935年版，第5页。
② 张振金：《中国当代散文史》，人民文学出版社2003年版，第264页。

验的狭窄以及散文风格的单一。郁达夫在论述冰心散文风格时说："冰心女士散文的清丽，文字的典雅，思想的纯洁，在中国好算是独一无二的作家了；"并由文及人，知人论世，"我以为读了冰心女士的作品，就能够了解中国一切历史上的才女的心情：意在言外，文必己出，哀而不伤，动中法度，是女士的生平，亦即是女士的文章之极致"①。虽然这种评价不可避免地带有男权中心主义文化色彩，也还比较客观，冰心散文在情感表达和文字风格上符合时代男性对女性创作风格的期待和想象，容易为男权中心主义的文化所接受。但也不得不说，冰心散文的出现适逢其时，不但写真了以她为代表的特定知识女性群落的生存状态，而且矗立在时代的交汇点上——向后连着几千年诗书礼教、温柔敦厚的传统文化根脉，而向前又联系着受到新文化洗礼和西方文明熏陶的现代知识女性爱与美的典范。所以，冰心在五四后的出现能够为传统和现代、东方和西方文化共同接受，并且成为唯一。②在《中国新文学大系》这样所谓经典的选本中寻觅女性散文的历史和踪迹，这本身不能不说是对男性中心主义文化的某种屈服。

倒是在同时期的另外两位女性散文作者石评梅和庐隐的作品中，能够更真切地谛听到女性浮出历史地表之际的苦闷、彷徨、忧愁和悲凉。"这世界，这世界，四处都是荆棘，四处都是刀兵，四处都喘息着生和死的呻吟，四处都滴洒着血和泪的遗痕。"③而"我"撑着弱小的身躯，投入在这"腥风血雨"中，却不愿随波逐流，"命运是我们手中的泥，一切生命的铸塑也如手中的泥，朋友！我们怎样把我们自己铸塑呢？只在乎我们自己"④。带着叛逆的精神和勇气欲寻求自我解放的努力由悲壮终而苍凉，以自身的敏感、脆弱、徘徊和创伤倒毙在寻求和塑造自我的途中。和冰心散文的"哀而不伤，动中法度"相比，石评梅和庐隐的散文则完全走出了传统闺阁的静修自美，将女性自我带进了冷森阴险的时代场景，并把女性在这环境中的困扰、挣扎、颠沛流离和空寂凄寒作了淋漓尽

① 郁达夫编选:《中国新文学大系·散文二集》(1919—1927)，上海良友图书印刷公司 1935 年版，第 16 页。

② 《中国新文学大系》(1919—1927)的两册散文集只收入冰心一位女性散文家。

③ 石评梅:《给庐隐》,《无穷红艳烟尘里》，时代文艺出版社 1992 年版，第 32 页。

④ 石评梅:《缄情寄向黄泉》,《无穷红艳烟尘里》，时代文艺出版社 1992 年版，第 84 页。

致的书写。

至新文学的第二个十年，女性散文的数量骤然增加，庐隐的《异国秋思》和《夏的歌颂》、苏雪林的《收获》、陆晶清的《东瀛杂碎》、凌叔华的《登富士山》、陈学昭的《山是青的云是白的》、方令孺的《去看日本的红叶》和《游日杂记》以及萧红怀念鲁迅的短文《海外的悲悼》等都属于旅外游记散文，在异域风情的描绘中展现了女性另外的生活图景以及羁留他乡怀恋祖国的情思。庐隐《雷峰塔下》哀悼死去的恋人及一段悲哀的恋情，表达了五四落潮后追求自由的女性知识分子忧愁和彷徨的心境。白薇的《我的家乡》则从一个相对广阔的视角对时代生存环境的变迁进行了描绘：近代以来，家乡在军阀混战、土匪横行中衰落、破败，其一昔数惊、流离失所的状况使人触目惊心，再不复儿时的秀美壮观。去国离乡、躲进书斋都不能阻止整体生存环境的恶化，充满着暗箭和蜚语的生存境遇又迎来新的战争灾难，凄风苦雨中女性的生存境遇更加不堪。

30年代后，随着时局的变化，生存益愈艰难，即便温婉平和如冰心也发出了她的忿忿不平之音。故都陆沉后冰心弃家出走，视历年荟贮的书画典籍、艺术与情感珍品如土芥，千里流转西南，宣告“战争夺去了毁灭了我的一部分珍宝，但它增加了我的最珍贵的，丢不掉的珍宝，那就是我对于人类的信心”[①]。她以“男士”为笔名写的《关于女人》，笔端由母爱和童心移向女性群像，为特殊环境中自立坚强的女性立传，其中《我的学生》在抗战的背景下，讲述了个人、家庭以及国家的悲哀中，聪明、漂亮、热情、智慧，时时处处显示和充满着生命力、无比热爱生活的女学生竟在32岁患肺结核死去，令人唏嘘，为国难家愁中女性的悲惨遭际一掬同情之泪。正如柯灵对冰心文风转变所做的概括：“典雅清婉的文风，溶入流畅严实。她把自己创作变化的历程，概括为‘甜酸苦辣’四字。战时正是她由甜转酸的阶段。”[②]如果说冰心有由甜转酸的过程，那么，萧红的创作则一直浸泡在苦水当中，散文《饿》发出了这样的呼喊：

① 冰心：《丢不掉的珍宝》，《中国新文学大系·第十卷》（1937—1949），上海文艺出版社1990年版，第359页。

② 柯灵：《中国新文学大系·第十卷·序》（1937—1949），上海文艺出版社1990年版，第3页。

我拿什么喂饱肚子呢？桌子可以吃吗？草褥子可以吃吗？①

整部《商市街》记载的就是“只有饥饿，没有青春”的青春，是女性极端恶化的生存环境的写真。同时，白朗、赵清阁、朱雯、方令孺、沉樱、罗洪、袁昌英、张秀亚、苏雪林等大批女作家的散文集中再现了战火与硝烟、贫穷与苦难、死亡与悲伤对人的摧残以及困厄中的希冀。生活创作在国统区的张爱玲和苏青，对女性生存状况的揭示已经显露出明显而自觉的女性意识。《海上的月亮》成为女性成长和命运的颇具讽刺意味的隐喻：

在幼小的时候，牺牲许多游戏的光阴，拼命读书，写字，操体操，据说是为了将来的幸福，那是一种光明的理想。后来长大了，嫁了人，养了孩子，规规矩矩的做妻子，做母亲，天天压抑着罗曼谛克的幻想，把青春消逝在无聊岁月中，据说那是为了道德，为了名誉，也是一种光明的理想。后来看看光是靠道德与名誉没有用了，人家不爱你，虐待你，遗弃你，吃饭成了问题，于是想到了独立奋斗。但是要独立先要有自由，要有自由先要摆脱婚姻的束缚，要摆脱婚姻的束缚先要舍弃亲生的子女——亲生的子女呀！那时所谓光明的理想，已经像一钩淡黄月了，淡黄月就淡黄月吧，终于我的事业开始了：写文章，编杂志，天天奔波，写信，到处向人拉稿，向人献殷勤。人家到了吃晚饭时光了，我空着肚子跑排字房；及至拿了校样稿赶回家中，饭已冰冷，菜也差不多给佣人吃光了，但是饥不择食，一面狼吞虎咽，一面校清样，在廿五烛光的电灯下，我一直校到午夜……②

真是“满纸荒唐言，一把辛酸泪”，而那“光明的理想”依然是遥不可及的“海上的月亮”，作为职业女性，苏青能够为妇女的生存和社会境遇发言，将女性的生存和历史推进到文学表现的前沿，她放惮无忌地讨论着战时妇女的

① 萧红：《饿》，《萧红代表作》，河南人民出版社 1987 年版，第 21 页。

② 苏青：《海上的月亮》，《苏青文集》（下），上海书店出版社 1994 年版，第 271 页。

苦衷，尤其是职业妇女生存的尴尬和艰难。她不时引经据典，对古往今来扼制妇女生存和生命的传统思想文化以及习俗进行讽刺和挖苦，苏青的天真大胆还在于她能够不管不顾地为妇女问题的解决提出她自己的创意来，而且她的改革主张，都为了职业女性不再忍受家庭和经济上的屈辱所作的抗争，在整个现代女性文学中，像苏青这样彻底地为女性具体生存而写作和呼吁的还不多见。即便出身良好的张爱玲，在其散文《烬余录》中，也再现了战争、贫困和悲哀中的香港，人与人的隔膜与冷漠，《私语》则讲述了被人目为尊贵出身的家事中的种种难言之隐。

冰冷残酷的社会环境，无疑是很多女性面临、体验并谴责的现实生存境遇，但这只是问题的一方面，除了社会环境的艰难凶险之外，女性还遭遇着男性中心主义文化的迫压，而这后一种生存环境往往为人所忽略，但却事实存在并起着更大的作用，使女性的生存在双重压力和围困中更加趑趄难行，陷入困顿甚至绝地。但在新文学的前三个十年，由于内忧外困、社会动荡，由于个人被裹挟进民族战争和解放的巨潮，对男性文化中心主义的反抗相对微弱，女性自我的声音更加难以显现。

二

女性究竟是什么？从现代到当代的女性散文写作者都在不休止地寻找答案。为了寻找和确认自我，她们付出了青春和生命的代价，也是为了寻找和确认自我，她们一次次走进自我的迷宫，数度失却自我。但自我的追问却从未停止，它裹挟着巨大的内在冲力奔向历史中的女性。以冰心、石评梅、庐隐为代表的第一代女性散文家以委婉的个人表述、深切的时代痛苦以及独立不倚的生存意志表达了女性初觉醒时期的兴奋与苦痛，抗争与欢欣；1930 至 1940 年代，以萧红、丁玲、苏青和张爱玲为代表的女性散文家进一步张扬个性，将特定物质和文化生存状态下女性艰难而尴尬的身份进行了大胆而深刻的辩证。但在建国后十七年中，女性散文或“在对客观物理世界的粗浅描摹中直截了当地取消了‘自我’”，或“在‘诗意’的雾障中以造作矫情的‘自我’掩盖了对真我的规避"[①]。女性散文的流变从根本上不在于情感特征的变化、艺术风格的变化和所谓生活面的扩展，而是创作主体观照方式的变化，是女性自我的精神失落。尽管一个有民族和国家责任感的知识分子融入时代的集体话语无可非议，但问题在于"是带着积极参与的精神浸身那大苦大难、大欢大喜的原生态的人生去磨砺发展自我，还是在对现实生活斗争的激昂的奉献、热情的盲从、机械的投入与认同之中无知无觉或自觉自愿地泯灭、消融自我"[②]。所幸在国家、民族的大不幸年代，女性散文依然在战争的炮火中，发出了真实尖锐的女性声音。早在 40 年代，苏青就对女性有过清醒的认知，而且迥异于现代文学其他女作家，她不再对女性自身进行美化，而是直言谈女相，注意写出她所坚持的男人和女人的不同，并以特别强烈的女性意识，对于当时男女并驾齐驱的观点表示异议，她在《我国的女子教育》中写到："我对于一个女作家写的什么：'男女平等呀！一起上疆场呀！'就没有好感，要是她们肯老实谈谈月经期内行军的苦处，听来倒是入情入理的。"[③] 这在个性解放以来男女平等的启蒙主义共识中，不能不说是有些"刺耳"的异议性声音，但正是这"不同"的揭示构成了女性认识自我的关键一环。

但对女性身份的探讨在民族集体的话语时代暂时终止了，当历史在另外的维度上相逢，那被迫终止了的自我和身份的问题重新回到现实和文学的世界。新时期尤其是 80 年代以后，随着女性知识分子群落的出现，也随着西方女性主义理论的进入，对于女性的本体性追问颇为直截而醒目地出现在女性散文中。匡文立的散文《历史与女人》从历史的角度和高度开始了女性主体性的审判。在历史的帷幕和长河中，女性究竟扮演着什么样的角色呢？"数来数去，历史上扬名的女人除了坏娘娘就是好妓女？"由此对历史生存中女人的境遇和悲哀、男人的自私与虚伪进行了一番检点和剖析，"社会以重重概念围困女性，本意无非要强化一个性别的绝对统治支配权，岂料一切观念都是双刃之剑，到头也围困了统治者自己。更妙的是不管历史初衷如何，结果事实只有一个，好女人

① 李虹编著：《中国女性·代后记》，广西民族出版社 1992 年版，第 343 页。

② 同上。

③ 苏青：《苏青文集》（下），上海书店出版社 1994 年版，第 7 页。

身与名俱灭，不朽的总是尤物与祸水”。这篇散文立意独特，但也不无可质疑之处，站在女人的立场上，究竟什么是好女人而什么是坏女人呢？历史上所谓的尤物与祸水就那么应该受到诅咒吗？未曾觉察的内在矛盾使她仍然不自觉地站在男性的立场上来审视历史和历史中的女人，却未能揭示女性命运的深层悲剧性，说明女性身份的探寻仍存在着许多困惑，仍有厚重的传统文化积垢需要清洗。

在此意义上，筱敏的散文《血脉的回想》提供了相关的深刻思考，从“祖母”到“母亲”再到“我”的历史梳理和思辨，凸显了女性身份获取的艰难：

> 而这株母树至今叫作男人的名字，她自己是没有名字的。一个男人对女人的占有如此彻底，即使是在身后，依然统治着她的生活和睡梦，这是我深以为寒悚的。①

林丹娅也有一篇写祖母的文章：

> 好像是一个天大的玩笑，祖母她活了一辈子，却没有她自己的名字，她竟是无名的么？
>
> 这是不是就意味着所有的记录，包括族谱，包括人心，都只记得一个男性继承人曾娶过窑下那地方的一个姑娘，无名。②

在连串的疑问之后，作者为无名的刺激和悲哀所挟住，却在瞬间获得领悟：

> 世上还有什么名能如此恰如其分如此名副其实地这样标榜并印证着祖母的存在？她本身即是土地与历史……

由祖母的历史，到母亲的历史，筱敏终于发现：所谓“遗孀”，与其说是

① 韩小蕙编：《女性散文》，北京师范大学出版社1999年版，第276页。

② 林丹娅：《塑造祖母之名》，《女性景深》，河北教育出版社2002年版，第23—24页。

指某种常见的婚姻状况，不如说指妇女某种更常见的精神事实。这种悲哀的事实，不是几十年前由法律许诺给未婚妇女的“自由恋爱”或“婚姻自主”所能改变得了的，它没有回答此后人生的任何问题，“婚姻自主”只是让母亲和我向前跨了小小一步而已。其后漫长的一生都并没有实质性的改变，母亲曾经向外挣脱，最后依然循着旧路，回到外祖母这里，如今这种命运轮到我了。所谓家庭与事业的选择只是捉弄人的无聊问题，婚姻“从外祖母到母亲以及到我的进步，不过是以‘自由’还是不‘自由’的姿态面对捕获而已，家庭对女人的剥夺，是一以贯之的。一个女人被捕获以后，便也成了那网的一个组成部分。她一点一点被撕碎，消融，散落成妻子、母亲、祖母……之类因婚姻而派定的角色”。而事业“从选择的自由开始，一步一步向个人刈割，思考的能力，判断的能力，行为的能力，直至个人的情感和尊严。最终使个人成为国家大机器上一个无足轻重的零件，假使脱落，将即刻粉碎并且消失”。面对暮年来临，“我”怀着浪漫爱情的想象和期待，但现实是：

> 日复一日，我把身子贴在洗碗槽上，让水流冲走创造的激情和梦想。而那些仿佛因夜雨洗刷一新的清晨，我欣喜地看见我思想的触须伸展到辽阔的天空，却又屈辱地看见它们疲倦地垂落，而后退缩回来，绳索一样缠绕我自己。[①]

现代文学阶段被遮蔽的女性生存的别一种真实，在半个世纪后逐次被揭示出来，女性散文对男性权威的反抗代替了对社会现实的抨击。女性主义文学研究者谭湘主编的《女学人文化随笔》更是一连串的女性宣言，包括谭湘的《城市徜徉》、张燕玲的《静默世界》、艾云的《艺术与生存的一致性》、荒林的《用空气书写》、刘思谦的《女人的船和岸》、戴锦华的《印痕》、季红真的《叛逆女神的不归之路》以及林丹娅的《女性景深》。在感性与理性、知性与智性的交融中，对女性生存、女性历史、女性境遇发言，自觉的理论和观念的引导使这些散文具备着更深沉和彻底的女性精神。正如乐黛云所评价的：“对平等、

① 韩小蕙编：《女性散文》，北京师范大学出版社 1999 年版，第 276 页。

个性、自由的梦想来说，女性写作，既是对一个不同的性别经验的记录展示，可以补足过去主流写作的不完全的图画，同时又是一种并不刻意追求差异或凸显性别的写作。因此它始终是一种异中有同、同中有异的写作方式。”①

在人类精神的天空里，女人被遮蔽得很深。被权力话语和男性话语所遮蔽，被自我的蒙昧、黑暗和软弱所遮蔽，也被“民族”“种族”“国家”甚至“性别”所遮蔽。“当女人意识到自己是人、是女人也是任何人所无法替代的独立和孤独的个人时，同时也就意识到她渴望语言的价值之光对生命的观照。她渴望照亮，渴望用语言之光驱逐内心的黑暗，战胜蒙昧和软弱，如同她渴望自由渴望爱和被爱。”②一旦被照亮，女性写作者就纷纷落笔，在对古今中外形形色色的女人的观照中，以全新的视野对自我的身份进行审视和重新命名。“女人”成为女性散文最令人瞩目的关键词，艾云的《艾云随笔·女人自述》所收散文有三分之二以上以女人为题，几乎每一篇都涉及女人，张爱华的三本散文集亦以女人为主题词，单篇的作品就更加不计其数，如梅绍静的《最初的女人》、叶梦的《风里的女人》、南妮的《所谓女人》、唐敏的《女孩子的花》、铁凝的《女人的白夜》、林丹娅的《女人的星》等。尽管她们得出的结论不尽一致，尽管她们的思想还存在矛盾之处，但无疑地，她们对女性的认识和自我身份的确认已经走出了为他者所奴役的藩篱，并呈现着话语方式和主体精神的多元化景观。

三

那么，在确立了女性自我的身份以后，女性怎样才可以实现彻底的自我解放？这又构成了女性散文的亘久的困惑和深刻的难题。新文学之始的个性解放呼吁中，对女性解放出路的探讨和建设已经开始，由于受制于整体的社会环境和女性自身的传统重负，女性解放的尝试异常艰难和多舛。“左联五烈士”之一

① 乐黛云:《女学人文化随笔·序》，河北教育出版社 2002 年版。

② 刘思谦:《女人的船和岸·跋》，河北教育出版社 2002 年版，第 206 页。

冯铿的散文《一团肉》较早地直面女性问题，以几个男人的对话，揭示了资本主义制度下女性的命运，“封建制度把她们制成奴隶，而资本主义又把她们当成美丽的商品！在这两重枷锁下面能够很容易便把自己解放出来，挣脱出来么？虽然同样是以劳力来换得面包，但，一个女人只要像任何一个男人般不修边幅或相貌差些，走到社会去能够和男性找到同样的职业吗？不取媚于同伙的男人，给上级的男人掠夺，能够保持得住她的位置吗？……”[①] 借谈话人之口表达了她对女性解放出路的看法：“真正的新妇女是洗掉她们唇上的胭脂，举起利刃来参进伟大革命高潮，做成一个铮铮锵锵，推进时代进展的整个集团里的一分子，烈火中斗士；来找求她们真正的出路的！”

同样，“小兵”谢冰莹在散文《献给失掉了自由的铁》中对女性解放和爱情的关系进行了辩证，认为女子要想得到解放和自由，只有用理智战胜感情，不做爱情的奴隶。“近年我更感到献身于社会事业，尤其是献身于革命工作的女子，她非抛弃恋爱生活万不能做出半点事来的，有人说爱情是没有方法阻止的，但我绝对不相信这话，我只知道如果她是一个真正革命的女性，理智一定能够战胜情感，而且她的意志无论处在任何环境，任何柔情热爱之下都是始终不屈服的。”[②] 白朗的《珍贵的纪念》将女性解放问题与家庭和孩子联系起来，“无论怎样有希望的女人，一生了孩子，她的自由会被孩子束缚住，她的意志会消磨净尽了，她会变成一个孩子的奴隶永不解放”[③]！然而当“我”性情大变，为了珍贵的纪念而焕发着母性的情感时，孩子却在病弱中一天天地魂消骨散了。

以上三位都是参加革命的坚强而理性的女性，但在认识自我的途中却都遭遇到时代的悖论和难题。在冯铿的理解中，女性自我价值和社会价值的实现是和其装扮有矛盾的，只要她洗去脂粉，来参加革命就算是找到了出路；在冰莹的文章中，阻碍着女性解放的是爱情，当女性消灭了她的爱情的时候，才可以真正解放自己；而在白朗的散文中，女性解放的难题既不是涂脂抹粉，也不是爱情——而是爱情的结晶，无辜的孩子。在女性作家所设置的这样三对矛盾

---

① 《中国新文学大系·散文集一》(1927—1937)，上海文艺出版社 1986 年版，第 362 页。

② 同上书，第 745 页。

③ 同上书，第 710 页。

中，可以看到女性寻求自我的解放所经历的艰难历程，也看到了女性在建构自我时所走过的坎坷之途。但这些只不过是问题的一些方面，女性走向解放的长路要比想象的艰难得多，漫长得多，也复杂得多……

白朗的另外一篇散文《我踟蹰在黑暗的陋巷里》，将革命工作中个人思想的矛盾表达得更加强烈，在几乎完全泯灭自我的时代，将女性主体的悖论真实而从容地显示出来。在和平时期，女性作为男性中心话语的边缘存在，其境遇固然不佳，而女性生存的艰难和困厄在战争背景下更加恶化，有人在炮火和侵掠中死去，又有人在饥荒、愁苦和贫病交加中病倒……时代的更大的主题掩盖了具体的人的生存和命运的表达，注意到这些并能够以女性的视角表现出来的仅是极少数。

> 横在我面前的是两条路，光明的坦途与黑暗的陋巷。……
>
> 我爱我的孩子，同时，我更爱那伟大的工作，那工作是在怎样诱惑着我？然而，为了孩子，我只好暂时地牺牲那工作，倘若要去工作呢？也只有牺牲我可爱的孩子了！
>
> 工作，孩子，孩子，工作，这两样整日整夜地在我的脑里交战着，激起了不常有的矛盾。
>
> 勃在牵引着我走上那条光明的路。
>
> 孩子拖着我留在黑暗的僻巷里。
>
> 工作，孩子，孩子，工作，直到现在还不能自决。
>
> 孩子的出世，给我带来了无限的烦愁！
>
> 勃的突兀归来，给我带来了无限的忧郁！①

至此，工作与孩子和家庭的矛盾正面出现了，而且这种矛盾在要求着解放和获得了解放的女性那里同样深重地存在着，差不多同时，丁玲在延安写下了她著名的《三八节有感》，“我自己是女人，我会比别人更懂得女人的缺

① 原载《自由中国》1938 年 4 月创刊号，见《中国新文学大系·散文集一》(1937—1949)，上海文艺出版社 1990 年版。

点，但我却更懂得女人的痛苦。她们不会是超时代的，不会是理想的，她们不是铁打的。她们抵抗不了社会一切的诱惑，和无声的压迫，她们每人都有一部血泪史，都有过崇高的感情（不管是升起的或沉落的，不管有幸与不幸，不管仍在孤苦奋斗或卷入庸俗）"①。不同的政治境遇中生活的女性，皆不能摆脱历史和现实的重负，使她们在社会规范认同和自我的主体性认同之间取舍两难，终至分裂。直至当代文学阶段，女性声嘶力竭的呼喊仍然不绝如缕。

进入新时期，女性散文对主体和性别意识的建构在很大程度上呈现为不同的散文美学倾向的选取，呈现为散文创作的纷繁多样。从 80 年代的女性散文、老太太散文，到 90 年代的小女人散文，以及以唐敏和叶梦为代表的新女性意识散文，都为女性意识的建构标出了鲜明而清晰的轨迹。女性意识的凸显从冰心到叶梦、再到新生代的潘向黎、胡晓梦等，精神历程、自我期许和价值标准变化了，自我认同的内涵也被赋予了新的内容。新老散文作家共同构成了女性散文的风景线，也撑起了女性意识多元构建的大厦。

"女性散文"特指一批 50 年代前后出生，有着"文革"和"上山下乡"经历并主要从事散文创作的女作家写的、表现女性内心世界和情感生活的散文。人到中年之际，蹉跎岁月因为青春激情和记忆的怀想而滤净了苦难，都市生活的隔膜感使其对自然和乡野的追慕与憧憬格外纯真深沉。因此，表现自我内心世界、书写现代女性所面临的困境和悖论成为女性散文的主要内容，并将这种体验和思考延伸到形而上的理性层面：关于时间与生命、存在与虚无、停止与创造、死与生等，显示出女性特有的思想锋芒和情感力度，女性散文作家群有舒婷、王英琦、斯好、唐敏、李佩芝、叶梦、苏叶、周佩红、韩小蕙等。"她们从认识、领悟自己所经历的那个红色年代开始，接续了前辈对苦难记忆的反思，在前辈们不得不终结的地方，把思维、感觉的触角伸展到生命意识的深处，收获了以生命意识为基础的性别意识、个人意识的觉醒。"② 并且，"作为两个几乎是同时不约而同出现的主题词，女人与个人不再是相互排斥而是相得益彰。也

① 丁玲：《三八节有感》，《解放日报》1942 年 3 月 9 日。

② 刘思谦：《"带伤的黎明"》，《中国现代、当代文学研究》2004 年第 7 期。

就是说她们既认同个人，又认同女人，个人意识与性别意识成为女性生命意识土壤中开出的两朵并蒂莲”①。但是，女性散文发作于新时期之初，带有一定程度的男性中心启蒙色彩，在女性主义的自觉程度上还有欠缺，只是表达女性生存中开始出现、中国女性解放历程迟早都要出现的女性生存的尴尬状况、现实与理想之间的巨大裂缝，大多采取倾诉型。

更为自觉的女性意识散文自唐敏和叶梦的某些作品开始，《女孩子的花》以水仙花为喻象征了女性生存的艰难和命运的多舛以及难以超越。叶梦从《羞女山》开始，对女性意识进行了创造性的书写，把前人羞于起笔或者语焉不详的女性的生命律动和创造化育生命的过程一一展示，从《不要碰我》《梦中的白马》《追究快乐》《灵魂的劫数》《生命的辉煌时刻》到《今夜，我是你的新娘》《晕海的“蜜月之轮”》直至其创造系列：出生《紫色暖巢——关于我出生时的浪漫回想》、初潮《我不能没有月亮》、初吻《月之吻》、初夜《今夜，我是你的新娘》、人工流产《失血的灵魂苍白如纸》、受孕《生命的辉煌系列》以及妊娠、分娩、哺乳、育儿，加上自己的童年和外婆临终前后的《静静的栗树山》，将女人从出生到死亡生命过程中每一个阶段都进行了创造性的书写，从而构成了一个完整的女性主义生命系列。被男权中心主义文化所遮蔽的女性成长和生命的真切过程，不但可以写，而且可以写得那么好，惊世骇俗而无不叹服，叶梦的散文在女性主义的意义上将女性成长的历史由遮蔽状态带向了澄明。晚近的《风里的女人》《湘西寻梦》《极地飞行》等不仅具有女性生命意义，同时又具有女性文本意义。

所谓“老太太散文”是指一批在现代文坛上已经为女性文学的书写做出很大贡献的女作家在八九十年代又焕发了青春，从其个人经历出发，对历史和个人进行新的文化思考，写出一批炉火纯青的散文。如丁玲的《牛棚小品》、杨绛的《丙午丁未年纪事》和《干校六记》、冰心的《霞》和《我的家在哪里》。《我的家在哪里》是对人类精神家园的叩问，《霞》彰显了丰富阅历一生的老人所悟到的人生哲理：“生命中不是只有快乐，也不是只有痛苦，快乐和痛苦是相生相成，互相衬托的。”她把快乐比作一抹“微云”，把痛苦比作压城的“乌

① 刘思谦：《“带伤的黎明”》（续），《中国现代、当代文学研究》2004年第7期。

云”。当“这不同的云彩，在你生命的天边重叠着，在‘夕阳无限好’的时候，就给你造成一个美丽的黄昏”。相比较而言，她们散文中的女性意识比较单薄，也比较传统。

相对于大行其道的“文化大散文”，90年代的文坛上还有所谓的“小女人散文”，这个充满着男性歧视的称谓并不仅仅表明女性在现代中国的受压抑程度。小女人散文应运而生，一方面由于市场经济的发达、市民意识的强化带动了文学的大众化和通俗化，另一方面由于现代都市生活的多元化带来精神生活和消费方式的多元化，一批来自上海、广东的年轻的媒体女作者以她们所理解的女性生存和精神，相继出版了一系列散文随笔散文丛书，代表作品有黄爱东西的《花妖》，黄茵的《闲着也是闲着》，素素的《现在的心情》，沫沫的《宽容是首歌》，赵建雄的《都有病》等。这些“三分聪颖、三分感觉、三分真情，还加上一分尚不让人生厌的虚荣心”的小女人散文自如而随意地书写自己心情故事和思想灵感，她们书写琐碎的生活片断，并从中发现乐趣，追求闲适雅致，呼唤和向往真挚的情感，却并不希望自己有着横空出世般的女性强权的姿态。她们企盼构建女性的生命世界，但并不是为了凌驾于男性世界之上，她们希望自己多几分温柔的母性，但不失却女人的天性。她们主张与世无争的散漫，“从巴黎的华服到罗马的首饰再到潮州的抽纱”“不想做官不想从商不想上班，只喜欢居家的日子”。在文化指向上，小女人散文拒绝庄严与崇高，拒绝深度与沉重，看重的是一份简简单单的平常心。她们没有超越没有反省没有冲突，但这些小女人散文并非全是娇嗔的小女人气。小女人散文的出现表明一种反映生命原生态的文学，一种性灵的情趣又萌芽了。

小女人散文出现在女性回归自我的过程中，显示了一部分女性对女性本体的认定原则，注重生活化、物质化和时尚化，实际也是女性解放和社会发展到一定阶段的必然状态，但应引起警醒的是，小女人散文如果过度褊狭，拘泥于物质和享受，则会带来精神上的空虚和视界的低下。出于对小女人散文的矫正或反驳，90年代还有“大女人散文”，如马丽华的西藏系列，素素的东北系列，从而呈现出女性散文较为丰富的表现向度。

四

因此，对女性散文的衡量和界定标准在芜杂丰富的文本表达中是不容易确立的，因其私人性和矛盾性，甚至有些时候女性意识表现为犹疑和后退。从女性自我的主体性来衡量的话，她也呈现着不规则的变化，很难说当下女性散文的主体性就一定超过新文学第一个十年、第二个十年，……一位颇为著名的学者、文艺理论家，无意中说起女性散文时，竟然说："什么女性散文呀，充满悲观主义色彩和不健康的畸变心理，一点儿也不关心现实，只知道关注她们个人内心的杯水波澜，我是一概不看！"[①] 这是对女性散文的误解和漠然，也是对女性群体的忽略与蔑视。女性散文以其独有的女性经验、女性视角、女性话语解构了男性话语模式，表现出强烈的主体意识，其特有的女性视角与女性经验洞开了女性世界的奥秘，女性不再满足于男性代言人对女性形象的恣意歪曲，而是直接与男性对话并分庭抗礼，以创造性的书写发出了女性自我主体性的明确声音。女性主体意识，在经过了太多的挣扎和磨难、屡次的失落和寻找、几代女性写作者的颠覆与建构，终于确立起来。但是由于对各种女权主义思想的消化不良，时而会出现心理偏激和心理失衡。因而，女性主体性的极端强化又会导致女性主体性的再度迷失，因此产生了主体意识的悖谬现象。女性写作的目的在于不断地抛弃，不断地反省，在矛盾和悖谬的纠缠中，不断地摆脱他者和自我的奴役，不断地走向自我的丰盈和完善。

就女性散文的百年历程来讲，传统散文批评认为其话语空间不外乎两个方面：一个是身边的情感小世界，一个是身外的文化大世界。甚至有的研究者认为："女性散文作家，面对着'两个世界'：一个是女性眼中的'外部世界'（外宇宙）；一个是女性内心的'自我世界'（内宇宙）。两个世界虽有内外之分、深浅之别、表里之异，但本质上又是统一的。由这两个'世界'带来四种表现'层次'：一是现实生活层次；二是由此触发的情感、情绪层次；三是因女性生理、心理特点带来的个性、心灵层次；四是更为隐秘、潜含的女性生命体验层

① 韩小蕙编：《女性散文·序》，北京师范大学出版社 1999 年版。

次。"[①] 全部散文创作就是在这四种不同表现层面上展开的。这样一种看似颇为合理的两分法经常会把人带入迷途，在女性散文选材的非此即彼的断然划分中抹煞了极为重要的问题，那就是女性的视角和立场，也就是女性主体性的在场问题。而实际上，在女性意识的观照下，真正的女性散文没有题材的边界划分和切割，只在乎她以什么样的眼光去看待整个物质和精神世界。

不可否认的是，从历史的雾障中走来的女人，女性精神和肉体遭受着不同程度的创伤和撕裂，但女性人格却在坚忍和苦难的生存中焕发出高洁和勇气，这一切综合着真和善，以及真善的极致——美。因此，女性散文有较为集中的两类审美主题的表达。一是爱与美的讴歌，挖掘生活与心灵中的往事与记忆、细节与顿悟，抒发爱与美的情愫。当爱与美浮现眼前，怀有幸福快乐及感恩知足的心；而当爱与美已成往事，则化成了永久的眷恋和回忆，成为文学怀旧的情感和美学内驱力。二是苦难意识的抒发，苦难若在目前，以内心的力量积聚起来战胜它；若在过往，则苦难也成为眼前甘美生活的作料，适当的点缀，于是苦难获得了全新的审美内涵，成为文学怀旧的另一个原因和动力，并通过怀旧升华出苦难的美感，苦难几成为一种哲学或宗教，时时刻刻在生活的氤氲与感喟中。到此可谓触摸到了人生的某种真谛，人所不能解决的生命的有限性和人的不可超越的宿命感，得到一定程度的舒缓和化解：生固短暂，与其在苦难中悲戚，无如放歌，肆意放达地投入生活之海，体验生活，安排生活了。这些人性的基本内容也构成了女性散文的重要主题。

散文虽然是中国文学史文体的正宗，且历史悠久，但并非 20 世纪主流的文学形式，无论是在启蒙和理性的倡导和传播中，还是在民族危难的呼吁和战斗中，它的作用都远远不及小说和诗歌，甚至于戏剧。较之以上诸种文学体式，散文无疑更具备着私人性和真实性[②]。对于女性散文而言，当言说主体能够以小说虚构的方式进行女性主义理念构建的时刻，真实生存境遇中的自我还必须借助于散文来进行某种内在缺失的补偿。借助于散文自由、灵活的文体形式，女性可以在一定程度上裸裎真实的被压抑着的自我。当她通过在小说中塑造女性

① 刘锡庆：《中国女性·序》，广西民族出版社 1992 年版。

② 这里所说的真实不仅意味着文学创作所必须恪守的艺术真实，更意味着历史真实和情感真实。

自我，从而表达女性的自我认同时，她会进一步地在散文中对女性本身存在的问题进行探讨，以至最终对女性意识进行新的质疑和建构。伊丽莎白·威尔逊在《倒写：自传》中说过："如果存在一种典型的女权主义文学形式，它就是一种零碎的、私人的形式：忏悔录、个人陈述、自传及日记。"[①] 不为别的，只是它们更"实事求是"。女性散文以其真实性、灵活性和个人性在某种程度上成为零碎的、私人的文学形式，以"精神自传"的形式肯定了女性散文在表现女性意识方面的超前性和明确性。

五四至三十年代是女性散文的第一个阶段，"散文这种抒情文体由于有重'我'、写'情'、求'真'、讲'趣'的审美特质，它的'自叙传'的基调、'心态化'的手段、'家常味'的语调，'本色美'的文字，理所当然地受到多情善感、擅长表现的女性的青睐"[②]。女性散文凭其与女性的性别关联以及私人话语表达的便利性，一俟尝试便显露出其独特的质地和声音。散文章法的抒情、真实与自由，可以使处于边缘文化和弱势群体的女性有效地抗拒菲勒斯中心主义话语霸权的钳制，而远非理想的生存现状、处处受限的精神困境、层层叠加的内心焦虑，在任意的倾诉中得到缓解，从而将一个真实的甚至是脆弱的自我赤裸裸地展现出来。而散文文体对真实的要求，又使女性作者在袒露内心的时候表达出个体的脆弱，区别于诗歌、小说以及戏剧和电影艺术等创作中对理念、象征以及隐喻意义的寻求，很多散文披露了她内心深处最为真实也最为个人化的思想和情绪，同时这也是一个充满矛盾的世界，而这种内在的矛盾呈现了女性生存和精神的真。

总之，女性散文的界定标准不是女性写了什么，而是她怎样写，具体地说，就是她在表现世界和自我的时候，是否有一种女性关怀的目光，这种目光不仅带有人类的同情和悲悯，而且更重要的是带有女性的主体性的自觉和明确。女性写作应为获得这种眼光和视界而努力，而不是相反。如此看来，女性的视界和胸怀当是宽广的，大可不必画地为牢，自掘坟墓。丁宁在散文《夏枯草记》

---

① ［英］玛丽·伊格尔顿编，胡敏、陈彩霞、林树明译:《女权主义文学理论》，湖南文艺出版社 1989 年版，第 320 页。

② 刘锡庆:《中国女性·序》，广西民族出版社 1992 年版，第 3 页。

的结尾处写到："心中既无匮乏之感，既不觉苦，也不觉乐，既无所求也无所惧，而只感到自己的存在，同时单凭这个感觉就足以充实我们的心灵：只要这个境界持续下去，处于这种境界的人，就可以自称为幸福，而这不是一种人们从生活乐趣中取得的不完全的、可怜的、相对的幸福，而是一种心灵中不会留下空虚之感的充分的、完全的、圆满的幸福。"[①] 这种充溢丰盈的境界不但是女性写作者追求的完美境界，也是一切女性最终所期望着的男女和谐共处的理想世界。

---

① 韩小蕙编：《女性散文》，北京师范大学出版社 1999 年版，第 15 页。

现当代女性话剧主体意识论略

在中国话剧的百年历史中，有没有真正意义上的女性话剧确实还是一个问题，查阅有关话剧研究的专著和论文，没有一处关于“女性话剧”的完整界定，就足以说明问题。既然女性写作与西方文化有相当的渊源，那么，同样作为西方文化舶来品的话剧缘何“岿然不动”，而“独立清醒”呢？这情形和女性小说、女性诗歌、女性散文在女性主义问题上已达成的共识不同，也和当前女性电影的方兴未艾不同。女性话剧的界定缺失、话剧与西方女性主义的绝缘，在很大程度上说明中国女性话剧主体性的深度匮乏。

一

检点20世纪中国话剧发展史，女性剧作家的名字少到凤毛麟角，整个现代文学史，只有一个女剧作家——白薇。[①] 白薇早期剧作主要有：《琳丽》、《苏斐》和《访雯》，这几个剧本都是以年轻女性作为主人公，有着白薇个人生活和情感经历的影子，这是一个生活在黑暗中国、要掌管自我命运的女性为自由和爱情发出的热切呼喊。在大段大段的诗句表达和西方表现主义艺术手段的借用中，展现了时代女性的真实心理。现代评论派的陈西滢曾专门撰写文章盛赞

① 如由高松年主编、江苏教育出版社出版的《二十世纪中国文学作品选·戏剧卷》仅在《附录：现代话剧目录》中出现了唯一的女性剧作家的作品，白薇的《打出幽灵塔》，见第528页。很多版本的文学史教材中，甚至找不到一位女性剧作家的作品，更遑论对作家的论述了。

白薇，“《琳丽》二百几十页，却从头至尾就是说男女的爱。它的结构也许太离奇，情节也许太复杂，文字也许有些毛病，可是这二百几十页藏着多大的力量！一个心的呼声，在恋爱的痛苦中的心的呼声，从第一页直喊到末一页，并不重复，并不疲乏，那是多大的力量”[①]。

1927年白薇发表了她的代表作《打出幽灵塔》，将对个人生活和情感的表现转向现实生活，加入革命加恋爱的时代书写。命运坎坷的女孩萧月林终于走出了爱情的徘徊和困扰，摆脱了养父、土豪劣绅胡荣生的不怀好意和威胁，打出了幽灵塔，在奄奄一息的时刻与生身的革命母亲相认。反复错落的故事情节，只是为了表达对革命的热望与对父权的潜在憎恨。但从始至终，白薇剧作的动人处也是其价值所在，并不在对社会现实黑暗的揭露和抨击上，而是在于“主观抒情色彩浓烈，表现出作者内心的激奋与反抗情绪，再加上情节的曲折，病态的心理描写”[②]等方面，白薇剧作的叛逆精神和浪漫情绪表现了一个要求自我解放的女性在时代潮流中所进行的抉择和应答。在这个叛逆女性面前，设置了两种选择处境：逃脱男性迫害者和投奔革命。据王德威的研究，“白薇对父亲及对杨骚的矛盾感情，形成了她日后作品的两大主轴。她与这两个男性不断地挣扎反抗，妥协让步，使她痛切体认‘女性’与‘革命’的艰难意义”[③]。同时，“献身革命与对父权（犹豫不决）的抗争，形成了白薇早期作品里两大纠缠不清的主题”[④]。如果说《打出幽灵塔》已经显示出革命与恋爱的某种内在矛盾的话，1928年发表的《革命神受难》对革命与父权的双重困惑更加显豁。大革命的失败使革命的虚幻本质日渐暴露，女性主人公仍然抱定革命的坚持，“白薇关心的是革命与爱情作为一种（女人）存在的境况或前提，而不是革命与爱情作为理想未来的憧憬。生为女人，何所遁逃；只有革命，只有恋爱”[⑤]。

实际上，白薇是“革命+恋爱”写作的女性特例和个案，她的女性意识既保持着五四文学的启蒙与解放的精神，女性在时代风气的感召下，走出封建家

① 陈西滢：《新文学运动以来的十部著作》，《西滢闲话》，海天出版社1992年版，第266页。
② 钱理群等：《中国现代文学三十年》，北京大学出版社1998年版，第428页。
③ 王德威：《现代中国小说十讲》，复旦大学出版社2003年版，第86页。
④ 同上书，第87页。
⑤ 同上书，第94页。

庭去寻找自由，寻找自我；另一方面又接续了20年代的革命主潮。这样，在她的爱情——寻求自我的第一个寄托和建树遇到挫折的时候，她就极为自然地将她的自我寄托转移到革命事业和征程当中，所以，她的剧作中不仅有对于爱情、对于性的热切呼喊和思恋，而且当爱情陷入不义的绝境之后，她又以同样的热情热血热力呼唤着革命——那是她的自我在奔突之时所不能不选择的宣泄路径。不妨假设一下，若白薇有幸福的爱情依托，那么，必不会有后来的革命书写。这个出走的娜拉既没有饿死，也没有回来，更没有堕落，也没有像她的同时代女性那样，仅仅完成了由父亲的家到丈夫的家的转移①，反而抱定了对革命的绝望的坚持。如果没有革命，白薇也不能成为后来的白薇，而偏偏她的际遇悲惨，本来，白薇所要的也许就是一份浪漫的爱情和稳固的婚姻，当这些都不可能的时候，作为一个出走的娜拉，她的自我的解放将何以体现呢？所以，她只能去革命了！革命的高亢呼声成全了一个独特的白薇。所以，她既不是冰心、凌叔华、冯沅君，也不是丁玲和萧红。

差不多在白薇创作的同一时期，还活跃着一位几乎不为人所知的女剧作家濮舜卿，主要的剧作有《人间的乐园》、《爱神的玩偶》、《黎明》以及《她的新生命》，其作品主题都直接介入妇女生活，表现了作者对女性问题的关注和鲜明的女性意识。四幕剧《爱神的玩偶》表现的是青年男女的恋爱婚姻问题，抨击封建包办婚姻的罪恶，倡导自由恋爱，信奉以爱为基础的婚姻，大胆提倡青年男女通过斗争获取爱情和婚姻的自由。三幕剧《人间的乐园》则是通过圣经故事来倡导妇女解放。濮舜卿可以说是中国最早的用话剧形式来介绍和宣扬西方女性主义的中国女性作家，同时也是妇女社会问题剧最早的倡导者和实践者。杨绛曾在四十年代的上海写出了被称为“喜剧双璧”的《称心如意》和《弄假成真》，这两个剧本都是“从恋爱结婚的角度，写生态人情，写表现为世态人情的人物内心”，呈现出智慧的人生观照，和当时客串剧本写作的张爱玲一起带起了市民社会价值形态的书写。但在她们的剧作中，女性问题并不是观察视

① 五四女性解放的一个特殊现象：很多时代女性在自我的解放和觉醒中走出家庭，遇到一个大概志同道合境遇相当的人结婚了，在丈夫的家里过起了新的附庸于男性为男性所牺牲和奴役的生活，事实上造成了女性解放的某种终止。张爱玲曾在小说《五四遗事》中有过辛辣的讽刺。

点和重心，在性别问题上持一种中性立场。

二

经历了一个较长时间的空白后，女性话剧迎来了创作的新时期。在新时期女性剧作家中，为人所熟知的有白峰溪、沈虹光以及许雁。其中成就最高影响最大的当推白峰溪，以其“女性三部曲”的系列话剧作品《明月初照人》（1981）、《风雨故人来》（1983）和《不知秋思在谁家》（1986）而著称。基于对女性现实生存处境的关怀和女性自身价值实现的探索，她创作出了一系列带有中国特色的、或者说是本土化特色的女权主义作品，她所塑造的戏剧人物和表达的思想意识，显示出极其强烈的现实感，对传统女性与现代女性的生活理想和爱情伦理的变迁有较为独特的揭示。

“女性三部曲”的第一部《明月初照人》着重探讨的是传统婚姻观念中的“门当户对”问题。主人公妇女干部方若明遇到了麻烦，因传统观念束缚而导致的爱情和婚姻纠葛发生在她自己的两个女儿身上，并且和她自己的一段刻骨的爱情往事有关，她曾经的一贯的处理问题的精明和干练不见了，陷入了矛盾的漩涡之中……最终，她克服了自我的狭隘，以客观和开明的态度接受了生活给予的新挑战，摆正了自己的位置和角色，妥善地解决了问题，从而获得了一个新的女性视界。

第二部《风雨故人来》将女性问题由社会问题转向对女性自身的探讨，两代女科学家在事业和家庭的抉择中面临着同样的困惑和难题，究竟是为了家庭舍弃事业，还是为了事业抛弃家庭呢？这似乎是新时期以来职业女性永远纠缠难辨的问题，也恐怕是新中国女性在享受政治权利解放的同时，所必然带来的精神矛盾——并且将在相当长的历史时期内无法彻底消除。主人公夏之娴是位学有所成的医生，当年为了事业与丈夫分道扬镳，独立抚养女儿长大成人，当已成为女数学家的女儿面临出国深造的机会时，遇到了同样的问题困境——来自丈夫和婆婆的百般阻挠。痛切而无奈的夏之娴只好以自己寂寞而充实的人生思辨启示女儿：“女人，不是月亮，不借别人的光炫耀自己。”夏之娴是剧作者所精心塑造的一个知识女性形象，她代表了自立、自强、自爱等女性在新时代所具备的品质和内涵。

第三部《不知秋思在谁家》写一位母亲的困惑，认同了社会转型时期青年人爱情婚姻上的多元化状态，不再以既定的规范和模式作为行为的取舍准则，但她的两个女儿却都因为自我的要求不能实现，而使婚姻出现缺憾，这是母亲不能释然的原因，也是作者的更深一层的困惑。现实生活越来越表现出分化的多面性，女性的自我认同也必然呈现为多元中的单一，从而难免缺憾。但完美的生活也许根本就不存在，从这个意义上说，白峰溪的思考越来越深入了。现实感和关切性的获得来源于白峰溪的创作立场和出发点，她曾经这样表达她的创作内因："也许因为我是个女作者，对于妇女的命运，有着天然的姐妹感情。在我深入生活和进行创作的时候，总是很自然地把注意力放在了我们的女同胞身上。在我双脚所踏过的地方，不光是艳阳、春光和甜美的笑靥，也还确有刺痛我心灵的眼泪、痛苦和强烈的抗争。一种激情的催动，我愿为她们的命运呼喊。"[①] 白峰溪的剧作在艺术上有很多的特出之处，如现实和理想的交汇、人物内心的刻画、戏剧冲突的设置、情节的安排以及诗意化的戏剧语言等，都使其女性问题的表达带有强烈的生活质感和现实关切。

但如果从女性意识的角度来看，由于白峰溪对社会现实过分的执着和贴近，反而在一定程度上丧失了其普遍性，其所选取的人物不是干部，就是知识分子家庭，其对于普通民众的女性生存问题关注显得不够。当然，如果作更深一层的反思，就会发现作者总是把女性的悲剧性生活归结为家庭和事业的不能达成统一，那么，女性没有传统意义上的家庭就一定是悲剧的吗？这样一种衡量标准是否女性眼光的呢？再次，事业为什么一定要成为女性高于家庭的取舍选择，支撑这一选择的主导意识和观念又是什么？显然，无论家庭不圆满的悲剧生活观还是事业高于家庭的人生目标都是以男性中心主义的行为规范为标准和要求的，女性总是难以摆脱这种带有浓厚的男权主义的弥漫和束缚。由此可见，白峰溪时代的女性生活中，在女性自我和社会女性之间还存在着巨大的裂谷。

沈虹光 80 年代的代表作分别是《寻找山泉》和《搭积木》，前者是革命历

① 白峰溪：《白峰溪剧作选·代后记·拾贝遐想》，中国戏剧出版社 1988 年版。

史题材的新创意，带有军民关系、干群关系的反思意味，但主人公七嫂被赋予了女性的性别特征，但其主要意图并不关涉女性问题。后者是写婚姻家庭中的琐屑与虚伪，借此揭示：一方面，琐屑就是家庭生活的本质；另一方面，人们还处于传统道德规范的牵制中，不得不在生活中伪装，伪装揭破的时刻，人的选择才可能更加自由和人性化。但就其整体意蕴而言，女性意识是匮乏的，基本上对生活持中性的立场，其创作个性的表达并不包含明确的性别立场。

许雁在 80 年代由对人的关注的《人与人》，到对家庭观察与思考的《裂变》，走向对女性问题探讨的《哦，女人们》，完成了其由个人到女人的视点转换。《裂变》写一个男人和三个女人的故事，围绕着男主人公的分别是未拜堂的妻子甜姐、自私专断的老婆鲁是洁和精神知己夏雨。最初的角逐中老婆撵走了知己，多年后知己再次出现将老婆驱逐，并以事业和爱情上的成功女人的口吻义正词严地说出："十年漫长的岁月，你仍然没能得到他的爱，这能怪谁？你怕失去的是与爱毫无关系的虚荣和女人难以摆脱的依附性。没有感情的才是真正的第三者。"作者的立场显然站在爱情而不仅仅是婚姻的一方，因而老婆成为讽刺和打击的主要对象。这句台词一度曾成为第三者的勇敢宣言，这里不探讨第三者问题的社会学内涵和历史演变，只据此分析一下当事人的爱情理念。可以看出：（一）时间可以换来爱情的，显然未必；（二）感情是婚姻的唯一，也未必。感情不是一种靠得住的东西，人本来就是善变的动物，不断地寻找着感情的慰藉。虽说懦弱的男主人公终于在裂变之际敢于承担，但由他和知己组成的强势联合已经对弱者的老婆形成了事实上的迫害。真正的女性立场不应使迫害发生在女人之间，更不应是某些女人与男人联合在一起对另外的女人进行迫害。从这个意义上说，《裂变》是一部充满矛盾、可以提供很多深入反思的非女性剧本。

多场次话剧《哦，女人们》在女性意识方面有了突破性的进展，集中表现了女人事业和爱情的缺憾。副市长沙柳工作有障碍重重，家庭破裂；记者杨风，鼓吹女权主义，却遭到丈夫无情的背叛；电影演员绿原，抛弃了爱情才换取了事业的成功；部长夫人黄绮霞，为家庭和丈夫完全牺牲了自我；只有中年设计师司徒晓月暂时沉浸在爱情的幸福中，但这一切能永恒不变吗？这些缺憾或不幸的根源究竟在哪里？剧作者尽管也有矛盾和困惑，但她对于女性的思考却是清醒的，借剧中人物杨风表达了她的女性观："女人的真正敌人是女人自己，当有一天女人战胜了自己的软弱和自卑，女人才彻底作为一个真正独立的人，跟男人们站在地球的同一地平线上。"这代表着本土女性主义者的清醒态度。

三

1999年田沁鑫和她的《生死场》——根据萧红同名小说改编而成的话剧，给观众带来了久违的激动和惊喜。女性导演和话剧的关系作为新的命题被提出：她们究竟在剧作中起着什么作用？实际上，在女性剧作家并不充沛的话剧领域，一大批女性话剧导演的出现填补了某种性别的缺失：如陈颙、苏乐慈、张奇虹、林荫宇、陈薪伊、曹其敬、娄乃鸣、雷国华、查丽芳、王佳纳、廖向红、田沁鑫等，这些女性成功地进入了以男性为主体的话剧导演行列，实现了一次职业革命的成功。但要想在这个职业领域内获得承认，她们必须和男性一样地去工作，并制作出和男性导演一样甚至比男性导演更男性化的作品才可以获得人们的承认，正是这种特殊的创作传统和期待心理，女性导演在剧作的女性意识方面未取得相应的飞跃。在中国女性电影逐渐和世界接轨，创造出一系列带有女性主义意识和色彩的作品并形成了一支为海内外电影理论家认可的中国女性主义电影导演的时候，女性话剧导演所创作出的作品在女性生存关怀方面却显得滞后，这不能不说也是当代戏剧因缺乏个人关怀和平民精神从而导致萧条的原因之一。虽然或许她们也在无意识中流露出某些女性的特征，但并不能从主体上解决女性立场和女性眼光的规避。20世纪80年代的探索性戏剧高潮中，曾出现张奇虹的《一个生者对死者的访问》和雷国华的《寻找男子汉》这样带有形式创新和意识突破的作品，甚至在此之前还有陈薪伊的《女人的一生》这样纯粹的女性题材话剧，但却不能改变整个话剧导演界女性主体性的深度匮乏。

以话剧《生死场》为例，无疑这是两个天才女性跨越半个多世纪的精神传递和心灵对话，萧红从女性最直接的身体体验和心理感受再现并拷问了生与死的意义与价值，以触目的生存事实强调了“生”如何构造并主宰了女性的命运。但萧红小说中强烈到突兀的女性立场和视点在话剧中却为生死的哲学思考和浓重的抗日气氛所掩盖了。“萧红原小说注重‘向着民众的愚昧而写作’，而我们的话剧要强调的是民族非凡的韧性和生命力的雄强，对民族命运进行反思，找到华夏民族的主体生命精神，呼唤民族自醒意识的复归。”① 导演田沁鑫的这段编导自述足以证明其女性立场的撤换。

从戏剧的起源来讲，它或许比诗歌、散文、小说等文体更早萌芽，也更能够与人的生活、生存相关。在中国现代戏剧发展史中，话剧以外的其他戏曲与戏剧形式大多以民间艺术的形式存在和流传，但早已经显示出颓败的迹象，只在某种有意识的或有组织的汇演当中，才可一睹其岁月流金。作为舶来品的话剧还在间或地被制造着些微的热闹，话剧在百年发展历程中将其思想宣传、社会改造的功能发挥到最大程度。20 世纪 80 年代，探索性话剧的出现给多年来缺少变化的话剧注入了生机，思想性、文化性和探索性使话剧获得了空前的发展和舞台，注重的也是社会问题的阐释。② 但 90 年代以来渐走萧条，另外一种艺术形式 —— 电影逐渐替代了话剧的位置和作用，出现在大众的文化消费生活中。米歇利恩·旺多在《女权主义对戏剧的冲击》中曾对女性的戏剧创作和上演情况有一个调查，发现创作和上演的比例仅仅是 15% 和 7%，在对这个数字震惊之余，她说：“戏剧却没有可以指向女性的经典之作，能证实妇女总是在进行戏剧创作的出版物更是寥寥无几。”③

那么，为什么会出现这种情况呢？她认为，第一是长期存在着的发表问题，而发表直接地和演出商业上的成功与否和剧院导演有关系，这无疑限制了妇女剧作的发表和流传。第二种原因则比较复杂，但和女性的公共行为后果和

---

① 田沁鑫：《非凡的韧性与雄强的生命力 ——话剧〈生死场〉的编导阐述》，《中国文化报》1999 年 8 月 19 日第 3 版。

② 1970、1980 年代之交，新时期文学的繁荣有目共睹，但这个时期也集结了各种社会问题，伤痕问题、知识分子问题、知青回城问题、文化教育问题、社会治安问题、恋爱婚姻问题以及伦理道德问题等，可以说，正是“文革”中积淀起来的、新时期涌现出来的各种社会问题在一定程度上促进了文学创作的繁荣。在所有这些问题中，女性问题只是公众视野中的一个小问题，在众多社会问题没有能够妥善解决的条件下，女性问题被忽略和延宕。

③ [英] 玛丽·伊格尔顿编，胡敏、陈彩霞、林树明译：《女权主义文学理论》，湖南文艺出版社 1989 年版，第 186 页。

话语方式有关。“妇女剧作家不会亲自挺身而出用自己的声音讲话，发表自己的见解，但她与某物交织在一起时，被无意识地感觉为一种巨大的威胁：她提供一种别人必须遵从的文本和意义。”她运用自己的语言、通过剧本的对话和结构折射的声音与观众交流，同样通过剧本中他人语言的赋予，形成控制其他人的声音——她给予表演者必说的话语。从而，“通过对各种各样声音的这股控制，通过舞台上的行为对想象世界的公开控制，形成对管理大众文化生产的男人们谨慎维系的统治的威胁，妇女剧作家产生的这种威胁比妇女小说家厉害得多”[①]。正是由于女性戏剧强烈的颠覆性，创作、发表和演出的困难显而易见，最终导致女性戏剧的短少和迟钝。

鉴于上述原因，真正在话剧中思考女性问题并表现女性意识，实现与观众的思想交流，有时简直就是奢望。检点整个20世纪话剧发展史，女性剧作家的名字少到凤毛麟角，白薇和白峰溪的女性话剧分别成为现代文学和当代文学时段的代表，前者的呼喊和时代女性爱情与革命的渴求相关，后者则是对政治权利上获得解放的女性精神困惑的反思，无疑是中国女性话剧的两座高峰，但却是孤立的高峰，并且她们所表现的女性问题也多是从社会问题的层面进行，而不是从女性自身。这不能不令人感叹：在这样一种颇为功利的艺术形式之中，深入探讨女性问题的不可能。而且，这也让人不能不清醒：在一个没有彻底的个人的解放、没有完全的自我精神的社会文化环境中，女性问题不仅不能够引起注意，或许还受到某种程度的压制，这和话剧的演出系统有关，也和社会普遍的女性意识的领悟程度有关。

对百年女性话剧的剖析可以看到，女性主体意识在话剧中是缺失的，在寥寥可数的几位女性剧作家、硕果仅存的几部涉及女性问题的作品中，侧重的也是社会批判和道德谴责的主题，与其说是女性剧作倒不如说是女性问题剧来得更恰当一些，也就是说，剧本的女性的题材意识远远大于女性的主体意识。甚至有的研究者把白峰溪的“女性三部曲”称为“爱情三部曲”[②]，从女性主题到

① ［英］玛丽·伊格尔顿编，胡敏、陈彩霞、林树明译：《女权主义文学理论》，湖南文艺出版社1989年版，第187页。

② 王庆生：《中国当代文学》（下），华中师范大学出版社1999年版，第531页。

婚姻爱情主题的判断模式无形中对剧作的女性主体意识进行了再次解构，在男权文化的重重围剿中，女性主体意识在话剧中还能够存在什么呢？况且，话剧的演出还需要审批、需要市场和观众，需要更多的对男性中心主义文化的依赖，才可以真正诞生，但经历过层层修改诞生出来的话剧距离最初的意图可能已经相去甚远。所以，中国女性话剧的缺失和女性主体意识的匮乏除了受制于话剧创作整体环境的不景气外，还有着创作内部和外部运行的更为复杂的原因，其中女性剧作家和女性导演主体意识的觉醒和独立程度是至关重要的因素。

略论世界华文文学中的“中国形象”

世界华文文学研究在近20年里取得了多方位的进展和收获，形成了一个相对稳定和充满活力的研究格局，但毋庸讳言，在这一研究领域中，仍存在着一些缺憾和纠缠不清的问题，例如，对“海外”的使用就已有为“世界”所代替的趋势，因为无论从定义的科学性还是从概念的包容性上来看，“世界”都比“海外”更具有与全球文化对话的姿态，而不是固守一隅，以“大中华”的虚拟的自尊自居。因此，这里的探讨也建立在“世界华文文学”的意义层面上，即不包括“大陆”在内的世界范围内的以华文作为表达工具而创作的文学作品。众所周知，世界华文文学的创作与中国记忆、中国经验、中国文化在世界范围内的影响有着息息相关的血缘不断的联系，为了考察世界华文作家笔下的“中国形象”，故我们选取的作家也是一些带有比较明显的“中国意识”的作家，又由于世界华文文学的创作已经历了大致三代的薪火传递，文章将尽量在历时性与共时性的相对统一上展开论述。

一 “中国形象”的梳理与提炼

世界华文文学创作群体是一个相当芜杂的创作组合。从时间上说，它包括19世纪世界华文文学产生之初的“侨民文学”，也包括20世纪以来的“留学生文学”，更包括留学生的后代华裔作家们所创作的中国故事。由于在身份认同问题上和中西文化冲突中的感受不同，并因为具体生存境遇和个体心理状态的不一，使他们在作品中表达出了不尽相同的中国形象，但对于中国文化情感上的怀念和依恋、理性上的反思和重建是大致相同的思路。从地域上说，台港澳文学是世界华文文学创作中尤其繁荣和重要的一个板块，由于异族的统治而造成的与中国大陆的长期分离，使这些作品具有更浓郁的怀乡情结。另外还有具备强大发展后劲的北美华文文学、东南亚和欧洲的华文文学。二次世界大战前的世界华文文学创作多属“侨民文学”，除了异域风光人情的描绘，大都是对中国、家乡的怀恋，更由于祖国处于风雨飘摇之中，又多了几分离乱、漂泊之感，再加上中国的贫弱、落后，于是作品中多是“患了病的”“被凌辱的”“母亲”形象，是“祖国，软弱无能的祖国”。战后的世界华文文学由于和平的社会环境、华人在居住国地位的提高而获得了极大的发展，受教育水平的提高又使其作品的形式与风格也具备了新的因素。“无根意识”“寻根意识”已逐渐演变为“生根意识”，而在“生根”的艰难中，交叠着“无根”和“寻根”的内心需求。

於梨华则是留学生文学的开山祖，被誉为“无根一代的代言人”，代表作《又见棕榈，又见棕榈》是一个关于“根”的中国情结的言说。聂华苓的《千山外，水长流》中的女主人公是作为中国传统精神的化身出现的。陈若曦是一位同时有着台湾和大陆记忆的特殊经历的作家，故她对台湾、内地和美国社会都有深刻的洞察，注意发掘中华民族传统中的美好，并以现代观念对传统进行重新审视，指出某些僵死的、已成为沉重包袱的东西，传统文化中“美”与“丑”得到冷静的审查。《纸婚》是陈若曦饮誉海内外的长篇小说，对历史的独特思考是本书对“中国形象”的另一贡献。她们作品中的祖国是“根”——生命、情感、思想之根，流徊于作品中的愁苦、落魄、飘零、孤寂都是失去祖国之根的感受，而为寻觅这“根”，她们将失落的情感一次次投射进作品。“中国形象”在白先勇的作品中是以中国传统文化为指称的。曾经有过登峰造极的辉煌历史的中国文化，在现世已经没落。《游园惊梦》是对五千年传统文化的一阕挽歌。钱夫人的落魄意指与钱夫人相关的“夫子庙”“秦淮河”所代表的“秦淮文化”，以及以昆曲为代表的中国古典文化的精华也告一段落。《谪仙记》的象征意味就更为明显了，李彤的绰号叫“中国”，有着浓重的怀古念旧的意韵，因为父母的突然遇难，她失掉了她血缘和情感的根，在一段放荡空虚的生活之后终于投水自尽。为着失落了的“中国”，作品中充塞着一股极深沉而又极空洞的悲哀。白先勇是现代中国最敏感的伤心人，是失去了的“传统中国”的凭吊者。余光中是通过诗的意象来表达记忆中的中国形象的：“春天，遂想起/江南，唐诗里的江南，九岁时/采桑叶于其中，捉蜻蜓于其中（可以从基隆港回去的）/江南/小杜的江南/苏小小的江南”，“喊我，在海峡这边/喊我，在海峡那边/喊，在江南，在江南/多寺的江南，多亭的/江南，多风筝的/江南啊，钟声里/的江南（站在基隆港，想——想）/想回也回不去的/多燕子的江南”。遍地垂柳的、酒旗招展的、杏花春雨的、有着采莲表妹和英雄美人传说的江南，是余光中隔了时空距离怀想的美好的江南。“多鹧鸪的重庆”是最美最母亲的国度，“患了梅毒依旧是母亲”是“文革”中的大陆，“井边的一声蟋蟀，阶下的一叶红枫，一座露天的巨型博物馆，一座人去楼空的戏台”，都是大大小小的中国记忆——是时光过滤过的纯美明净的中国，余光中在贯穿其一生的诗歌创作中深情吟唱的是他年轻记忆中的国度，怀想和思念是永恒的主题。

但中国实在并不是如此的纯美明净，鲁迅早就对中国人的劣根性有过痛快淋漓的揭示。世界华文文学的另一个重要的主题就是对中国文化和中国记忆进行反思，而且反思的立场是自觉地站在世界文化格局上的。柏杨的《丑陋的中国人》是对传统文化中人性丑态和劣根性的又一次“沉痛出击”，如“窝里斗”、狭隘性、“和稀泥”、安于现状、势利眼、马屁精等民族劣根性，正是他笔下中国形象的溃疡性和阴暗面。无独有偶，被称为“龙卷风”的女作家龙应台的《野火集》，揭露的虽然是台湾社会的种种病象，同样可以用来反观大陆的情形，如其在《中国人，你为什么不生气》和《生了梅毒的母亲》中所鞭笞的人性的自私与卑怯、对生存环境保护的漠然，这些弊端在海峡两岸是共通的。戴小华的《中国行》《深情看世界》中的中国是以缺憾的形象出现的，对于“特权”“英雄气短”的不良世风、知识分子的不受重视、环境和历史文化古迹遭严重破坏的批判都体现出一位站在世界角度的华人知识分子的良知。严歌苓的《扶桑》是海外华人史诗的第一部，一刀两刃地批判了西方文化中的野蛮因素与东方文化中的愚昧落后，同时又是不自觉地颂扬了东方民族承受苦难的坚韧精神。长篇小说《人寰》能够站在西方现代文化的角度，审视昔日东方大陆社会生活的政治、道德、伦理现象，写出两种文化的冲突尤其是中国式的政治对传统伦理观念的渗透——惟利是图、毫无信义等民族劣根性。《少女小渔》中小渔身上的善良纯真的品性代表了中国传统文化中的精华，正是这品性涤净了弱势文化处境下的龌龊与屈辱。值得注意的是，严歌苓在这里表达了一种超越于东西文化及道德差异之上的伦理倾向——清洁明亮的心灵深处向善向美的朴素情感，这是在新的文化语境下构造出的中国文化新的希望，代表着中国文化精神重建的某种可能。

二 “中国形象”的生存分析

从以上的梳理中可以看出世界华文作家笔下的中国形象多是以文化记忆为指归的——无论是“侨民文学”“移民文学”“新移民文学”“洋插队文学”的中国情结，还是小说、散文、诗歌中的中国自然和人文意象绘制。这里面既有根深蒂固的种族遗传因素，也有中国传统文化生生不息的承传；既有弱势文化与强势文化冲撞时的卑微和屈辱，也有转换文化立场时对中国传统文化的认同和颂扬；既有对传统文化“回不去了”的哀悼，又有优游于传统与现代之间的从容，还有完全生活于现在的坚韧和明朗。那么，这一切是如何产生的呢？它在生存意义上的动因是什么呢？

物质生活的困境是世界华文文学一般展示的图景，严酷的现实生存始终需要面临。许多作品都在现实的层面上描绘了海外华人的具体生存窘况：打工固然就是吃苦，不论是刷盘子洗碗，还是去工厂做工，都是苦，但吃不着苦，亦即找不着活儿，打不着工，则更是苦不堪言。他们不仅面临着生存的苦难、生理的或肉体的苦难，还要承受精神苦难、心理苦闷。如何使自己在新的文化空间得到身份的确认，是他们生存的深层危机。远离亲人的痛苦，对故土的眷恋和思念，以及新空间陌生感及文化上的边缘人、“夹缝人”状态，都使作品中的主人公时时生活在无根无着的漂浮状态中。赵淑侠在《西窗一夜雨》序中说：“‘漂泊感’似乎是我们这一代在海外的中国人共有的感觉。因此，我毫无保留的写出了这些天涯游子的真实面貌，他们苦乐的和辛勤奋斗的过程，感情上的流浪感和文化上的乡愁……”可以说是对海外华人生活的一个比较准确的概括。比物质生存困境更难克服的是精神上的苦闷和焦虑，《又见棕榈，又见棕榈》的主人公曾说过："没有具体的苦可讲……那是一种无形的东西，一种感觉……我是一个岛，岛上都是沙，每颗沙都是寂寞。"新的生活空间是一个深不可测的黑洞，两种文化的对立又使他们无法调和，无法融入任何一方，只能像无根的浮萍一样漂浮在东西方文化的夹缝中。《谪仙记》中的李彤和《芝加哥之死》中的吴汉魂都不是因为物质困境而是精神失去依托才自动了结生命的。在一种弱势文化被迫进入强势文化圈之后，在面对着来自各个方面的有形无形的压力和歧视中，生存必然是一种尴尬和隐忍的状态，一旦尴尬者不愿再尴尬，隐忍者无法再隐忍，必然会采取暴力的手段与强势文化进行抗衡，从而成为强势文化的牺牲品。

如果一味对居住国的文化持排斥态度，一切生存活动都是无法进行的；如果一味抱守中国传统文化，在异域的生存也是不可能的。老舍的《二马》等作品曾有过辛辣的嘲讽。摈弃传统文化的劣质，积级纳入现代文化中有生命力的新质，才是海外华人生存的明智选择，也是世界华文文学创作者的自我定位。历史学家范文澜说过："任何一个发展着的民族，必然要吸收可能吸收到的其他民族的文化来丰富自己，愈能吸收别人的长处，愈对自己有益。外来文化被吸收以后，就成为吸收者文化的一部分，它和原产地的文化，只有亲戚关系，并无家属关系。"要在物质和精神的生存上取得满足，就必须给自己的身份一个准确的定位，仅仅有理解和批判是不够的，"五四"启蒙我们吃够了理性不足的亏，在文化交流的问题上，我们不缺少的是感情，缺少的是太多的理性。这种理性包含了一切生存的学说。

正是在这种情形下，作家拿起了手中的笔，陈若曦在《海外作家的本土性》中指出："我以为，海外作家的写作动机，本身便具有本土性。……多数人写作是因为他们非写不可；是为了排遣心中的一股乡愁。……没有乡愁也就没有海外华文文学。"在进一步写作的过程中，他们不仅融入了个人的经验，而且在更广泛的意义上，发挥并契合了群体的经验。

三 “中国形象”的文化分析

无论他们采取的体裁如何不同，有一点是不约而同的——汉语也即华文的写作方式。用母语写作是否在心理学上具有更深刻的动因？有一点也许是毋庸置疑的：汉语在情感上具有一种先天的亲和性，当一个作家在母语的默默诵读和奋笔疾书中，他似乎回到了母亲的怀抱、幼年的襁褓之中。也许正是这样的对母语的执着和眷恋，使一些华文作家在羁留异国多年之后，笔下仍是挥不去的方块字——如果写不出作品，写写方块字也聊以解乡愁。更深层的原因也许就在这里，属于中国传统文化的不仅是诗词歌赋、风土人情蕴涵的知识和情感，还有这与中华文明相始终的方块字。方块字里不仅有情感，还有智慧、历史、文化，甚至无法说清楚的一切“道”，蕴藏在华文作家包括所有的中国人的集体无意识之中。

但是，这种现象在近年来似乎发生着微妙的变化：由于中国的世界地位的提高，汉语一度成为时髦，酷爱东方神秘文化的异国友人掀起了学习“汉语热”。作为一种“升温”效应，华文在世界语种中的地位至少是表面上得到了提高，一批海外华文写作者应运而生。我们只看到了华文写作群体的扩大，却对其动因缺乏应有的细致分析——这并不是你能写而我不能写的问题，让人不能不起一种商业利润方面的怀疑。既然有此动因，汉语的运用就和政治尤其是时代政治有些暧昧的瓜葛。随着全球化的方兴未艾，信息时代的来临以及世界交往的迅速与频繁，华文写作受经济生活、传播媒体的影响越来越多，这是方块字写作的喜抑或忧呢？

与“五四”时期激烈要求废除汉字，走拼音化、拉丁化的道路相反，随着现代汉语可以准确翻译西方的哲学、文学、科学及技术文献等西方文化最深奥、最精密思想的事实，以及五笔字型的发明，使方块汉字输入电脑的速度取得与拼音文字相匹配的骄人成绩，有人就不顾一切地宣扬汉字的优越性，但在这种现象背后，隐含的依然是东西方文化的对立与冲突，而对立与冲突背后仍然是中国式的盲目自信和实质上的心理弱势。我们固然反对这种简单化的思维逻辑，但我们的希望是让汉语以它的真正优越性成为世人由衷喜爱的文学语言。也许我们大可不必杞人忧天，华文作为一种写作语言应该有其自身的发展路向。

尽管华文写作表达了中国的经验和感觉，但在每一个作家的文学思索中，中国经验和感觉的表达又是不尽相同的——不仅是表达什么而且是如何表达，这取决于作家的个人记忆和他的创作观念。著名心理学家弗洛伊德在论述文学与白日梦的关系时说："某种对作家产生了强烈影响的实际经验唤起他对早先、通常是孩提时代经验的回忆，这回忆于是促发一个在作品中得到满足的愿望，愿望中最近事件与旧时记忆的成分是清晰可辨的。"大多数的海外华人作家的童年都是在大陆度过的，饱受中国传统文化的熏陶，传统文化已经深深铭刻在他们的早期记忆之中。以致辗转漂流多年之后，时光和世事过滤了这种记忆，留下的多是明净与美好。它提供给读者的是审美上的快感，并不能实际解决任何生存和理论上问题。

而这种明净与美好在新的时代中已经几乎全部被忘却，人们在趋时就利的时代追求一种西方现代生活模式，眼看传统文化的明珠暗投，被尘封被污染，却无力挽回，这种哀悼的余音就久久地飘荡在作品中了。无论是白先勇作品中的虚空与绝望，还是余光中诗歌中的优美与动听，都是童年情怀的释放，是出走者对精神故园的永恒怀念。由此，以作品为媒介，作者与读者的情感也得到沟通：创作宣泄了作家的白日梦，阅读使读者欣赏了自己的白日梦，释放了积压的情感。应该深刻认识到的是，审美的满足或者说心理的满足在不同的时代有不同的期望值，只有那些走在时代的前面能够预言未来的某种可能的作品才是震撼人心的。正像荣格所说，艺术是一种有生命的、自身包含着自身的东西。孕育在艺术家心中的艺术作品，仿佛是由人类祖先预先埋藏在艺术家心中的一粒"种子"。因此，艺术本质上是超越了艺术家个人的东西，它不受艺术家个人生活的局限，而具有永恒的意义，这也就是我们对于世界华文文学创作的最高期望。

四 世界华文写作转变的可能

世界华文文学的创作已走到它的第三代。从"叶落归根"的侨民文学发展到"落地生根"的移民文学，90 年代集中出现了一批反映大陆新移民在国外生活和挣扎的通俗文学作品，俗称“洋插队文学”，如《我的财富在澳洲》《北京人在纽约》《曼哈顿的中国女人》《我在美国当律师》等，要么强调出国留学就是吃苦，吃苦因为打工、挣钱而值得；要么潜意识里把美国当作天堂，人可以在物质欲望满足方面实现自我；要么就是宣扬一种肤浅的自身存在的价值，而价值的获得则是通过赢得金钱从而改变命运。总之，他们描述了一系列个人奋斗成功的神话，表现出强烈的追求自我实现的欲望。

但无论从哪一方面来分析，这些作品都已不具备传统文化所带给读者的艺术张力，而在自我实现这个言之凿凿的“真理”背后，却是人格的不完善——精神的缺席。因此其定位也是专门为了那些想出国而没有出去的读者而设的——脱离本民族的集体经验，融入西方主流社会的故事。虽然在短时间之内，它拥有狂热的读者群，但丝毫经不起文化和审美的洗涤，不久就像风一样飘散并被忘记。但它不无警世作用：“五四”前后精英文化对西方现代文化抱有特别的好感，一般民众对西方现代文化是怀有深深的敌意的，但现在颠倒过来了，反而是东方的普通民众对西方的现代文化持积极态度——是历史走了一个怪圈，还是我们的启蒙太不彻底？

同时另一个问题也被提出来：第三代华人的文化意识和语言能力的丧失，令人不能不对华文文学的前途命运担忧。岂止是海外华人，就连大陆上的普通民众，他们的文化意识又有多少呢？在全球文化的大交汇中，如何持有本土性仿佛也并不是一个新话题——我们既要理清各种纠缠，又要开步前行。从世界华文文学创作群体如上文提到的严歌苓等的创作中对新的纯净的东方文化的再度唤起，我们已经可以觉察到某种微妙的文化立场转向，这是否代表着某种重建的可能呢？

而在更前卫的年轻一代的华裔作家写作中，中国形象已经完全西方化了，作品所展示的也已经不是如何在异域的文明中持有自我身份，而是积极并成功地融入了所在国的文化体制，优游地分享这种异域文化所带来的种种优越性。身份认同不再成为问题，因为他们已经成为所在国文化构成的一分子。世界华文文学创作中作为原型出现的“多余人”、“边缘人”和“零余者”形象已经基本消失。通过个人的奋斗和智慧以及所在国提供的机会，他们已经成为社会权利的拥有和使用者，并能够站在异域文化的高度重新反思中华文化的根源和本质。这是否就是未来世界华文文学发展的路向呢？关键在于我们如何从世界华文文学创作中得到启示：超越 20 年代中国的知识精英们在中西问题上的理念之争，真正吸取西方文化中的精华，给我们古老的民族肌体以强烈的刺激，并注入新鲜的血液，使悠久的文化焕发出更为绵长和活泛的生命力。

历史想象与性别重构
——世纪之交华文女性写作之比较

历史是一种无言的存在，以各种实物资料向后来人讲述着已经发生的过去，这样，历史的面目就因讲述者身份的不同、讲述方式的差异而发生微妙的变化。“有人持这种观点：‘历史’被讲述成一个关于权力关系和权力斗争的故事，一个矛盾的、异质的、破碎的故事。还有人持这样一种（争议更大的）观点：统治权力只是一部分的而不是全部的故事，而‘历史’则是由各种声音和各种形式的权力讲述的故事。”[①]毫无疑问，无论是在以还原历史为目的历史研究文本中，还是在以记忆和想象为特征的文学叙事中，女性的声音和权力在既定的中心文化中都是严重匮乏的，这和历史女性的边缘的生存状态息息相关。20世纪后半期尤其是1990年代以来，由于受到世界范围内女权主义运动思潮以及新历史主义观念的影响，世界华文女性写作出现了一些鸿篇巨制的作品，它们将历史的叙述聚焦在特定的时空、人群以及特定的历史细节，发掘和打捞女性经验，以女性主人公和女性讲述者的双重女性主体性声音重构历史，为世界华文女性写作提供自我认同和反省的精神镜像。

一　泛黄的照片：女性历史的发掘

如果说在既有的历史记载和文学文本中，女性的历史类似于无垠的海洋中

---

① [美]朱迪思·劳德·牛顿：《历史一如既往？女性主义和新历史主义》，张京媛主编：《新历史主义与文学批评》，北京大学出版社1993年版，第201页。

偶或漂浮着冰山，那么，真实而丰富的女性历史则是那冰山下面无比硕大的黑暗地带。不但那显露着的冰山一角的女性历史不足以说明女性真实的历史生存，而且那没有显露出来的部分将永远沉浸在黑暗的海洋深处，并不断地为海洋所融化和吞没。肖瓦尔特说过：女性“被强求认识男性经历，因为它是作为人类的经历呈现在她们面前的”，[①] 即女性对自我的认识一向都是通过男人的印象和书写获得的。所以，女性写作首要的任务就是主动地发掘和打捞女性的历史记忆。这种记忆无疑是对男性文化和历史的一种逃匿和剥离，完全以女性自我的经验和理念为基础。从而女性记忆的建构方式首先表现为：以艺术的气息和光韵将历史深处照亮的方式来建构女性记忆。穿越了漫长的黑暗的历史隧道，女性历史以夺目的光韵和色泽呈现在澄明之中，一页页泛黄的女性历史得以重见天日，并获得其应有的话语权。

因此，女性写作者总是于历史尘封的深处，寻找有关女性历史真实的蛛丝马迹。施叔青关注的是 1894 年到 1997 年的香港历史：“下笔之前，遍读有关史话、民俗风情记载，凡是小说提到的街景、舟车、建筑风貌，英国人维多利亚风格的室内布置，妓寨的陈设，那个时代衣饰审美、民生饮食，中、西节庆风俗，甚至植物花鸟草虫，我都刻意捕捉铺陈，也不放过想象中那个年代的色彩、气味与声音。我是用心良苦地还原那个时代的风情背景。”而对于那个特定时代的风情背景的还原正是为了女性主人公黄得云的出场，蝴蝶的象征意象与黄得云的形象意蕴之间有太多的相似和勾连，并且都是香港特殊境遇中的产物：“当我从标本中发现一种黄翅粉蝶，那份惊喜此生难忘。我找到了地道的香港特产，精致娇弱如女人的黄翅粉蝶。虽然同是蝴蝶，香港的黄翅粉蝶于娇弱的外表下，却勇于挑战既定的命运，在历史的阴影里擎住一小片亮光。”阴暗和鲜亮的参差对比就此成为女性历史生存场景的逼真写照：“我在为心爱的蝴蝶敷彩时，用的是宝石蓝、胭脂红等鲜亮的声调来烘染出一个滟滢巾钗、珠锵玉摇的摆花街青楼的红妓，同时也没忘记在她周遭涂下阴影，晕染暗色的调

---

① [英] 玛丽·伊格尔顿编，胡敏、陈彩霞、林树明译：《女权主义文学理论》，湖南文艺出版社 1989 年版，第 96 页。

子。”[1]主人公黄得云就从灰暗的命运基调和历史雾霭中一步步走出来，开始了她在近代香港的跌宕起伏的命运抗争。

同样，严歌苓感触于一百五十年的华人移民史，为了移民这个最脆弱、最敏感的生命形式：“近三四年来，我在图书馆钻故纸堆，掘地三尺，发觉中国先期移民的史料是座掘不尽的富矿。一个奇特的现象是，同一些历史事件、人物，经不同人以客观的、主观的、带偏见的、带情绪的陈述，显得像完全不同的故事。一个华人心目中的英雄，很可能是洋人眼中的恶棍。由此想到，历史从来就不是真实的、客观的。”[2]正是在史料的发掘中，严歌苓发现历史的非真实和非客观，在男权中心主义文化的覆盖之下，华人移民的历史还遭受着严重的所在国文化优越性的强力改写。扶桑的被发现有着和蝴蝶黄得云几乎一样的缘起：在一家为人所忽略的历史陈列馆中，作者发现了一帧因久远而泛黄的照片，“这是十九世纪八十年代的一个中国妓女，十分年轻美丽，也高大成熟，背景上有些驻足观赏她的男人们，而她的神情却表示了对此类关注的习惯。她微垂眼睑，紧抿嘴唇，含一丝惭愧和羞涩，还有一点儿奴仆般的温良谦卑，是那盛服掩不住的”。而“这个端庄、凝重、面无风情的妓女形象就是我后来创作扶桑的雏形”[3]。也正是这个带有丰富文化象征意蕴的东方女子扶桑串联并支撑起了一段鲜为人知的华人移民史。“幽黑的窗格内，她完美如一尊女神胸像。她红色衣裳临界她身后的黑暗，她若往后靠那么一丁点，似乎就会与黑暗融合。”[4]而扶桑终于没有被她身后的黑暗所吞没，她从黑暗的重重帷幕后擎起了母性的亮光。巧合的是，王安忆也是从一个不为人所知的角落偶尔发现了一桩有关上海历史的奇闻逸事，“许多年前，我在一张小报上看到一个故事，写一个当年的上海小姐被今天的一个年轻人杀了……”[5]这个上海小姐就是《长恨歌》中王琦瑶的原型。

基于对所在国既定移民历史真实性和客观性的怀疑，严歌苓决定以扶桑的

---

① 施叔青：《我的蝴蝶（代序）》，《她名叫蝴蝶》，花城出版社 1999 年版，第 5 页。

② 严歌苓：《主流与边缘（代序）》，《扶桑》，上海文艺出版社 2002 年版，第 4 页。

③ 严歌苓：《从魔幻说起》，《波西米亚楼》，当代世界出版社 2001 年版，第 150 页。

④ 严歌苓：《扶桑》，上海文艺出版社 2003 年版，第 82 页。

⑤ 王安忆：《重建象牙塔》，上海远东出版社 1997 年版，第 206 页。

故事来还原历史真相；同样基于对香港特殊历史和风情的兴趣，施叔青把香港的形象和命运赋予了蝴蝶黄得云；也是基于对上海历史的书写渴望和期待，王安忆从故纸堆中发掘出了王琦瑶的故事。从19世纪的旧金山，到19世纪的香港，再到20世纪的上海，这三部作品构筑的都是特定区域、特定时间段的历史，三位女性作者不约而同地从湮灭于历史深处的女性人物身上获得了创作灵感和理念，将她们从无名的历史叙述中带向女性主义的文学想象。而张翎的《望月》和虹影的《上海王》则带有一定的女性家族史的意味，同样也是从20世纪初年开始，同样聚焦于几代女性的情感和命运，这意味着一种新的历史表达观念的诞生和尝试。

显然，这种对历史的新的文学叙述方式是与历史研究方法的突破联系在一起的。一般说来，最早的妇女历史多是通过把妇女提到显著的地位，将妇女写进历史，对男性的传统的"客观历史"提出挑战。女性历史学家们业已意识到对妇女的研究完全不同于对其他被压迫群体的研究，正是由于女性"'由文化所决定的，在心理上已经内在化的边缘地位'使她们的'历史经验完全不同于男人们'，把妇女写进'历史'，也许更多地意味着传统的关于'历史'的定义本身需要有所改变"。这种由女性研究者发起的对社会历史的改写受到了女性主义和新历史主义的双重影响，它一方面强调"主体性具有性别，强调妇女是历史研究的中心"；此外，还强调"性和生育，均被当作权力和冲突的场所，对女性和男性两者的主体性的构成起十分重要的作用"。而对"历史"构成因素丰富性的关注与研究则带来一种被称为"交叉文化蒙太奇"的行为："在这个行为中，非传统的史料来源妇女的书信和日记，妇女手册，妇女小说乃至集会，都与更传统的，更带有社会性的文本，如国会辩论，社会学著作，医学文献，新闻报导以及医学杂志并置在一起。"[①] 所以，一些向来为男性研究者所忽略的历史资料如妇女的照片、书信、日记、档案甚至日常生活图片都成为历史研究的重要凭借和载体。正是在这样的观念引导下，华文女性写作者们带着历史考究的严谨态度，于浩繁的历史资料中捕捉和感受女性曾经鲜活过的生命印记。

---

① [美]朱迪思·劳德·牛顿：《历史一如既往？女性主义和新历史主义》，张京媛主编：《新历史主义与文学批评》，北京大学出版社1993年版，第203页。

这意味着历史记忆不仅是女性写作的永久资源，而且已经成为女性写作的历史叙述形态，甚至可以这样说，历史记忆决定了女性写作把握世界的方式，女性写作中的记忆就是对男性创建历史和书写历史的历史观念的反动模式。这决定了女性历史的发掘以泛黄的照片始，而不以泛黄的照片终，也就是说，缘起于某个历史细节的故事跟随着写作者的意念开始了具有个人主体性的叙述过程。保罗·德曼在解读普鲁斯特时说过，“记忆的本领”首先不是“复活”的本领：它始终像谜一样难以捉摸，以至可以说它被一种关于“未来”的思想所纠缠。“记忆的本领并不存在于复活实际存在过的情景或感情的能力中，而是存在于精神的某种构成行为内。精神被局限于其本身的现时，并面向其自身构成之将来。过去仅仅作为纯形式因素介入。”[①] 或者说泛黄的照片只是女性特定历史的封面，这些照片中的女性只有在与女性写作者的心灵遇合后才可以展开女性历史的逼真画面，因为“记忆只是在那些唤起了对它们回忆的心灵中才联系在一起，因为一些记忆让另一些记忆得以重建”[②]。

二　日常生活：女性历史的真相

那么，在华文女性写作者的笔下，女性历史的常态或真相究竟怎样呢？历史女性由文化所决定的，在心理上已经内在化的边缘地位使其生命印痕流于琐碎、庸常，甚至孤寂和无聊。王安忆的《长恨歌》较早地尝试女性的历史书写，以一位女性的情感和命运来诠释上海的历史，这决定了王安忆抛弃“从茅盾《子夜》到周而复《上海的早晨》写上海这座城市飞扬的社会变革生活的路子”；而发展了另一条“张爱玲、苏青写上海日常的、安稳的市民世俗生活的路子”[③]。实际上，张爱玲和苏青笔下的上海在王安忆的作品中复活了，《长恨歌》可以说是上海的日常生活的历史，将上海小姐王琦瑶的一生与城市历史进

① [法]雅克·德里达著，蒋梓骅译：《多义的记忆》，中央编译出版社1999年版，第69—70页。

② [法]莫里斯·哈布瓦赫著，毕然、郭金华译：《论集体记忆》，上海世纪出版集团、上海人民出版社2002年版，第93页。

③ 周介人：《最近的话题》，《几度风雨海上花》，上海三联书店1996年版，第195页。

行了融合式书写："在那里面我写了一个女人的命运，但事实上这个女人只不过是城市的代言人，我要写的其实是一个城市的故事。"[①] 无疑，这是对文学史中上海书写的一次颠覆和创造，是对宏大历史叙事的反拨，是对新的历史形态和理念的追求——在这里，王琦瑶不仅是历史的代言人和见证者，而且是历史的扮演者和承担者，她所代表的历史形态被称为"流言"的形态。"流言虽然算不上历史，却也有着时间的形态，是循序渐进有因有果的。这些流言是贴肤贴肉的，不是故纸堆那样冷清刻板的，虽然谬误百出，但谬误也是可感可知的谬误。"[②] 张爱玲曾将自己的小说和散文集子分别命名为《传奇》和《流言》，传达的正是这样的日常生活的历史观念。"它好像要改写历史似的，并且是从小处着手。它蚕食般地一点一点咬噬着书本上的记载，还像白蚁侵蚀华厦大屋。"王琦瑶所经营的一份生活和历史是与外面的天翻地覆毫不相干的，她们是活在世界的边角的一群，享受着被遗忘的温柔和安逸、平安与欢愉。

作为城市的代言人，王琦瑶的命运恍惚而短暂，女性要么在孤寂中萎谢，要么在孤寂中疯狂，闺阁正是幽闭的所在。女性所贪恋的情感与物质生活在许多年里被视为罪恶，王安忆在祛除罪恶的意义上重构女性历史，肯定物质的喜好和追求就是人的本性。在这个庸常的世界里，男性的面目苍白，形象委琐，最终因输掉品质或勇气而退场。他们非但不能可以拯救历史，更不可能拯救女性。女性是自我的主体，也是自我的救赎者。到了虹影的笔下，上海不再这般温柔宁和，无论是《女子有行》，还是《康乃馨俱乐部》都散发着女性主义的英武和锐利，对于历史形态的重构已经不是蚕食般的噬咬，而是疾风骤雨式的革命行动。直到《上海王》中，虹影对历史记忆的重构和叙述已经接近狂欢化的地步：筱月桂，这个历练江湖的女人，终于成为上海黑帮真正的幕后上海王。因为虚构的张力和情感的急迫，所以带来前所未有的对男权中心主义历史的解构快感。《饥饿的女儿》则以完全纪实的笔触写下了"我"记忆中重庆长江南岸板房区的贫困生活，物质和精神的极度贫乏使"我"终日处在饥饿的空虚和窘迫中，其中更掺杂和纠结着个人身世的隐秘性不安。作者以冷漠而平静的语言

---

① 王安忆：《重建象牙塔》，上海远东出版社 1997 年版，第 192 页。

② 王安忆：《长恨歌》，作家出版社 1999 年版，第 7 页。

为这城市的历史写下最为独特和真实的一笔。

虽然施叔青的《香港三部曲》以19世纪香港的历史大事串联情节，但只是点缀或者提醒，作者刻意描写的仍然是黄得云的命运颠踬。无论是摆花街的妓女生活，还是跑马地唐楼中与史密斯的情欲纠缠；无论是找寻史密斯的绝望，还是追随姜侠魂的无果；以至后来在典当行的悉心做人、与西恩·修洛的特殊交往都铺设着浓重的日常生活的氛围。史书记载的香港历史正好与黄得云的个人历史形成了某种衔接，这使黄得云的命运安排有了某种借口，也将大历史的空蒙落到实处。严歌苓在对女性历史真相的体味中与其不谋而合，《扶桑》写的虽然是一百五十年的华人移民史，但作者有意渲染的仍然是扶桑的生命羁痕，虽然其中穿插着旧金山的女奴买卖市场，也穿插着白人的骚乱以及对华人的驱逐、杀戮和歧视……作者所钟情的仍然是东方女子扶桑和白人少年克里斯之间基于巨大的文化差异所造成的情爱神秘感。在张翎的一系列小说中，女性主人公往往穿梭于温州、上海与多伦多之间，她们独立谋生的辛酸与坚强、个人情感的荒芜与渴望、期待与失落、成功与失败都在一笔流畅而清澈的日常话语中展开。

而且，这种与女性生活常态相关的日常话语，并不仅仅在于女性自身故事的叙述和命运的展开，也不仅仅在于以另外的方式进入和还原女性的历史，它的创建作用还表现在作者将女性的日常生活与她所在的城市进行了关联性书写。上海、重庆、香港、旧金山、温州、多伦多……这些城市作为世界华文女性写作历史重建的典型性场景，在女性写作中被赋予充分个人性的书写和想象，将历史和文化代言者的城市记忆进行了重构，为城市的历史和文化书写增添了越轨的笔致和明丽的新鲜——黑暗的地方漆黑一团，明亮的地方流光溢彩，这就是女人的城市和历史。

三　性别关系：女性历史的创建

如上，泛黄的照片和日常生活的营造绝不是虚掷笔墨，那是为了将在传奇或流言中生存下来的女性主人公更好地带到敞亮之中，展示她们的天生丽质、丰妆盛容。无疑，这些女性都是美丽的：或性感，或艳冶，或小家碧玉，或充满母性。美丽是她们身体的标签，而身体几乎就是她们生存的全部资本。所以，女性写作创建的女性历史也借着身体的关系而展开——在这个意义上，身体成为权力、文化、经济、政治的某种媒介或交换。凭借着身体与男人所形成的关系，女性参与到政治、经济甚至文化的运行当中。结果是身体的被杀戮或毁灭，也是身体的涅槃和永恒。就像扶桑在被毁尽的一瞬间："当她从床上浑身汗水，下体浴血站起时她披着几乎褴褛的红绸衫站起时，她是一只扶摇而升的凤凰。"①

这些美丽的女性出自于黑暗，并不确切地知道命运将如何书写，心灵深处的那点亮光能否照彻黑夜，点燃生命之花。在男人的世界中，她们能够为自己所支配的也只有这具美丽的身体。但正是凭借这柔弱而坚忍的身体，她们开始了对命运的挑战，对既定的女性历史的改写。王琦瑶一生中出现了这样四位男人：程先生、李主任、康明逊和老克腊，她的命运充满着戏剧性和宿命感，程先生的鼎力支持使王琦瑶成为上海小姐第三名，结果，成为"三小姐"的王琦瑶一夜之间做了李主任的"金屋藏娇"，但随着李主任的去世，爱丽丝公寓里的奢靡生活消失了，王琦瑶凭借着女人的美丽和坚韧在平安里重新营造了她新的情爱生活，年老色衰的她想从年轻的老克腊那里寻找暂时感情的慰藉，却断送了性命。在王琦瑶和这几位男人的关系中，她是主动的，尽管她死于宿命。男人的形象虽然不乏英俊，但无一敢于承担责任，他们是贪图片刻的欢愉而无一敢于和愿意承担的人，相反并不强悍的王琦瑶却是敢于承担和从来不输却爱的希冀的。

扶桑是19世纪踏上西海岸的东方人中那极偶然中的一两个，但以她的光彩夺目成为作者重写移民史的主角。扶桑是一个中国的乡间女子，嫁到广东，从来没有见过她的丈夫就被骗上了开往旧金山的大船，开始了她在特异的文化空间中暗无天日的卖身生涯。十二岁的白人男孩克里斯出于猎奇的心理走进了她的房间，对东方女性神秘情调的迷恋使他终生未能释怀；同时，扶桑又邂逅了她从未见过面的丈夫大勇，扶桑以她的母般的宽容和善良包容了一生的屈辱，以她的肉体款待了那些不逾矩的白人和无法承担的黄种男人，成为黑暗中的一缕不灭的光。"我在描写扶桑这个人物时，时时感到她身上体现了一种只有古老

① 严歌苓：《扶桑》，上海文艺出版社2003年版，第82—83页。

东方才有的雌性，是‘后土’式的雌性，不可能被任何文明和文化所‘化’的雌性。”[①] 那是古老的母性，包含着受难、宽恕，和对于自身毁灭的情愿。母性即是最高的雌性。在扶桑的身上，母性与娼妓奇异地结合在一起，成为她的自我身份，也成为她与男人建立性别关系的基点。扶桑与克里斯之间基于文化差异性而产生的情感迷恋终于陷落悲剧，而领受着同一文化传承的大勇和扶桑之间的性别关系却是奴役与被奴役的。这种性别关系的建立和反差说明：文化的差异不会阻挡爱情的产生，同时保持身体的独立；而文化的沟通却可以制造情感的隔膜，同时造成身体的屈从。

蝴蝶黄得云，原是 19 世纪末期东莞农村的女孩，遭人绑架到香港在摆花街做起了妓女。在香港的鼠疫中，成为洁净局代理帮办史密斯的情妇，并住进跑马地唐楼，遭到史密斯抛弃后她又靠上了通译屈亚炳。后来，经过种种曲折成为典当业名人十一姑的女佣，逐渐执掌了公兴押的大权，开始发迹。又是一个偶然的机会，黄得云成了汇丰银行董事洛修的情妇，一跃而为上层社会的名流。她的儿子黄查理成为地产业的翘楚，孙子黄威廉成为香港著名的大法官。黄得云风云际会的一生勾连起香港的百年历史，作为一个沦落烟花的女子，黄得云除了她自己的身体外，别无所有。而正是历史赋予她的这具身体，表达了充分的奴役与被奴役、殖民与被殖民以及利用与反利用的多重内涵和意蕴。在黄得云的性别关系链条中的男人，最有意味的是亚当・史密斯和西恩・修洛。他们分别出现在黄得云生命的早期和中期，一个是下级军官出身不得志的男人，一个是贵族出身的银行家，前者一度迷恋于和黄得云的情欲宣泄，而后者则是一个性无能者，他们与黄得云之间的关系恰恰说明了这样一个事实：“如果说，青春勃发的黄得云，只能以自己的肉体给不得意的史密斯提供抚慰孤寂的安全岛，从而显出她并非完全的被动；那么到了徐娘半老，倒转来反客为主地居于对西恩的支配地位。由性的象征所潜隐的这种对殖民的颠覆，正是随着岁月的推衍所带出来的结果。它也透露出殖民主义从海盗时期的豪取强夺，到依赖绅士风度的统治，其间逐步没落的信息。”[②]

---

① 严歌苓：《性与文学》，《波西米亚楼》，当代世界出版社 2001 年版，第 118 页。

② 刘登翰：《说不尽的香港》，《她名叫蝴蝶》，花城出版社 1999 年版，第 8 页。

但又怎么不能说，黄得云的身体就是她的权力，她凭借着身体与一系列的男人，有能的或无能的，实现了多种的性别关系，并通过这样的性别关系的确立改变了自我和家族的命运，如果单纯地从女性主义的角度来考察，她充分利用了这唯一的身体的权力，反抗权威和成规，改变了她的历史，改变了历史中的女人的地位。由最初的被奴役者成为奴役者，那为她的身体所诱惑的男人就已经挣扎在她的奴役之下了。相对于男权中心主义文化中，女性出卖身体的屈辱和可耻之说，提供了另外一种观照女性历史的视角。

同样，在《上海王》中，仍然是一个沦落风尘的乡下女孩筱月桂，在上海黑帮控制的妓院里成为黑帮老大常力雄的意中人，却又奇迹般地陷入地狱，历经数年艰辛，她成为名盛一时的演员，却不得不投入另一黑帮老大黄佩玉的怀中。最后与她钟情多年的余其扬再次失去对方。江湖争斗，既是权力的，也是情欲的，最终她成为君临十里洋场的幕后上海王。筱月桂正是这样一个侠骨柔肠的近代女性，她从历史的帷幕后一跃而出，上演着张扬而狂烈的情爱故事，也展示着女性身体肆意挥洒的狂欢。她的历史的主体地位也是借着身体与不同的男人之间所形成的性别关系而实现的。

女性主义作品大都致力于探讨构建性别关系的模式，以及这一模式如何渗透在女人们和男人们看待阶级关系的方式之中。重要的是："性别的表述怎样渗透于阶级的表述之中，并且怎样塑造了阶级关系、怎样构建了一个否则就要受男性统治的公众领域。"[①] 可以肯定，性别关系通过各种社会成规的罅隙渗透并影响了社会的历史和文化构成，并且这种渗透和影响将会对既定的历史成规构成越来越大的威胁力量，使之最终走向解体。

四 "她"与"她"的对视：女性自我的认同和反思

华文女性写作对史料的发掘、对日常生活的还原以及对性别关系的构建都

① ［美］朱迪思·劳德·牛顿：《历史一如既往？女性主义和新历史主义》，张京媛主编：《新历史主义与文学批评》，北京大学出版社 1993 年版，第 209 页。

是为了想象和重构女性历史，但女性写作的最终目的却又不是为了女性历史的重构，它只不过是在女性历史的重新想象中寻找接近完整的自我。因此，这些作品中的女性叙述者终究还是按捺不住，从一开始或中途或最后都实现了与女性主人公的对话，更多的沟通和交流通过此超越时空的对话得以完成。

女性叙述者和女性主人公的双重主体性是通过很多有意味的处理呈现出来的，施叔青曾在摄影机的追踪之下，一寸寸拾回她遗留香江的诸般记忆。“我在突然暴热的日头下，踏上皇后大道中的石板街，重叠当年黄得云的足迹一级级往上走。她曾经在这条石板街三上三下，走完了她一生的全过程；而经过漫长的八年抗战，我也终于能够为我的香港三部曲写下一个句号。”在第三部《寂寞云园》中，叙述者“我”粉墨登场，与黄得云的曾孙女黄蝶娘相识、相交，扮演起串场的角色，成为20世纪70年代香港历史的亲历者，也成为黄得云历史的直接见证者，双重的女性主体性在此交融和重合。

同样，严歌苓在《扶桑》中“运用第一人称的我，与扶桑展开对话。两个中国女性相隔了一个世纪，却因种种原因，渡海落籍异乡，并各自发展一段异国情缘。叙事者的我抽丝剥茧，急欲了解扶桑当年种种，而扶桑的影像却时近时远，不断挑起和中挫叙事者的欲望”①。在笔者看来，叙述者和主人公的对话并不仅仅作为叙事策略存在，而是一种现实的身份感的寻求，同时也是对女性自我以及中西文化的叩问和反思，也是对移民现象和移民文学的反思。扶桑从历史的暗影中一次浮现，与女性叙述者超现实的时光隧道中，实现了横贯古今中外的对话，其间包含着对种族的亲和与仇恨、人性的怯弱与凶残、爱情的失落与拥有、文化的差异与神秘等问题的考量和申辩。《上海王》企图再现的是上海的现代史，让叙述者笔下的主人公替父亲还愿，让父亲的灵魂回到上海去。后来发现最可写的还是一个女人，“如我的母亲，她那双大脚，如何从乡下踏入摩登世界。怎么遭遇奇迹，陷入地狱；又从地狱返回，历遍人间”②。这是一本“虚拟自传”，它包含着父亲的灵魂，母亲的经历，还有“我”的心灵，也是对自我的一次想象和验证。

---

① 王德威：《短评〈扶桑〉》，《扶桑》，上海文艺出版社2002年版。

② 虹影：《还愿到上海（代后记）》，《上海王》，长江文艺出版社2003年版，第279—280页。

类似的女性记忆重建表明了女性充足的自审意识，它挖掘出女性心狱中那黑暗和阴沉的一角。实际上也是对女性自我的另外一种反思，女性自我的建构应当正视自我的缺陷，并勇于袒露它，只有在完全地打开自我的灵魂时，自我才能得到治疗、拯救和发展。在同现代社会的抗争意义上来说，女性叙述者呼唤完整的自我感觉和形象，借助于历史遗照来拯救破碎的自我，重组创伤累累的女性历史，拼贴残缺不全的女性记忆。无论是女性记忆传统的重新发现，对女性历史的独特建构，还是在女性历史建构中对女性自我的审视与反思，都表明历史叙事作为女性叙述历史的方式与其个人的自我认同有着密切的关系。人类保存着对自己生活的各个时期的记忆，这些记忆不停地再现；通过它们，就像是通过一种连续的关系，自我的认同感得以长久存在。这意味着女性写作对记忆的重建实际上是进一步实现自我的认同感，正如莫里斯·哈布瓦赫所说："在某种程度上，沉思冥想的记忆或像梦一样的记忆，可以帮助我们逃离社会。……然而，由于我们的过去是由我们惯常了解的人占据着，所以，如果我们以这种方式逃离了今天的人类社会，也只不过是为了在别的人和别的人类环境中找到自我。"[①] 女性历史的重建以及这重建的历史所显示出来的光韵和意味，正是关联于女性自我特定的自我认同和反思，它更多地是以女性自我认同和反思的精神镜像而存在。

① [法]莫里斯·哈布瓦赫著，毕然、郭金华译:《论集体记忆》，上海世纪出版集团、上海人民出版社2002年版，第87页。

论新世纪女性自传性小说叙事话语的嬗变

作为女性写作中最具个体意识和叙事权威的创作形式，女性自传性小说[①]一直受到女性写作者的倚重。中国现代女性文学的发轫即以一批充满浓郁个人风格的自传性小说为标志，1990 年代海峡两岸的女性自传性小说更是不约而同地以犀利而僭越的方式实现了对男权叙事话语的冲击和颠覆。经历了性别叙事的高潮之后，女性自传性小说在新世纪迎来她叙事话语的多元化嬗变。李昂的小说《自传の小说》[②]、陈玉慧的家族小说《海神家族》[③]、齐邦媛的自传《巨流河》[④]相继出版，再加上台湾新世代女作家郝誉翔的《逆旅》、钟文音的《昨日重现》、《在河左岸》等自传色彩浓郁的小说，在在昭示女性自传性小说的书写已经达臻新的书写高潮和叙事层面。几乎就在同时，大陆作家宗璞带有自传色彩的《野葫芦引》[⑤]系列之《南渡记》《东藏记》《西征记》陆续出版并获奖，张

① 关于“女性自传性小说”，学界有着不同的概念表述，有的研究者称之为“女性自传体小说”，有的研究者则称之为“女性半自传体小说”，区分的标准在于是否严格使用第一人称叙事。但事实上，使用第一人称叙事的未必就是自传体小说，而使用非第一人称叙事的也未必就不是自传体小说。本文使用“女性自传性小说”这一涵盖性较宽且表述较为客观的概念来指代下文涉及的这些由女作家创作的带有明显自传色彩和女性主体意识的小说。

② 李昂：《自传の小说》，香港：香港明报月刊出版社 2009 年版。

③ 陈玉慧：《海神家族》，江苏人民出版社 2010 年版。

④ 齐邦媛：《巨流河》，生活·读书·新知三联书店 2010 年版。

⑤《野葫芦引》系宗璞的长篇自传性系列小说，包括《南渡记》、《东藏记》、《西征记》和《北归记》四部，除 1987 年出版的《南渡记》之外，《东藏记》和《西征记》在新世纪陆续出版，《东藏记》荣获第六届茅盾文学奖。本文采用的版本分别为《南渡记》（人民文学出版社 2004 年版）、《东藏记》（人民文学出版社 2004 年版）、《西征记》（人民文学出版社 2009 年版）。

爱玲创作于海外的自传小说三部曲[①]《小团圆》、《雷峰塔》和《易经》也分别在台湾地区和内地首次出版，凸显两岸三地女性自传性小说出版和接受盛况。论文从台湾女性自传性小说的文本叙事分析入手，兼及大陆和海外的女性自传性小说相关创作个案，在叙事学、女性主义理论和传记理论的多重视域中对其叙事模式、叙事视角和叙事时空方面的整体性特征及其嬗变进行分析和揭示。诚然，不同国家、地区和历史时期的作品以及不同的作家个体之间在叙事话语上存在着明显的差异性，本文试图在承认差异、立足差异并离析差异性的基础上进行整体性的分析和研究。

一

本文所涉及的作品叙事都发生在20世纪，特别集中在30到40年代这一血雨腥风、颠沛流离的历史时段，但每部小说书写战乱中的家国和自我的方式又表现出极大的不同。1950年代出生的李昂在《自传の小说》中以自身的政治、性别和情感经验叙写1901年出生的谢雪红传奇的一生，当"二二八"运动的风云人物谢雪红因为偶然逃到大陆的时候，恰逢刚刚毕业的齐邦媛只身到台湾，《巨流河》叙写的是作者如何由东北故土流亡到南京、汉口、乐山再到台湾执教的历程。相关地，宗璞的《东藏记》叙写明仑大学的知识分子及其家属从北平流亡到昆明，既抒发了知识分子的节操与情怀，也描绘了他们对民族国家和北平故乡的忧患和牵念。挣扎奔突于日军炮火下，1928年出生的宗璞和1924年出生的齐邦媛在家国叙事的书写上却表现出某种同一中的差异。同样是1950年代生人的陈玉慧，书写的则是台湾从日据时期到解严时期的家族历史。共处于这个时代，1920年出生的张爱玲在叙写自我和家庭故事时，叙事模式竟又截

① 所谓"张爱玲自传小说三部曲"，严格说来只是自传性小说而已，包括张爱玲写于1970年代的中文小说《小团圆》、1960年代中期的英文小说《雷峰塔》和《易经》，它们在作者去世十多年后历经曲折先后在台湾地区和内地出版。后两部由台湾学者赵丕慧翻译。本文采用的版本分别为《小团圆》（北京十月文艺出版社2009年版）、《雷峰塔》（北京十月文艺出版社2011年版）、《易经》（北京十月文艺出版社2011年版）。

然不同。

1.《自传の小说》：性别叙事

明显地，李昂的《自传の小说》采用的是一种极端而犀利的性别叙事话语。小说在铺叙谢雪红人生的时刻，不时穿插“我”成长过程中所受到的来自三伯父为代表的根深蒂固的男权话语规范中种种关于女性妖魔化的训诫和律令：诡异惊恐的虎姑婆的故事、狐狸精的故事、“魔鬼仔”的故事、“二形”故事；过往女人深处险境中的种种自毁方式：撞墙咬舌、剪刀刺心、菜刀自刎、跳水自尽、悬梁上吊、剔目割鼻等以免受辱；还有老妓皮城门降敌的至高秘法邪术、女人是祸水的种种例证……然后再以谢雪红经历、思想和行动的种种对之形成深刻的颠覆，其间穿插影射种种性的、政治的、国家族群身份的迷惘与确认话语，以女性自我的书写质疑和颠覆既往之历史和记忆：不可靠不信任，呈现出一种极其酷烈和极具颠覆性的女性主义话语方式。例如，关于王昭君、文成公主等：

> 外交便是送有身份的女人（这身份还并非真正血缘的尊贵，是受封追加的头衔与位置），当然还一定是美丽的女人，到邻国君主（可以是贵族、敌人）的床上。[①]

再如，对于秋瑾：

> 而要到很多年后，我们才终于了解，秋瑾进入我们的小学课本，成为我们效法的女性楷模，并非因为她推动了“男女平权”、办女报、她的女性悽婉特质；而是因着她爱国，作为革命烈士，并不惜“壮烈成仁”。[②]

类似的性别话语比比皆是，李昂在《自传の小说》中反复地强调：纵使谢

① 李昂：《自传の小说》，香港：香港明报月刊出版社 2009 年版，第 199 页。
② 同上书，第 121 页。

雪红的名字常常在街谈巷议中出现，她的存在意义也只是大人在吓唬小孩时的类似狼外婆的虎姑婆的重要词汇，没有人真正知道谢雪红是谁和意味着什么。现在，始终对谢雪红进行男权话语妖魔化的三伯父去世了，尽管“我”已经不可能再从他那里知道有关谢雪红的种种，但却可以在新的叙事话语中重述“我”心中的谢雪红——不仅意味着从历史的瓦砾堆中打捞女性历史，还意味着以女性叙事话语重建女性历史。小说开始于三伯父的死讯传来，结束于送三伯父灵柩上山，三伯父意味着一个时代，也意味着一个世界，三伯父生命过程的结束也意味着传统男权话语的被埋葬。小说的结尾，“我”终于按捺不住多年压抑于胸而未能表达的女性心声：

> 谢雪红
> 我要找寻的，又岂只是你的一生。
> 谢雪红，
> 你的一生、我的一生……
> 我们女人的一生。①

相对于男人所拥有的天然的法定的话语权，长久以来女人的声音微弱而匮乏，就像小说中隐匿于月光丛林下寻求着人的口封的狐狸精，它乞求转化为人的的话语权从何获得？历史没有记载。但是，经过一生无尽的曲折、误解和残酷的折磨、斗争，没有上过小学也没有读过中学的谢雪红，甚至没有正式学过写字的51岁的谢雪红，在1952年以后开始有意写她一生的自传。对于传统男权话语来说，具有双重颠覆的意义，李昂的小说固然以谢雪红自传《我的半生记》作参考，但她在亲身经历过谢雪红所经历的地理、情感和政治场域后，她以决然反叛的姿态为她所理解的女性立言。

事实上，李昂在写作《自传の小说》的同时，根据她追随和考察谢雪红生命足迹的经历写下了自传体散文《漂流之旅》，这部作品虽不在本文研究之列，但作为两部可以对照阅读的自传性文学作品，李昂在小说扉页的一段话确实起

① 李昂:《自传の小说》，香港：香港明报月刊出版社2009年版，第455页。

到了很好的提示作用：叫“自传”的小说充满虚构，而游记里却有自传色彩。这意味着小说隐在的线索所记叙的个人生命和情感是真实的，显在的谢雪红革命生涯的经历却存在着很大的虚构空间，尤其在对谢雪红革命与身体、政治与欲望的书写中颠覆了之前的各类谢雪红评传，凸显了李昂个人的情欲与欲望表达。这不仅是李昂挑战真实与虚构的界限的努力，也是对于女性历史的新的建构。

2.《巨流河》：知识分子叙事

相对而言，《巨流河》更接近一部传记，其中人物、事件和大量的图片的真实发生和存在可以证明这一点，但王德威在《后记》中认为，《巨流河》之所以受到瞩目，不仅是一本自传，“本身不也可以是一本文学作品”①？诚然，这部小说的叙事话语和《东藏记》有诸多的相似和接近，都是以时代巨流中的人事变动为背景，勾勒出特定人群流离失所的生存和悲欢，如果说《东藏记》更多地在民族国家的话语底版上聚焦形形色色知识分子的表情和灵魂，那么，《巨流河》更多的是着眼于离乱年代中家庭的悲欢尤其是个人的经历与情感。小说从作者的生之多舛写起，全家如何离开沈阳经北平辗转投奔在南京的父亲，七七事变之后，又如何一路经汉口、湘乡、桂林、怀远入川，在战乱中读完了中学和大学，并于1947年一个偶然的机会赴台任教。围绕着人生的跋涉，悉数摹写了祖母、外公、母亲以及兄妹的家族生活，与东北流亡子弟张大飞的人生交集以及他们之间洁净至诚的情感，与朱光潜和钱穆的忘年交往以及对其静穆澄澈人格的崇敬，成为小说感人至深的情节。齐邦媛的书写不仅为印证今生，也为那个并未远去的时代立此存照，少了些铮铮誓言，多了些知识分子的清明自省。

特别需要提到的是，《巨流河》所叙写的是两代人的历史，父亲齐世英是齐邦媛在《巨流河》中所要描写的重要人物。齐世英青年时期即成为东北为数很少的拥有官费海外留学经历的军界精英，在支持郭松岭反对张作霖的起事中失败，后来加入国民党，开设学校、创办杂志，目睹和参与国民党的种种最终却

① 王德威：《巨流河·后记》，生活·读书·新知三联书店2010年版，第376页。

选择与之分道扬镳。齐邦媛心目中的父亲务实而傲岸，温和而洁净，一生命运大起大落，却始终保持着英挺的书生情怀。小说写南京大屠杀后父亲与家人劫后相见：他环顾满脸惶恐的大大小小孩子，泪流满面，那一条洁白手帕上都是灰黄的尘土，如今被眼泪湿透。在这个意义上,《巨流河》是“一场女儿与父亲跨越生命巨流的对话”①。

因为多年来两岸政治文化睽违所造成的有效距离，也因为耄耋老年的人生领悟，小说的叙事话语显得颇为冷静平实、公允客观，“以最内敛的方式处理那些原该催泪的材料。这里所蕴藏的深情和所显现的节制，不是过来人不能如此”②。一边是挣扎于炮火中的中华民族：“整个八月，在与南京、汉口并称为三大火炉的重庆，仲夏烈日如焚，围绕着重庆市民的又是炸弹与救不完的燃烧弹大火，重庆城内没有一条完整的街，市民如活在炼狱，饱尝煎熬。”③一边是无有完卵的家族：

> 有一日，日机炸沙坪坝，要摧毁文化中心精神堡垒；我家屋顶被震落一半，邻家农夫被炸死，他的母亲坐在田坎上哭了三天三夜。我与洪娟、洪娟勇敢地回到未塌的饭厅，看到木制的饭盆中白饭尚温，她们竟然吃了一碗才回学校。当天晚上，下起滂沱大雨，我们全家半坐半躺，挤在尚有一半屋顶的屋内。那阵子妈妈又在生病，必须躺在自己床上，全床铺了一块大油布遮雨，爸爸坐在床头，一手撑着一把大油伞遮着他和妈妈的头，就这样等着天亮……④

衰败的家，破败的国，无数这样的家就挣扎在这样的国中，生死与共，休戚相关。“半个世纪过去了，那歌声带来的悲凉、家国之痛、个人前途之茫然，在我年轻的心上烙下永不磨灭的刻痕。”⑤《巨流河》中家族和民族的叙事模式在

① 王德威:《巨流河·后记》，生活·读书·新知三联书店 2010 年版，第 379 页。
② 同上书，第 376 页。
③ 齐邦媛:《巨流河》，生活·读书·新知三联书店 2010 年版，第 86 页。
④ 同上。
⑤ 同上书，第 90 页。

许多地方合二为一，难分彼此。

和《巨流河》类似，大陆作家宗璞的《东藏记》在民族国家的话语底板上聚焦形形色色知识分子的表情和灵魂。小说叙事以吕氏家族为基点，在北平吕清非老人为尊长的家族序列中，铺展开来的是他的大女儿吕素初及其丈夫严亮祖一家、二女儿吕碧初及其丈夫孟弗之一家、三女儿吕绛初及其丈夫澹台勉一家的人物谱系，其中又包括吕清非的续弦夫人、本家侄孙及其女儿，严家儿女严颖书、严慧书，孟家儿女峨、嵋和小娃，澹台家儿女澹台玹、澹台玮，再加上孟弗之的外甥卫葑及其夫人凌雪妍，明仑大学的教师及其家人构成了小说的全部知识分子群体。而吕清非老人出身于安徽世家，少年中举，青年参加同盟会，因劫狱被革去功名。曾当选国会议员，中年丧妻，眼见国是日非，遂觉万事皆空，变卖田产到北平依靠女儿，最终因拒绝出任伪职而自尽。他的不凡身世和卓然观念为书中诸人定下了人生基调：国是面前毅然取舍；同时也使得《东藏记》的叙事模式由家族层面顺利过渡至民族—国家层面。

从某种意义上说，《东藏记》与中国传统自传文学有一定的内在精神契合。小说所采用的话语亦是宗璞小说启蒙话语的延续——早在50年代小说《红豆》中已经开启的、于家国巨变之际舍弃个人爱情以求报效国家的知识分子话语，在《南渡记》、《东藏记》和《西征记》中有了更为完整、全面和系统的展开。小说所选取的历史时段、所聚焦的时代巨变、所描述的知识分子群落、所勾画的带有个人自传色彩的家庭图景以及各个家族成员的家国情怀和爱恨情仇都带有时代风潮中集体叙事话语的特征。深受中西方文化熏染并有着良好家庭教育背景的宗璞一直生活在知识分子中间，她自己也经受了时代的沧桑巨变和建国后知识分子命运的一次次考验，并在虔诚地不断进行自我改造，所以，在宗璞的小说叙事话语中，特别明显的是20世纪以来中国知识分子的启蒙话语。

在这种话语中，位于核心部位的是一种信仰——近代以来知识分子对国家、民族的奉献精神，秉承一种知识分子人格：诚实、正义、有责任感，突出表现为个人理想的高尚、灵魂的纯洁。《东藏记》中，天真可爱的小娃、清澈无邪的嵋、高傲乖戾的峨、贤惠恬静的碧初等，既有史诗品格的恢弘深厚，又有个性鲜明的惟妙惟肖，宗璞要表现的就是知识分子共赴国难的一种精神，一种心态。它渗透、体现在战乱、迁徙、饥寒、生死等无常哗变之中：孟弗之深夜携妻听炮，吕老爷子含恨全名，李家姑娘逃难路命丧车厢，孟家儿女腊梅林长大成人，凌雪妍芒河岸畔魂归清波，澹台玮炮火声中以身报国……这里有活泼俊美、聪明上进、心怀天下的年轻人，有战乱流离中忧时伤世著述不辍的学者教授，有贤德美丽任劳任怨不忘国耻的教授夫人：

> 我教育孩子们要不断吹出新时调。新时调不是趋时，而是新的自己。无论怎样的艰难，逃难、轰炸、疾病……我们都会战胜，然后脱出一个新的自己。
>
> 腊梅林是炸不到的，我对腊梅林充满了敬意，也对我们自己满怀敬意。
>
> 我们——中国人！我们是中国人！[①]

因此，和《巨流河》中独立而清晰的个人知识分子声音不同，类似这样直接或间接的人物内心表白都是以民族国家的荣辱考量作为自身人格精神塑造的最高标尺，并在此标尺的衡量和取舍中不断摆脱旧我，塑造新我。作为一个女性，宗璞小说中的性别话语基本上处于隐匿状态，她更多地是通过家族命运的转折所达至的国家民族认同来传达她的知识分子话语，“是生活的体验而不是性别意识让她在书写家国的时候，表现了一点男性知识分子不一样的性别痕迹”[②]。尽管其笔下的人物有着明显的理想主义色彩，但丝毫不影响叙事的逻辑和情感的真实，并由此体现出宗璞小说从“为历史人物立传”到“为时代心声立言”[③]的美学升华——而这也构成了宗璞和齐邦媛在历史书写中重要差异所在。

3.《海神家族》：日常生活叙事

显然，陈玉慧《海神家族》的“家族—民族”的叙事具有更多的文学性，

---

① 宗璞：《东藏记》，人民文学出版社2004年版，第45页。

② 陈顺馨：《1962夹缝中的生存》，山东教育出版社2002年版，第300页。

③ 肖鹰：《宗璞文学立言——读宗璞的〈西征记〉》，《人民日报》2010年12月30日。

或许人类学家、民俗学家甚至语言学家也能在这篇奇异的小说中寻找到更多研究的兴趣和佐证。小说以一直陪伴在“我”身边的两尊神像“顺风耳”和“千里眼”作为叙事线索，在这两位妈祖副将的神启之下徐徐展开家族三代女人的命运。小说开宗明义，在封面和扉页的显著位置标明这是“我家族的故事，台湾的故事”。它几乎在正写家族女人外婆三和绫子、母亲静子、心如阿姨和我的或坚忍或暴烈命运的同时，叙写了家族男人外公林正男、叔公林秩男、父亲二马和我的丈夫的或传奇或荒唐的历史。同时，正像祖父的离奇失踪一样，小说处处设置悬念，充满着生命的热望和命运的不可知，形成叙事上的神秘缤纷。

不仅如此，这还是一个奇特的家族：外婆是日本琉球人，外公是台湾人；母亲是台湾人，父亲是随国民党军队撤退到台湾的来自安徽的外省人；“我”是台湾人抑或“外省人二代”？在逃离台湾漂泊多年嫁给德国人之后，“我”终于又回归和认同了故乡台湾。所以，隐晦的家族叙事只是《海神家族》的叙事外壳，内里包含的则是“一个孤独的岛屿讲述一个父亲缺席的台湾寓言”，无论是对妈祖的顶礼膜拜，还是血缘关系的多元混杂，最终表达的仍是“对家族种种爱恨情仇的描摹，影射了整个台湾的命运。三代人近百年的不堪往事，也凸显了边缘群体对‘我是谁，我属于谁’命题的焦虑和思索”[①]。同样是“家族—民族”叙事，同样出自台湾作家之手，同样有着自我身份的寻求，《海神家族》表现出立足民间、再现日常生活的历史文化诉求和叙事话语特征。

毫无疑问，在论及台港暨海外华文文学时无论如何都绕不过张爱玲，因而，困扰“张学”界多年的“自传三部曲”的面世遂成为探讨女性自传性书写的有力个案。《小团圆》《雷峰塔》《易经》采用的是一种兼具个人和家族模式的日常生活叙事：《雷峰塔》从幼年写到逃出父亲的家投奔母亲；《易经》写香港求学到战争中香港失守，返回上海。本来这两部小说最初是一个整体，因为太长才被张爱玲分为两部。《小团圆》写的则是回到上海后与胡兰成恋情以及后来在美国的生活片段。尽管这三部作品在时间上颇为连贯，但由于创作时分别以英文和中文写出，所以小说中的人名并不一致，除张爱玲好友炎樱（比比）外，其

① 陈玉慧：《海神家族》封底，江苏人民出版社 2010 年版。

他人物悉数换了名字，尽管如此，人物身份却是一一对应丝毫不爽。张爱玲作品中的世界是她日日生活其中极其熟稔的世界，对于叙事者来说没有任何秘密，但对读者来说却无处不充满私密的欲说未说的隐语——那些个人的隐痛与创伤，家人的龃龉与丑闻，家族的荣耀与羞耻。

于是，那些在其自传性散文中隐而未彰、在早前小说中穿上了虚构外衣的家人首先在《小团圆》中依次以真身现诸笔端，读者不必费力即可将其一一对号入座，原来他们之间有着那么多的不满甚至仇恨：九莉和蕊秋之间、和楚娣之间、和父亲与后母之间，和之雍之间，和九林、燕山、荀桦之间，以及其他的各种人之间的各种关系悉数揭出。舅舅和母亲没有血缘关系，弟弟也不是亲弟弟，母亲和姑姑在金钱上互相指责但又有同性恋嫌疑，姑姑居然和表侄乱伦，舅舅娶小老婆并生了孩子却只瞒着舅妈一个人，伯父死了许久伯母还蒙在鼓里……家族里三缄其口的私密事件，几乎件件披露。如是还不明白的话，在《雷峰塔》和《易经》中几乎就又重述或者说强调了一次，《异乡记》则是《小团圆》的补充，把那后续的三美团圆的华丽缘的故事又讲述了一遍。在家族叙事的意义上，《小团圆》就是张爱玲的《红楼梦》，在时代的败落中，没有一个人是最后的赢家。

表面上看，国家民族的叙事话语在张爱玲小说中似乎显得毫不相干——虽然我们并不据此认定张爱玲不关心时事和她身外的生活。实际上，在日本人蚕食鲸吞的时代，爱国心也成为道德上的压力，尽管从小在离群索居的家庭长大，却也无法躲开。下面的字句是张爱玲作品中极为少见的正面表达：

> 时代要求人人奉献牺牲。对于普世认为神圣的东西，她总直觉反感，像是上学堂第一天就必须向孔子像磕头。爱国心也是她没办法相信的一个宗教。和一切宗教一样，它也是好东西，可是为它死的人加起来比所有圣战死的人还要多。她也不是和平主义者，只是太喜欢活着。[①]

此处传达的依然是张爱玲式的冷静甚至漠然，其中依然显见那个孤标傲岸

---

① 张爱玲:《易经》，北京十月文艺出版社 2011 年版，第 290 页。

的自我，那个醉心在日常生活中不被任何说教所诱惑的九莉、琵琶抑或张爱玲。因此，从陈玉慧的《海神家族》到张爱玲的《自传三部曲》，日常生活话语构成女性自传性小说“自我—家族—国族”叙事的重要一翼。

二

一般的传记性小说往往采用第三人称全知叙事，也有一些小说以第一人称全知叙事贯穿始终，前者保证了历史记忆的客观性和时间的先后序列；后者则强化了小说主人公的在场感。在女性自传性小说中，人称也成为其对传统传记性小说进行颠覆与改写的重要手段之一。“接近九〇年代的世纪末，女性作家的挑战更上层楼，她们不仅书写情欲而已，而是更进一步，对男性的历史记忆进行质疑和逼问。”[①] 陈芳明的论述同样适用于90年代以来的大陆女性写作，甚至可以说，新世纪两岸女性写作不仅不约而同地采取凌厉激烈的自传性小说形式，而且显示出多元化的叙事模式，叙事人称也从以第一人称叙事为主，走向单人称、双人称、多人称的多种人称叙事方式，创造性地使用集体型叙述声音，进一步加强和丰富了女性叙事的权威表达，挑战男性历史，建构女性记忆。

作为一种尝试，集体型的叙述声音是指这样一种叙述行为：“在其叙述过程中某个具有一定规模的群体被赋予叙事权威；这种叙事权威通过多方位、相互赋权的叙述声音，也通过某个获得群体明显授权的个人的声音在文本中以文字的形式固定下来。”与作者型声音和个人型声音不同，“集体型叙述看来基本上是边缘群体或受压制群体的叙述现象”，而且，这种声音“可能也是权威最隐蔽最策略的虚构形式”[②]。由此可见，集体型叙述声音或者表达了一种群体的共同声音，或者表达了各种声音的集合，创建这样一种叙述声音，可使之与女性社会群体意识的创建联系起来，最终实现女性写作内部突破的协和与同一，最大程度地实现女性的叙事权威，因而为前卫的女性作家所尝试和实践。

---

① 陈芳明：《后殖民台湾——文学史论及其周边》，台北：麦田出版社2002年版，第170页。

② [美]苏珊·S.兰瑟著，黄必康译：《虚构的权威》，北京大学出版社2002年版，第23页。

李昂曾谈及她的写作意图："我一直想找寻一种有别于过去编年史、事件陈述方式的政治小说写作，并试图探讨女性与权力、政治的书写关系。"《自传の小说》又是一部怎样的女性自传性小说？其中的矛盾正如她自己所谓："如果是'自传'，又何以'一部小说'？'自传'又何以能由人代笔创作？'小说'又何以能成为'自传'？因而，究竟是谁的自传？谁的小说？"[①] 因此，《自传の小说》选取了多轨式的叙事手法，从我对童年时三伯父讲的恐怖故事开始，分别以第三人称和第一人称的"我们"切入对谢雪红命运的展示，正是沿着谢雪红的足迹，感应着个人的情感需求，李昂在多轨式的叙事人称中给我们还原了一个完全不同的谢雪红，撼动了男性历史书写的常规，也动摇了男性历史记忆的稳定性与权威性。在书写谢雪红命运的同时，不断地返回到我（这个台湾女子）儿时所受到的各种历史、政治、道德、伦理与文化的恐吓与欺瞒，互相映照，互相对质，于是她的自我获得拯救："我明白到我同时活着两种人生：我自己的生活，以及，谢雪红多姿多彩的一生。"[②] 除此之外，还将谢雪红所投身其中的革命所引起的群众的误解甚至妖魔化进行了祛魅还原，表现了李昂对作为曾经的台湾民运的积极参与者所受到的打击与伤害的自我疗伤。这种不断变换的人称实际上具备了多重的话语权力，在一定程度上彰显了女性叙述声音的权威。

另外，《海神家族》的叙事人称也极其独特，呈多棱镜般翻转变换。小说先以第一人称"我"和"你"从海外返归台湾寻根开始，慢慢切入家族历史的回忆，与此同时，"我"与"你"保持着叙事上的对话状态。接下来逐次转入外婆绫子的第三人称叙事、外公林正南、叔公林秩男的第三人称叙事、母亲静子和心如阿姨的第三人称叙事、父亲二马的第三人称叙事，还特别设计了母亲静子的第一人称叙事。在这些第三人称叙事展开的过程中又不时插入"我"的第一人称叙事，到小说结束的时候，叙事人称已将"我"和"你"合并为第一人称叙事的"我们"。由于不断地变换人称和视角，每个人物的经历和心理都得到不同侧面的书写和观照，尤其是"我"和"你"的有效呼应和融合，从而

---

① 李昂：《自传の小说・序》，香港：香港明报月刊出版社 2009 年版，第 5 页。

② 李昂：《漂流之旅》封底，台北：皇冠出版社 2000 年版。

使读者获得一个较为立体的认知，更重要的还在于小说以群体发声的方式获取了某种叙事权威，极大地增强了叙事的真实性。

相关地，宗璞的《东藏记》虽然主要采用第三人称全知叙事，叙事视角也在不断变化当中。例如，第一章以碧初一家为主，以中年女眷的视角凝视战时昆明生活。第二章则以嵋的学校生活为主，以少年的视线实现对战时生活的观照。其次，小说叙事人称也在不断变换，在不同的章节以不同于正文的字体插入多人的第一人称独白。碧初的第一人称独白《炸不倒的腊梅林》，表达对北平城里过世父亲的追念，对弗之、素初、峨、嵋、小娃的挂念操劳，最后将家的顾念化为对于国的坚守。这一长长的第一人称独白，无疑会使叙述者的权威凸显，接下来小说依次穿插了凌雪妍的独白《流不尽的芒河水》、大卫·米格尔的独白《流浪犹太人的苦难故事》、卫凌难的《卫凌难之歌》，分别从女儿对父亲、妻子对丈夫、子女对国家和儿子对父母四重情感角度传达出对于国家民族的“舍小生而取大义”的赤子情怀。由此，通过群体赋权的心声表达或者边缘的个体发言实现了一种初步的集体型叙事声音。

不难看出，五四时期的女性写作更多地借用书信、日记、他人的故事等形式通过第一人称来抒发女性的个体意识，这一方面体现了世界范围内女性写作的传统，另一方面也表明当时女性写作在叙述方式上的简单幼稚。新时期女性自传性小说多采用第三人称，在表达女性的自我意识方面有所顾忌。在1990年代的女性自传性小说中，第一人称叙事者、作者和小说主人公在某种程度上已经重合，于第一人称叙事之外，还采用了第二人称叙事“你”、第三人称叙事“她”和复数人称“我们”的交替使用，较为丰富和多元。新世纪两岸女性自传性小说则延续了1990年代的叙事特征，在叙事人称和视角方面进行了更为新颖丰富的尝试，在集体型叙事声音和多人称视角方面凸显出女性自传性小说叙事的不断突破和走向成熟。

三

经典的传记理论认为：“自传作家的主要任务就是呈现两种关系：（一）我

与别人的关系；（二）我与时代的关系。”① 这意味着传统的自传体小说在历史大事件的坐标系中开始个人的叙事历程，正如陈芳明所说：“坊间流行的传记文学，大多出自男性手笔。他们的个人记忆往往必须与历史重大事件衔接起来，也证明男性权力的一脉相承。无论他们的意识形态与政治立场是何等歧异，一旦牵涉到自传或回忆录的书写时，都不能忘情于他们是如何与时代精神或重大时刻有着密切联系关系。”② 但是，女性自传性小说从一开始就表示了对所谓历史大事件的不信任不靠拢姿态，她从自我的生活世界——一直以来为宏大历史叙事所遮蔽的日常生活叙事开始言说。新世纪两岸女性自传性小说，无论是对往事的回忆，还是在真实与虚构之间的取舍，都致力于摆脱传统男性传记的因果关系论，不再侧重于事件发展的先后顺序，不再梳理记忆的来龙去脉，她们拼贴破碎的记忆，在潜意识、意识流、看似杂乱无章的叙述中颠覆男性传记传统的稳定性与合法性，展示个人情感，打捞女性记忆。

于是，在她们的书写中，时间表现为一种不确定的存在，而记忆更是靠不住的东西。《自传の小说》中的谢雪红由一个没有名字的台湾女子，卖身葬父，给人做媳妇仔，从夫家逃跑，到个人创业，再到一个偶然的机会去了上海，并在上海开始接触革命，遂被委派到俄国学习，学成后先后到日本、台湾进行革命活动，“二二八”事件后再逃往上海并在大陆终老。小说叙事突出的是空间意识，每一地的情感和身体经验，结合着其革命际遇进行书写，而时间的概念在这里相对模糊，其人生中重要的转折既没有时间的记载，也没有历史资料可以凭依，发生在其生命历程中的那些20世纪的战争和革命更没有提及，甚至可以说，李昂是在女性而不是革命者的立场上书写谢雪红的传记。显然，作者所要撰写的既不是一部谢雪红回忆录，亦非谢雪红革命大事记，在真实的人物谢雪红所经历的个人与时代的巨大空间里，李昂将她的虚构功能发挥到极致，其中表现了李昂本人对女性、政治、身体与革命的个人看法。

同样，台湾小说家郝誉翔在其自传性小说《逆旅》中也表现出对空间意识的强烈认知，而其对父亲的记忆正是藉着强烈的空间感而非时间感来实现的。

---

① 赵白生：《传记文学理论》，北京大学出版社2003年版，第35页。

② 陈芳明：《后殖民台湾——文学史论及其周边》，台北：麦田出版社有限公司2002年版，第153页。

基于女性的特殊感知和个人的切身经历，郝誉翔的父亲记忆和家连在一起，但无论于家还是于父亲，在她笔下都是生涩腐败的，甚至带着死亡的气息。曾经作为山东流亡学生的父亲，并没有引领作者去作家国苦难和民族伤痛的回顾与书写——像齐邦媛在《巨流河》以及宗璞在《野葫芦引》中所做的那样，充满对父辈的敬仰和民族灾难的感喟，当然，这两部小说也是空间意识胜过时间意识。在齐邦媛和宗璞的书写中，正义、气节、崇高、牺牲甚至风骨等字眼恰恰是国家父辈历史描述的关键词，而在新生代作者郝誉翔的小说中，历史似乎隔断了，这历史非但没有想像中那样崇高和升华，历史也没有带来向往的乐观愿景，流亡、死亡、离家、遗弃、遗忘才是她真正想表达的历史经验。父亲的历史是被多重政治境遇放逐的历史，实际上，这样的放逐的悲感在齐邦媛的父亲身上也有相当充分的体现，只是她的表达比较蕴藉。

甚者，陈玉慧的《海神家族》故事则只有人称没有时间，或许是为了弥补，作者在扉页列了一个简单的从 1911 年到 2001 年的台湾大事时间表，但这个时间表的真正作用与其说是提醒和强调时间，在笔者看来，倒不如说是瓦解和遗忘时间。更甚者，张爱玲的《小团圆》系列作品中根本就没有标出任何时间，在她的人物世界里，不需要时间，一天如同一年，反之亦然。她的记忆更不连贯，因而她的叙事都是闪念型的，以回忆或者拼贴为主。来来回回反反复复的就是那几座在她记忆中永远不老的城市：天津、上海、香港还有温州。对于史书记载的历史，张爱玲的唯一的表情或许只有嘲弄。总之，新世纪两岸女性自传性小说是通过对时间 / 历史意识的瓦解和空间 / 城市意识的强化，来建构属于女性的生活记忆和历史观念。

一般而言，女性自传性小说的兴盛和女性写作者的生活经历、个人体验和精神诉求有关，但由于时代话语的变迁和历史语境的差异，女性自传性小说的内在诉求会发生微妙的变化。20 世纪女性自传性小说的发展经历了五四、新时期和 90 年代三个创作高峰期，在个人主义的启蒙话语时代、民族革命的集体话语时代、打破禁锢的思想解放话语时代和社会经济转型的消费话语时代，其个体意识和叙事权威随时代话语的变更表现出强弱的不同和高低的差异，而新世纪两岸女性自传性小说叙事话语多元化的嬗变过程，在某种程度上意味着女性写作在女性意识挖掘、性别关系重建和个人身份认同等方面所进行的深入反思和多重探索，同时也正在形成新的叙事传统。但传统不是一成不变，传统的形成过程在于不断的新变中的汇聚和凝结。本文所考察的这些女性自传性小说，从不同的层面、以各自不同的叙事话语显示了对传统的承继以及革新，因此所谓传统本身也构成当下多元化叙事的表现形式之一，它们将共同组成和推动女性自传性小说新的格局和嬗变。

第四辑

传媒视域中的女性文学

大众传媒与新时期女性文学 30 年

自 20 世纪七八十年代的报纸、杂志、书籍，至 21 世纪以来的电影、电视、网络，大众传媒对新时期女性文学的创作（生产）、发表（流通）与接受（消费）产生了越来越显明和深刻的影响，女性文学的性别视角更成为媒介倚重和炒作的热点。传统文学场的裂变已使大众传媒与女性文学之关系研究不可忽略，大众传媒多维而强力的持续性影响，为这一研究提供了深广的理论视界和阐释空间。

众所周知，女性文学研究近年于质量和数量上都已具备相当的学术积累。据谢玉娥在《女性文学研究与批评论著目录总汇（1978—2004）》中统计："女性·性别·文学研究与批评"内容的图书约 800 余部，"女性·性别·文化研究与批评"方面的著作 1000 余部，而有关中国现当代女性文学研究与批评的文章则有 15000 多篇。但也正如贺桂梅在《人文学的想象力》中所言："到目前为止，尽管已经出现诸多有关'女性文学'、'女性写作'的文学（文化）批评，但从文化市场、传播媒介角度所做的研究尚不多见。"本研究正是受此学术思路启发，拟从传媒与新时期女性文学关系角度进行理论和方法上的尝试性突破。

从传媒角度进行中国现当代文学研究，近年有陈平原、山口守合编《大众传媒与现代文学》、陈霖《文学空间的裂变与转型》、张邦卫《媒介诗学》等，充分注意到传媒对中国现当代文学以及文艺理论新场域生成发挥的重要作用。孟繁华、黄发有也有大量论述，传媒正在深刻影响研究者的学术思维和推动文学研究的转型。正如陈平原所说："文学史家眼中的大众传媒，与传统的新闻史家、文化史家或新兴的文化研究者眼中的大众传媒，到底有何区别？"这是当下文学的文化研究面临的新课题。从传媒角度进行女性文学研究的有戴锦华

《隐形书写：90 年代中国文化研究》、卜卫《媒介与性别》、刘利群《社会性别与媒介传播》等，已逐渐在媒介研究中发出女性的声音。

然而，目前针对传媒与新时期女性文学研究的专著还没有出现，重要文章有贺桂梅《90 年代女性文学与女作家出版物》、李灵灵《商业传媒背景下的文化共谋——大众文化视野看 90 年代以来的中国女性文学》等，主要涉及 90 年代女性文学，对此前后期的女性文学与传媒缺少关注；局限于女性畅销书等出版物，其他媒介形式则付之阙如。另有研究文章涉及具体传播媒介与女性文学个案，则比较零散。海外学者夏志清、王德威、李欧梵、孟悦、周蕾等都有关于中国现当代女性文学的精辟论述，并认识到“经过了新批评、形式主义、结构主义、解构主义等以语言为基准的理论世代，新一辈的批评者转而注意文学与文化的外沿关系”（周蕾《妇女与中国现代性》），此“文学与文化的外沿关系”正是本课题传媒与文学关系研究视阈与方法论的着眼点。

首先，传媒研究作为女性文学的文化研究关注的是新时期女性文学媒介场的确立。消费主义文化成为当下文学生存的现实处境和传播语境，文学与传媒之间相互作用，构成了新的时空关系场，文学的生态环境和价值取向已然发生变化。而新时期女性文学在发动之初就充分体现出它和媒介之间的亲密关系，对张洁小说《爱，是不能忘记的》的争论初次显现了报纸媒介对于女性文学传播的巨大作用。传媒时代的全面来临，不仅造就了新时期女性文学的奇观，而且正在全面介入女性文学的方方面面。

其次，大众传媒与新时期女性文学的关系突出表现在对女性文学全面介入。从遇罗锦《一个冬天的童话》到卫慧《上海宝贝》，从陈染《私人生活》到木子美《遗情书》，从虹影《K》到九丹《乌鸦》，从舒婷《致橡树》到尹丽川《为什么不再舒服一些》，媒介发挥了惊人的作用。1995 年世妇会召开，十几种女性文学丛书风靡图书市场，根据女性文学改编的电影、电视剧占据黄金强档。不仅有女性文学专号、女性文学专栏，还有女性文学杂志、女性文学网站。大量的西方女性主义理论译丛、女作家访谈、女学人论丛、女性文学研究刊物、女性文学研究专栏、女性文学研究资料，加上港台女性文学及其批评在内地的大量传播，造就了媒体的盛宴和女性文学的狂欢。出版物、影视、网络与女性文学以及女性文学批评之间已经形成了深刻的关系互动。

再者，大众传媒的介入不仅推动与增容了女性文学，同时也误导与损伤了女性文学。一方面，专家指出："传媒是现代文学最大的推动力之一"（杨匡汉主编《20 世纪中国文学经验》），传媒构造的新文学场不但发挥了传统的承载和流通作用，而且实现了对文学作品的影响改造和再生产作用，谱写了当代女性文学的神话。大众传媒对女性文学的作用表现在承载、影响、改造与再生产等方面。另一方面，大众传媒数字媒介优先性愈来愈呈现"双刃剑"甚至"多刃剑"的趋向。作家的商业化、编（辑）导（演）的男权化、读者的娱乐化和批评的低俗化纠缠于作者、改编者、销售者、读者与批评者之间，拍卖价、上座率、收视率、点击率、销售额与知名度高于作品本身，非但造成对大众的精神误导，也导致女性文学本身的损伤。

最后，大众传媒时代的到来，对于传统的文学生产与传播格局是巨大的冲击，有可能改写与颠覆原有的高雅 / 通俗、中心 / 边缘的文学分层与权力结构，为处在边缘的女性文学提供浮现的契机；但大众传媒与商业文化的结合又可能压抑与改造了具有先锋性的女性文学面貌，传媒视野下女性文学的反思任重道远。研究者不但要确立媒介视野下的女性文学史观，还要充分关注性别主体与传媒建设的关系、主体意识与女性文学的关系重建等重要问题。

可以说，近 30 年大众传媒的介入推动了女性文学的繁荣，造就了女性文学的神话；但也正是大众传媒的介入，削弱了女性文学的精神品性，制造了女性文学的尴尬。重回文学现场，我们不但可以勘察到文学史描绘所忽略的历史细节，也体验到文学史叙述所遮蔽的文化裂变，明确女性文学的内在匮乏和大众传媒的理性缺失。大众传播媒介的研究视角可以重新梳理新时期女性文学发展的脉络，在文学场的裂变中展示文学研究的新质素，重绘文学历史。同时对大众传媒和女性文学的现状与发展进行双重反思，在大众媒介构造的新的文学场域中，反思近 30 年女性文学神话的形成与失落根源，寻求在新的文化格局和市场结构中新时期女性文学的自我救赎之路，从而探讨构建新世纪女性文学良性生态之路径和女性文学文化研究的新思路。

当代女性电影性别主体意识论略

中国女性电影是西方女性主义影响的产物，也是女性意识群体觉醒的产物。和女性写作的其他文体一样，女性电影中的女性主体意识表现越来越呈现着强化的趋势，这是女性作者、女性导演和女性演员共同演绎和合作的结果。在男性中心文化的象征秩序中，电影中的女性形象被功能化，要么被神化和仙化、要么被妖化和奴化，几乎无一例外地被掌控于男性中心话语或父权文化形态之中，她们或者是“一些情感和道德的代码，是男人们精神上的守护神”（如谢晋的女主人公们）[①]；或者是“一些本能和欲望的符号，是男人们肉体上的承欢者”（如张艺谋的女主人公们）[②]，女性的被叙述和自我的失语造成了女性主体意识成为一种历史性的缺席。正如美国女权主义电影理论家卡普兰一针见血所指出的：“中国妇女的根本问题似乎不是走进社会生活——工作的权力，同工同酬（西方女权主义者五六十年代和七十年代所关注的问题），而是作为一个新的、没有充分表述过的问题，那就是对主体性的意识。”[③] 在男性中心主义文化的表述中，女性是被拯救者和被庇护者，同时也是无知者和胆怯者，当然有时也是封建传统道德伦理的代言人，她总是一个被叙述的符号，一个自己没有言说权利的符码。于是，任何在承认性别差异的前提下，对女性问题的提出与探讨，都无异于一种政治及文化上的反动。本文正是在这个意义上讨论当代中国女性电影。

---

① 屈雅君:《“女为悦己者容”——关于男性电影的女性批评》,《当代电影》1994 年第 6 期。

② 同上。

③ [美]E. 安・卡普兰:《令人困惑的跨文化分析: 近期中国电影中妇女的地位》,《当代电影》1991 年第 1 期。

一

一般说来，女性电影既指由女性创作者（当然主要是女性导演）创作的电影，又指由女性（或男性）创作的反映女性生活的电影，还指由电影创作者创作的所谓女权主义电影。总的来说，女性电影往往采取女性视点，以女性生活为主要观照对象，并以赞美或同情女性为作品的主旋律。女性电影首先是西方电影运动的产物，因为大多数的男权中心主义电影作品，主要是好莱坞的主流电影作品，都是由男性创作者创作，从男性观点出发，把女性的色情当作奇观来展示的。女性电影从女权主义运动中吸取灵感和力量，反对经典电影中的女性设置。这样，女性电影实际上构成现代电影运动中的重要环节。在中国的电影叙事中，男性和女性的性别分野较为温和，正如中国的女性解放，永远是一派祥和气象，这也正是中国的女性电影步履迟缓的原因之一。同时，男性对女性叙述的非尖锐化处理也使得女性导演在叙述女性时承袭了这种被视为传统和经典的做法，表现为女性主体意识的模糊和混乱。女性一旦掌握着话语权利，她不可避免地面临着表达的悖论：话语权的暂时获得是以过滤和忽略自我包括自我的性别意识为代价的，而要想继续拥有这种话语的表达权利，她必须以无性的或中性的话语方式表达为男权文化规范所认可的形象和主题。在大部分女导演的作品中，制作者的性别因素无论是在影片的选材、故事、人物、叙事方式、镜头语言结构上，都是难于辨认的，并且创作主体的性别身份甚至绝少呈现为影片的风格成因之一。

因此，女导演“是一种特定的花木兰式的社会角色，是一些成功地妆扮为男人的女人；她们愈深地隐藏起自己的性别特征与性别立场，她们就愈加出色与成功。相反，‘暴露’了自己的性别身份，或选取了某些特定题材、表述某种特定的性别立场的女导演，则是等而下之者，自甘的二、三流角色”[①]。电影界与当代中国知识界共同拥有的信条、准则和规范之一就是：女性命题、女性

① 戴锦华:《不可见的女性》,《当代电影》1994 年第 6 期。

主义，甚至女性问题，对于当代中国社会是一种过分的文化与精神奢侈；远非一个应列入社会、文化之“议事日程”和引起关注的所谓“重要话题”。于是，大部分女导演在其影片中选择并处理的，是“重大”的社会、政治与历史题材，她必须做得比男性更男性化，才可获得她事业上的自我认同感。所以，尽管我们有不少的女导演，但关于女性的电影却很鲜见。“花木兰式境遇”是现代女性共同面临的性别、自我的困境；而对当代中国女性导演，“花木兰”、一个化装为男人的、以男性身份成为英雄的女人，则成为主流意识形态中、女性的最为重要的镜象。①

所以，新中国第一代女导演王苹、董克娜成功的标志就是轻松地驾驭了男性才能驾驭的题材，熟练地使用了男性的叙述方式和语言，出色地制作出和男人没有两样的作品。由于她们更多地是以戴锦华所说的“花木兰式”的社会角色而非女性个人的身份进行创作，因而无论是王苹的《柳堡的故事》《永不消逝的电波》《霓虹灯下的哨兵》，还是董克娜的《昆仑山上一棵草》都难以辨识其创作主体的性别特征。她们用社会主义经典电影的叙事模式，成功地在主流意识形态话语中对时代精神及社会一般性的集体意识进行了一次曲折的再诠释。其影片中的女性形象是按照统一的时代要求塑造出来的，呈现为多样的单一和丰富的贫乏，这些女性表面上的“在场”，实质上仅仅是一种经典编码与传统意义上的“空洞的能指”②，很多时候成了善良和正义的象征，真正的女性主体意识则无法寻觅。迄今为止，这种成功地抹去性别的女性导演仍大有人在，从王好为（《迷人的乐队》）、季文彦（《血，总是热的》）、姜树森（《花园街五号》）到第五代导演中的后起之秀李少红（《血色清晨》《四十不惑》）无一不是以自己作品中鲜明的社会主题而与男导演比肩，成为成功的“男性扮演者”和新时期主流电影、艺术电影的制作者。在充分肯定她们导演职业性成功的同时，也不无遗憾地看到本该渗透于作品之中的那种体验最深、感受最切的女性意识则在与主流意识形态的同化过程中完全被消解。

---

① 戴锦华:《不可见的女性》,《当代电影》1994 年第 6 期。

② [英]劳拉·穆尔维:《视觉快感与叙事性电影》,《影视文化》1989 年第 1 辑。

二

1980年代中后期，伴随着女性在文化视域中的再度浮现，伴随着一种新的反抗或曰抗议性女性文化雏形的出现，几乎构成一个小小的电影创作思潮的，是一批中年女导演拍摄的、充分自觉的“女性电影”的产生。她们是王君正的《山林中头一个女人》（1987）和《女人·TAXI·女人》（1990），秦志钰的《银杏树之恋》（1987）、《朱丽小姐》（1989）和《独身女人》（1990），鲍芝芳的《金色的指甲》（1988），武珍年的《假女真情》（1988）、电视连续剧《女人们》（1990），董克娜的《谁是第三者》（1988）和《女性世界》（1990）。“女性色彩”第一次成为中年女导演们共同的自觉追求。于是，儿童的、女性的、清新或哀婉的题材与故事便再度不言而喻地成为女导演的选择。也正是在这一时期，陆小雅拍摄了《热恋》（1989）、王好为拍摄了《村路带我回家》（1990）、《哦，香雪》（1992），广春兰拍摄了《火焰山来的小鼓手》（1992）。然而，这些由女导演拍摄的、有着“自觉的”“女性意识”的、以女人为主人公的影片中，不仅大都与经典电影的叙事模式一般无二，而且电影叙事人的性别视点、立场含糊、混乱；在这些关于女性的影片中，女人似乎愈加成为“不可见”的雾障或谜团，成为混乱、杂糅的话语场；在女性表象出演的地方，制作者试图表达的某种关于女性的真实似乎更深地消隐在不可知、不可解的矛盾表述之中。“女性制作者突破主流意识形态或经典男权话语、完成自觉的、反抗或抗议的女性自陈的努力，大都呈现为一次逃脱中的落网。她们的影片常以一个不‘规范’的、反秩序的女性形象、女性故事始，以一个经典的、规范的情境为结局；于是，这些影片与其说表现了一种反叛或异己的立场，不如说是一种自觉的归顺与臣服，一种由女性表达的、男权文化的规范力。”[①] 影片充满了自知的女性的不自觉、女性的误区与盲点。她们常在逃离一种男性话语、男权规范的同时，采用了另一套男性话语，因之而失落于另一规范。叙事的窠臼成就了关于女性表述的窠臼。不是影片自觉地呈现了某种女性文化的或现实的困境，而是

① 戴锦华：《不可见的女性》，《当代电影》1994年第6期。

影片自身成了女性文化与现实困境的牺牲品。[①] 在这类影片中，王君正的《山林中头一个女人》和鲍芝芳的《金色的指甲》堪为代表。

以自己作品的艺术及社会主题的强有力呈现，得以与同时代的男导演比肩，无疑是女性导演们的骄傲；然而在这成功与骄傲的背后，不无对自己的性别、自己所属的性别群体的生存状态及其艺术表述之无言中的无视，间或是轻视或轻蔑。但新的女性电影毕竟在蹒跚中起步了，她不再是以往的通过女性形象反映社会对女性在婚姻、恋爱、家庭、社会方面价值体现的变迁，而是着意从女性意识入手，思考女性欲望、性别差异和主体性问题。就这样，在男性视阈一统电影界的情形下，在从第一代导演到第六代导演的赫赫声名的笼罩下，女性导演经由一条艰苦而寂寞的路途，发出了女性的声音，为电影中所表现的男性视角和想象下的女性复原了真实的面容，将女性生存和生命中真切的、更有震撼力和悲剧性的东西以电影语言阐释得淋漓尽致。

在这些女导演中，当推第四代导演黄蜀芹和她的《人鬼情》，这部曾和《城南旧事》并称为“中国新时期电影中少有的‘言志’作品，是一部文学性很强的作品”[②]。除了作者表现出可贵的民间立场、人生孤独的主旨外，更多的是对一个从事艺术的女人的内心的观照和发掘——这又绝不是在男性立场中的揣摩和想象，她是女导演以自我心路历程进行的救赎式的悲凉的人性阐释。秋芸是一个灵秀俊美的女子，钟馗是一个丑陋虚幻的鬼魅，相同的是，他们的命运和遭遇都是悲凉的。在舞台上，两个孤独者相遇，但爱却在伸手可得和遥不可及的若有若无之间。新时期以来的电影以女性为主人公的并不在少数，虽然其中也多有催人泪下的情节和曲折离奇的故事，但男性视角下的与真正的女性生存和心灵却有着很大的距离，简单地说是存在着隔膜感，往深里说男性导演按照男性菲勒斯文化中心主义的观念塑造女性，实际上在歪曲女性，把她们变成了男权意识下的牺牲品或附属品，对她们的歌颂也是完全以男性立场为出发点的，这与女性的主体性和自我本位立场是格格不入的。《人鬼情》的突破就在这里，它“本质上是一个女人的自我对话，半个人是女演员，半个人是她扮演的

---

① 戴锦华：《不可见的女性》，《当代电影》1994 年第 6 期。

② 陆绍阳：《中国当代电影史》，北京大学出版社 2004 年版，第 54 页。

角色。一个女人生存在这个世界上的尴尬、无奈，是每个人都能感受到的，但无法改变的境遇。秋芸在现实和梦境中辛苦地寻找着真实的自己，然后，不断出现的钟馗暗示她找寻的失败，在男性力量强大到足够左右女性的时候，女性的付出是异常艰辛、孤独的"[①]。黄导演以秋芸的形象和故事为依托，以自我心灵的深度对女性生存进行的前所未有的深度阐释。故，戴锦华曾称："在当代中国影坛，可以当之无愧地称为'女性电影'的唯一作品是女导演黄蜀芹的作品《人鬼情》(1987年)。这并不是一部'激进的、毁灭快感'的影片。它只是借助一个特殊的女艺术家—扮演男性的京剧女演员的生活向隅式地揭示、并呈现了一个现代女性的生存与文化困境。"[②]

三

延续着对女性问题的热衷和思考，黄蜀芹在1990年代又拍摄了《画魂》，影片"选取那些在男权社会里最能触犯女性痛楚的事件"来刻画屡经苦难、身世飘零的画家潘玉良形象，但在女画家的身上，对男权意识的依附和反抗是并存的，一方面，没有男权的庇护，她将无以生存，另一方面，男权的重重压制使她无法真正生存，所以她在经受着感情煎熬的同时，选择了在异国他乡永不回返的孤独生活。站在与黄蜀芹导演不同的电影立场，张暖忻要使她的影片成为"创作者个人气质的流露和感情的抒发"，[③]《沙鸥》(1981)验证并实践了她的电影理念，讲述了一个优秀的女排运动员艰辛而不妥协、挫败而不绝望，虽没有成功但仍保持着生命的力量的故事。1985年的《青春祭》则从一个女性知识青年的立场，回忆了傣乡"一个美丽的地方"，电影摈弃了当时人们对上山下乡的正面批判立场，从个人的人性角度着眼，对青春的流逝做了一次充满深情和温暖的回首与告别，其中的情怀不能不说带有眷恋和感伤，虽然与当时的政治话语不太同调，但却写出了个人人性的真实。实际上，时代的政治悲剧并

① 陆绍阳:《中国当代电影史》，北京大学出版社2004年版，第60页。

② 戴锦华:《不可见的女性》，《当代电影》1994年第6期。

③ 张暖忻:《我们怎样拍沙鸥》，《电影导演的探索》(2)，中国电影出版社1983年版，第159页。

不绝对地意味着生活在这个时代的每一个体的人生悲剧，况且，作者的怀恋是和永远逝去的青春岁月紧密联系在一起的，青春在每一个人，不论生活在何时何地，都按照青春的朝气和浪漫展现出人性中至善至美的方面，因而青春总是和美好、浪漫、感怀与眷恋联系在一起，因而是温情和诗意的。

正如研究者对第四代导演的整体论述，“以无可避讳的勇气，试图解构以男权为中心的传统文化概念体系，探索女性自我意识，寻找属于女性的生命视野。为此，她们塑造的女性形象既不同于男导演作品中那些基于男权需要、理想化的传统东方女性；迥异于第三代导演那种被平面式讴歌的优秀女性，而是些多少带有诸多现实烦恼的知识女性，并显示出两种不同个性特点：一类是事业与家庭冲突之间面临两难选择的女强人，一类是令人同情、矛盾困惑、又有自身弱点需要自我反思的女性。”① 第五代导演宁瀛在宽松和自由的状态中对民间生活的展露，《找乐》是这样一部传达着中国不同的人生体验的当代形态的作品。“她以一种东方人特有的豁达和包容心来化解人生的失意和苦涩”，从而感受到一种“单纯的快乐”。从这个意义上讲，也使女性电影摆脱了一直以来的实际上的男性立场上的关于宏大主题、政治主题的挖掘和热衷。同样作为第五代导演，胡玫在《女儿楼》中，回溯政治运动中女性自我的丧失，从女性特有的感觉方式，在朦胧、破碎和含混中表达了某种女性主义的内涵，但这样一种表达唯其含混，因而是不强烈的，也是不足够自觉和自足的，所以，在后来的创作中，这依稀的女性主义视角和主题就被主流话语所取代，而且这种现象在女导演的创作中几乎成为带有普遍性的现象，在有所感的时候，她们或许能够从自我和女性的立场上来表达一种边缘的立场和生存。但在更多的时候，她们受制于无形的主流话语影响，去关注女性问题以外的所谓更广泛的社会问题，从而消失了其女性视角。如张暖忻《北京，你早》(1990)、胡玫《远离战争的年代》(1987)等一系列商业片和娱乐片。

第五代女导演以一种更加开放的心态大胆突破，用女性独有的语言去表现作为现代女性在社会生活中的独特感受。彭小莲的《我和我的同学们》表现了女中学生的个性自我与价值实现，《女人的故事》表达了农村女性的命运与生

① 李岗：《从第三代到第六代：女性、女权的镜语嬗变》，《电影文学》2004年第1期。

存。刘苗苗的《马蹄声碎》是一部从反传统的角度反思中国女性欲望、境遇的电影，在特殊的历史情境中把握了女性意识内涵的深刻性与复杂性、也十分前卫地对女性的欲望表达、性别问题以及女性自我的主体性问题进行了叩问。此外，马晓颖的电影处女作、根据张洁同名小说改编而成的《世界上最疼我的那个人去了》也是一部不可多得的女性电影。在尊重原作的基础上，彰显了某些带有象征意味的东西，可以说这是一部较为纯粹的女性电影，影片中的三个主人公都是女性，除了女作家诃以及她的母亲、小保姆外，唯一的男性主人公是女作家的丈夫，一个架子很足、而且自私、虚荣并委琐的官僚，在他身上，寄予了导演对男性社会或者说男权中心主义的极大的憎恨与批判，将其丑陋和伪善尽情揭批，实际上是作为一种男权批判的符号存在。

导演的重心当然在女性问题的思考上，对母爱的人伦亲情的表达中含有对女性社会生存的批判，女作家诃在家庭与事业中的仓皇与分裂状态，她性格中的暴吝很大程度上来源于她生存所受到的挤压，为了生存，为了能够在这个男权社会中挣得一席之地，很多时候她不得不遵循男性中心主义文化的行为规范，在一定程度上对男权社会价值的认同与趋附，而正是这种认同观念使她走向分裂。但影片也不是没有可挑剔之处，片中的女性主义是反平民主义的，保姆小月的视角和感觉是被忽略的，女主人公沉浸在自我的世界中，母爱和女儿以及写作是她的生命，家庭对她而言，也不过是个摆设，而小保姆的生活和心灵世界究竟是怎样的呢？这也一向是中国的女性写作所忽略的地方，也是女性主义之所以与中国的女性解放脱节的症结所在，即她们所关注是自身，是精神和心灵世界里的自由，而对于身边的生活世界以及这个世界中的真正弱者的生存是缺乏关注以及关注的力量的，因为她们注意的只是自己，而没有力量和能力到达那里，这也是中国女性主义所需要深刻反思的所在。

四

2004 年 4 月 6 日，两部中国女性导演的影片拉开了第 28 届香港国际电影节的序幕，这就是李少红的《恋爱中的宝贝》和许鞍华的《玉观音》。这两部电影的生产过程无疑都跨越了文化的边界并具备着很强的形式感，但在宝贝和安心短暂的爱情和职业生命中，以付出死亡的代价将生存的启示留给男人，这男人是可靠的吗？导演也许希望在男人尚不确定的命运中带给更多的人更多的深思。在这两部电影中，女性的主题表达也完全不在于女性欲望的僭越，而在于："每部影片的女主角都成为社会痼疾的替罪羊，她们的死似乎只是为了驱除过去的阴影，让新兴的中产阶级男性获得一次精神上的全新洗礼。"[①]于是，就像过去中国电影中一样，"女性继续担负着民族寓言的功能。她们的解放给予中国繁荣以希望，而她们的牺牲似乎是民族解放的一个必然结果"。为什么女性电影中的女性角色仍然担当并发挥着一个民族伤痛和痼疾的象征功能？这或许是中国的女性导演还不能完全摆脱男性电影的叙事模式和影响，但或许也是当代中国女性生存现状复杂性的真切展示。

2004年岁末，年轻的女导演徐静蕾为观众奉献了一部《一个陌生女人的来信》，这并不是一部纯粹的女性主义电影。它根据英国作家茨威格的同名小说改编，把故事的发生场景移到了20到40年代的北平，以即将死去的女人的讲述为线索，倒叙了一段发生在战乱中的伤感的爱情故事，但如果仅仅看成是伤感的爱情故事，电影的意蕴也就大大削减了。原著有强烈的批判现实主义意味，但在徐静蕾的改编中，中国版的"陌生女人"又有什么新的内涵呢？女人的一生是为爱而生的，在短暂的生命中，她所做的一切似乎都是为了爱的延续，当她的生命即将结束的时候，终于写下了这封信。女性的悲哀倒不仅仅在与她深爱的人形同陌路，而在于对男性符码的处理——这个得了"健忘症"的男人倒包含着许多的女性主义深意：男性不具备承担历史、道德、责任、爱情、伦理等一切的能力，他只是一个虚浮的存在，一块失去记忆的物质，所以，古往今来爱情故事中男性的主体地位被彻底解构。

受到西方女性主义电影的影响，台湾香港的女性电影比大陆具备着更强烈的女性意识和自觉的主体意识，而且起步甚早，力度也大。如台湾女导演张艾嘉的《20、30、40》就是一部充分体现了女性关怀和视角的作品，包括对不同社会层次和不同年龄段女性的关注。香港女导演许鞍华从《客途秋恨》开

① [美]吉娜·马切蒂：《中国女性电影向何处去？》，《世界电影》2005年第1期。

始，介入女性视角，此后的《女人四十》平实地叙说了中年女性的生存尴尬处境，获得了很大的成功，张爱玲系列《倾城之恋》(1984)、《半生缘》(1995)，此外罗卓瑶《诱僧》、黄真真《女人那活儿》都涉及到女性主义的不同领域和层面。

在中国女性电影的发展历程中，虽然真正意义上的女性电影还不是很多，虽然很多的女性导演还滞留在男性电影的叙事模式中，虽然一些以女性意识为出发点的作品最终难逃男权传统的藩篱，但不可否认的是，中国女性电影已经并正在迈开自己的步伐，作为男性叙述符码的女性形象将不会再出现在女性导演的作品中，而且，不管女性导演的女性意识和主体意识觉醒到何种程度，其作品中的女性形象都将不再是故事情节覆盖下的时代话语的机械的代言人。越来越多的女性电影在女性风格中表现出对女性命运的独特思考，对女性生存和精神的超验叩问。标志着女性电影还有着相当广阔的发展空间和乐观的未来。但是，中国女性电影的发展必须注意到以下几个方面的问题：一是女性电影导演对男性叙事方式的屈从和模仿，虽然目前已经表明某种挣脱的趋向，但女性角色的功能充当仍然是传统意义上的；二是在女性文学作品改编为电影的时候，除了电影语言的必须，对女性主体性的凸显不再作随意的削减。第三，也许是最为困难的一点，就是女性电影如何在女性意识的表达和商业发行以及消费文化之间取得一种平衡。只有这样，女性电影才可以为女性、政治和电影美学指出新的引人注目的方向。

作为女性话剧的发展和延伸，女性电影应当有着可观的前景和创造性的未来。受西方女性主义的影响，出于对好莱坞电影模式的反抗，女性电影近些年来新片迭出，女性电影采取了不同于男性的视角，将女性形象从情感和道德的符码以及欲望的载体中剥离出来，焕发出女性主体性的光辉，即便未能完全实现女性主义的建构设想，但毕竟在相当真实的层面上揭示了女性现实生存和精神领域的尴尬与悖论。但在对技术和制作的要求越来越高的现时状态中，电影与文学的距离也越来越远，导演的作用远远超出了文本，同时它更加是一种与媒体和商品为伍的产物，这是女性电影面临着的挑战。但随着新一代女性导演的崛起、新的女性写作文本和女演员阵容的性别联合和优势，我们不能不对女性电影的未来怀着热切的期望。

女性主体的担当与匮乏
——从西西小说《哀悼乳房》到电影《天生一对》

借由电影《天生一对》的上映，西西的《哀悼乳房》这部曾经获得 1992 年《中国时报》“开卷十大好书”和 1992 年《联合报》“读书人最佳书奖”的长篇小说再度进入读者视野。但不知是由于媒体宣传的故作噱头，还是导演的喜剧化处理动机，使得电影的改编与小说原著之间既缺乏人物原型和故事情节的基本对应和一致性，又无形中消解了西西原作中个体生命的直面与担当意识。正像从《哀悼乳房》到《天生一对》命名所指被潜在地偷换一样，人们在难以发出笑声的尴尬中，将小说中所获得的关于生命的略带沉重的欣慰和启迪化作了喜剧之后有关女性未来生存的悲凉与迷惘。西西长篇小说《哀悼乳房》表现出的女性对个体生命的决然担当意识在电影《天生一对》中被做了悖逆性的理解和表现：电影企图用故作夸张的女性外在行为来传达女性在现代生活中的地位，非但没有成为喜剧的有力支持，反而凸显了现代女性主体的脆弱，而女性内在心理上对于男性的过度期待和依赖，最终导致了女性主体性的实质性匮乏。

一

如果说电影《天生一对》和小说《哀悼乳房》之间还有一点共同之处的话，那就是女性的乳房以及乳房罹患癌症的事实。也许有人会说，西西的小说带有明显的个人自叙传色彩，而且女性主人公是一个既没有结过婚也没有生育、更没有过哺育经历的 50 多岁的女性，过于沉重，且没有代表性，更主要的是不能够吸引观众的眼球，为电影制造更多的期待欲和兴奋点。姑且接受这种说法，于是电影里的女主角就被置换成一个尚未结婚、没有生育，当然更没有哺育历史的年轻白领女性梁冰傲罹患乳腺癌的故事。这故事里有一夜情、有爱和欺骗、有争风吃醋、更有商场竞争等等，似乎具备了吸引力、生活化和喜剧性，并且以《天生一对》这样天作之合式的命名指称了乳房的天生完整性和相爱者双方的不可或缺。美好的期望没有错，但是，致命的缺憾在于“乳房”——患了乳腺癌的乳房在电影语言中缺失了——而这本来是小说也应该是电影所面对和反思的重点。电影一开始，就让抽屉中排列的一副副胸罩成为乳房的代言者，然后，患病的乳房就一直被裹挟在梁冰傲厚厚的衣服里四处奔走求治；电影似乎有意强化女主角在职场竞争中的才干和魄力，家人、朋友以及同事之间时刻存在着紧张关系，或许工作的竞争和压力有可能成为疾病的因缘，但却不应当成为乳房缺失的理由。

那么，女人的乳房究竟为谁为什么而生而存在？电影给予了极其暧昧的回答，女性曾为自己的乳房大小而悲欢不定，梁冰傲迟迟不能接受患癌的事实，更不愿意去做切除的手术，甚至宁愿为此自杀。接下来的情节中，梁冰傲和张永威之间却因为“必要的互助”而冰释前嫌并且发生了爱情，爱情的产生显得突兀，缺乏必要的铺陈，也缺乏现实的根据，即使写在纸条上的心愿如此巧合，也并不能佐证爱情的存在。但张永威的一句“我不在乎”终于促使职场女强人梁冰傲做出了切除左乳的决定。看起来似乎是个不错的爱情故事，可令人不安的是，为什么梁冰傲面对着个体生命的威胁一直不肯直面，偏偏要等这么一个男人的一句允诺呢？而这么一句在电影中出其不意地出现的允诺是否靠得住呢？它能够坚持多久？并且，梁冰傲的手术决定还因为受到了病友的鼓励：切除乳房后一样可以生育和哺乳。稍有医学常识的人都会对此表示怀疑和紧张：乳癌直接危及着患者的生命，生命的存在与否比起异性的爱、生育和哺乳的乳房功能，孰轻孰重？母性固然可贵，但比起个体生命的威胁来说呢？

这里不拟涉及母性的伦理探讨，只从女性主体的角度出发，提出这样的质疑：女性的身体是属于女性自己的吗？女性的乳房是属于女体的吗？乳房的功能是由它的拥有者所决定的吗？小说《哀悼乳房》中的女主人公洗澡的时候偶然发现了乳房长有硬块，不久即确诊为乳腺癌。面对这样一个人生突如其来的灾难，她不声不响地进了医院，在没有告诉任何亲人和熟人的情况下进行了切除手术。这些文字内容出现在小说开始：“我一个人进院，所以，做手术的同意书就由我自己签名。自己的生命就由自己承担。”[①]冷静的行动，伴之以冷静的叙述，在许多人的生命由别人所掌握的时候行使了对自我生命的最佳掌握。而这个属于女性个体的决断在影片《天生一对》中是如此地困难，直到电影即将结束时才有一个朦胧的交代，她究竟在等待什么？一个男人的承担和允诺那么重要？事实却是乳房经由数千年历史的变迁，始终没有摆脱为男性社会窥探和塑造的现实命运。乳房作为女人身体的一部分，它在多大程度上属于女人？在婴儿眼中代表着食物，在男人眼中代表着性。医师眼中只看到疾病，商人却看到钞票。宗教领袖将它转化为性灵象征，政客要求它为国家主义服务，心理分析学者则认为它是潜意识的中心……所有这些都是通过男人眼光折射的结果，是男性中心主义的文化规范下的乳房功能。而电影语言仍然保持了这样的隶属性阐释，而将小说中女性主体的独立担当弃置一边，将乳房和女体的真正归属性付之阙如。

二

在一个所谓身体的狂欢时代，人们对躯体的高标似乎已经超越了历史上的任何时期，身体不但是肉体，而且直接取代了灵魂，甚至生命，但是身体的“乳房虽是性、生命与哺育的亘古符征，却也同时承载了疾病与死亡”[②]，性感的身体和疾病的身体成为身体的一体两面，“身体作为一种事件，要么为疾病所累，要么为性感所累。性感和疾病是身体的两大主题。它们如今却奇特地相互对立起来。在关于身体的这两类审查中，疾病的反面不是健康，而是性感”。于是，“这两类身体构成自身的事件：一个事件令人难受地压抑，另一个事件则

① 西西：《哀悼乳房》，台北：洪范书店 1992 年版，第 15 页。

② [美] 玛莉莲·亚隆（Marilyn Yalom）著，何颖怡译：《乳房的历史》，台北：先觉出版社 2000 年版，第 364 页。

充满着戏剧般的欢快。身体在被这两种状况压倒性地统治的时候，它就会获得自身的主权”[①]。但在电影《天生一对》中，这样的自身的主权觉悟却始终没有来临，女主角沉浸在乳房他属性的思维理念中，不能破除男性文化所施加于女性乳房的“鬼魅”。乳房究竟是什么呢？在医学显微镜下，一切美好的可爱的东西将无情地失去其表象的色放：“手术后的第二天早上，我的标本也送来了，塑料袋子里一团破絮似的浮游物体，这就是我的乳房了。聊斋小说里的书生，遇见了绝色美女，一宿欢乐，第二天才发现抱着一具白骨。真是色即是空。”[②]这是小说女主人公对乳房及其女体的清醒认知。

于是，乳房以及相关的女体在特定的医学场景中完全失去了其诸多的功能和意义。在剪刀、钳子闪闪发光的手术室里，不但女体的隐私性自动废除：“解除纽扣、脱衣，袒露身子；穿衣、扣纽。而且是在一个个非常陌生的女人、男人面前。有些房间，我进去就脱衣；有些房间，进去则先换穿一件白袍，结果也是要掀开衣襟，没有分别。”[③]而且病人不知道在自己的身体上曾发生过什么，病人犹如一头羔羊，伤口被羊肠或牛筋做成的线缝合，伤口上的线条像“一截截蚯蚓的断肢”，医生一刀一刀剪开线段，仿佛鞋匠，而病人则是“一只坏了的皮鞋”“一条一条细窄的膏贴，交叉型沿着伤口贴，就像我的伤口是两扇的大门，遭管家抄封，给贴上了封条”[④]。医院的绘图室、设计室、模型制作室，固然给人以“梦工厂”的感觉，但“我”却真实地失去了一个乳房。惨痛的对比是癌症带给人的刹那而永久性的震惊体验，它将篆刻在人的意识和个体经验中，即使痊愈也不能完全祛除。它常常使人怀疑这突然发生的一切的真实性——以为是恶梦或幻觉，但残缺的事实却突兀地存在并时刻在提醒：这都是真实的，必须面对。可惜电影却删除或者根本就没有考虑到这些，看似轻松的喜剧效果解构了疾病和手术的残酷，同时也将原作者对生命的悲悯与反思搁置和抛弃。

既然不得不接受患癌的事实，如何“用最好的心情拥抱最坏的事情”呢？

---

① 汪民安：《身体、空间与后现代性》，江苏人民出版社 2006 年版，第 43 页。

② 西西：《哀悼乳房》，台北：洪范书店 1992 年版，第 37 页。

③ 同上书，第 140 页。

④ 同上书，第 64 页。

电影反复地重申着这么一句人生格言，但任何癌症患者都逃不掉“为什么是我”的追问：“我有什么对不起你的，我买最贵的胸罩给你戴，天气干燥又给你擦润肤霜，从来没嫌过你不够大、不够挺，为什么要这么对我？”现代医学权威却总是发布着类似的说教并企图“让乳癌患者怀疑自己是否‘咎由自取’。她是不是饮食不当，所以罹患乳癌？还是因为选择了不健康的环境、延迟生育、未哺育母乳、服用避孕药、采用荷尔蒙补充疗法，才罹患了乳癌”[①]？这种荒谬而又危险的观点试图把患病的责任归之于患者本人，“不仅削弱了患者对可能有效的行之有效的医疗知识的理解力，而且暗中误导了患者，使其不去接受这种治疗”[②]。于是，心态导致疾病，而意志力量可以治疗疾病——此类理论，无一例外地透露出人们对于疾病的生理方面的理解何其贫乏，也反映出我们文化的巨大缺陷：对死亡的阴郁态度以及有关情感的焦虑，“反映了我们对真正的‘增长问题’的鲁莽的、草率的反应，反映了我们在构造一个适当节制消费的发达工业社会时的无力，也反映了我们在构造一个适当节制消费的发达工业社会时的无力，也反映了我们对历史进程与日俱增的暴力倾向的并非无根无据的恐惧。我宁可这样预言：远在癌症隐喻以如此生动的方式反映出来的那些问题获得解决之前，癌症隐喻就已经被淘汰了”[③]。桑塔格以自身克服癌症的事实书写破除疾病的隐喻意义对病人造成的威胁和阴影，人在患病的时刻却不能不膜拜权威，一方面在质疑，一方面却在信任，这种矛盾即使在西西的原著中也不能避免，但是不相信医生，又相信谁呢？电影将女性疾病的批判锋芒部分地指向现代社会对人的压力，并借由请假的系列搞笑情节进行强化，成为难得的亮点。

但患者的问题还在于艰难地接受了患病的事实和最初的治疗之后，“复发”的危机和焦虑时刻伴随着她们，使其长久地生活在比之隐喻意义更为艰窘的心理焦虑之中。因此乳癌病患者最基本的焦虑除了死亡的阴影外，“癌症没有痊愈这回事，只能控制，身体慢慢康复，却永远不会痊愈。一旦生癌，一生一世就和癌打上了交道，怀着不可预测的异形魔怪，不知道它什么时候发作，把你

---

① [美] 玛莉莲·亚隆（Marilyn Yalom）著，何颖怡译：《乳房的历史》，台北：先觉出版社 2000 年版，第 303 页。

② [美] 桑塔格（Sontag,S.）著，程巍译：《疾病的隐喻》，上海译文出版社 2003 年版，第 43 页。

③ 同上书，第 77 页。

吞噬”[①]。个体在迈向死亡过程中的孤独是另一个更深刻的命题，这些在电影叙事中都成了不见影踪的简缺之词。当切除乳房成为乳癌患者不得不接受的命运时，她的生活将会发生怎样的改变呢？失去一个乳房的女人还是完整的女人吗？《哀悼乳房》中的女主人公这样自问：“紫禁城里的太监，都是器官欠缺而形成的妖怪。司马迁是会写《史记》的妖怪。我是妖怪，我失去一个乳房，也是器官欠缺而形成的妖怪。”[②]与乳房相关的一切欢乐美好失去了，舒适的胸罩、漂亮的内衣、鲜艳的游泳衣，甚至女人最喜欢的浴室中的流连与沉溺：“如果我的右胸曾是一座山，如今是下陷的谷；如果它曾是一碟盛满了粉嫩的糕点的美食，如今剩下的只是一个空碟子。”[③]浴室里的女人怎么能够不仓皇逃离呢？对女人来说，“喜欢只剩一个乳房的身体，甚至只是喜爱自己的身体，从来不是一件容易的事”。但是，这个事实必须接受，女性包括社会都应该珍惜和爱护不完美的身体，“因为身体本来就不是完美的”[④]。而写作则成为精神救赎的过程，即使此刻叙述者的疾病体征已经消失，但心理的阴影却没有完全从震惊中走出，写作祛除了癌症的恐惧以及疾病所隐藏的隐喻意义，是心理的治疗，也是精神的慰藉。西西的书写为自己和她人擎起了一束光芒，带给人生存的勇气和达观，犹如书中阿坚最恐慌时刻给予的安慰、支持和帮助。可惜的是，电影缺乏走至这个高度和深度的内在力量，除了让女主角斤斤纠缠于生育、哺乳的母性希冀外，在匆匆推进手术室的长镜头后将电影草草结束，同时也阻止了关于女性疾病的深层关怀。

三

除了医生，《哀悼乳房》中几乎没有男性出现，这由作品的自叙传性质决

① 西西：《哀悼乳房》，台北：洪范书店 1992 年版，第 39 页。
② 同上书，第 70 页。
③ 同上书，第 68 页。
④ [美] 玛莉莲·亚隆（Marilyn Yalom）著，何颖怡译：《乳房的历史》，台北：先觉出版社 2000 年版，第 335 页。

定。“她”根据自我的决断选取了符合意愿的独身生活，无可厚非且让人崇敬。现在来看看电影《天生一对》中的男性吧：不择手段的吉屎，偏听偏信的老板，好心而可笑的死党男人，可恶的前男友……还有男主角张永威，极具讽刺意味的是，患病的乳房居然成了他治疗其不举之症的“药”——张永威由于梁冰傲的乳房硬块导致不举，遂使一夜情仓皇结束，梁却因为张的一句“我不在乎”毅然地接受了手术。女性的主体性被做了完全错误的理解和表现，企图用故作夸张的女性外在行为来传达女性在现代生活中的地位，非但不能成为喜剧的有力支持，而且女性对男性的认可期待和依赖，最终导致了女性主体性的实质性消解：她的咄咄逼人只不过是虚张声势而已。电影的结尾给人留下希望的想象，而这希望即便不是渺茫的，也是误导的；仿佛意味深长，实际上只能说明女性的成长过程外在于女体自身，在内衣、乳罩、义乳、男人的目光和认可中，女体已经失去了主体的精神和意义。

相反，在小说原著中，叙述者所发生的一切联想，所涉猎的一切知识，在在皆有深刻内蕴。如把癌细胞的繁殖比喻成殖民者对殖民地的经济和文化侵袭、把患病的身体比喻成现代化的高楼大厦中的隐患，甚至将患病的原因与环保、经济发达、饮食、生态平衡勾连起来，其反思的深度为常人所不及。医疗过程中人与人之间伦理的同情与关怀给病患者增添了对抗疾病的勇气、力量、知识和温暖；中西医不同疗法、疗效的比照，倡导着人性化的关怀……看似弦外之音的叙述无一不和疾病的深思息息相关：对乳癌预后的运动、饮食、性行为，精神疾病等的丰富涉猎，不仅使之成为乳房癌症、而且是一切疾病甚至是关于生命存在思考的百科全书。同时潜隐着著者对现代社会生存方式的批判和解构：对以假为真的时尚审美观念对人的异化的忧虑不安、对教育重视精神和灵魂而忽略肉体的反思……“哀悼乳房，我们如今的生命力，却明显相对地在萎缩呢。”[①] 这结束语是对人的生命力的叹惋与呼唤。

不仅如此，《哀悼乳房》形式上的创新试验为阅读过程提供了充分的自由，读者像使用词典一样用精简的办法随机查阅个人需要，叙述者分别为患者、患者的亲友、男人、医生、喜欢看图的人、长期伏案工作者以及四十岁左右的人

---

① 西西：《哀悼乳房》，台北：洪范书店 1992 年版，第 332 页。

提供了不同的阅读方式，即时的提示使阅读成为温馨的过程，并把各章的内容前后串通。而且，为了避免行文上沉闷和冗长，作者不停地变换表达方式：对话体、独立的小故事、通话记录、精简词条、图画配短文……，这种跳跃的可选择的阅读呈现出文本的开放和自由；而不同的行文犹如不同的曲调、变奏以及配器形成整首乐曲的多重风格，或活泼，或凝重，或舒缓，或激越，……它使阅读者在节奏变换的文字音乐中探险和享受，缓解了紧张和焦虑，获得了生存的知识和智慧，并一再地敬畏于生命的担当与庄严。

相对于小说，作为现代女性出场的梁冰傲虽然在职场中咄咄逼人，并不等于她一而再再而三的暴打张永威的资本，只是因为张告诉了她一个事实——难以接受的乳房疾病的事实？但她主体性的匮乏却不能不让人叹息，借着酒醉她道出了心底的忧虑："为什么偏偏是我，你干嘛要告诉我，你早一天不说，我就多熬一天，你一直不说，我就一直不知道了，等我结了婚，生了孩子，也许抱了孙子，反正都老了，切什么做什么都无所谓了。"这是典型的自我蒙蔽，作为女体拥有者的女性为什么一直逃避自我——疾病和手术，理性与主体，反而借助于一个屡遭自己暴打的男性的治病为由的跟踪与陪伴作为暂时的精神过渡，而不肯直接面对生命的残缺和威胁呢？对于这样的女性来说，生命中严峻的挑战还会来临，试问：下一次，她还能否凭借着男人侥幸逃脱？而一个不能独立担当自我的人，她又能拿什么去爱别人，为别人承担呢？

论电影《黄金时代》里的双重悖论

作为香港著名女导演，许鞍华曾经把张爱玲的《倾城之恋》和《半生缘》搬上银幕。这一次，则把作家萧红直接搬上了银幕。显然，导演高估了普通观众的接受能力，只顾一味传达导演的密集意图，以至于在三个小时的“分享艰难”中，只见快速转换的场景、迅疾出场的人物和忙不迭的对白，却没有看到电影叙事的高潮。耐心的观众看到了迄今为止最完整的萧红正传，但却是一个夹杂在众人之中的生命短促、苍白无力的萧红，也多少相信了这是一部叙事风格和内在精神相对匮乏的电影。最具讽刺意义的地方在于：一方面，就其历史场域的仓促混乱和灾难深重而言，它不是任何人的黄金时代；另一方面，对于孤注一掷极力摆脱时代洪流的萧红而言，更不是什么黄金时代。那么，《黄金时代》究竟要言说什么？或者，萧红和“黄金时代”之间有什么关联？换句话说，萧红、许鞍华和香港之间又有什么象征意义上的隐秘关联？

显而易见，导演、编剧和演员们都在努力塑造一个大时代里的萧红影像，并以此还原真实的作家面影，在采用各种电影技巧，倒叙、插叙、自白、旁白、集体型叙述声音的同时，还做了大量的资料准备。首先，不惜让出现在影片中的几乎所有人物、包括萧红自己来介绍相关的萧红生平经历；同时，人物对白大量采自回忆录等相关史料，甚至大段引用萧红作品中的原话。当然这些还远远不够，演员们几乎踏遍了萧红生前涉足过的所有地方，从哈尔滨、北京、青岛、上海、东京、武汉、临汾、西安、重庆，一直到香港，至于萧红传记中众说纷纭的谜案、纠缠不清的恩怨，则都一一通过影像叙事进行了尽可能写实公正的再现和评判。

于是，借助《黄金时代》的上映，萧红再一次成功地“浮出历史地表”[①]。其实，萧红从来没有被遗忘。遗忘并不可怕，比之被遗忘更可怕的是无意的误读或者有意的篡改。由于创作出身上的“根正苗红”，最简洁的《中国现当代文学史》都不会忘记将萧红的名字排列进“东北作家群”或“左翼作家群”中，又因为和萧军、鲁迅、胡风的关系，她还是“群”中最闪亮的一个。她比白朗名气大，作品多，故事也多；甚至她的创作也比萧军更有天分，获得鲁迅的盛赞。但她仅是“群”中的一员，当她奋力从“群”中逸出，选择了个体的人生和文学道路的时候，因此而饱受诟病，但也终究因为这个脱颖而出。

可以肯定的是，萧红的每一次的被记忆、被书写和被影像都裹挟着太多的幕后诉求，这一次当然也不例外。“黄金时代”的说法出自萧红本人，1936年的日本东京，在疗治情伤的特殊的“借来的时间”和“借来的空间”里，她突然警醒到那就是她的黄金时代，只因为“自由和舒适，平静和安闲，经济一点也不压迫，这真是黄金时代，是在笼子里过的”[②]。但显然，她“对了自己的平安，显然是有些不惯，所以又爱这平安，又怕这平安”[③]。后来，她冒着“秘密飞港，行止诡秘”[④]的指责和端木双双赴港，无非是想重温她的所谓的“黄金时代”。如果说“黄金时代”曾经短暂地存在，那就是在摆脱了饥饿、贫穷和战乱的东京和香港时期，但香港时期的萧红却已经疾病缠身了。不管怎样，萧红的“黄金时代”和轰轰烈烈的大时代没有关系。

但是，从和陆振舜到北京读书开始，电影叙事就将萧红置入巨大的时代洪流，被囚禁、出逃、和汪恩甲同居并怀孕，直到拯救者萧军出现，萧红的命运都是和时代同步同色。至于后来开始创作并成为左翼作家麾下的一员，无疑都将萧红的命运和时代大历史糅为一体。但是，萧红有必要借助众人来验证她的存在吗？她当年向朋友抱怨：“我总是一个人走路，以前在东北，到了上海后去日本，现在的到重庆，都是我自己一个人走路。我好像命定要一个人走路似

① 孟悦、戴锦华：《浮出历史地表》，河南人民出版社1989年版。是国内第一部系统运用女性主义立场研究中国现代女性文学史的专著，问世后影响广泛，被誉为中国女性批评和理论话语“浮出历史地表”的标志性著作。其第十一章《萧红：大智勇者的探寻》是关于萧红的专论。

② 萧红：《致萧军（1936年11月19日）》，《萧红全集》（4），黑龙江大学出版社2011年版，第367页。

③ 同上。

④ 萧红：《致华岗（1940年7月7日）》，《萧红全集》（4），黑龙江大学出版社2011年版，第407页。

的……”[1]形体上的孤独，还有精神上孤独。电影的反讽在于，萧红怎么能想到她身后会有那么些人与她发生密切联系？在孤独走过的一生中，鲜少有人懂她，甚至他们连懂她的兴趣都没有。她生前说得很少，一是没有来得及，二是不愿意。她无论如何想不到，当她在香港去世的消息传到内地的时候，很多人写下了回忆和纪念文章。或许，人们并不是因为缅怀她的友情或者她的文学成就，而是哀叹她凄清悲哀的夭亡，或者更多的是源于她左翼作家、流亡作家的身份吧！

正是这些忆悼文章成为后来萧红传记史料的主要来源。聂绀弩《在西安》中记载了他和萧红的交往片段，萧红曾拿着心爱的小竹棍来找他，暗示端木对她的好感，希望聂绀弩能够提供帮助。照常理，萧红可以把竹棍直接藏起来，为什么非要让聂绀弩说是送给他了呢？最后，萧红还是把这象征定情的信物送给了端木。由此可见，在萧红的情感犹疑中，她渴望得到朋友们直率坦诚的意见，但她失望了！那些微言大义的鼓励对萧红来说，太过于遥远和虚空，她需要的只不过是一个平等真实的依靠。萧红去世后，很多人在纪念文章中发表对萧红“不寿”预言，萧红自己也感觉将“孤苦以终老”，为什么这样？与其说她死于疾病，不如说她死于无爱的人间和他人的诅咒。就像涓生明明知道子君回去只有死路一条，却任由她走出去。萧红也是这样，她死于她的时代里冷漠的人心，所以，那从来都不是一个黄金时代。

当汤唯还在寻找和体验萧红笔下的饥饿寒冷的感觉的时候，电影已经完成。对于从来不知道饥饿寒冷孤独贫穷遗弃绝望为何物的演员们，真的萧红何以还原？更大的悲剧在于，对于那些只知道消费和娱乐的观众来说，真实的萧红将会永远被遮蔽。或许萧红早就预料到了这些，她说将来人们记住的不是我的作品，而是我的绯闻。有多少观众不是冲着她的绯闻而去的呢？至于网络中将萧红封为“民国才女”“民国女神”“民国闺秀”等称号，则是又一轮浅薄无知的恶搞，悖逆史实的褒扬和不符真相的贬抑一样，其结果都是对历史和人格的侮辱。甚而至于给萧红贴上种种“风流”“谎花”的标签，更是罔顾事实，满足男性窥私欲望的卑劣变态心理诉求。

---

① 梅林:《忆萧红》，王观泉编:《怀念萧红》，东方出版社 2011 年版，第 161 页。

唯一可以告慰的是，电影叙事再现了港战的炮火，在尽可能真实的画面中再现香港曾经的疮痍满目，萧红如何走到了她悲惨命运的尽头？这炮火也照彻了离乱恐惧中的人心。不断有人去看望萧红，不断有人撤出香港，最后只留下了端木和骆宾基。他们在尽本分照顾萧红，但都忘不了自己的事情。脚不能行、口不能言的萧红能做些什么？以回光返照的凄惨回顾乱离的人生苦痛？并凭此拉近故乡情谊？对于这段公案，电影一方面展示了端木尽职尽责的照顾和对一切善后事宜的处理，但是也通过骆宾基留下了隐语：这样的人，你是怎样和他在一起生活了三四年的？萧红才说：筋骨若是痛得厉害了，皮肤流点血也就会变得麻木，不觉得有什么了。

萧红不断地被后人提起和忆及，很大程度上来源于她作品的再版。人们先是赞叹《生死场》，后来又惊叹于《呼兰河传》。再后来，人们对于她作品的热情远远落后于对她悲惨身世的叹惋。萧红一直被描述成离家出走的娜拉，有她的散文集《商市街》为证。她还被描述成勇敢的斗士，被弃的孕妇，出逃的女生，被拯救的文学缪斯，一个纠缠于个人的情感无法解脱的心灵苦闷者，而那些出出进进于她生命中的男性也因为她命运的凄清堪怜而收获某种道义上的谴责。20 世纪 80 年代以降，随着文学的集体话语为个人话语所替代，也随着世界范围内女性主义思潮的高涨，萧红文学的审美价值和女性意识再一次被人们发现。如果说以前她总是被捎带着谈起，这时她已经独立地被文学史记忆。由葛浩文《萧红小传》的出版，引发了持续不断的萧红传记写作热潮。30 多年来，萧红的各类传记已经近 80 部，保守的统计也已经 30 多部。萧红传记的作者来自各个领域：有亲朋故旧，有故乡晚生，有文学研究者，也有文学爱好者，他们把萧红塑造成苦难的女性、天才的作家、感情脆弱的女人……出自不同的立场、角度和需要，写下了他们愿意看到的萧红。如此，萧红被涂抹上各种油彩，装扮上了各种面具。而彼此之间史料上移植、观点上抵牾、说法上种种矛盾则历历可见。此外，萧红故事还分别被内地和香港的作者搬上歌剧的舞台。

更加吊诡的是，这样的热潮还没有歇止，萧红的作品又遭逢了另一重理论阐述的围剿。当人们能够更加自由地解读她的作品的时候，居然发现 1980 年代以来的所有理论话题都可以纳入其中。举凡左翼文学、流亡文学、诗化小说、散文化小说、自传性小说、地域文学、女性主义、身体书写、疾病隐喻、文体意识、现代性、后殖民……她的《生死场》还被改编成为话剧，获得国家“文华”大奖——这在某种程度上增容了萧红作品的文学史价值和意义，萧红研究的再次升温简直无法避免。以至于萧红研究的热潮终于引发了权威人士的警醒和反感，他们深为萧红近年来研究的热潮而不安：这样一个远不成熟的作家怎么可以引起这么多人的关注呢？其中必有蹊跷！他们认为“伟大”的称号和萧红无关，事实上萧红也根本看不起这样“伟大”的贬抑。在萧红活着的时候，就警惕身边的“萧军党”，创作上的“萧军党”，当然，还有研究界的“萧军党”，文学史界的“萧军党”。她当不起那样的称号，从来她只不过是时代的沙粒，至多不过是一颗“土泥”，从黑土地淌向浅水湾的一粒粗粝、柔弱、哭泣的土泥。

或许，《黄金时代》只是许鞍华的萧红。今天的人们不可能比前人更多地知道萧红，人们总是在发掘历史的同时掩埋历史，处在历史当下的人们不闻不顾，当历史翻过的时候人们又急于寻找，翻寻的结果则是以新的所谓真相遮蔽了另外的真相，人们总是在做这些重复徒劳的工作。为了一种目的和立场，其实，人们最后想说的已经不是萧红，而是他们自己。萧红没有留下更多的记录，后人开始扩大寻访的范围，展开各自的想象，在妖魔化萧红的同时，有人联想到了她和鲁迅的特殊关系，甚至认为她和陆振舜、李洁吾、骆宾基都有说不清楚的关系，甚至萧红的弟弟说萧红的父亲不是亲生的，萧红的亲生父亲是个佃户，被地主张选三迫害致死。这很像是阶级斗争年代的身世改写，这样的故事开头我们见多了，白毛女的故事，林道静的身世就是如此。最终，他们说的是他们自己猥琐的故事！

追寻真正的萧红或许已经没有意义，就像人们对某一历史真相的追踪？当小说被改编成电影、戏剧或其他影像作品的时候，它的历史意图已经越来越浅淡，“现代人对于历史已经变得漠不关心，因为历史对他们来说没有实用价值。……我们不是拒绝记忆，我们也没有认为历史不值得记忆，问题的症结在于我们已经被改造得不会记忆了。如果记忆不仅仅是怀旧，那么语境就应该成为记忆的基本条件——理论、洞察力、比喻——某种可以组织和明辨事实的东西。但是，图像和瞬间即逝的新闻无法提供给我们语境”。[①] 在失去了语境而刻意营造语境的时代，通过什么来保鲜我们的真正的历史呢？萧红诞辰已逾百年，相关人事的见证者纷纷离世，加之百年动荡，多少史料可以留下？多少言论可以当真？萧红传记作者叶君说：“现有的萧红传记，老实说常常让我非常失望，我每每感到叙述者那份貌似追求客观的冷漠，同时，由于时代的局限，叙述过程中那种政治意识形态的显露，亦让人十分生厌。我想在自己的叙述里，最大限度地将她还原成大时代里的一个普通女性，一个命运坎坷的天才女作家，一个任性的姐姐，而与革命、进步、左翼并没有太多关涉。”[②] 尽管不能比前人更多地知道萧红，但可以用心灵去接近，扑朔迷离的萧红将因为她永恒的作品在每个人心目中留下最清晰的印记。

《黄金时代》的电影宣传中有这样的豪言壮语：萧红 —— 这是无所畏惧的时代，想怎么活就怎么活！萧军 —— 这是快意恩仇的时代，想爱谁就爱谁！鲁迅 —— 这是畅所欲言的时代：想骂谁就骂谁！丁玲 —— 这是纵横四海的时代，想去哪就去哪！还有，这是忠于自我的时代，想追求什么就追求什么！这是海阔天空的时代，想飞多高就飞多高！这是随心所欲的时代，想结婚就结婚！这是侠骨柔情的时代，想做什么就做什么！总之，一切都是自由的。果然有一个广阔自由的时代吗？所有的人物都在时代的夹缝中生存，从一个地方流浪到另一个地方，食不果腹，衣不蔽体，甚至居无定所，谈得上什么自由？只能说，黄金时代的梦想和自由一直是人们的向往，是时候该从对民国的美化中醒来了！萧红不仅畏惧死亡，而且她的生活无法选择；萧军必定要为他的始乱终弃付出代价；鲁迅的畅所欲言也受到限制；丁玲的纵横四海是以作家才华的损伤为代价；甚至梅志、聂绀弩、端木蕻良、白朗，无一例外。所以，鲁迅在《影的告别》中说：有我所不乐意的在天堂里，我不愿去；有我所不乐意的在地狱里，我不愿去；有我所不乐意的在你们将来的黄金世界里，我不愿去。所谓的黄金世界，只是虚幻的泡影。

人人都是不自由的，尤其是那个无可选择的年代。要谈论自由，必先从

---

① [美] 尼尔・波兹曼著，章艳译：《娱乐至死》，广西师范大学出版社 2004 年版，第 177 页。

② 叶君：《萧红是我的情结 ——〈萧红传〉后记》，《萧红传》，中国社会科学出版社 2009 年版。

什么是不自由说起。许鞍华之喜欢萧红，是因为她的坚强，才华和自由。这是两位从事创作的女性相同的地方，生活中充满了不自由，萧红通过写作达成自由，就像《呼兰河传》中所写："一切都活了。都有无限的本领，要做什么，就做什么。要怎么样，就怎么样。都是自由的。"[①] 而许鞍华则通过电影获得自由。电影一开始她就说了：我叫张乃莹，我卒于 1942 年。这颇像香港作家陈慧在《拾香记》中的自我追悼；她还说：在政治上，我是个外行。这也有点像李碧华《胭脂扣》中如花的茫然无知。迄今为止，无论人们是从左翼文学、审美文学、底层文学、性别文学的任一角度去叙述、研究和记忆她，都不能抹杀她的那一句话："作家不是属于某个阶级的，作家是属于人类的。现在或是过去，作家们写作的出发点总是对着人类的愚昧！"[②] 张乃莹以生命为代价，完成她对于人性和自由的言说，她以个体的柔弱对抗冲击着时代的强大，尽管她生命的轨迹那么短暂，但是她以其勇气和超前照亮了此前此后的蒙昧。或许是最好的时代，但也许是最坏的时代，她已经飞过，从呼兰河到浅水湾，不可复制，无法模仿。她不属于任何时代，她有她的独立世界。生死困顿、饥寒交迫、生老病痛、鳏寡孤独以及死亡之音，摧残了她肌体也养育了她的灵魂。她的自由选择贯穿短暂的生命，她是特立独行、反抗宿命的张乃莹。在这暧昧难明的文化生态中，唯有才华可以抵抗住岁月，这才是她的"黄金时代"。

同样作为许鞍华私淑的女性作家，萧红和张爱玲是一种有意味的对比。张爱玲冷酷，萧红凄清，张爱玲是坚韧的青石，萧红则是脆弱的芦苇；张爱玲的文字可以模仿，萧红却无法复制，可以通过学识和历练达成张爱玲犀利冷酷的文笔，但不能写出文字和情感的如出天籁。张爱玲凭借着她的理智走出了艰险的时代，萧红却葬送在她的时代漩涡之中。相同的是，她们都曾驻足上海，又前后相继落脚香港；她们都曾经情路坎坷，先后和三个男人相逢又分手。萧红和张爱玲都有严厉暴虐的"父亲"，不可亲近的"继母"，柔弱的"弟弟"，她们都曾经为了自由，逃离了"父亲"的家庭。最为重要的是，夏志清"发现"

---

① 萧红：《呼兰河传》，《萧红全集》（3），黑龙江大学出版社 2011 年版，第 47 页。

② 萧红：《现时文艺活动与〈七月〉——座谈会记录》，《萧红全集》（4），黑龙江大学出版社 2011 年版，第 461 页。

了张爱玲，葛浩文“发现”了萧红，经由外来者的“发现”，张爱玲和萧红获得了“重生”。1939 年 8 月张爱玲入读香港大学文学院，1942 年夏因战事辍学返回上海。1940 年 1 月萧红逃避战乱来到香港，1942 年 1 月病逝。香港的陷落毁掉了张爱玲的学业，香港沦陷的奔波颠踬结束了萧红年轻脆弱的生命，她们的命运终于因为香港、因为自由和许鞍华产生交集。许鞍华，1947 年出生；香港，1997 年回归；《黄金时代》，2014 年上映。或许，许鞍华在《黄金时代》里言说的只是香港的一段身世。

成长故事，到底该怎样讲？

——近期海峡两岸青春题材影片比较

一般来说，青春题材小说的电影改编比较困难，数量也不多；另一方面，青春记忆又是所有人难以忘怀的记忆，拥有大量年轻人甚至中年人群的市场需求。近一个时期以来，青春题材的影片陆续上映，并以年轻人的热捧赢得了高额的票房纪录。2012 年，根据台湾作家九把刀的自传小说《那些年，我们一起追的女孩》（以下简称《那些年》）改编的同名影片在台湾、香港和大陆先后上映，博得一片好评。2013 年 5 月，由赵薇导演、根据网络作家辛夷坞的小说《致我们终将逝去的青春》（以下简称《致青春》）改编的同名电影在极短的时间实现了五亿票房的奇迹。2013 年 6 月，根据郭敬明小说改编的同名电影《小时代 1》在一片批评声中迎来了影院的座无虚席，再次实现了其票房梦想，接下来的《小时代 2》《小时代 3》也赢得了不菲的票房收入。除此之外，类似题材的电影还有《同桌的你》《后会无期》，加上之前的《不能说的秘密》《山楂树之恋》等，俨然形成了一个青春题材电影的热闹景观。仔细分析这几部影片，发现它们有很多相似性，例如：基本改编自网络畅销小说、作者都是年轻的网络写手或畅销书作家、影片中的故事主人公几乎都经历了从高中到大学的主要人生阶段，爱情和友谊更是其中的主要构成部分。但是，由于小说原著中作者文化立场的不同，主要是改编后电影导演的表现视角和电影理念的不同，加上不同演员群体的差异性演绎，使得同样的青春成长故事的讲述表现出完全不同的质地和格调。

一

所谓青春题材电影，主要是指以青年生活成长经历为题材，将其生活实践和精神世界戏剧化，具有一定文艺气质的艺术表现形式，主要面向以青年人为主要构成的消费群体。青春电影起源于美国的校园电影，20世纪五六十年代流行于亚洲的日本和我国台湾等地，在中国大陆则起步较晚，直到20世纪90年代才开始有了成效性的进展，初步具备了中国青春电影的艺术特色。不同于国外的青春题材电影，在叙事和人物的塑造上，大陆影片制作人将目光投向社会边缘群体的生存状态，运用大量的“写实”长镜头，形成“纪实性”风格特点的影像，表现“一种冷酷和无助的世界生存状态”①；此外，特别注重发展中国家青年人的生存状态，有意识刻画青年的迷茫和无助，叙说和描绘其在喧嚣的青春世界中完成自我蜕变的艰难过程。正是这种建立在个人生命体验基础上的情感表达，所以引起了同时代青年人的情感共鸣。

然而，随着时代的变迁和社会经济的发展，人们的生存环境得到了改善，整体的文化生态也发生了转变，新世纪的青春题材电影在风格上发生了改变，更加注重影片的清新“文艺范儿”，同时衬托着那一抹淡淡的爱的忧伤，更加追求画面的唯美浪漫。伴随着青春题材电影市场的持续增容，这一股青春电影的热潮慢慢演变成猛烈的“青春狂潮”，形成了中国电影前沿的青春力量。2011年至2012年成为大陆青春题材电影的爆发季，从漫画青春的《非常完美》到表现职场爱情的《杜拉拉升职记》，从怀旧感伤的《将爱情进行到底》再到小清新喜剧的《失恋33天》，电影界的青春荡漾。但是，这类电影在观众中并没有形成强烈的反响，“青春”类电影被隐藏在“喜剧”和“爱情”类型电影中。直到2013年，《致青春》《中国合伙人》《小时代》系列以及2014年《同桌的你》《后会无期》的上映，才算是彻底惊艳了观众的眼眸，掀起了电影界小小的“青春潮流”，青春类题材电影也才开始作为一种电影题材类型引起研究者的重视。大陆青春题材的电影在喧嚣和杂乱的时代话语中，展现了青春波折

① 俞新天：《两岸关系中的文化认识问题》，《台湾研究》2010年第1期。

残酷的一面，同时又表现出一种直面的冷静和坚强，以客观写实为主要风格。

由赵薇导演、根据著名网络作家辛夷坞小说改编的同名电影《致青春》则是其中最具代表性的一部。电影以大陆1990年代的大学生活为主要叙事背景，讲述了一所中部大学、一间宿舍里，个性迥异、命运不一的四个女孩的青春故事。电影围绕着她们的大学生活展开，描绘出现在她们周围的一群男女大学生，以及发生在他们之间的忧与伤、爱与痛的故事。故事从女大学生郑薇去大学报到开始，却并没有在她大学毕业时结束，一直延续到主人公生命的后青春时期。在此过程中，他们经历了爱情的破灭、事业的失败、生命的消亡等种种人生悲喜剧的生命和情感过程，之后再次聚首。青春时光是美好的，但青春的记忆未必如此令人留恋，不同的青春故事和追求在此影片中展现出多元化的走向，甚至涵盖了整个社会的迅猛发展给青年人带来的精神冲击。尽管青春不是那么值得追怀，青春的必然消逝却使得这段时光拥有其独特的色彩，电影将青春如蜕的裂变过程进行了层层剥离和展示。

同样，电影《小时代1》中的故事发生在从高中到大学的青春阶段，同样也是大学里要好的四个女孩子以及围绕在她们身边的男孩子们的生活和情感故事。尽管他们的身份是在校大学生，但他们的生活范畴已经远远地走出了象牙塔的世界，走进了金融社会的摩天大楼，并在遥不可及的无尽楼梯上攀爬，以期在充满竞争和淘汰的社会中浮出自我。在这部电影中，爱情桥段不是最重要的，女孩子之间的友情倒成了最激发人奋进的力量，电影历历在目地展现了女孩子们历经磨难、破茧成蝶的青春历程。

早在20世纪五六十年代起，台湾的青春题材影片就有了长足发展。在华语影圈中，台湾的青春电影一直占据着重要地位，并且一直都是以小成本制作和清新唯美的校园风格为主打特色。在不断的发展和改进中，台湾青春电影渐渐形成了极具本土化特色的电影形式，从《晴天娃娃》《十七岁的天空》《梦游夏威夷》到近年的《盛夏光年》《那些年》，都表达了青春人物对独立人格的心理诉求，以及为个人生活立传的主体愿望，题材广泛，风格多样，尤其是在表现青年的成长与叛逆方面，有更多真实大胆的尝试。

在生活写实和纯美爱情的表现基础上，大多台湾青春电影的整体风格体现为清新唯美。台湾青春电影主要体现的是慢节奏的生活，青春的成长的焦虑。

急于去肯定自己，证明自己的身份。因为懵懂，所以急切；跌倒失败，却又站起。不服输的自信和看见彩虹后的豁然开朗。阳光就是透过生命的裂缝中照进来，那样明媚。“虽然我闭着眼睛也看不见自己，但是我却可以看见你。”心中拥有美好，则无论自己是否拥有都一样美好。

以电影《那些年》为例，故事的发生地在台湾彰化，电影叙事从男女主人公读国中时开始，直到主人公考上高中、大学以至大学毕业结婚为止。电影讲述一群男孩子共同喜欢一个女孩子的故事，但这个女孩子最后没有嫁给他们当中的任何一位。每一个男孩子都以他们特有的幼稚和善意的方式表达过对女孩子的喜欢，这样纯真的感情伴随他们走过漫长而美好的青春，中间有矛盾、哭泣、争吵甚至决裂，但所有的争吵和眼泪背后都是善的故事，至多是幼稚的玩笑和有意的搞怪。电影里表现的青春无邪美好，令不同年龄的观众尤其是年青的受众群体产生无限追怀和沉浸之感，较具深度地诠释了青春如诗这一主题。

2010 年张作骥导演的《当爱来的时候》采取了深沉质朴的表现风格，带有强烈的生活穿透力和厚重的生命感，获得了 2010 年金马奖的最佳剧情片奖。2012 年的《LOVE》[①] 则是台湾青春电影治愈系白领婚恋主题的代表。特别需要提到的是，《LOVE》这个电影的拍摄超越了一般粗糙的电影细节的描绘，它将台湾的宜人的风景与电影中的故乡人物融为一体，用童话般的剧情体现出台湾人的特色与我国的风土民情，描绘出富商与平民之间的爱情可以经受现实残酷的打击，在浪漫的故事结尾中，叙述人们内心的渴望，以及对真爱的向往，导演在把握两岸关系当前的主流价值观的情况之下，针对两个城市进行了深入的体察，由于两个地方都是导演的故乡，从台北的老区与北京城的影像中进行一次视觉的比较与怀念，进而结合爱的主题，让一切的故事都显得那么的“有爱”[②]。

相对而言，大陆青春电影更注重表现时代生活之真，同时也充满传统的励志意味。作为“大时代”的注脚，经历过 80 年代末的低潮，《致青春》中 90 年代的大学里似乎又充满着新的热潮。有人为了一份单纯的爱恋远离故乡，有

① 李岩：《从电视广告创意看大陆、香港两地文化观念的差异》，《浙江大学学报》2013 年第 2 期。

② 刘藩、刘婧雅：《新世纪青春片的类型化叙事》，《艺术评论》2013 年第 11 期。

人则在进大学的第一天就失恋，新的校园恋情也在同时开始，重重波折的情感历程，当倾心倾情的经营将要修成正果的时刻，一切归于无形。《小时代》则在华丽外衣下表现了“少数人”的青春幻梦。新世纪，上海，摩天大楼，以白领俯瞰芸芸众生的姿态，郭敬明开始谋划他的时代。锦衣华服，奢侈的鸡尾酒会，超级时尚的杂志社，繁华的城市烟火，应时而落的圣诞夜雪花，演绎了一个金钱时尚包裹着的并不浪漫的故事，构成对励志文学和电影的另一种呈现和反思。

二

如前所述，新世纪海峡两岸青春题材的电影基本是根据网络小说改编而成，先有了网络小说巨大的点击率，然后才有了电影高额的上座率。尽管电影内容是在小说内容的基础上进行的改编，但是正如英格玛·伯格曼所说的：“电影与文学有区别”“电影是作为一种视觉手段直接作用于想象，而文学是作为一种语言手段直接作用于理智”[①]，因此，电影画面形象而生动，文学画面则需要借助想象才能再现。一旦小说被改编成电影，大陆和台湾电影在如何叙述青春成长主题的方式上也存在着比较大的差异。

首先，在叙事内容的表达上，台湾青春影片中往往涉及青春叛逆和暴力场景，更注重主人公与社会的冲突与矛盾，涉及的社会内容比较广泛。而大陆的青春影片很少有这样的画面，即使有也表现得非常隐晦，或者用一种搞笑手段进行喜剧化处理，事实上消解了电影的现实意义和批判价值，如大陆电影《中国合伙人》。

其次，两岸青春题材电影在叙事手法方面也有一定区别，台湾青春题材电影注重对人物的心理刻画，强调人物内心和精神世界的蜕变，往往通过自我的反省与思量达到独立人格的树立，倡导一种自我在成长中的主导性，个人主义

---

① [美]贝纳德·迪克著，华钧译:《电影的叙事手段》，杨远婴编《电影理论读本》，世界图书出版社2012年版，第275页。

倾向非常强烈，这种叙事特点在《那些年》、《盛夏光年》和《单车上路》等影片中都有所涉猎。相对而言，大陆青春电影的叙事则擅长对集体主义以及群体友谊的弘扬，更注重集体生活情节的刻画和渲染，如《致青春》《小时代》《中国合伙人》中的主人公都是以集体生活的面目呈现出来的。

再次，新世纪海峡两岸电影的叙事角度也有相当差异。作为一种回溯行为，小说是叙述者在事件结束之后的某个时刻对过往的生活和心灵经历所做的回顾性叙述。小说《那些年》开头第一句："故事，应该从那一面墙开始说起。"① 此处采用的就是较为典型的回忆性笔法，且叙述的步速在下面的情节进展中不断加快。改编成电影后则从国中时期的艰苦奋斗到暑假的玩乐、从考取大学各奔东西再到工作和结婚以后的生活变迁，一步步叙说自己成长的过往历程。这种回忆性叙事也是通过时间的运动，逐次讲述行动与事件的序列发生过程。尽管多数故事涉及的主人公不是很多，甚至很多故事只是讲述两个人物之间关系的戏剧性的发展，但因此更令人印象深刻。其他如《不能说的秘密》《海角七号》等，人物关系都比较简单，但是故事的发展却缠绕心弦，让观众置身其中而欲罢不能。

但是，大陆的青春题材电影叙事则往往采用多线并进的架构，里面的人物关系也复杂多样，所有这些因素交织在一起，构成一个热闹混杂的电影叙事。《小时代》即是如此。在原著小说的叙述中，一对对人物关系同时讲述，连接成一个网络结构。同时人物众多，经常是一个宿舍的人物集体出场，并且还能够拥有饱满的人物性格。但这样的叙事角度在改编成电影之后，其接受效果则大打折扣。原因在于电影叙事和小说叙事在接受过程中有所差异，直接表现为电影叙事中人物太多会扰乱主线，显得线索不清晰，导致主要人物面目性格不清晰。因此在这部小说改编成电影的过程中，尽管人物数量已经有所删减，但仍然过多。十多个学生人物在电影中同时出现难以显示明显差别，距离饱满的性格形象塑造尚有距离。

一般而言，电影在原著基础上进行改编的时候有两种选择，一是把原著进行等比例的压缩简化，但是该有的什么都有，只是短胳膊短腿，形同小矮人；

---

① 九把刀:《那些年，我们一起追的女孩》，现代出版社 2012 年版，第 1 页。

二是抛弃等比例原则，保留主干，敢于进行断臂求生式的大胆裁剪。全面微缩的结果是像完成任务一般让创作者在搭建整体结构上疲于奔命，故事自然干巴贫乏、甚至漏洞百出；而选择某一故事或人物亮点做足做透，则可以达到以小见大的效果。遗憾的是，《致青春》很明显地选择了第一种改编方式，保留了大部分的人物及情节，故而显得有些凌乱而混杂。在将小说改编成电影时，台湾则倾向于剔除小说中的一些妨碍美好的情节，添加一些更感人的美好画面。例如《那些年》中的男主人公柯景腾在办自由搏击赛时，女主人公沈佳宜并没有来看，也没有雨中的那一段感人对白。但是为了加强情节的矛盾冲突和人物表现，这些都被加上了。这也是电影不同于小说的地方。电影只有短短的两个小时左右，它和小说不一样，电影是浓缩的，它必须在这两个小时内表现出一个故事的轮廓。所以，电影剧本需要被仔细甄选应有的情节，使节奏更加紧凑。没有必要也就是不能推动情节发展的镜头会被忽略。

总体来说，台湾电影在拍摄时受限于成本，往往在制作上以抓住台湾的本土观众为目的，因此强化台湾元素就成了拉近影片与观众距离的重要叙事手段，台湾民俗、台湾方言、市井文化和旅游观光资源都成为台湾电影的重要取材内容。这是一把“双刃剑”，导致很多台湾电影在本土票房出众、但是进军内地和香港时却遭遇水土不服。唯一出现较大突破的便算是《那些年》，尽管影片对于 90 年代的台湾记忆的叙述具有鲜明的台湾地域特征，但是电影中关于少男少女的初恋情怀，却是许多跨地域跨文化观众对青春的共同记忆。彰化、台北，熟悉的城市景观；脚踏车、校服、海水、阳光，特有的台湾标志；再加上充满温情的对白和音乐，大大提升了台湾电影浪漫唯美的“小清新”品质，进一步拉近了观众与电影的距离。

无论采取哪种叙述方式，要点在于：现实社会中，青年人的爱情受到身份、地位、地域与空间的限制和阻碍，虽然这些困难抵挡不住年轻人向往爱情与追求幸福的步伐，但电影作为一个虚拟的世界，有效帮助年轻人逃避了现实残酷的爱情考验，进而奔向美好的未来，甚而使得爱情甜蜜、国家统一、世界和平。而导演正是利用了电影的这一特点和优势，让观众享受到了电影所描绘的美好未来，把经历中的隔膜与坎坷相互融合，进而实现爱情的美满向往，从而呼唤出现实中想要发生但是没有发生的事情。这也说明青春偶像剧之所以被人们所喜爱，主要是每个人心中都有一份对理想爱情的向往与浪漫情怀的追求。

三

如上所述，台湾的青春影片偏重于叙述成长中的干净美好、纯净透明，偏向浪漫风格，近乎于纯爱电影，那是所有人喜爱和梦寐以求的青春。而大陆的影片则是偏重叙述成长中的朦胧困惑、基调略带深沉，偏向写实风格，可那也是人们曾经真实经历过的青春。两者共通的地方则在于那种对于懵懂爱情的执着追求，这构成了海峡两岸青春电影着重刻画的内容，也正如人们所见到的，青春电影的主人公们都是在经历了懵懵懂懂的刻骨铭心的初恋与失恋，友情的收获与失去后，才完成了青春的蜕变，并逐渐变得成熟甚至是成功。可以说，爱与成长是青春电影的永恒话题，是它经久不衰的文化母体，也是大陆和台湾的青春电影共同的主题诉求。那么，到底什么原因导致了海峡两岸青春题材电影在主题表现和叙事风格上的诸多差异呢？

正如雅克·拉康在“镜像理论”中指出的，婴儿只有通过镜子认识了他人，才能意识到“自己是谁”，也就是说，他人是自我及其意识形成的一面重要的镜子。就电影而言，现实永远是最好的镜子，电影里的种种情节就是生活的镜像。电影主题和风格的差异很大程度上来源于它们所取材的现实这面镜子的不同，也就是说，不同的社会生活孕育了不同的艺术内容，不同的文化生态和精神氛围也影响了电影的整体精神格调。此外，青春成长电影总是借助某些自然化和散文化的影像手段，重构电影与现实的基本关系，在某种客观冷静的平等尊重中，隐藏着导演对青春、青春成长的基本观念和价值评价。[①]电影导演对现实生活、青春观念、成长意义的理解和阐释最终构成了电影的整体风格，海峡两岸电影导演不同的个人经历和教育背景以及在此影响下所形成的艺术观念直接导致了电影主题和风格上差异。

上文提到大陆的青春电影相较于台湾电影而言更接近现实，《致青春》就

① 王彬:《颠倒的青春镜像——青春成长电影的文化主体研究》，巴蜀书社 2011 年版，第 393 页。

是个很好的例子。电影中的男主人公陈孝正为了利益抛弃女友，郑薇的敢爱敢恨，林静的逃避软弱，阮莞的体贴与默默付出，黎维娟的爱钱，这些都是很现实的人物，每个人周围都会有这样的人。正是因为这样的生活也有了这样的艺术表现，正是因为大陆青年身处的生存艰难的环境和激烈竞争的成长历程才造成了他们在面对抉择时所选取的价值认定。正如戴锦华所说："青春片的主旨是'青春残无语'，近似于意大利作家莫利亚克的表述，'你以为年轻是好事么？青春如同化冻中的沼泽。"[①] 这是走出青春沼泽的人们在回望过往时的一种冷静的痛楚。

而台湾青春电影中浪漫弥漫，每个人都很义气，良善和温暖，甚至为了爱情奋不顾身，就算最后的结局中相爱的人没有在一起，彼此留下的依旧是最美的怀念。这种脉脉温情同样也是台湾社会生活的折射，相对平和的生存环境和相对舒缓的社会竞争使得台湾青年的生存竞争压力大大减轻，再加上台湾社会保存着较为完好的中国传统文化中的温良恭俭让的美德，因而展示出的更多的是单纯和美好。正如电影主人公柯景腾所感悟的："青春像一场大雨，虽然我们都曾被淋湿而感冒，但我们都想再来一次""也许，在那个平行时空里，我们是在一起的"，电影镜头里有他们自己当年的影子，纯真的笑容和画面，实际就是他们开始回溯青春心路历程的一剂"良药"，那些久违的感动和美好，心灵的美好悸动，则成为抚慰观影者心灵的"圣水"。这种集体的追忆与怀旧是一种时代潮流，更符合人们内在的心理需求。

同样，大陆青春电影中人物的现实感和丑陋面，在某种程度上也是无奈的现实折射和翻版，好在通过各种矛盾和冲突来展现人物的性格，比起台湾青春电影中人物过于单纯的性格来说，反而让人物显得更加丰满多变。但需要警醒的是，以所谓的忧伤去填满青春的沟壑，以强烈的物欲去满足不正常的青春需要，大陆青春电影在对青春负起更多的责任方面还有很远的路途要走。例如，电影中总是充满着现实的冷漠，无论是《小时代》中的人情冷暖，《致青春》中的向现实低头，《山楂树之恋》中的无奈，《后会无期》中一路遭受的打击与欺骗等，无不诉说着现实，它真实得让人无法去添加浪漫与幻想。

---

① 戴锦华：《电影批评》，北京大学出版社 2004 年版，第 163 页。

除此之外，更加令人警醒的是，大陆青春电影到最后都或多或少塞给观众这样一种观念：生活就是这样，有哭有笑，有欺骗也有感动，但我们始终都在这样一个时代下生活，要学会接受。伴随着这样一种“学会接受”的心理暗示，电影所描述的主人公的价值理念顿然都变得积极向上，他们努力地生存、努力地打拼，一边无奈地在现实面前碰得头破血流不得不向现实妥协，还一边努力地告诉自己“明天更美好”。如同《后会无期》中那样：只要朝着自己的卫星奔去，最终你会看见你想要的。只要你不放弃，美好未来就一定会实现。这种观念与其说是自我麻醉，不如说是自我欺骗。它不仅抹煞了过往的艰难，稀释了青春的抗争，也彻底模糊了真实的生活。因为它所指向的所谓的理想主义、乐观主义的乌托邦世界，究其本质是不存在的，是具有某种欺骗性的，不仅误导了观众，而且大大削弱了大陆青春电影所应有的思辨空间和精神深度。

传媒变迁中的女性主体意识反思
——以三篇不同时期的当代爱情小说为中心

在众多传媒形式参与构建的中国当代文学场域中，文本层面的研究早就不是文学研究的唯一或根本，传播和接受层面的研究业已构成文学的文化研究新课题。就当代女性文学的传播生态而言，作品的流通在倚重传统媒体的基础上，无心也无力拒绝新媒体的介入，甚至迫切需要借助大众传媒的力量，实现其于文化消费时代商业和娱乐价值的双赢。因此，在与传媒耦合的过程中，随着女性文学影响边界的扩大，女性文学的主体意识却有意无意地遭受删减或削弱。爱情小说作为主体认同的最为直观的显现形式，以其在不同的时代话语中的创作／生产、争议／影响和多种形式的传播／接受，显豁地揭示了女性文学在生产、传播以及接受等诸多层面中女性主体意识的缺失或被改写。本文以宗璞的《红豆》（1957）、张洁的《爱，是不能忘记的》（1979）和艾米的《山楂树之恋》（2007）这三篇不同时期的当代爱情小说为中心，对因传媒变迁所导致的女性文学的主体意识的被改写问题进行反思性研究。

一

《红豆》[1]中的故事发生在1940年代末，故事讲述的是1950年代中期。故事的主人公是在家国危难之际努力改造自我以追求进步的女性知识分子江玫，

① 宗璞:《红豆》，发表于《人民文学》1957年第7期。

为此她失去了刻骨铭心的爱情。故事在着重渲染江玫与齐虹的不同人生道路选择所造成的爱情失落的同时，也深入剖析了两人之间深刻的性格差异。问题的关键在于，当我们将这个故事放在40到50年代的时代政治话语中去体味的时候，江玫的选择无疑受到了过多外在的时代政治话语的影响，在小说欢乐与悲哀合奏的情绪基调中，江玫的回忆这样开始：

> 那已经是八年以前的事了。那时江玫刚二十岁，上大学二年级。那正是一九四八年，那动荡的翻天覆地的一年，那激动，兴奋，流了不少眼泪，决定了人生的道路的一年。

江玫是个有着与世隔绝的清高气质的女大学生，她的恋人齐虹的清高一点不亚于江玫，甚至更清高。正是二人气质的契合使得他们在大学校园这个特定的环境里一见钟情。但感情的私有性和性格的差异性却使得他们最终不得不恶语相向，以凶狠的面孔和激烈的诅咒发声：

> 他压低了声音，一字一字地说："我恨不得杀了你，把你装在棺材里带走。"
>
> 江玫回答说："我宁愿听说你死了，不愿知道你活的不像个人。"

那么，折磨着江玫和齐虹的、或者说横亘他们之间的巨大的鸿沟以及不可调和的矛盾究竟是什么呢？如果换一个时代、换一套话语，他们俩的爱情发展是否就是另外一种面貌和结局？小说虽为第三人称叙事，但其叙事主体明显偏向江玫一边，于是主体的叙事权威就以在场的优势发挥作用了，叙事者以个人的时代标准和价值取舍对齐虹进行了毫不留情的审查和宣判，于是，一个爱情的悲剧被有意识地叙述为一个革命者抛弃了她的非革命者的恋人的故事，或者换句话说，齐虹对江玫的抛弃被转换成为这个非革命者对祖国的抛弃。小说叙事在有意识强化齐虹个人性格弱点的同时，更加有意识地将江玫置放在进步的革命知识分子身份框架中书写，由此终于使得革命话语逐渐淹没了个人话语，并集中表现为革命话语对个人话语的驱赶，在此过程中，带有权威性的主体话语的根基显得既极其狂热又分外稚嫩。

《爱，是不能忘记的》[1] 的故事发生在60年代初，故事被讲述的年代则是70年代末。故事的主人公是一个追求乌托邦爱情的中年女性干部钟雨，她的爱情隐忍而强烈，甚至在某种意义上，她的爱情表现为单方面的苦苦相思，她最后的爱情悲剧不在于她和被爱者的种种方面的矛盾，而在于她自觉自愿地选择了这种单方面的柏拉图之恋。当然，恋爱中最大的障碍不是来自当事人，而是社会道德伦理的规范和约束。故事在昂扬的集体话语叙事中开篇：

> 我和我们这个共和国同年。三十岁，对于一个共和国来说，那是太年轻了。而对一个姑娘来说，却有嫁不出去的危险。

那么，令女主人公深情痴爱的男性又是什么样子的呢？

> 从车上走下来一个满头白发、穿着一套黑色毛呢中山装的、上了年纪的男人。那头白发生的堂皇而又气派！他给人一种严谨的、一丝不苟的、脱俗的、明澄得像水晶一样的印象。特别是他的眼睛，十分冷峻地闪着寒光，当他急速地瞥向什么东西的时候，会让人联想起闪电或是舞动着的剑影。

小说故事发生在1960年代中国较为严重的性禁锢时期，即便是到了故事讲述的1970年代末，性禁锢的阴影和影响仍然深重。为了规避或者顺从时代话语的要求，女主人公在深陷刻骨铭心的爱情的时候，拒绝和相爱的人有任何身体上的接触——他们连一次手也没有握过。至于相爱的这个人，年龄比她大得多，甚至可以做她的父亲。抛开女主人公的个人因素，这个有着堂皇的外表、脱俗的气质和犀利的眼神的上了年纪的男人究竟在哪些地方吸引了女主人公呢？小说通过女主人公留下的日记，断断续续地交代了他的身份，他不仅是一位国家的高级干部，而且是一位有家庭的老革命。联想到这样的恋人形象在

---

① 张洁:《爱，是不能忘记的》，发表于《北京文艺》1979年第11期。

之后张洁的小说中不止一次地出现，其作为精神恋父时代父亲原型的意义也就不难理解了。

《山楂树之恋》[①]2005年在北美文学城网站连载，江苏文艺出版社2007年出版单行本，2010年被张艺谋改编成同名电影上映。故事发生的时间是1970年代中期，被讲述的时间则是30年后。小说描述的是高中女学生静秋和部队高干子弟老三之间的爱情悲剧。小说临近结尾，静秋赶到医院，最后一次见到了奄奄一息的老三：

> 静秋走到病床跟前，看见了躺在床上的人，但她不敢相信那就是老三，他很瘦很瘦，真的是皮包骨头，显得他的眉毛特别长特别浓。他深陷的眼睛半睁着，眼白好像布满了血丝。头发掉了很多，显得很稀疏。他的颧骨突了出来，两面的腮帮陷了下去，脸像医院的床单一样白。

老三是军区司令员的儿子，他和静秋的恋爱纯洁得不沾任何渣滓，他们的故事其实就是中国“文革”版的白马王子和灰姑娘的故事，不可能有圆满的结局。从静秋刚到西坪村的时候看到光秃秃的山楂树、听到有关山楂树的英雄传说、联想到树下穿着洁白衬衣的英俊苏联小伙，直到遇见帅气深情的孙建新并偷偷相爱，但所有美好的期盼最后都化成躺在病床上、苍白的、眼白里布满红色血丝的弥留之际的老三，爱情成为绝唱。尽管小说发表时间较晚，但故事发生的背景仍然是那个禁锢的年代，包括故事中人物的性格、关系的发展以及最后的结局，都无法逃避特定时代的阴影。悲情的收束，也意味着那个时代和这凄惨的爱情一起被埋葬于历史之中。不过，小说仍然有意识地在特定的历史和政治环境中刻画了女主人公静秋由爱的蒙昧到爱的觉醒过程。

有意味的是，三篇小说采取的都是第三人称叙事，对男女主人公的爱情故事进行了客观冷静的讲述。《红豆》是由女主人公自己的回忆构成的，《爱，是不能忘记的》是由女儿的回忆和母亲日记中的记载共同还原了女主人公的爱情，《山楂树之恋》则是主人公静秋将自己的故事概略写下来，然后交给艾米，并通

① 艾米:《山楂树之恋》，江苏文艺出版社2007年版。

过艾米将这个故事进行了重新加工。事实证明，在这样三种基本接近但又有细微差异的叙事方式中，也可以看出其中女性主体意识的微妙变化。《红豆》发表于“双百方针”时期，整篇小说带有浓郁的自传体色彩，以女主人公自我的回忆为叙述线索，尽管江玫的个人选择与家国命运息息相关，带有明显的时代主流意识形态痕迹，但其女性知识分子的主体性声音是醒目的。《爱，是不能忘记的》的叙述声音最为诡异，女主人公至死都没有吐露她爱情的秘密，并将之带进了坟墓，可见，她也知道这份爱情之不能见容于时代。但果真带进坟墓的话，那也就没有这个故事了。问题在于她还留下了私密的个人日记，她的女儿正是通过这些本来要销毁的日记才渐次揭开了心中几十年的谜团，小说也才借她的口吻表达出对于母亲的崇敬。日记作为一种特殊的文体形式，以其高度的私密性和真实性让读者信服，而借女儿口吻讲述的母亲的故事更令人增添了情感上的认同，于是，叙述者借这两者顺利完成了一个挑战人们伦理观念的纯洁的爱情故事的讲述，其叙述声音是委婉的，同样也是坚定的。《山楂树之恋》则是艾米讲述的静秋的故事，艾米和静秋见过几面，被这个真实的故事所感动，她有着强烈的把这个故事告诉给读者的冲动，所以，她的第三人称叙事最节制、最客观也最冷静。

二

以上三个文本作为特定时代文学作品爱情描写的标本，无疑给读者提供了意义丰赡、意味无穷的关于时代话语、政治表情和人所处的精神困境的各种解读。时代不同了，人们关于爱情的想象、对爱情的期待以及实现爱情的方式也都不同了，反过来时代对于爱情的接受和包容程度也不同。在探究这三部爱情小说的时候，本文深感兴趣并集中探讨的并非爱情的标准和态度，而是爱情的标准和态度随着时代话语的变迁所发生的微妙的有意味的变化，以及这变化如何通过文学媒体的形式来逐步实现的？

先来看宗璞的《红豆》，小说发表后不久即遭到批判，批评者认为小说犯有“爱情被革命迫害”“在感情的细流里不健康”“资产阶级人性”“挖社会主义墙角”[①] 等错误。1957 年 10 月 8 日的《人民日报》发表伊默的批评文章《在感情的细流里 ——评短篇小说〈红豆〉》，对作品的革命性进行强烈的质疑：“突出了江玫的这段陈旧恋情的痛苦回忆，孤独的江玫的浓重感情仍然留恋着过去，她的参加革命，倒仿佛只是一种陪衬，一种装饰。”此外，文章还认为“一个党的干部江玫含着眼泪悠悠怀恋的，却是一个连祖国也不要的叛徒，这难道不是对无产阶级感情的嘲笑”[②]？之后又有姚文元的《文学上的修正主义思潮和创作倾向》[③]，《〈红豆〉的问题在哪里？——一个座谈会记录摘要》[④] 等，基本上立足于批判女主人公江玫的小资产阶级立场。因此，作者被批判，作品也被打成毒草。

直到 1978 年，小说才被重新收入上海文艺出版社出版的《重放的鲜花》，此后又被陆续收入人民文学出版社 1979 年出版的《短篇小说选（1949—1979）》，北京出版社 1979 年出版的《北京短篇小说选（1949—1979）》，广东人民出版社 1980 年出版的《当代女作家作品选》，江苏人民出版社 1980 年出版的《当代女作家作品选》，江苏人民出版社 1981 年出版的《中国女作家小说选》、汉语大辞典出版社 1992 年出版的《中国现代短篇小说欣赏辞典》、海峡文艺出版社 1993 年出版的《红豆》[⑤]、陕西人民出版社 1993 年出版的《中国当代小说珍本》、黄河文艺出版社 1987 年版《弦上的梦》以及中国文字出版社作为熊猫丛书之一出版的《心祭》等。此外，还被收入《宗璞代表作以及各种版本的中国现代文学作品选，如洪子诚主编《中国当代文学作品选》（北京大学出版社，2008）、朱栋霖主编《中国现代文学经典》（北京大学出版社，2007）和钱谷融主编《中国现当代文学作品选》（华东师范大学出版社，1999）等。仅仅外文译介方面就有如下数种：英译本收入香港联合出版社 1983 年出版之英译中国小说集《香草集》、世界语译文收入中国世界语出版社 1989 年出版之《中国文学作品选》，另外还有俄语、捷克语、西班牙语等版本的译本。

---

① 盛英：《二十世纪中国女性文学史》（下），天津人民出版社 1995 年版，第 658 页。

② 《这是什么样的“革新”——读者对本刊七月号的批评》，《人民文学》1957 年第 10 期。

③ 发表于《人民文学》1957 年第 11 期。

④ 发表于《人民文学》1958 年第 9 期。

⑤ 该书曾入选《世界名人录》中国作家作品丛书之一。

而随着政治生态和话语环境的变迁，对《红豆》的解读也发生了微妙和决定性的逆转。李子云的《净化人的心理——读宗璞小说散文选》[①]开始为江玫的国家选择和政治立场进行辩护，同年还有王昆建的《宗璞小说创作简论》[②]，尤其是1990年代以来，随着对文学作品再解读热潮的兴起，对于《红豆》又有新的认识和看法。洪子诚的《中国当代文学史》[③]认为“小说又包含着复杂的成分，存在着叙事的内部矛盾”，存在“投身革命与个人情感生活，在小说中没有被处理成完全一致”的问题。由此引发出相关论文多篇，如赵晓芳的《爱是不能忘记的——试析宗璞〈红豆〉的叙述“裂缝”》[④]、熊玫的《非文学的话语——兼论小说〈红豆〉中被压抑的叙事》、吴晓云的《皈依与疏离——个人话语与集体话语的冲突》[⑤]、汪婷的《红豆不堪看，满眼相思泪——试析宗璞〈红豆〉主观与客观的背离》[⑥]，更有孙先科的《爱情、道德、政治——对“百花”文学中爱情婚姻题材小说“深度模式”的话语分析》[⑦]和《话语“夹缝”中造就的叙事——论宗璞“十七年”的小说创作》[⑧]、毕光明的《难以突破的禁区——〈红豆〉的爱情书写及其阐释的再考察》[⑨]、李建军的《内部伦理与外部规约的冲突——以〈红豆〉为例》[⑩]

再来看张洁的《爱，是不能忘记的》，小说甫一发表，就引起激烈争论：黄秋耘在《关于张洁作品的所想》中指出：“这篇小说并不是一般的爱情故事，它所写的是人类在感情生活上一种难以弥补的缺陷，作者企图探讨和提出的，并不是什么恋爱观的问题，而是社会学的问题。……等到什么时候，人们才能按照自己的理想和意愿去安排自己的生活呢？”[⑪]唐挚在《纯真爱情的呼唤：读

---

① 载《读书》1982年第9期。
② 载《昆明师专学报》1982年第2期。
③ 北京大学出版社1999年版。
④ 载《名作欣赏》2007年第4期。
⑤ 载《重庆师范大学学报》2007年第3期。
⑥ 载《安徽文学》2008年第12期。
⑦ 载《文艺理论研究》2004年第1期。
⑧ 载《理论与创作》2006年第4期。
⑨ 载《名作欣赏》2010年第4期。
⑩ 载《小说评论》2009年第2期。
⑪ 载《文艺报》1980年第1期。

小说〈爱，是不能忘记的〉》中指出这篇作品“是一个发自灵魂深处的告白，是一道倾吐爱情的激流，是渴望美好生活的不可遏止的热烈呼唤”[①]。肖林在《试谈〈爱，是不能忘记的〉格调问题》中提出针锋相对的看法：“我希望作者用光明的、坚强的、乐观的和道德高尚的生活态度教育和影响群众，而不应把暧昧的、缺乏道德力量和不健康的情绪美化成诗。”[②] 紧接着，何道宏在《江淮文艺》1980 年第 10 期发表与唐挚的商榷文章《爱是不能离开生活的：对小说〈爱，是不能忘记的〉一点意见兼与唐挚同志商榷》；李希凡在《文艺报》1980 年第 5 期发表《“倘若真有所谓天国……”》；邓海南则在《雨花》杂志 1980 年第 9 期发表针锋相对的《试谈〈爱，是不能忘记的〉的格调问题的格调问题》。与此同时，戴晴在《光明日报》1980 年 5 月 28 日发表《不能用一种色彩描绘生活：与肖林同志商榷》；其后，曾镇南在《光明日报》1980 年 7 月 2 日发表《爱的美感为什么幻灭？——也谈〈爱，是不能忘记的〉》，《光明日报》《北京文艺》等杂志继续展开讨论，《读书》杂志 1980 年第 8 期发表禾子的《爱情、婚姻及其它：读小说〈爱，是不能忘记的〉思想意义》参与讨论，并附编者按语：特予发表，以供讨论、研究。《文艺报》1980 年第 8 期发表陇生整理的《关于〈爱，是不能忘记的〉(来稿综述)》，《语文辅导》则在 1987 年第 3—4 期发表了温月英的《关于张洁的短篇小说〈爱，是不能忘记〉的争议情况综述》等。

透过如此繁多的争议文章，不难看出，对于小说艺术的争论较少，绝大多数则是缘于对小说主人公的思想格调以及爱情观念甚至社会伦理规范等方面。人们对于这种爱情方式还不能够接受，尽管女主人公的爱情悲剧如此凄婉感人，读者和批评家的争论还是集中在其爱情的不道德方面，即作为第三者插足别人的家庭，而且还是一个革命老干部的家庭，殊为不道德。对其伦理倾向的指责远远胜过了对于艺术的客观评价。

尽管论争以不了了之的形式暂告一个段落，但对于《爱，是不能忘记的》的阅读和评论却从来没有停息，或许正是这样奇特抑或畸形的爱情吸引了一代

① 载《文汇增刊》1980 年第 2 期。
② 载《光明日报》1980 年 5 月 14 日。

代研究者和读者的兴趣。之后李书磊、王纪人又发表评论文章，而孟繁华则在《小说评论》1995 年第 4 期发表《爱的神话和它的时代：重读〈爱，是不能忘记的〉》，意味着对《爱，是不能忘记的》小说的重新解读时代的开始，在不断解读的过程中，《爱，是不能忘记的》也有意味地成为张洁作品系列中没有获奖、却最为作者和读者喜爱的作品之一。早在 1980 年花城出版社出版的小说散文集就以《爱，是不能忘记的》命名。收入短篇小说 9 篇，包括《从森林里来的孩子》《有一个青年》《含羞草》《非党群众》《谁生活得更美好》《忏悔》《爱，是不能忘记的》《我不是个好孩子》《漫长的路》以及散文 11 篇。该书的内容提要认为张洁"以她敏锐、细致的心灵和独特的艺术个性，探索社会，况味人生，体察人们复杂而又微妙的内心世界，创作了一系列精致的作品。这些作品，曾经不胫而走，脍炙人口，为广大读者所喜爱，并引起了文艺界的热烈反响"①。黄秋耘在《关于张洁作品的断想》（代序）中说："我仿佛看到了一幅幅优雅而娟秀的淡漠山水画，诗情画意被笼罩在一层由温柔的伤感所构成的朦胧薄雾之中。它们有点不可捉摸，但是它们又是那么强烈地触动读者的心弦。"而"这样的境界，这样的情调，是作者所特有的，至少在当前中国文学领域中，我们还很难读到相同的甚至类似的作品"。小说被收入北京出版社 1979 年出版的《张洁小说剧本选》、百花文艺出版社 1985 年出版的中短篇小说集《祖母绿》、海峡文艺出版社 1986 年出版的中篇小说集《张洁集》、北京出版社 1988 年出版的中短篇小说集《方舟》、人民文学出版社 1993 年出版的《中国当代作家选集丛书 · 张洁》、作家出版社 1997 年出版的《张洁文集》（第 2 卷）《爱是不能忘记的还有勇气吗》等。此外，谢冕、洪子诚主编、北京大学出版社 1998 年出版的《中国当代文学作品精选》（1949—1989）第 3 卷收入《爱，是不能忘记的》，朱栋霖主编、北京大学出版社出版的《中国现代文学经典》（1917—2000）第 3 卷收入《爱，是不能忘记的》。在大量的个人文集选入该作品，同时并被各种作品选本选入的情况下，小说《爱，是不能忘记的》分别在 1986 年和 1988 年被翻译出版其美国版本和荷兰版本。

中国当代文学史对《爱，是不能忘记的》的认可程度绝不简单地源于其广

---

① 张洁：《爱，是不能忘记的》，花城出版社 1980 年版。

泛的争议，但无疑争议中的传播在某种程度上扩大了作品的影响。而作品影响的扩大也应和着时代观念的变化，最终促成不同时代的读者对作品的理解。这样一部在60年代曾经引起保守人士的反感甚至批评的作品，在新的文学和文化环境中又是一种什么境遇呢？这样的爱情观念到了70年代、80年代、90年代甚至新的世纪中，人们又会如何看待它呢？这一切或许正如李书磊所言："一九八〇年评论界对张洁小说《爱，是不能忘记的》争论，今天读起来真感觉到幼稚得寒碜了。那时候，争论都集中于主人公的爱情是否合乎道德、小说的格调高不高这样的话题。……文学谈论变成了'道德法庭'。"[①]

最后，再来看一下艾米的《山楂树之恋》。艾米，出生于20世纪70年代末，文学博士。从2005年开始，艾米利用工余时间写作纪实性长篇故事，用"博客"形式发表在海外著名的"文学城"网站上。质朴、细腻的写作风格，很快就受到海外华人网友的广泛关注和追捧，点击高达600多万次。一般来说，网络写手大致可以分为三类：第一类是为所有人写作，什么主题吸引眼球就写什么，点击越多越快乐。第二类是为自己写作，只是找个地方倾吐一下不能与人言说的内心，不在乎有无"听众"。第三类是为特定读者写作，即所谓"码字为知傻（知音）"。毫无疑问，艾米属于第三种。她最初与人合作《致命的温柔》，是"小试牛刀"；完成《山楂树之恋》，则"名满天下"，"一发而不可收"！收入书末的《静秋的代后记》完整再现了当时连载发表时读者跟进的原貌：

> 这段时间，我每天跟读《山楂树之恋》，但我读得更多的是大家的跟帖。这段故事对我来说并不陌生，但大家的跟帖却是全新的。看这段故事和看这段故事在别人心中激起的波浪是两种完全不同的经历。我非常惊异于每天跟帖数目之多，言辞之真诚，内容之感人。大家帮我体会出了很多我自己不曾体会、不敢体会的东西，让我站在一个全新的高度再一次认识老三的动人之处。

① 李书磊：《〈爱，是不能忘记的〉叙述观察》，《文学自由谈》1988年第6期。

网络小说与传统小说最大的区别在于读者的介入：读者通过阅读并跟帖的方式，为作者提供很多的建议和意见，而这些建议和意见有可能改写故事的细节、进程和结局。而作者在此过程中会根据读者接受的情况调整其创作思路、故事情节、人物性格和最后结局，这就是新的网络传媒带来的影响。

> 这几十天当中，每天都有几千人聚在“山楂树”下，看帖，跟帖，讨论，建议。到最后几天，已经达到每天上万人次。……
>
> 很多人提出了很好的建议，很多人留下了肺腑之言，很多人洒下了同情之泪，这些都令我感动到泪流满面。……

小说《山楂树之恋》中的凄美爱情故事，来自一个名叫静秋的女性的亲身经历。2006 年正逢静秋的恋人老三去世 30 周年，静秋把她过去所写的这段回忆交给了艾米，在她的文学演绎下，成为一部 24 万字的“原生态真人小说”。但是，原发网站“文学城”是被屏蔽的网站之一，大多数网友都无法读到艾米博客中的小说连载。在一次聚会上，共和联动图书有限公司的老总张小波得知这个情况后，立即筹划印制了 500 册试读本，赠与国内文化、影视、艺术界的名流，引起巨大的轰动，“山楂热”因此出口转内销。试读者张纪中、陆川及江苏、上海电视台的有关人士，相继与艾米洽谈影视改编，一时间成为娱乐圈内的头条新闻。

2010 年 9 月 16 日，根据小说改编的同名电影在国内上映，取得 1.6 亿票房，打破国内文艺片票房纪录，极大地扩散了作品的影响。2013 年 10 月，江苏文艺出版社、凤凰出版传媒集团为这时已经名噪海内外的女作家艾米出版了一套“精装典藏版”图书，包括《致命的温柔》《十年忽悠》《不懂说将来》、《山楂树之恋》《三人行》《同林鸟》等。尤以《山楂树之恋》不同凡响：封面上，十分抢眼地印着三顶“桂冠”——“《亚洲周刊》年度华语小说第一名”“《当代》年度长篇小说读者奖第一名”“《新周刊》年度‘十大’感动”。封底上，印着以王蒙打头的一长串文艺界大师、准大师对这本书的“读后感”。于是，淘书者纷纷慷慨解囊，引发了读者市场的抢购热潮。

三

以上三篇不同时期的当代爱情小说都产生于特定的时代话语中，都以回溯的方式进行回忆式故事讲述。第一篇小说《红豆》遭遇政治上的批判，作者作品都受到影响，一篇向主流意识形态示好的作品却被解读成对主流意识形态不满的作品，女主人公的革命道路的选择也被认为沾染着小资产阶级的情绪，以至于直到近 20 年后才重新回归读者视野。其所经历的被批判、回归、出版热潮、外文翻译和重新解读，恰恰与中国社会的政治解冻、社会改革、经济开放和文化繁荣密切相关，而人们对小说主人公爱情选择的理解也渐渐地由政治意识形态话语下的革命女性标准逐渐回归到人性的标准。同样，人们对男主人公的背弃国家的谴责也变成一种个人人生道路选择的认同，对于叙事者所采取的回忆方式以及在回忆过往时流露出的情绪也有了比较宽容的理解。

相对于《红豆》《爱，是不能忘记的》甫一发表也遭遇了令作者颇为尴尬的个人爱情与道德伦理冲突与矛盾的讨论，使得这部作品几乎成为当时的“问题”小说，也是直到更晚近的 90 年代，人们才对其中女人公的爱情追求有比较客观的认识，承认这是在人类进展过程中必然遇到的情感问题，甚至，在女性主义研究者的解读中，女主人公所秉持的古典主义的爱情观念或者说理想主义的爱情理念其实更是一种屈从，是对当时文学创作中较为强烈性禁锢观念的有意规避，甚至，女主人公和男主人公之间的爱恋，更像是知识女性精神父亲的再造，是向父亲权威的自我奴化。尽管小说中一再被美化的爱情将以理想主义的方式存在下去，但那种乌托邦的爱情模式已经远远被时代抛弃。这篇作品存在于后世的意义，更在于人们去关注和考察特定年代人们的爱情方式，甚至在特定的政治权威年代，女性是如何巧妙地以那样的方式臣服于父亲的权威。

小说《山楂树之恋》出现的时候已经是一个完全不同的话语时代，尽管小说中的人物还处在“文革”后期的阴影中，但作者艾米的叙事已经不可能完全还原当年的政治话语氛围。加上其多年的海外生活，已经和国内的特定历史拉开了较为宏阔的时间和空间距离，这些都有意无意地淡化了“文革”的社会背景和人性禁锢，使得小说很多大胆出位的身体描写、尤其是静秋的性心理和性意识描写—以至于张艺谋在将小说改编成电影的时候，有意识地删除了其中有关身体书写的部分。也正因为张艺谋的男性导演身份，使得这篇小说中自觉的女性主义意识在改编成电影后被大打折扣。尽管这样，人们依然通过电影满足了自己对过往年代纯真爱情的想象，也部分满足了人们对悲情年代的心理救赎和精神忏悔。

客观地说，《山楂树之恋》不失为感人的爱情故事，但古今中外这类故事车载斗量、不可胜数。文学城里的那些读者、特别是那些三四十岁以下的“知傻”，由于处境不同，对国内“文革”时期发生的一切十分隔膜，静秋凄美的经历正好满足了他们的好奇心，引起一时轰动也在情理中。客观地看，尽管他们的悲剧并非祸国殃民的“文革”而是所谓不治之症造成的，但这样一个“文革”版的白马王子和灰姑娘的故事也不会有好的结局。假使老三没有患上白血病，静秋很有可能成为被遗弃的对象，而老三的死亡不仅说明了男性权威和男性神话的终结，也意味着以他为符号的文革权贵家庭的衰败。

不可否认，《红豆》的叙事充满了文学与非文学力量的冲撞，也就是说，表层高高在上面目庄严的是国家政治权力话语，底层缺失潜在人物内心的人性的真实话语。这两者所形成的矛盾和错乱构成了《红豆》简单化的价值立场和模糊化的情感指向。不可否认男女主人公之间的爱情，但他们之间的天然鸿沟却是出身和家庭，虽然这个和爱情关系不大，但在阶级社会中却是无法逾越的沟壑。国家主义成了最后的胜利者。于是，“非文学的力量在作祟，它设置了一系列编码，为非文学因素在文学世界中行进铺好了一系列垫脚石，也催生了无数的充满谎言的虚情作品。这几乎成了当代文学难以逃脱的渊薮”[①]。爱的悲剧在不同的时代被讲述，造成悲剧冲突的力量是不同的。正如黑格尔所说，这是“两个都有合理性又都有片面性的力量之间的冲突”，在《红豆》中，个人爱情的实现与由出身和家庭所决定的对国家的态度和立场造成冲突，主人公由此舍弃了爱情；在《爱，是不能忘记的》中，个人的爱情因为社会的道德伦理规范而被放弃；在《山楂树之恋》中，个人的爱情先是因为政治环境，然后是疾病，最后因死亡而终结。

---

① 熊玫:《非文学的话语》,《山花》2009 年第 11 期。

爱情的悲剧在不同的时代被讲述，讲述的方式因为语境的不同而不同，爱的悲剧在不同的时代被讲述，不同时代的读者反映也因为时代语境的不同而不同，但爱情悲剧的形成原因却同样都是因为各自时代国家权力话语而造成。除了悲剧的爱之外，还必须看到时代权力话语的制约，它使这个时代的讲述者无原则地臣服于这样的律条，让隔代的人在这样的时代的痛苦和局限面前无能为力。也正是不同时代的权力话语的存在使得人们在不同的时期又对这些爱情小说解读出了相关于爱情的不同的悲剧内涵。这样的权力话语并不是唯一的障碍和隔绝，还有那种被称之为风俗的爱情，有时，我们愿意把爱情称之为一种风俗，不同时代的爱情风俗也在一定程度上妨碍着爱的视线。除此之外，还有媒体传播，显然本文以上所论还只是比较外在的层面，但若没有这样的过程，它的读者反映也就无法彰显。不同的时代发展了不同的传播方式，其实，在文本的传播过程中也存在着权力话语，在文本的接受过程中同样如此。

后　记

1993年春夏之交，时年大四在读的我在《徐州师范学院学报》第2期发表了第一篇论文习作《一幅多彩的风土画，一串凄婉的歌谣——论萧红作品的语言风格》。而此时，我刚刚得知自己考上了中国现当代文学专业硕士研究生，满怀着文学研究的懵懂热爱开始了学术的蹒跚起步。转眼之间，从发表第一篇论文至今已经二十多年过去，阅读和思考的兴趣也在不断转移。从现代文学到当代文学、再到20世纪中国女性文学，从大陆文学到台港文学、再到海外华文文学的女性书写，研究对象的时间范畴、空间范畴和文化范畴在发生变化，研究视角也从最初的个案研究到文学史问题研究、再到世界华文女性写作的整合研究。除了出版个人专著《女性写作与自我认同》（博士论文）、《异度时空下的身份书写》（博士后出站报告）、《千山独行——张爱玲的情感与交往》之外，还发表学术论文70余篇。

本文集所选的30篇论文，主要聚焦于20世纪世界华文女性写作，内容涉及文本细读、作家研究、比较和整合研究、改编和传播研究，共分为四辑。第一辑“现代女性文学管窥”侧重现代经典作品的解读与考辨；第二辑“当代女性文学蠡测”主要剖析当代文学作品和文学现象；第三辑“女性文学的比较与整合”着眼于现当代女性文学的主体建构、性别意识、同性恋书写、自传性书写等问题研究；第四辑“传媒视域中的女性文学”立足于分析女性文学的电影、电视改编及其所受到的传媒变迁的影响。其中大部分论文已公开发表，感谢《文学评论》《中国现代文学研究丛刊》《当代作家评论》《中国比较文学》《华文文学》《香港文学》等刊物的支持。

感谢国家哲学社会科学基金项目、江苏高校优势学科建设工程项目、江苏省“青蓝工程”项目的资助，感谢江苏师范大学社科处、江苏师范大学文学院提供的研究上的支持和帮助。

最后，此书献给守勇和佳音。